EVELYN HOLST | **Kein Mann fürs Leben**

EVELYN HOLST

Kein Mann fürs Leben

ROMAN

Diana Verlag

Dieses Buch ist Guido Schilowsky gewidmet,
der mich mit seiner Firma WOOKS – Essen bewegt –
zu dieser Geschichte inspiriert hat.

FSC
Mix
Produktgruppe aus vorbildlich bewirtschafteten Wäldern und anderen kontrollierten Herkünften
Zert.-Nr. SGS-COC-1940
www.fsc.org
© 1996 Forest Stewardship Council

Verlagsgruppe Random House FSC-DEU-0100
Das für dieses Buch verwendete
FSC-zertifizierte Papier *Munken Premium Cream*
liefert Arctic Paper Mochenwangen GmbH.

Redaktion | Eva Spensberger
Herstellung | Helga Schörnig
Satz | Leingärtner, Nabburg
Druck und Bindung | GGP Media GmbH, Pößneck
Printed in Germany

978-3-453-29068-6

www.diana-verlag.de

Kapitel 1

Angie Winter fluchte leise vor sich hin, als sie aus dem Auto stieg und die Straße entlangging. Warum um alles in der Welt hatte sie sich auch ausgerechnet heute Abend in das enge, schwarze Strickkleid gezwängt? Sich mit der vagen Erinnerung zufriedengegeben, dass es ihr einmal perfekt gepasst hatte? Weshalb war ihr nur in den Sinn gekommen, wie jung und sehr sexy sie sich einst darin gefühlt hatte? So jung und sexy, wie sie sich auch heute Abend fühlen wollte. Doch nun sah sie aus wie eine Birne im Wäschesack.

Stichwort Klassentreffen! Das erste seit fünfundzwanzig Jahren. Organisiert von Volker Pippmann, dem Oberstreber von damals, der nie bei sich abschreiben ließ. Immer seine Hand mit den abgekauten Nägeln wie zufällig auf der Klassenarbeit, die fetten Finger weit auseinandergespreizt. Und immer dieses hämische Grinsen dabei. Gehasst hatten sie ihn alle. Sie am meisten. Schließlich hatte er mit seinen Wurstfingern dafür gesorgt, dass sie im Abi nur eine Vier minus in Latein gehabt und es deshalb für den Numerus clausus in Medizin nicht gereicht hatte.

»Tja, *errare humanum est*«, hatte er gesagt und sie frech angegrinst, als sie sich damals mit einem Abidurchschnitt von 3,5 sehr deprimiert auf den Heimweg gemacht hatte. »Mein Tipp für dich – heirate schnell, solange du noch saftig bist und dein erotischer Marktwert hoch ist«, hatte er ihr noch hinterhergerufen. »Dann bist du gut versorgt und musst dir um Studium und Karriere keine Sorgen machen!«

Sie hatte damals nichts erwidert, seinen gebrauchten, aber blitzblank polierten BMW, ein Geschenk seiner Eltern zum achtzehnten Geburtstag, fest im Blick, ihren Hausschlüssel genauso fest in der Hand. In einem unbeobachteten Moment hatte sie den Wagen umkreist und mit dem Schlüssel ein dickes Herz auf die Kühlerhaube geritzt. Danach hatte sie sich besser gefühlt.

Ob er sich noch daran erinnert?, überlegte Angie, während sie sich bemühte, so flach zu atmen, dass sie ihr schwarzes Strickkleid möglichst wenig spürte. Sie blickte an sich herunter, was ein Fehler war, denn aus dieser Perspektive sah sie plötzlich schwanger aus. Nur ein bisschen, höchstens vierter Monat, aber es reichte, ihre ohnehin in jeder Pore spürbare Unsicherheit bis in die Haarwurzeln hochzutreiben. Mist!

Nichts war ja geeigneter als ein Klassentreffen, um sich panisch alte Fotos anzusehen und deprimiert festzustellen, wie jung und schlank man einmal ausgesehen hatte. Wobei es kein Trost war, dass es ja allen anderen genauso ging.

Als Angie nun die Straße zum hell erleuchteten Restaurant hin überquerte, hoffte sie inständig, dass Volker inzwischen fett, glatzköpfig und arbeitslos war. Sie zog das Kleid, in dem sie sich inzwischen wie eine Bratwurst fühlte, die aus der Pelle platzte, mit einer Hand wieder nach unten. Leider, leider hatte sie zum falschen Kleid auch die falsche Unterwäsche gewählt. Und zwar den einzigen Tanga, den sie besaß. Vor ein paar Wochen hatte sie beschlossen, ihre bequeme Baumwollunterwäsche, in der sie, wie ihre Freundin Nina behauptet hatte, »wie Tante Käthe beziehungsweise wie eine Frau, die seit dreißig Jahren ohne Sex lebt« aussah, komplett auszumisten und sich unten herum drastisch zu verjüngen. Da Angie eine vorsichtige Frau war, die Änderungen im Allgemeinen und drastische ganz besonders eher fürchtete als herbeisehnte, hatte sie sich probeweise einen dunkelroten Tangaslip gekauft. Und den hatte sie heute einweihen wollen.

Sie knipste wie auf Bestellung ein energisches Lächeln an, ignorierte das Zwicken auf Pobackenhöhe und betrat beherzt das *Drei Tageszeiten.*

*

»Ich wollte mich nur von Ihnen verabschieden.«

Jochen Winter sah von seinem Schreibtisch hoch und erwiderte das Lächeln der Praktikantin, an deren Namen er sich nicht mehr erinnern konnte. »Hat es Ihnen gefallen bei uns?«, fragte er der Höflichkeit halber, nicht weil es ihn wirklich interessierte.

Als sie »ehrlich gesagt war ich etwas enttäuscht« erwiderte und seinem konsternierten Blick nicht auswich, zuckte er ein wenig zusammen. »Darf ich fragen, warum?«, fühlte Jochen sich bemüßigt nachzufragen, obwohl trotz der späten Stunde noch jede Menge Arbeit auf ihn wartete. Aber es widerstrebte ihm, dass jemand, der auch nur drei Wochen lang in seiner Firma gearbeitet hatte, Negativwerbung für den Betrieb machen könnte. Praktikanten zu beschäftigen, war einfach nicht besonders rentabel.

»Es gibt mehrere Gründe«, sagte sie, und ihre Stimme klang bedeutungsvoll.

»Die da wären?« Jochen seufzte und warf einen Blick auf den Papierstapel – Rechnungen, Kalkulationen, Steuerunterlagen, die er am liebsten alle mit einer schnellen Handbewegung in den Papierkorb gewischt hätte.

»Ich dachte, *Lukullus* wäre eine coole Restaurantkette«, meinte die junge Frau, »stattdessen machen Sie Alzheimerkost für Zahnlose in Altenheimen. Total uncool.« Jochen unterdrückte den kurzen Impuls, ihr – batsch, batsch – spontan ein paar Ohrfeigen zu geben. Sie war noch in dem Alter, in dem man sich unsterblich fühlte; dunkel erinnerte er sich daran, dass es ihm selbst einmal so gegangen war.

»Es tut mir leid, dass Sie unter falschen Vorzeichen bei uns angefangen haben«, sagte er, »aber *Lukullus* hat vor kurzem einen Teil seiner Familienrestaurants verkauft und sich stattdessen auf Seniorenheime und Kindergärten spezia...«

»Ist ja jetzt auch egal«, unterbrach sie ihn und schob ihm einen DIN-A4-Bogen hin. »Hier ist mein Zeugnis, ich hab schon alles ausgefüllt, Sie müssen nur noch unterschreiben.«

Jochen griff zum Kugelschreiber, überflog die Seite und stellte fest, dass das junge Mädchen Enja Wiese hieß, neunzehn Jahre alt war, die ihr gestellten Aufgaben zu seiner »allerhöchsten Zufriedenheit« erledigt hatte und er ihr für die Zukunft, die zu den »größten Hoffnungen« berechtigte, alles Gute und viel Erfolg wünschte.

»Da hat Ihnen mein Bruder ja ein schönes Zeugnis ausgestellt«, meinte er und unterschrieb.

»Das war ich«, sagte Enja. »Ich schreibe diese Dinger immer selbst, schließlich weiß ich ja am besten, was ich kann.«

War ich tatsächlich auch einmal so jung, überlegte Jochen, als er ihr das Zeugnis reichte, so absolut sorglos und unbegründet selbstverliebt? Er sagte: »Viel Glück«, stand auf und reichte ihr die Hand, die sie zu seinem Erstaunen etwas länger als nötig festhielt.

»Es gibt noch einen anderen Grund, weswegen ich enttäuscht war«, sagte sie. »Wollen Sie ihn wissen?«

Dass unsere Damentoilette keinen Schminkspiegel hat? Dass unsere Jungköche alle in festen Händen sind? Jochen grinste. »Unbedingt«, erwiderte er.

»Dass Sie überhaupt nicht gemerkt haben, wie toll ich Sie finde.« Enjas einladender Blick ruhte auf ihm.

Kopfschüttelnd lehnte er ab. »Ich bin geschmeichelt«, meinte er und ging zur Tür. »Aber sicher ist Ihrer Aufmerksamkeit nicht entgangen, dass ich verheiratet bin. Und zwar glücklich. Guten Abend.«

Die junge Frau lächelte. »Man ist so alt, wie man sich fühlt«, sagte sie freundlich, »aber offensichtlich sind Sie schon hundert. Dabei hätten Sie durchaus noch Chancen. *Carpe diem*, hat mein Lateinlehrer immer gesagt. Knutsch den Tag, sage ich, bevor du alt und grau bist und dich keiner mehr zurückknutscht. Vielen Dank für alles, Herr Winter.«

Damit war sie verschwunden.

Als sich Jochen wieder an seinen Schreibtisch setzte, hatte er das, was Nina, die etwas anstrengende beste Freundin seiner Frau, einen »akuten Seniorenmoment« nannte. Deutlich drastischer ausgedrückt, er fühlte sich alt. Okay, er war zwar erst sechsundvierzig, angeblich die besten Jahre für einen Mann, und dass er noch nicht wie eine vertrocknete Schildkröte aussah, bestätigte ihm sein täglicher Blick in den Spiegel. Trotzdem war er kein Mann, der vor den Tatsachen die Augen verschloss. Und die sagten ihm unmissverständlich, dass es erstens seiner Firma seit der Finanzkrise im letzten Jahr nicht besonders gut ging und dass sich zweitens seine einundzwanzigjährige Ehe mit Angie auch schon seit einiger Zeit wie ein etwas ausgelatschter Filzpantoffel anfühlte: kuschelig, vertraut und bequem, aber nicht besonders attraktiv und sexy.

Er liebte sie von ganzem Herzen, ohne Frage, und bis auf ein einziges Mal im Skiurlaub vor zwölf Jahren, als ihn eine zweistellige Anzahl Obstler so schachmatt gesetzt hatte, dass er sich an nichts erinnern konnte und Angie ihn morgens aus dem Hotelzimmer einer ihm völlig fremden Frau gezogen hatte, hatte er sie auch noch nie betrogen. Sie war die Frau seines Lebens, daran bestand für ihn kein Zweifel, nur manchmal, in bestimmten Momenten, die er für sich behielt, hatte er eine tiefe Sehnsucht nach dem Jochen von früher. Dem *Vor-Angie-Jochen*. Der, wenn ein junges, hübsches Mädchen wie diese Enja ihm ein derartig eindeutiges Angebot machte, sofort zugegriffen hätte. Der sie auf den Schreibtisch gedrückt und dort auf der Stelle genommen und nicht, lahm und solide, etwas von »glücklich verheiratet« gemurmelt hätte.

Ich bin ein Schwein, dachte Jochen beschämt, Schluss mit diesen Gedanken! Er griff zum Telefon. Vielleicht brauchte Angie gerade jetzt ein bisschen Unterstützung, denn kurz bevor sie zum Klassentreffen aufgebrochen war, hatte sie ihn noch einmal panisch angerufen. »Sag mir sofort, dass ich die beste, schönste, heißeste Frau bin, die du jemals gesehen hast«, hatte sie verlangt. »Und sag es so, dass ich es dir auch glaube.«

Nun sprang ihre Mailbox an: »Hier ist Angie Winter. Offensichtlich bin ich nicht erreichbar. Nachrichten bitte nach dem Pfeifton.«

»Hallo, mein Schatz«, sagte Jochen. »Du bist die Beste, Schönste, jetzt hab ich vergessen, was du sonst noch bist – auf jeden Fall viel Spaß und bis später.« Er legte auf.

Durchaus noch Chancen, hatte diese Enja gesagt. Lächelnd griff er zum Papierstapel.

Carpe diem. Knutsch den Tag. Wie albern.

*

»Angie, du alte Nuss, komm her und lass dich drücken!« Das war Volker, und er sah genauso aus, wie Angie gehofft hatte. Ziemlich dick nämlich und so gut wie haarlos. Anfühlen tat er sich noch besser, wie sie kurz darauf in einer schwitzigen Umarmung, der sie nicht entgehen konnte, feststellen durfte, genauso weich um die Körpermitte wie sie selbst vor ihrer letzten »Obst bis zum Abwinken«-Diät. Die sie immerhin so lange durchgehalten hatte, dass sich ihre eigene Taille zum Glück deutlich fester anfühlte.

»Auch nicht jünger geworden«, rief er jetzt, während er einen Schritt zurücktrat und sie musterte, »aber hoffentlich ein bisschen friedfertiger.«

»Wenn du auf deinen hässlichen BMW anspielst«, erwiderte Angie, während sie aus den Augenwinkeln die anderen Gäste registrierte, die in Grüppchen vor der Bar standen und angeregt miteinander plauderten, »das hab ich gern getan.« Ach, dieser Satz tat gut! Dieses verkniffene Grinsen in Volkers Gesicht, ein Volltreffer! Auch seine Antwort »Jetzt fahre ich einen Porsche« konnte ihre vorübergehende Hochstimmung nicht schmälern.

Allerdings trübte die sich sofort von allein wieder ein, als sie zielstrebig und mit klopfendem Herzen auf eine laut lachende Gruppe von vier Frauen zuging. Es waren die »Geierwallys«, sie erkannte sie sofort wieder, und genau die Clique, die sie in der gesamten Oberstufe schikaniert und gedemütigt hatte. Und das Schlimmste war, dass sie damals alles getan hätte, um auch eine Geierwally zu sein. Genauso cool, so arrogant, so unantastbar wie sie. Immer die richtigen Jeans zu tragen, immer auf die heißesten Partys eingeladen zu werden, an jedem Türsteher vorbeizukommen. Die Geierwallys, die sich so nannten, weil der Name »irgendwie geil« klang, den gleichnamigen Film hatte damals zumindest keine von ihnen gesehen, waren aus Angies postpubertärem, sehnsüchtigem Blickwinkel so toll, wie es heute Paris Hilton, Nicole Ritchie und Britney Spears zusammen sein mögen.

Der angesagte Look zu Schulzeiten war die Prinzessin-Diana-Frisur und möglichst große, quadratische Schulterpolster. Wie stolz sie gewesen war, als sie nach den Sommerferien mit ihren neuen Locken und einer bunten Bluse mit Blumenmuster und Schulterpolstern, die sich zum Sofaaufschlitzen geeignet hätten, zur Schule ging. Endlich konnte sie optisch mithalten! Und dann kam der Supergau. Vor allen Mitschülern, mitten auf dem Schulhof.

»Von wem hast du denn dein Haar vergewaltigen lassen?«, hatte Britta, die Topgeierwally, aufgeregt gekreischt. »Du siehst ja aus wie ein Wischmopp!«

Es war ein Vierteljahrhundert her, dass sich Angie puterrot vor Scham in die Mädchentoilette geschlichen und dort bitterlich geweint hatte, aber plötzlich war alles wieder da – der Kummer, die Peinlichkeit, die Wut. Und die ganz besonders. Sie standen jetzt mehr oder weniger mit dem Rücken zu ihr, alle vier blond gesträhnt und gertenschlank in schmalen Kinderjeans und bleistifthohen High Heels. Einen kurzen, heißen Moment fühlte Angie sich wieder wie auf dem Schulhof, doch dann zog sie den Bauch ein und ging zum Angriff über.

»Na, ihr Geierwallys«, rief sie laut mit einer Stimme, die sie selbst in dem Moment nicht wiedererkannte, so forsch und fröhlich klang sie, »immer noch die alten Zicken, oder habt ihr inzwischen menschliche Züge angenommen?«

Das Restaurant verstummte, auf jeden Fall kam es Angie so vor. Die vier Blondschöpfe drehten sich abrupt zu ihr um.

»Oh«, brachte Angie heraus und verstummte, denn alle vier Gesichter sahen relativ gleich aus. Die gleichen Stupsnasen, die gleichen Forellenmünder, die gleichen babyglatten Stirnen.

»Hallo, Wischmopp«, sagte prompt eine von ihnen, »was hat das Leben denn aus dir gemacht? Gehirnchirurgin oder Regenwaldretterin?«

Angie holte tief Luft, wobei sie ihren Tanga bis in jede Hautfalte spürte. Das unangenehm zwickende und reibende Gefühl gab ihr allerdings genau die Prise Aggression, die sie jetzt brauchte. »Hallo, Britta«, erwiderte sie, und es gelang ihr, in diesem Moment die kühle, beherrschte Frau zu geben, die sie gern öfter wäre, »ich hab dich sofort an deiner Mickymaus-Stimme erkannt. Und selbst? Dreimal gut geschieden oder selbst was auf die Beine gestellt?«

Auf der Damentoilette zückte sie ihr Handy. »Rate mal, wo ich gerade bin?« Am anderen Ende hörte sie ein wohliges Grunzen. »Nina, schläfst du schon?«

»Nein, ich zieh mir gerade die letzten zehn Folgen *Wege zum Glück* rein. Was meinst du, sind die Haare von Frederik Gravenberg echt? Und ich weiß ja, Angielein, wo du bist. Beim Klassentreffen. Meine Vorstellung von Vorhölle, wenn du mich fragst. Die Horrortypen von früher sind jetzt Hedge Fonds-Manager mit zwanzigjähriger Drittfrau aus Osteuropa. Und die Klassensprecherin mit der Eins in Sport ist zur frustrierten Gebärmaschine mutiert. Nie wieder, sag ich. Sind die gruseligen Geierwallys auch da? Also, erzähl kurz, dann will ich weitergucken.«

Wie immer, wenn sie mit Nina telefonierte, ging es Angie gleich besser. »Alle vier«, sagte sie, während sie versuchte, ihren Tanga, der auf ihrem Körper festgewachsen zu sein schien, in Position zu bringen. »Und weißt du, was das Schlimmste ist?«

»Sag's mir schnell, mein Herz.« Nina gähnte.

»Dass ich Britta gefragt habe, ob sie was Richtiges auf die Beine gestellt hat.«

»Ja und? Hilf mir weiter, Hase, ich begreif die Pointe nicht.«

»Voll der Schuss nach hinten!« Endlich hing, zu ihrer großen Erleichterung, der Tanga halbwegs locker zwischen ihren Beinen. »Britta ist Kinderkardiologin«, sagte Angie und seufzte. »Sie packt gerade ihre Koffer für Dubai, weil irgend so ein Superscheich eine Klinik für sie dort gebaut hat. Tja, da siehst du's ...«

»Aber du hast doch auch was vorzuweisen«, tröstete sie Nina. »Einen tollen Mann, einen Sohn, der weder drogensüchtig noch kleinkriminell ist …« Sie verstummte.

»Und was noch?«, fragte Angie kleinlaut.

»Reicht das etwa nicht? Nicht jede Frau kann einen Facharzt in der Tasche haben. Was ist denn auf einmal mit dir los?«

»Du hättest mal Brittas hochmütiges Gesicht sehen sollen, als sie mich fragte, was ich so beruflich mache.«

Die Freundinnen schwiegen.

»Ich brauch was zum Angeben«, sagte sie flüsternd, denn in der Nebenkabine war jetzt ein lautes Strullern zu hören.

»Da weiß ich was«, meinte Nina.

Als Angie die Treppe zum Restaurant hochstieg, fühlte sie sich wesentlich besser. Der Besitzer des *Drei Tageszeiten* hatte gerade die Ehemaligen des Abijahrgangs 1984 an lange Tische gesetzt. Dass nun nur noch neben Britta ein Platz frei war, kam Angie sehr gelegen, denn an der Seite von Volker, dessen breite, beringte Hand sich mittlerweile auf dem Oberschenkel von Heike Hempel, der ehemaligen Klassenbesten, befand, hätte sie sich noch nicht einmal unter Androhung von Folter niedergelassen. Heike dagegen schien Volkers feuchten Händedruck zu genießen, vermutlich hatte er ihr gerade von seinem nagelneuen Porsche erzählt.

»Ihr müsst mich alle in Dubai besuchen«, sagte Britta gerade zu den anderen Geierwallys, von denen, wie Angie erfahren musste, zwei einen sehr erfolgreichen Dessousladen betrieben, die dritte preisgekrönte Wirtschaftsreportagen drehte. »Du natürlich auch«, meinte sie gönnerhaft zu Angie, »falls dein Mann auf dich verzichten kann.«

Das war genau das richtige Stichwort.

»Mein Mann?«, rief Angie. »Wollt ihr ihn mal sehen?«

Ohne die Antwort der ringsum Sitzenden abzuwarten, zückte sie ihr Handy. »Hier ist er«, sagte sie und reichte es in die Runde, »und so sieht er morgens nach dem Aufwachen aus.«

Die Stille, die ihren Worten folgte und zweifelsohne Bewunderung ausdrückte, war Balsam für Angies Seele.

»Mann, sieht der gut aus«, sagte Britta anerkennend.

»Das finde ich auch«, erwiderte Angie sanft. »Wir sind auch sehr glücklich.«

Britta gab ihr das Handy zurück, nachdem auch die anderen Geierwallys Jochens Bild auf dem Display bestaunt hatten.

»Nur eins verstehe ich nicht«, sagte Britta und lächelte sie süß an.

»Und das wäre?«, fragte sie.

»Wie kommt eine Frau wie du zu so einem attraktiven Mann?«

»Und dann hab ich ihr meine Suppe, die der Kellner gerade servierte, einfach über den Kopf gekippt und bin gegangen«, sagte Angie, während sie eine rote Ampel überfuhr und die Kreuzung passierte. »Aber jetzt fühle ich mich total beschissen.«

»Schatzi, für heute ist mein Bedarf als Ratgebertante irgendwie ausgeschöpft«, seufzte Nina.

»Weil ich in sieben Jahren fünfzig werde und Jochen das einzige Pfund in meinem Leben ist, mit dem ich wuchern kann.«

»Na, da wüsste ich aber noch ein paar andere«, sagte Nina und kicherte. »Und jetzt fahr nach Hause und hab Sex mit deinem Mann. Das entspannt, verbraucht mindestens zweihundertfünfzig Kalorien und macht gute Laune. Und du sagst ihm nichts, sonst bildet er sich noch sonst was ein. Das ist ein Befehl. Gute Nacht.«

*

»Wie war's denn, Schatz? Erzähl doch mal«, kam seine Stimme aus dem Schlafzimmer.

»Nichts Besonderes, wie halt Klassentreffen so sind. Alle sind alt und dick geworden.«

Angie blickte stirnrunzelnd in den Badezimmerspiegel, vor dem sie sich gerade ein langes, dunkles Haar aus dem Hals gezupft hatte. Aus dem Hals! Sie war entsetzt. Dieser Tag hatte es aber wirklich in sich!

»Waren denn diese Geiertrudis auch da?«

Angie wusste, dass sich Jochen nicht ernsthaft für ihr Klassentreffen interessierte, deshalb rief sie nur ein etwas erschöpftes »Ja, aber ich hab kaum mit ihnen geredet« in seine Richtung. Sie verspürte in diesem Moment einfach keinen Bedarf, das Thema weiter zu vertiefen.

Jochen hatte seine neue, widerwillig gekaufte Lesebrille auf der Nase und gab vor, in *Die Lust im Alter neu entdecken* vertieft zu sein, ein Sachbuch, das sie ihm vor drei Jahren zum Valentinstag geschenkt hatte und das seitdem auf seinem Nachttisch verstaubte.

»Kannst du mir erklären, warum ich auf dem Kopf die ersten grauen Haare bekomme, aber die verdammten Borsten, die mir neuerdings aus dem Hals wachsen, pechschwarz sind?«

Mit dem längsten Halshaar in der Pinzette setzte sie sich zu ihm auf die Bettkante. »Hier, schau mal, Liebling, was denkt sich die Natur dabei?«

Jochen legte seinen Beziehungsratgeber zur Seite, nahm ihr die Pinzette aus der Hand und hielt sie gegen die Nachttischlampe. »Mann, das ist ja ein ganz schöner Brummer«, sagte er grinsend. »Mach dich darauf gefasst, dass dir demnächst auch eine dicke Warze aus dem Kinn sprießt. Dann muss ich mir leider eine Jüngere und Schönere suchen, was mir in deinem speziellen Fall ganz außerordentlich leidtäte.«

Angie beugte sich vor und tat so, als ob sie ihn küssen wollte. Dann riss sie den Kopf herum und biss ihn spielerisch, aber nachhaltig in die Wange.

»Bist du verrückt geworden?«, rief Jochen empört. »Nicht nur Hexe, sondern auch noch Kannibalin! Was hab ich dir denn getan?«

»Noch nichts«, feixte Angie und küsste ihn sanft auf die geschundene Wange, »aber du bist jetzt genau in dem gefährlichen Alter, wo Männer durchdrehen und sich weibliche Eizellen zum Spielen suchen.«

»Ich doch nicht«, protestierte Jochen. »Ich habe nie daran gedacht, mit einer anderen Frau zu schlafen. Und fang jetzt nicht wieder mit der Skinummer an, da war ich blau und kann mich an nichts mehr erinnern.«

Angie ging zurück ins Bad und überlegte beim Zähneputzen, ob sie Lust auf Sex hatte. Prinzipiell war sie nicht abgeneigt, nach diesem anstrengenden Abend aber etwas unschlüssig. Es war spät, und im Gegensatz zu ihr war Jochen kein Freund von Quickies, er schätzte ein gepflegtes, durchaus längeres Vorspiel, es würde also dauern. Lieber hätte sie noch ein bisschen gelesen und sich dann einfach nur gemütlich an ihn gekuschelt.

»Dein Mann sieht aus wie George Clooney, aber du behandelst ihn wie ein zerknautschtes Sofakissen«, hatte Nina kürzlich festgestellt. »Ist dir eigentlich klar, dass Jochen, wenn er wollte, jede Nacht Sex mit Angelina Jolie haben könnte?«

»Will er aber nicht«, hatte Angie etwas trotzig erwidert. »Er will nur mich.«

Wollte er sie heute Abend? Schwer zu sagen bei ihm. Er war nicht der Typ Mann, der sich aufdrängte, aber er konnte immer, wenn sie wollte. Eigentlich der ideale Bettpartner. Wann hatten sie überhaupt zuletzt, überlegte sie, als sie zur Zahnseide griff. Sie hatte keine Ahnung. Nicht den blassesten Schimmer. Angelina weiß sicher noch ganz genau, wann sie das letzte Mal mit Brad geschlafen hat, sinnierte sie und spuckte etwas Blut ins Waschbecken, und das bei sechs Kindern und den ständigen Trips in diverse Flüchtlingslager. Ich bin eine Versagerin, dachte Angie in einer plötzlichen Aufwallung von akuter Selbstzerfleischung.

Was konnte sie eigentlich besser als andere? Kochen? Apfelkuchen backen? Nett sein? O Gott, was für eine traurige Bilanz.

»Bist du langsam mal so weit?« Jochens Stimme klang ungeduldig. »Sonst schlaf ich nämlich ein.«

»Sofort«, rief Angie, »muss nur noch zu Ende flossen.«

Tja, das war sie, die eheliche Verbalerotik. Schatz, das Klopapier ist alle, holst du mir bitte mal eine neue Rolle? Kannst du mir mal diese lästigen Haare aus den Ohren zupfen? Heißer Sex braucht Abstand und Gefahr, sagte Nina immer, und am besten ist er nach einem richtig schönen Streit. Schwierig, wenn man einen Mann wie Jochen hatte, mit dem man sich einfach nicht streiten konnte. Mit dem man sich nach fast einem Vierteljahrhundert wie in einem warmen Schaumbad fühlte. Warm, aber nicht mehr heiß? Gemütlich, aber nicht mehr leidenschaftlich?

Nutzlos, darüber nachzudenken. Wie hieß der blöde alte Hippiespruch? Es passiert nichts Gutes, außer man tut es. Genau. Sex war im Grunde wie Joggen oder Klavierspielen: Wenn man sich erstmal aufraffte, dachte man: Mensch, das sollte ich viel öfter tun. Und je öfter man es tat, umso besser wurde man.

Zu allem entschlossen betrat sie das Schlafzimmer. Und blieb enttäuscht vor dem Ehebett stehen. Jochen hatte sein Gesicht im Kopfkissen vergraben, leises Schnarchen war zu hören, sanft und rücksichtsvoll, wie es seine Art war.

Angie nahm ihren Mann in Augenschein, und wie immer, wenn sie ihn ungestört betrachtete, kam es ihr wie ein kleines

Wunder vor, dass ausgerechnet sie, Angela Winter, dreiundvierzig Jahre alt, mittelgroß, mitteldick, alles irgendwie mittel und durchschnittlich, sich so einen attraktiven Mann wie Jochen geschnappt hatte. Der sie zudem liebte und sie bisher nur ein einziges Mal betrogen hatte, obwohl er trotz seiner sechsundvierzig Jahre noch immer wie ein junger Gott aussah – groß, breite Schultern, schmale Hüften, im Gesicht genau die Faltentiefe, die einen Mann seines Alters markant machte, in seinem dunkelbraunen, leicht lockigen Haar genau der Silberschimmer, der auf Frauen aller Altersklassen unwiderstehlich wirkte. Wir sind wie ein Entenpärchen, dachte sie manchmal – er der bunt schillernde Erpel und ich die graubraune Ente.

Sie küsste ihn zärtlich auf die Stirn, die im Gegensatz zu ihrer noch keine Botoxspritze nötig hatte. Manchmal beklagte sie die Tatsache, dass sie einen Mann liebte, der leider besser aussah als sie. Ob sie ihn einfach aufwecken und eine kurze Runde schläfrigen Sex mit ihm haben sollte? Um das Thema erst einmal wieder abhaken zu können? Sie schüttelte ihn leicht. Er grunzte. Es klang nicht besonders beischlafwillig.

»Ich liebe dich«, flüsterte sie ihm ins Ohr, und mit einem Blick auf seine geschlossenen Augen stellte sie fest, dass er sogar schönere Wimpern hatte als sie. Es reicht, dachte Angie. Dann rutschte sie in Löffelchenposition und schlief sofort ein.

Kapitel 2

Wieso hat ein Mann über fünfzig noch so dicke Pickel?, dachte Nina angewidert, als sich ihre Hände im oberen Rückenbereich des Patienten Peter Ladinsky zu schaffen machten. »Ganz locker machen, Ihre Schulterblätter sind hart wie Hasenköttel«, sagte sie sanft zu ihm und versuchte dabei, den roten Knubbeln auszuweichen, die ihm vom Hals an nach unten blühten. Ob er ahnte, wie unappetitlich er von hinten aussah?

»Sie sollten öfter kommen«, fügte sie, ganz Geschäftsfrau, hinzu, »Ihr Rücken fühlt sich nach drohendem Bandscheibenvorfall an, und das sollten wir vermeiden, oder?«

»Auf jeden Fall«, murmelte Ladinsky. »Hat Ihnen schon mal jemand gesagt, dass Sie ganz wunderbar starke Hände haben?«

Nina Simon seufzte. Ja, das wusste sie. Ihre Hände waren schon immer groß und breit und stark gewesen. Schon als kleines Mädchen wurde sie gerufen, wenn ihre Mutter ein Marmeladenglas nicht aufkriegte oder bei ihrem Vater irgendwo eine Schraube festklemmte. »Nina, mach mal, du bist doch so stark«, hatte es ständig bei ihr zu Hause geheißen. Und so war sie nach ein paar Jahren Auszeit nach dem Abitur, in denen sie sich vorwiegend durch den südostasiatischen Raum kiffte und der Völkerverständigung auf männlicher Seite widmete, auf einer Fachhochschule für Physiotherapie gelandet, Spezialgebiet Sportmedizin. Der Grund war einfach: Dort gab es jede Menge Männer!

Nina liebte sie, und zwar in jeder Form und Farbe. Und beruflich jeden Tag Hand an und auf sie legen zu können, fand sie einfach wunderbar. Meistens jedenfalls.

»Ich spüre hier am vierten Lendenwirbel eine gewisse Unbeweglichkeit«, sagte sie nun, wobei sie so manch einen Mitesser am liebsten eigenhändig ausgedrückt hätte. »Das lässt auf Bewegungsmangel schließen. Treiben Sie irgendeine Art von Sport?«

Ladinsky knurrte in das flache Kirschkernkissen, das unter seinem Gesicht lag.

»Eher weniger«, meinte er schließlich.

»Das sollten Sie dringend ändern.« Nina drückte, und Ladinsky seufzte wohlig. Da vibrierte ihr Handy in ihrer Handtasche, und es ertönte die Melodie von Coldplays »Viva la Vida« – ein Lied, das sie erst an diesem Morgen programmiert hatte, weil es ihr sofort gute Laune machte. Sie war ein glühender Fan von Chris Martin und hatte es ihm schwer verübelt, sich damals für die magersüchtige, langweilige Gwyneth Paltrow entschieden zu haben, seiner Musik blieb sie jedoch trotzdem treu.

»Moment«, sagte sie, »bin gleich wieder da.«

Natürlich war es einen Hauch unprofessionell, einen Patienten einfach während der Behandlung liegen zu lassen, aber sie hatte Angies Nummer auf dem Display gesehen, das ging vor. Außerdem wusste sie, was ihrer Freundin auf der Seele brannte: ihr vierundvierzigster Geburtstag. Eine Schnapszahl, die gefeiert werden musste. Seit Wochen redete Angie von nichts anderem. Zu jedem Schneckenschiss, wie Nina es insgeheim nannte, wollte sie ihre Meinung hören. Um dann doch zu tun, was sie selbst für richtig hielt.

»Hallo, mein Engel«, flüsterte sie in den Hörer, während sie aus den Augenwinkeln beobachtete, wie Ladinsky auf ihrer Liege langsam eindöste. »Mach's kurz, ich bin im Dienst.«

Sie lauschte. »Okay, also kein italienisches Büfett, doch lieber syrisch, find ich auch gut. Mach doch einfach, wonach dir ist. Um eins beim Italiener? Ciao, bella.«

Nina legte auf, trat an die Liege und sah auf ihren Patienten herab. Und für einen Moment setzte sie sich über jegliche sachliche Distanz hinweg, die ihr Job sonst mit sich brachte, klemmte die gröbste Hautunreinheit zwischen ihre beiden gut trainierten Zeigefinger und drückte mit aller Kraft zu.

»Autsch«, schrie Ladinsky und sprang auf. »Was war das denn?«

»Ein eingeklemmter Muskel«, meinte Nina und lächelte ihn entschuldigend an. »Ich sag ja, Bewegung, Bewegung, Bewegung.«

»Gott, diese Mimosen«, schimpfte sie zwei Stunden später, als sie mit Angie bei ihrem Lieblingsitaliener *La Piccola Grotta* die übliche Riesenportion *Spaghetti Aglio Olio* vertilgte. »Sport meiden wie die Pest und sich dann wundern, wenn Sehnen und Muskeln verkümmern. Weicheier!«

Angie, die diese Art von Gesprächsthemen beim Mittagessen gewohnt war, hielt inne und legte die Gabel nieder.

»Du bist hoffentlich nicht wieder auf Diät«, sagte Nina sofort. »Ich hasse es, wenn du nichts isst. Richtige Frauen haben keine Gewichtsprobleme!«

»Das sagst du nur, weil du es besser findest, wenn ich dicker bin als du. Und du willst meine beste Freundin sein.« Angie lachte und griff zum Brotkorb. »Luigi, bitte noch ein bisschen Parmigiano«, bat sie den attraktiven Neuimport aus Urbino, »und eine Flasche Wasser ...«

»Vergiss das Wasser, bring uns lieber einen Liter Hauswein«, fiel Nina ihr ins Wort. »Du bist übrigens ein richtig Hübscher, Luigi, weißt du das? *Molto bello*«, setzte sie hinzu, als sie sein verständnisloses Gesicht sah. Prompt errötete der Kellner leicht.

»Manchmal kannst du ganz schön peinlich sein«, meinte Angie. »Musst du denn die Männer immer so verschrecken?«

»Männer mögen das«, erwiderte Nina ungerührt, »außerdem

kann ich deine Diskussionen um Büfettgeschirrfarben und Partygästelisten nur im Halbrausch ertragen.«

»Ach, Nina, ein Leben ohne dich und deine blöden Sprüche wäre einfach grauenvoll.«

»Seh ich ganz genauso«, sagte Nina gerührt. »Wenn ich lesbisch wäre, würde ich dich heiraten.« Spontan beugte sie sich zu Angie herüber und küsste sie auf den Mund.

»Guten Appentitte«, meinte da Luigi und stellte mit abgewandtem Gesicht den Wein auf den Tisch.

»Was hat er da gesagt?«, prustete Nina.

Angie lächelte etwas gequält, weil sie den sich noch immer hartnäckig haltenden pubertären Humor ihrer besten Freundin nicht immer nachempfinden konnte.

»Alles in Ordnung, Luigi«, beruhigte sie ihn. »Es hat nichts mit dir zu tun. Sie ist immer so.«

So war es halt. Ein öffentlicher Auftritt mit Frau Nina Simon ging selten ohne kleine Peinlichkeiten über die Bühne. Aber das machte die Freundschaft mit ihr ja auch so spannend. Eine Meinung übrigens, die Jochen nicht teilte, er nannte sie, hinter ihrem Rücken natürlich, »Kastraten-Nina« und fand ihr Interesse an allem, was Haare auf Brust und Rücken hatte, anstrengend und ungesund.

»Was schenkt dein Mann dir denn?«, fragte sie jetzt, als »Viva la Vida« aus ihrer Handtasche erklang. »Wieder ein Geschmeide, das seine Sekretärin ausgesucht hat?«

Ohne Angies Antwort abzuwarten, griff sie zu ihrem Handy. »Ja, hallöchen?« Wenn Nina mit ihren Liebhabern sprach, veränderte sich ihre Stimme schlagartig, verwandelte sich in Sekundenschnelle in ein leises, raues Katzenschnurren. »Na, ausgeschlafen? Ich sitze gerade mit meiner Freundin beim Italiener. Sie ist total beeindruckt von deinen Fähigkeiten. Natürlich habe ich ihr alles erzählt. Entspann dich, soo schlecht warst du doch gar nicht. Heute Abend? Mal sehen, ob ich dann Lust habe. Ich melde mich.«

Sie legte auf und sah Angies Kopfschütteln. »So redet man mit den Kerlen«, sagte sie fröhlich. »Solltest du auch mal probieren. Du neigst zu ungesunder Harmoniebedürftigkeit, das wissen Männer nie zu schätzen, glaub mir.«

»Ach, Nina«, meinte Angie, »du kennst ja nur die Kurzstrecke. Von der Langstrecke hast du wirklich keine Ahnung.«

»Stimmt«, sagte Nina und hob ihr Glas, »und das ist auch gut so. Prost!«

*

War nicht sein Tag heute. Schon den ganzen Vormittag über spürte Jochen diese leichte Gereiztheit, die sich seit dem Aufwachen in ihm festgefressen hatte. Dabei war gar nichts Stressiges passiert. Kam jetzt doch die Midlife-Crisis, die er bisher für ein albernes Gerücht gehalten hatte? Ein von Psychologen und Medizinern ausgedachtes Hirngespinst, um panische Patienten zu Anti-Aging-Therapien und teuren Pillen zu überreden? Wer richtig lebt, hat keine Krisen, das war bisher sein Motto gewesen. Und er hatte ja nun wirklich keinen Grund, sich zu beklagen. Seine Ehe stimmte, sein sechzehnjähriger Sohn Julius nervte altersentsprechend, also vorübergehend, in seiner Firma gab es Probleme, okay, aber wo gab es die nicht in der heutigen unsicheren Zeit?

So, jetzt ist Schluss mit der Nabelschau, Jochen Winter, sagte er sich. Wahrscheinlich war einfach nur das Wetter schuld, der graue Regenhimmel mit seinen knietiefen Wolken, viel zu kalt für die Jahreszeit. Oder war es doch die winzigkleine, kahle Stelle, die er heute Morgen beim Haareföhnen im Spiegel entdeckt hatte? Oder nur die Fünf in Mathe, die ihm Julius beim Frühstück wortlos zum Unterschreiben hingelegt hatte? Dass ihn Angie nach seinem völlig berechtigten Zornesausbruch mit den Worten: »Du bist schließlich auch zweimal sitzengeblieben« beruhigen wollte, hatte die Sache auch nicht besser gemacht. Im Gegenteil, vor Wut hatte er sich später beim Rasieren geschnitten.

Angie hatte auf Anhieb kein Pflaster gefunden, was er ihr persönlich übelgenommen hatte. »Chaotischer Haushalt«, hatte er sich beschwert. Und obwohl Angie daraufhin laut gelacht und ihn zum Abschied zärtlich geküsst hatte, gelang es ihm nicht, seine miese Laune abzulegen. Und jetzt das ...

»Kannst du mir bitte mal erklären, wieso wir für unsere Reinigungskräfte fünfzehn Prozent mehr bezahlen als noch vor zwei Jahren?« Jochens gereizte Stimme war so laut, dass Jan, der im Nebenzimmer saß, seinen MP3-Player etwas lauter stellen musste. Er war letzte Nacht mit seiner Exfreundin Kathy versackt, einer sowohl sexuell als auch alkoholisch äußerst widerstandsfähigen Dame. Sein Kater hatte Raubtierdimensionen und er deshalb überhaupt keinen Nerv, als Punching Ball für die schlechte Stimmung seines Bruders herzuhalten. Wusste er doch aus Erfahrung, dass dieses Tief zwar selten kam, aber wenn, dann heftig. Und in letzter Zeit häufiger als sonst. Die steigenden Putzkosten konnten es nicht sein, es gab wichtigere Probleme. Die sehr kostspielige Sanierung ihrer Firma *Lukullus* zum Beispiel, einer Kette von kleinen, aber feinen Familienrestaurants, die sie von ihrem Vater August geerbt hatten und zusammen führten.

Der Umsatz war in den letzten Jahren zurückgegangen, also hatte Jochen nach einem Gespräch mit einem Unternehmensberater vorgeschlagen, sie teilweise in ein »Unternehmen für Gemeinschaftsverpflegung« umzuwandeln. Damit waren schlichtweg Seniorenheime und Kinderhorte gemeint. »Brei statt Gourmet, ohne uns!«, hatten sich August und sein Jüngster zuerst gewehrt, aber Jochen hatte sich durchgesetzt, und das Konzept war aufgegangen. Während der Umbau der Restaurants in Billigbistros teuer gewesen war und noch nicht den nötigen Erfolg zeigte, lief das Geschäft mit der Gemeinschaftsverpflegung, für die sie auf dem Firmengrundstück eine große Profiküche eingerichtet hatten, immer besser.

»Es schmeckt ja wieder richtig nach was«, lobten die Heimbewohner das neue Essen, was an Jochen lag, der als gelernter Koch von Anfang an auf Qualität und Optik der Menüs geachtet hatte. Seine Devise »Nur weil jemand nicht mehr gut sehen, riechen oder schmecken kann, bedeutet das nicht, dass wir ihm geschmacksneutrale Pampe servieren« hatte sich bewährt. Inzwischen belieferten sie insgesamt zwanzig Seniorenheime und zwölf Kinderhorte. Das Arbeitsleben war anstrengend, aber nach dunklen Monaten mit roten Zahlen schienen die Tage allmählich heller und die Zahlen schwärzer zu werden.

Durch die geöffnete Schiebetür, die ihre Büros voneinander trennte, riskierte Jan einen Blick auf seinen vier Jahre älteren Bruder. Er entdeckte eine zusammengeknüllte Zigarettenschachtel auf seinem Schreibtisch, vielleicht war das der Grund für seine Missstimmung. Der Frust, einer Versuchung nicht nachgeben zu dürfen. Oder gab es eine andere Laus, die ihm über die Leber gelaufen war? Eheprobleme? Vor Jans innerem Auge tauchte Angie auf, und er musste lächeln. Undenkbar, mit dieser Frau Probleme zu haben. Sie war die perfekte Gattin: attraktiv, fröhlich, absolut loyal. Und eine fantastische Köchin. Sie war wie sechs Richtige. Jedenfalls sah er das so. Und einen ganz kurzen Moment vor vielen Jahren hatte er gehofft, er könnte auch für sie die richtige Partie sein. Aber dann hatte sie sich für Jochen entschieden.

Jan griff zur Zigarette; im Gegensatz zu seinem disziplinierten Bruder gönnte er sich das eine oder andere Laster. Er inhalierte tief und beschloss, diesen Gedanken jetzt nicht weiter nachzugehen. Weil es ihm danach selten besser ging.

»Guck dir das mal an.« Jochen war an seinen Schreibtisch getreten und reichte ihm einen Computerausdruck. »Vor zwei Jahren haben wir für jeden Laden drei Stunden täglich veranschlagt, das sind bei fünfzehn Läden fünfundvierzig Stunden à fünf Euro, macht pro Tag zweihundertfünfundzwanzig Euro. Eine Stange Geld also. Jetzt bezahlen wir dreihundert Euro. Ich will eine Erklärung dafür. Und würdest du bitte die Zigarette ausdrücken? Ich will nicht wieder rückfällig werden, verdammt.«

Jan hasste es, wenn Jochen in diesem Ton mit ihm sprach. Alte Kindheitsbilder tauchten dann unwillkürlich vor ihm auf – beide in der Badewanne, um Wasser zu sparen, aber er immer auf dem harten Stöpsel, weil er der Kleinere war und sich nicht durchsetzen konnte. Er in winterlicher Eiseskälte beim Zeitungaustragen, ein Job, den sie sich eigentlich teilen sollten, aber weil er beim Mau-Mau-Spielen dreimal hintereinander verloren hatte, musste er allein losziehen. Er auf Partys immer als Tröster der Mädchen, die Jochen nicht wollte. Immer wieder hatte Jan den Kürzeren gezogen, immer hatte Jochen Recht. Manchmal war das einfach nicht auszuhalten.

»Dann rauch doch wieder, alter Stinkstiefel«, sagte Jan jetzt. »Vielleicht bist du dann ein bisschen genießbarer.« Doch nachdem ihn Jochen weiterhin streng anschaute, drückte er resigniert seine Zigarette in den Aschenbecher. »Du wirst immer heiliger. Macht dich übrigens nicht sympathischer, Alter. Und ich kann dir genau erklären, warum die Kosten gestiegen sind. Weil ich den

Putzdienst gewechselt habe. Der alte war so schlampig, dass sich das Ordnungsamt beschwert hat. Unser Betrieb muss so sauber sein, dass man vom Boden in den Toilettenräumen essen kann, das weißt du doch. Und der neue Service ist zwar teurer, aber er wischt alles lupenrein sauber.«

»Okay«, räumte Jochen ein und sah seinen Bruder plötzlich grinsend an. »Einmal Armdrücken, Alter? Bin gerade in der Stimmung, dich vom Tisch zu fetzen.«

»Na, dann mal zu«, sagte Jan kampfeslustig und krempelte den Ärmel hoch. »Und dann erzählst du mir, warum du heute Morgen so ein Arsch bist.«

August Winter lächelte. Von seinem Fenster im Geschäftshaus aus hatte er guten Einblick in die Büros seiner Söhne, und so sah er ihrem burschikosen Armgerangel amüsiert zu, während er sich den ersten Verdauungsschnaps des Tages genehmigte. Weitere würden im Laufe dessen folgen, aber nie so viele, dass es Familie oder Kundschaft unangenehm auffiel. Er trank nur so viel, bis er diesen Klumpen Trauer, den er seit dem Tod seiner geliebten Ehefrau Gertrud einfach nicht wieder loswurde, besser ertragen konnte. August Winter war kein Mann, der andere mit seinen Gefühlen belästigte.

Die *Lukullus*-Betriebe lagen in einem großen Industriegebiet im Norden der Stadt. Es war keine schöne Gegend, wenig Grün, viel Verkehr, aber sie lagen verkehrsgünstig, und die Grundstückspreise waren niedrig.

Es war besonders dem Senior nicht leichtgefallen, mit anzusehen, wie der Großteil seiner gemütlichen Lokale für viel zu viel Geld, wie er fand, in kalte, schnelllebige Bistros umgerüstet wurde. Sein Herz hing an den braun getäfelten, leicht verräucherten Familienrestaurants, deren erste Gründung vor dreißig Jahren ein kleines Lokal mitten im Stadtpark gewesen war. Seine Frau Trudi und er hatten aus dem ehemaligen Toilettenhäuschen mit Kloakengestank eine Goldgrube gemacht, in der die zwölf Tische immer besetzt waren und es bereits frühmorgens eine Warteschlange gegeben hatte, die geduldig auf Trudis selbst gemachte Frikadellen mit Kartoffelsalat gewartet hatte. Da August und Trudi sehr fleißig und sparsam gewesen waren, konnten sie bereits nach drei Jahren ein zweites Lokal am Hauptbahnhof pachten, das sie ebenfalls nach Lucius Licinius Lucullus benannten, dem berühmten römischen Feldherrn, der üppige Gastmahle schätzte. Trudi liebte diesen Namen mit seinen drei Us und drei Ls und beharrte darauf, auch wenn August sie immer wieder daran erinnerte, dass ihr geliebter Lukullus unter anderem dafür berühmt gewesen war, sich nach dem Essen bis zum Erbrechen einen Federkiel in den Hals zu stecken. »Quatsch mit Soße, August«, war Trudis Reaktion gewesen, »der Name bleibt, auch wenn wir mal die Radieschen von unten betrachten. Versprich mir das.«

Da August seine Trudi sehr geliebt hatte und nach ihrem frühen Tod vor zwölf Jahren untröstlich gewesen war, hatte August auf Beibehaltung des Firmennamens bestanden, obwohl auch seine Söhne ihn altmodisch und prätentiös fanden. Und August, ein rüstiger Mann von einundsiebzig Jahren, hatte noch immer ein kleines Arbeitszimmer, wo er von acht Uhr morgens bis sechs Uhr abends saß und »nach dem Rechten und manchmal nach dem Linken« sah, wie er es nannte. Seine Söhne nannten es eher »Papas Kontrollierwahn« und rollten die Augen, wenn er sich jede Unterschriftenmappe vorlegen und jeden Brief ausdrucken ließ und seine Söhne ohne Berücksichtigung ihres Alters auf vermeintliche Fehler aufmerksam machte.

»Es gibt kein *Un* bei Kosten, wie oft habe ich das schon moniert«, hatte er sich gerade mal wieder bei der langjährigen Sekretärin Johanna Schwingel beschwert; sie hatte in einem Brief von »anfallenden *Un*kosten« geschrieben. Doch die war Kummer gewohnt und hatte einfach nur leise geseufzt.

»Zu Hause sterbe ich«, hatte er seine Söhne vor ein paar Jahren gewarnt, als diese ihm nahelegten, sich doch endlich seinen wohlverdienten Ruhestand zu gönnen. »Wenn ich euch lästig bin, dann sagt es gleich, dann geh ich aufs Eis wie die alten Eskimos und komm nicht wieder.«

Ihn darauf hinzuweisen, dass es in Deutschland selten tragfähiges Eis gab, auf dem ein alter Mann in Ruhe sterben konnte, war zwecklos, deshalb behielt August Winter Narrenfreiheit.

Die neue Großküche hatte sich in dieser Frage als Segen erwiesen, denn seit es sie gab, hielt der Seniorchef sich am liebsten dort auf. Er stand dem Personal mit freundlichem Gesicht im Weg und probierte eifrig neue Gerichte. Was die Chefköchin Agnes mit ihrem unaussprechlichen, konsonantengespickten polnischen Nachnamen geduldig ertrug, zumal er ihr nach einem kleinen Klaps auf den Po zuverlässig ein Scheinchen in die Kitteltasche steckte.

»Aber nicht vernaschen, meine Kleine«, sagte er dann, worüber Agnes herzhaft lachen musste, weil sie mit einer Größe von 1,75 Meter und fast zwei Zentnern Lebendgewicht alles andere als klein war. Aber sie mochte »Oppa August«, wie sie den alten Herrn nannte, deshalb erwiderte sie mit einem Augenzwinkern: »Wird mir zwar schwerfallen, aber ich versuch's« und ließ ihn von ihrer neuesten Kuchenkreation probieren.

Doch heute hatte August Winter andere Probleme, genauer gesagt, ein einziges, dafür allerdings ziemlich großes. Dr. Charlotte Pipp vom Ordnungsamt hatte ihren Besuch angekündigt, und da sie sowohl streng als auch äußerst gründlich war, musste er seinen bewährten Charme spielen lassen. Jochen, der diese Aufgabe sonst übernahm, weil die sechsundfünfzigjährige Frau Dr. Pipp einmal sehr deutlich gemacht hatte, dass sie ihre Kontrollen am liebsten mit ihm an ihrer Seite durchführte, hatte seinen Vater gleich frühmorgens informiert.

»Die Pipp kommt gleich, und sie freut sich auf dich. Keine Widerrede, Väterchen, ich fühle mich heute einfach nicht imstande, sie zu umgarnen. Du bist Witwer, du kannst das.«

August wollte protestieren, doch da hatte sein Ältester schon aufgelegt. Na, das kann ja heiter werden, dachte er, aber insgeheim war er froh darüber, gebraucht zu werden. Als es kurz darauf laut und energisch an seiner Tür klopfte, setzte er sein entspanntes Seniorenlächeln auf. Dr. Pipp trat ein, und hätte in diesem Moment jemand durchs Fenster geschaut, er hätte die beiden für ein Liebespaar gehalten. Denn August umarmte gern, auch wenn es nicht immer passend war. Und die Dame vom Ordnungsamt akzeptierte gelegentlich auch einmal eine Geste, die nicht der gängigen Etikette entsprach. Zum Beispiel den Kuss, den ihr August zur Begrüßung auf die Wange drückte. Fast hätte sie ihn erwidert. Aber nur fast. Dann schob sie August weg.

»Wir haben zu tun, Herr Winter, sehr viel zu tun«, sagte sie und lächelte dabei voller Vorfreude.

Kapitel 3

»Long time no see, meine Liebe! Na, da sehe ich ja jede Menge Hüftgold.«

Angie zuckte zusammen, als die für einen Mann etwas zu hohe Stimme hinter dem Tresen des Fitnesscenters *Fit for Life* an ihr Ohr drang.

»Hallo, Jojo«, sagte sie und fühlte sich beim Anblick seines fadendünnen, bis auf die letzte Muskelfaser durchtrainierten Bodys sofort noch schuldbeladener. »Nicht schimpfen, ich weiß, dass ich ein böses Mädchen war. Aber es war einfach zu viel los zu Hause. Und jetzt bin ich ja da.«

Der Fitnessguru schnaubte verächtlich. »Ihr Hausfrauen seid wie die Rentner. Nichts zu tun, aber nie Zeit. Erzähl mir nicht, dass dir die eine Stunde am Tag fehlt, um deinen Frauenkörper auf optischem Mindestniveau zu halten. Vergiss nicht, du hast einen attraktiven Kerl zu Hause, und die Konkurrenz schläft nicht.«

»Halt die Klappe, Jojo, und behandle deine Kunden mit Respekt.« Es gelang Angie vorbildlich, ein gelassenes Lächeln auf ihr Gesicht zu zaubern, doch innerlich kochte und brodelte sie. Langsam reichte es ihr, ständig darauf hingewiesen zu werden, dass ihr Mann der Pfau und sie die Kröte war.

Okay, der Zahn der Zeit war in den letzten Jahren unerlaubt aktiv gewesen und hatte ein paar Spuren hinterlassen: Ein kleiner, hartnäckiger Fettring hatte sich um ihre Taille festgesetzt, und vermutlich verflüchtigte er sich nur wieder, wenn sie drei Jahre nichts als stilles Wasser trank und an einer Sojasprosse lutschte. Da gab es jetzt auch ein hauchzartes Faltenkränzchen um die Augen, das man jedoch nur sah, wenn das Licht unbarmherzig von oben kam, und ein paar graue Schamhaare, die sie natürlich sofort ausgezupft hatte. Autsch! Das war's auch schon. Damit konnte man leben als fast vierundvierzigjährige Ehefrau und Mutter, die Wichtigeres auf dem Zettel hatte, als ständig panisch um ihr Aussehen zu kreisen.

»Ich will meine Mitgliedschaft wieder aufleben lassen«, sagte Angie entschieden zu Jojo. »Habt ihr euch endlich neue Geräte angeschafft? Die alten waren ja noch rostiger als ich.«

»Alles neu macht der Mai«, sagte Jojo, »du hast also keine Ausrede mehr. Ich kann dich gleich mit Marianne zusammen einweisen, wenn du magst, die fängt heute neu an.«

Angie nickte und ging mit Jojo in den großen Fitnessraum. Um diese Tageszeit, am hellen Vormittag, trainierten außer ihr tatsächlich nur Rentner, was sie sehr angenehm fand, denn sich nach Büroschluss mit lauter hippen, jungen, anorektischen Mädels zu drängeln oder sich von smarten Erfolgsmännern einen vorschnaufen zu lassen, fand sie noch demoralisierender, als allein vor sich hin zu schwitzen.

»Du hast schon angefangen – braves Mädchen«, rief Jojo durch den Raum einer Frau zu, die Angie auf Anhieb sympathisch fand. Aus drei Gründen: Sie war deutlich über vierzig, wog sichtlich über siebzig Kilogramm, hatte ein knallrotes Gesicht und hechelte angestrengt. Nichts verbindet ja intensiver als gemeinsame Pein, dachte Angie, und ihre Laune hob sich schlagartig.

»Darf ich die Damen einander vorstellen?«, sagte Jojo. »Das ist Marianne, die bis heute noch nie einen Fitnessclub von innen gesehen hat, und das ist Angie, die geglaubt hat, dass sich, wenn man genügend lange wegschaut, das Hüftgold von selbst wieder auflöst.« Angie und Marianne nickten sich freundlich und verständnisvoll zu.

»So, und jetzt machen wir einen Rundgang, und ich zeige euch die neuen Geräte. Danach lass ich euch in eurem Elend allein, aber vor einer Stunde will ich keine von euch beiden an der Bar sehen.«

»Ist dieser Fitnessnazi immer so?«, flüsterte Marianne ihr zu.

Angie nickte. »Im Grunde hasse ich jede Art von Sport«, flüsterte sie zurück, »aber das darf man ja heutzutage gar nicht mehr laut sagen.«

Marianne nickte mitfühlend.

»Du kennst meine Freundin Nina?«, rief Angie zwei Stunden später an der Saftbar. Sie fühlte sich schlapp, gut durchblutet, einfach wunderbar.

»Wir haben uns vor zwei Jahren mal einen Mann geteilt«, sagte Marianne und lachte. »Doch das haben wir erst nach ein paar Monaten durch Zufall herausgefunden. Seitdem sind wir locker miteinander befreundet. Den Kerl haben wir natürlich gemeinsam in die Wüste geschickt. Inzwischen bin ich mehr oder weniger Single.«

»Happy oder auf der Suche?«, fragte Angie, die sich nicht vorstellen konnte, allein zu leben. Es war nicht der Sex, der aus ihr eine zufriedene Ehefrau machte, es war der ganze Rest. Jochens verschlafenes Gesicht auf dem Kopfkissen, wenn sie morgens aufwachte, sein Singen unter der Dusche, immer einen halben Ton daneben, seine schlechten Witze, über die er selbst am lautesten lachte, seine Geduld, wenn er im Auto wieder einmal auf sie warten musste, weil sie daheim etwas vergessen hatte, seine stets warmen Füße.

Ich würde eingehen wie eine Primel, wenn ich ihn nicht hätte, dachte sie plötzlich.

»Meistens happy«, sagte Marianne. »Ich bin eigentlich ganz gern allein. Deshalb warte ich auch nur darauf, dass meine Tochter endlich auszieht. In der Kathedrale meines Herzens brennt ein warmes Licht für sie, aber sie treibt mich im Moment zuverlässig in den Wahnsinn.«

»Mein Sohn ist sechzehn, und mir graut jetzt schon vor dem Tag, an dem er mal auszieht«, meinte Angie wehmütig. »Ich bin und bleibe leider das totale Familientier. Ohne meine Lieben wäre ich wie ein angepiekster Ballon. Mir würde schlichtweg die Luft ausgehen.«

Marianne sah sie verwundert an. »Das ist doch bitte nicht dein Ernst, Angie! Guck dich doch mal an. Du bist jung, gesund, intelligent, siehst gut aus, die Welt steht dir offen! Weißt du das nicht?«

Angie lächelte versonnen. Dann sah sie auf die Uhr, sprang auf und sagte: »Ich muss los. Soll ich dich irgendwo absetzen?«

Eine Viertelstunde später hielt Angie vor einem Mietshaus aus den siebziger Jahren, so hässlich, dass man eigentlich den Architekten dieses Schandflecks an die Wand nageln sollte. Meinte jedenfalls Marianne, als sie Angies Blick sah.

»Willst du doch noch auf einen Sprung mit hochkommen?«, fragte sie. »Dann kannst du meine Tochter kennenlernen – falls sie schon aufgestanden ist.«

Angie schüttelte bedauernd den Kopf. »Julius kommt gleich aus der Schule, dann will er sein Mittagessen.«

Wirklich eine sehr nette Frau, aber emanzipatorisch voll hinterm Mond, dachte Marianne, als sie mit einem Seufzer der Vorahnung ihre Wohnungstür aufschloss. Es war genau so, wie sie befürchtet hatte.

»Wie spät ist es eigentlich?«, murmelte Gesa, und ihre Augen öffneten sich einen Spaltbreit. Dann wühlte sie sich mit einem wohligen Grunzen in die Kissen zurück. Sie sah aus wie ein unschuldiger Engel, ein Anblick, der ihre Mutter inzwischen zur Weißglut brachte. Da lag sie, ihre einundzwanzigjährige Tochter, um halb vier nachmittags und war dabei, gerade wieder einzuschlafen. Marianne fand, dass sie ein Recht auf mittelschwere Gereiztheit hatte. Das Leben fasste einen leider nicht immer mit Samthandschuhen an, sie war das beste Beispiel dafür. Dank eines Exmannes namens Laurenz, der nach der Geburt ihres gemeinsamen Kindes ins Ausland geflohen war und sie mit einem Schuldenberg und einem schreienden Baby zurückgelassen hatte.

Leider war dieses Kind bis heute nicht einen Hauch reifer und vernünftiger geworden. Es war nach zwei gescheiterten Anläufen durchs Abitur gefallen und hatte nach ein paar halbherzigen Praktika und Aushilfsjobs im Grunde seit Jahren die Nacht zum Tage gemacht. Wie Marianne es hasste, dieses sogenannte Vorglühen, bei dem Gesa und ihre Freundinnen ihren persönlichen Prosecco-Vorrat vernichteten, um dann gegen Mitternacht kichernd das Haus zu verlassen, während sie sich nach einem langen, anstrengenden Tag als Verkäuferin in einer ganzjährig geöffneten Eisdiele bettfertig machte. Sie lebte in einer Zwangs-WG, in der sie alle Pflichten und ihre Tochter alle Rechte hatte.

»Aufstehen«, rief sie jetzt etwas schrill, griff nach Gesas Bettdecke und riss diese schwungvoll zu Boden. »Ich erwarte dich in fünf Minuten in der Küche, und dann wird Tacheles geredet. So jedenfalls geht es nicht weiter. Nicht eine SEKUNDE!«

»Wassnlosmami?« Erschrocken von dem ungewohnten Tonfall ihrer Mutter hatte Gesa sich im Bett aufgesetzt. »Wasschreissndusorum?«

Marianne sah ihrer Tochter ins Gesicht und wusste nicht, ob sie Mitleid haben oder einfach Hand anlegen sollte. Wie gern hätte sie dem Mann, der genetisch mitverantwortlich für dieses Wesen war, einfach gesagt: »Jetzt kümmerst du dich mal um sie.« Und dann alle Telefone ausgestöpselt, um eine Weile nicht erreichbar zu sein.

Wieso war ausgerechnet sie, die immer Vernünftige und Pflichtbewusste, mit so einer verantwortungslosen Tochter gestraft worden? Alles hatte sie versucht, um sie auf die richtige Schiene zu bringen. Alles umsonst. Hatte sie in ihrer Erziehung so versagt? Die verpatzten Abidurchläufe hatten Gesa »so schlecht draufgebracht«, dass sie erst einmal ausführlich »chillen« musste, und zwar in einer Art Späthippiekommune auf Ibiza, von wo aus Marianne fast täglich mitternächtliche Panikanrufe erreicht hatten: Hab einen Unfall gebaut, war aber nicht schuld, Mami! Mir ist die Kreditkarte geklaut worden! Bin vielleicht schwanger! Entwarnung, bin es doch nicht! Aber ich bin total verliebt, Mami! Das Arschloch ist verheiratet! Sag mal, ich hab da so einen Knoten im Arm, könnte das Knochenkrebs sein?

Nachdem Gesa diese Hiobsbotschaften losgeworden war, hatte sie sich fröhlich verabschiedet und den Hörer aufgelegt. Und ihre Mutter in einem Zustand von innerer Aufregung zurückgelassen, der sich langsam zu einer ausgewachsenen Verärgerung steigerte, so als hätte sich eine Zecke an ihrem Hals festgesogen, die nicht mehr von ihr ablassen wollte. Nach sechs Monaten stand Gesa strahlend wieder vor der Tür.

»Und jetzt?«, hatte Marianne mutlos gefragt. »Irgendwelche konkreten Pläne?«

»Nicht so direkt«, hatte Gesa erwidert. »Aber es wird sich schon was ergeben.«

Es ergab sich gar nichts. Kein Ausbildungsplatz, keine Jobs, keine Praktika. Gesa recherchierte hin und wieder im Internet, wenn sie gerade nicht chattete, manchmal bekam sie sogar einen Vorstellungstermin, den sie entweder verschlief oder sie erschien in einem so knappen Mini und mit so einem gewagten Dekolleté, dass sie gleich wieder nach Hause geschickt wurde.

»Wird schon, Mami«, so lautete Gesas Mantra. »Mach dich nicht verrückt, sonst kriegst du frühe Falten.«

Worunter Marianne am meisten litt, war die Tatsache, dass ihre Tochter sich überhaupt nicht unwohl zu fühlen schien. Ganz im Gegenteil, sie genoss das Leben, verliebte sich, entliebte sich, war von einer Entspanntheit im Hier und Jetzt, um die ihre Mutter sie fast schon wieder beneidete. Soll ich sie einfach vor die Tür setzen, fragte sie sich manchmal, das Schloss auswechseln und dann für ein halbes Jahr in Timbuktu untertauchen? Ein verführerischer Gedanke.

Niedergeschlagen und genervt werkelte Marianne in der Küche, als das Telefon klingelte. Da es Nachmittag war, konnte es nicht für ihre Tochter sein, denn deren Anrufe fingen erst abends an, um sie, die Mutter mit dem uncoolen Leben, unbeschwert bis weit in die Nacht hinein zu stören. Sie hatte im Moment keinen Gesprächsbedarf und griff widerwillig zum Hörer. »Ja, bitte?«

»Ich bin's mal wieder, tut mir leid, dass ich mich so lange nicht gemeldet habe. Darf ich vorbeikommen?«, fragte Nina, die sich von der zweistündigen Massage eines Zweizentnermannes ein wenig erholen wollte.

»Dich schickt der Himmel!«, sagte Marianne und seufzte. »Gesa macht mich mal wieder wahnsinnig.« Sie spürte, wie sich bei der Aussicht auf Ninas Besuch der Druck, der auf ihrem Herzen lastete, bereits etwas lockerte.

»In zehn Minuten bin ich da. Und mach mir bitte deinen wunderbaren Milchkaffee, den brauche ich zur Beruhigung, sonst verkrafte ich deinen ungehobelten Sprössling nicht.«

Marianne lachte. »Mit Eierlikör?«, wollte sie wissen.

»Klar, mindestens eine halbe Flasche. Ciao, bella.«

»Mami, hast du Brötchen gekauft?«, rief Gesa kurz darauf aus dem Schlafzimmer. »Ich hab so lange gepennt, dass ich richtig Hunger habe.«

Marianne fühlte, wie ihr Knäuel Wut erneut hochstieg. Es war inzwischen so dick, dass sie richtig schlucken musste.

»Nina kommt gleich vorbei; es wäre nett, wenn du uns zur Abwechslung mal Gesellschaft leisten würdest«, rief sie.

»Supi«, kam die Antwort, »dann können wir ja alle zusammen frühstücken.«

Kopfschüttelnd schüttete Marianne das Espressopulver in die Maschine und holte Milch und Eierlikör aus dem Kühlschrank. Frühstücken am Nachmittag? Sie beschloss, sich diesmal wirklich bei ihrer Tochter durchzusetzen. Ein Job musste her, ein Praktikum, irgendeine Beschäftigung, bei der morgens der Wecker klingelte und sie aus dem Haus scheuchte und sie abends müde und zufrieden ins Bett fiel. Ein ganz normaler Alltag. Was für ein schöner Traum.

Gut, dass Nina gleich vorbeikam. Sie brauchte jetzt seelische Unterstützung. Zwischen Nina und ihr hatte sich eine Frauenfreundschaft entwickelt, die sich auf beiden Seiten leicht und angenehm anfühlte. Es gab keine Verbindlichkeit, manchmal sahen sie sich ein paar Wochen nicht, um dann, wenn sie sich wiedertrafen, bis in die Nacht bei der einen oder anderen Flasche Rotwein zu versacken. Und jetzt hatte sie zufällig ihre Freundin Angie kennengelernt; sie war gespannt, was Nina über sie erzählen würde.

Als Nina an der Tür klingelte, saß Gesa bereits am Küchentisch und ließ es sich schmecken. Ein kleiner Milchbart zierte ihren schön geschwungenen Mund, den die meisten Männer einfach göttlich nannten. Ihr Gesicht war ein perfektes Oval, in dem alle

Proportionen stimmten. Die dichten rotbraunen Locken, die großen dunkelbraunen Augen – alles leider nicht von mir, hatte Marianne oft bedauert, alles von Karibik-Laurenz, der nichts mehr mit uns zu tun haben will. Sie selbst, ein wenig zu üppig, mit Haaren, die sie jeden Morgen mühsam auf Fülle föhnen musste, war eine Frau auf den dritten Blick, und den riskierten leider immer weniger Männer.

Der letzte Mann, ein arbeitsloser Grafiker, jünger und leider deutlich schlanker als sie, hatte sich nach drei sehr mittelmäßigen Nächten nie wieder bei ihr gemeldet. Als sie ihn später zufällig beim Bäcker getroffen hatte, hatte eine junge Frau neben ihm gestanden und er mit panisch flackernden Augen an Marianne vorbeigesehen. Der Bauch seiner Begleiterin war so dick gewesen, dass sie zum Zeitpunkt ihrer gemeinsam verbrachten Nächte bereits schwanger gewesen sein musste. Kurz hatte sie überlegt, ob sie den treulosen Knopf zur Rede stellen sollte. »Ein Baby?«, hätte sie sagen können. »Vielleicht schaffst du es ja, wenigstens bis zu seiner Geburt treu zu sein?« Es brannte ihr auf der Zunge, doch zum Glück hatte sie sich diese Worte verkniffen und ihm nur einen langen, eisigen Blick zugeworfen, den die glückliche werdende Mutter nicht gesehen hatte.

Sie hoffte inständig, ihre Tochter Gesa würde sich nie derartig in einem Mann täuschen. Nicht wie sie, nicht wie die junge Frau in der Bäckerei, nicht wie all diese Frauen, die zu sehr liebten und am Ende doch mit nichts als dem kleinen Zipfel Wurst in der Hand zurückblieben.

»Na, meine Schöne, heute schon einen Beitrag zum Allgemeinwohl geleistet?« Nina, wie immer in zu engen Jeans und einer Bluse, aus der herausquoll, was sie »Hans und Franz« nannte, beugte sich nun zu Gesa hinunter und küsste sie auf beide Wangen.

»Ich bin doch generell ein Beitrag zum Allgemeinwohl«, sagte Gesa grinsend, wobei sie ihre Küsschen erwiderte. »Außerdem hatte ich eine ziemlich lange Nacht und brauchte meinen Schönheitsschlaf.« Eine rosige Zunge umkreiste ihre vollen Lippen und leckte ein Restchen Nutella weg.

»Lange Nacht, weil toller Mann oder weil viel Alkohol im Spiel?«, fragte Nina, nahm Marianne die Tasse mit dem Milchkaffee aus der Hand und tauchte ihre Nase in den Schaum. Nach einem Tag voller verknoteter, verspannter Körperteile hatte sie sich dies wirklich verdient, fand sie.

»Ein paar Wodka-Feige und ein Mann zu viel«, gestand Gesa. »Ich glaub, ich mach mal ’ne Männerpause.«

»Gute Idee«, meinte Marianne. »Dann räum doch zur Abwechslung mal dein Zimmer auf. Wäre klasse für mich, wenn der Teil der Wohnung, in dem du dich vorwiegend aufhältst, nicht mehr einer Müllhalde ähnelt.«

Sie sah den Blick, mit dem ihre Tochter sie nachsichtig musterte, und ärgerte sich darüber. Gesa machte sie zu einer Mutter, die sie absolut nicht sein wollte. Einer, die ständig meckerte und kritisierte und ihrer Tochter dann trotzdem hinterherräumte.

»Ach, Mami«, sagte sie, »irgendwann komm ich doch ganz groß raus. Entweder als Domina oder als Bundeskanzlerin. Oder ich such mir einen reichen Kerl, der mir fünf Kinder macht. Warum soll ich mir bis dahin graue Haare wachsen lassen?« Herzhaft biss sie in ihr Brötchen und lächelte den beiden Frauen zu. »Und dann lad ich euch beide auf die Malediven ein.«

Marianne und Nina wechselten einen Blick.

»Nach dir«, sagte Marianne zu ihrer Freundin.

»Das sind ja wunderbare Aussichten«, meinte Nina, »aber ein kluges Mädchen wie du sollte immer einen Plan B parat haben.«

Gesa schaute sie verständnislos an. Inzwischen war auch ihre

Nasenspitze nutellaverschmiert. Ninas Blick wurde strenger, als sie beabsichtigt hatte, aber sie wusste – jetzt war Solidarität unter Frauen angesagt.

»Es wird Zeit, dass du deiner Mutter nicht länger auf der Tasche liegst und dein Leben endlich selbst in die Hand nimmst. Sie wird dein Verhalten nämlich nicht mehr ewig tolerieren und unterstützen. Wenn du so weitermachst, sitzt du irgendwann mit dem Hut in der Hand und einem räudigen Köter in der Innenstadt und bettelst um Geld.«

»Meinst du das ernst?«, fragte Gesa fassungslos. »Dass es so weit kommen wird?«

»Allerdings«, bekräftigte Nina.

»Du auch, Mami?«

Marianne nickte. Sie hätte nicht gedacht, dass Ninas strenge Worte ihre Tochter so beeindrucken würden.

Gesa war unsicher, das sah man ihr an. Sie hatte keine Wahl mehr, und diesen Zustand hasste sie. »Vielleicht kann ich ja in Mamis Eisladen aushelfen«, schlug sie vor.

»Keine gute Idee«, wehrte Marianne sofort ab.

»Oder in deiner Praxis.« Gesa wandte sich an Nina. »Ich könnte den Männern die Hand halten, wenn du sie zu hart massierst.«

Unwillkürlich musste Nina grinsen. Was für ein kleines Luder, dachte sie, genauso war ich auch in ihrem Alter. Und ein bisschen bin ich ja noch immer so ...

»Wir könnten ja mal alle zusammen nach Angeboten im Internet gucken«, sagte Marianne, und ihre Stimme klang noch immer ein wenig mutlos. »Übrigens, Nina, ich hab heute im Fitnessclub deine Freundin Angie getroffen. Nette Frau. Warum hast du mir die noch nie vorgestellt?«

»Angie?«, rief Nina erstaunt. »Die macht doch schon seit Jahren keinen Sport mehr!«

»Sie hat wieder angefangen«, klärte Marianne sie auf. »Wir haben zusammen die neuen Geräte getestet und über Gott und die Welt gequatscht.«

Nina schwieg. Sie wusste nicht, wie sie das finden sollte. Aus einem Grund, der ihr selbst nicht bewusst war, hielt sie ihre Frauenfreundschaften am liebsten getrennt. Aus Eifersucht? Unsicherheit? Nina neigte nicht zur Nabelschau, jedenfalls nicht zur eigenen, deshalb verdrängte sie den Grund, der dahinterstecken könnte. Es war einfach albern und unerwachsen.

»Du meinst wirklich Angie Winter«, sagte sie stattdessen, »deren Mann die *Lukullus*-Betriebe gehören?«

»Genau die«, bestätigte Marianne. »Sie ist wirklich nett. Hoffentlich treffe ich sie jetzt häufiger beim Training, dann ist es nicht so langweilig.«

»Worüber habt ihr denn geredet?«, fragte Nina. »Hat sie dir von ihrem Mann vorgeschwärmt, dem tollen Jochen?«

»Ja, sie hat mir ein Foto von ihm auf ihrem Handy gezeigt. Aber hallo, sage ich da nur, den würde ich nicht nur nicht von der Bettkante schubsen, den würde ich festbinden ...«

»Mami, bitte«, Gesas Stimme klang gequält, »ich find's einfach unappetitlich, wenn alte Frauen über Sex reden.«

Nina unterdrückte den Wunsch, ihr eine kleine Patsch-Patsch-Ohrfeige mit den Worten »Du bleibst auch nicht ewig jung, du kleine Kröte!« zu verpassen.

Stattdessen lächelte sie und sagte: »Alte Frauen verstehen wenigstens etwas davon. Mir hat mal ein Mann erzählt, dass junge Mädchen im Bett wie tote Flundern sind. Und wenn sie einen Orgasmus vortäuschen, kreischen sie dabei so unecht, dass es einem in den Ohren wehtut.«

»Oh, Gott«, rief Gesa und hielt sich die Ohren zu, »kein Wort mehr, sonst wird mir schlecht.«

Marianne griff zur Eierlikörflasche. »Nachschlag?«, fragte se.

Nina nickte und hielt ihr die Kaffeeschale hin. »Apropos Jochen. Unter uns gesagt – er ist tatsächlich unglaublich attraktiv. Natürlich würde ich das Angie gegenüber nie zugeben, aber sie muss schon ein bisschen aufpassen. Deshalb finde ich es gut, dass sie wieder trainiert.«

»Irgendwie ungerecht«, sinnierte Marianne und leckte die letzten Tropfen aus der Eierlikörflasche. »Wenn eine Frau jünger ist als der Mann, gibt es Geschrei, wenn er besser aussieht, ebenso. Warum leben wir nicht in einer Welt, in der so was ganz normal ist?«

»Weil Gott ein Mann ist«, sagte Nina und flüsterte Marianne zu: »Ich hatte übrigens eben eine Superidee, was deine missratene Tochter angeht.«

Kapitel 4

Der *Lukullus*-Parkplatz war wie immer kreuz und quer zugeparkt, deshalb stellte Angie ihren kleinen roten Flitzer quer vor das schwarze Mercedes-Cabrio, das sich Jochen zu seinem letzten Geburtstag gegönnt hatte. Sie kam nicht oft vorbei; eigentlich nur, wenn ihr Schwiegervater sie ausdrücklich einlud. Was er jedoch immer wieder gerne und mit Nachdruck tat.

»Du störst doch nicht!«, sagte Senior Winter dann. »Komm öfter, hab ruhig 'ne Meinung, Deern. Schließlich hast du mal Betriebswirtschaft studiert, da muss doch noch was von übrig geblieben sein. Und meine Jungs haben die Weisheit auch nicht immer mit Löffeln gefressen.«

Angie fürchtete, dass Jochen das etwas anders sah. Klar, theoretisch gehörten ihr 33, 333 Prozent der Firma, das hatte August Winter nach dem Tod von Trudi testamentarisch so verfügt, die restlichen 66, 6666 teilten sich seine Söhne.

»Mir gehört ein Drittel«, hatte sie damals ganz begeistert gerufen. »Krieg ich jetzt auch ein Büro? Ich könnte ja vormittags arbeiten, wenn Julius im Kindergarten und später dann in der Schule ist.«

»Darüber könnte man mal nachdenken, Schatz«, hatte Jochen nach einer kleinen Pause gesagt, aber sein Gesichtsausdruck sprach Bände. Er war nicht begeistert, das war Angie sofort klar.

Doch sie hatte nicht gleich aufgegeben. »Ich hab das ja mal studiert, vielleicht fällt mir was ein, damit der Laden noch besser läuft. Ich finde zum Beispiel die braunen Tapeten in den Restaurants ganz scheußlich. Gelb wäre doch viel schöner.«

Er hatte nichts gesagt, sie nur freundlich angeschaut, so lange, bis sie das Thema wieder fallen ließ. Dass er ihr geschäftlich so wenig zutraute, war wie ein kleiner Stich ins Herz gewesen, dessen kurzen Schmerz sie jedoch schnell wieder vergessen hatte. Schließlich hatte sie ein großes Haus, einen sehr pflegeintensiven Garten, einen temperamentvollen Sohn – ihr Leben war ausgefüllt. Also hatte sie sich fest vorgenommen, sich nicht mehr in die Geschäfte einzumischen.

Aber nun hatte Angie sich entschlossen, ihre Geburtstagsparty jetzt doch von *Lukullus* ausrichten zu lassen; ihre Bedenken, dass sie sich als Chefin keine Extrawurst braten lassen wollte, hatte Jochen energisch vom Tisch gewischt. Außerdem hatten sie Jochens schlechte Laune und sein unachtsamer Abschiedskuss heute Morgen etwas verunsichert.

Sie funktionierte einfach schlecht, wenn ihre Gedanken um die Familie kreisten oder sie sich Sorgen um ihre Männer machte. Julius war Jochens Morgenmuffeligkeit auch aufgefallen, er hatte sie als »Papas Männermenopause« abgetan, mit sechzehn gab es wichtigere Probleme als die Seelenblähungen der Eltern. Zum Beispiel, wie er sich einen Faked ID beschaffen konnte, einen gefälschten Ausweis, damit er endlich in die angesagten Clubs hineinkam und nicht vom Türsteher wieder weggeschickt wurde. Auf dem letzten, den er sich aus dem Internet heruntergeladen hatte, war er nämlich ein zweiundzwanzigjähriger »International Student« namens Lois Vertango, was angesichts seiner blonden Haare und seines nicht vorhandenen Bartwuchses etwas unglaubwürdig gewesen war.

»Der kriegt sich wieder ein, Mama«, hatte er seine Mutter beruhigt, sie zum Abschied geküsst und um einen »kleinen Taschengeldvorschuss« gebeten.

»Du hast doch schon einen mindestens bis Weihnachten«, hatte Angie der Form halber protestiert und automatisch zu ihrem Portemonnaie gegriffen. Sie wusste, dass sie ihn zu sehr verwöhnte, aber er war ihr einziges Kind, sie konnte nicht anders.

Als sie später vom Fitnesstraining nach Hause gekommen war, hatte sie noch einmal über Jochens schlechte Stimmung nachgedacht.

»Jeden Abend einen Blowjob vor dem Zähneputzen und Ihr Mann wird Sie nie verlassen«, hatte sie erst kürzlich in einem Frauenmagazin gelesen, »denn ein sexuell befriedigter Mann ist ein glücklicher Ehemann.« O Gott, hatte sie gedacht, jeden Abend?

Aber es hatte sie nachdenklich gemacht. Vor allem deshalb, weil sie es nur allzu gut verstehen würde, wenn er sich in seiner Ehe ein bisschen langweilte. Ganz ehrlich in sich hineingehorcht, ging es ihr nämlich genauso. Jeden Tag derselbe Mann konnte manchmal ebenso fad sein wie jeden Tag dasselbe Essen. Auch wenn es in Jochens Fall Trüffelleberpastete an Morchelschaum mit Kaviar war. Und was bin ich, dachte Angie, Bratkartoffeln mit Spiegelei?

Es musste etwas passieren, aber was? Angie war nie ein Fan von großen Plänen und einschneidenden Veränderungen gewesen, auch Silvester hatte sie nie große Vorsätze gehabt – keine Zigaretten und keine Kohlenhydrate mehr, nur Vollkornkost! Keller und Boden ausmisten! Das gab es bei ihr nicht. Wenn überhaupt, nahm sie sich kleine Dinge vor: eine neue Lippenstiftfarbe, nur noch fettarme Milch statt Vollmilch, den Abschiedskuss, den sie Jochen jeden Morgen gab, in Zukunft mit Zunge. Das immerhin hatte sie drei Tage durchgehalten, bis Jochen sie ganz lieb darauf hingewiesen hatte, dass er so früh am Tag noch nicht in Kussstimmung war.

Es war zwar nicht Neujahr, aber ein paar eheliche Renovierungsarbeiten konnten ja nie schaden. Und mit ihrem Besuch im Fitnesscenter hatte sie bereits ein kleines Zeichen der Erneuerung gesetzt.

Heute gibt es Sex, beschloss Angie, egal, ob Jochen Lust hat oder nicht. Basta!

Mit schnellen Schritten überquerte sie den Parkplatz, winkte ihrem Schwiegervater durch das große Küchenfenster zu, wo er gerade einen Holzlöffel ableckte, den Agnes ihm hinhielt. Es schien köstlich zu sein, denn er sah hingerissen aus, und Agnes war eine sehr gute Köchin mit einer speziellen Vorliebe für herzhafte Kost. Die Worte Cholesterin und Arterienverkalkung kamen in ihrem Wortschatz nicht vor, was immer wieder zu Auseinandersetzungen mit Jochen führte, weil sie ja Altenheime als Kunden hatten, »deren Bewohner uns noch ein bisschen erhalten bleiben sollten«, wie er argumentierte. Was Agnes prompt mit dem Argument: »Ab siebzig ist jedes Laster lebensverlängernd« weggebügelt hatte.

Lächelnd betrat Angie den Backsteinbau mit der großen *Lukullus*-Aufschrift, in dem Jochen und sein Bruder Jan ihre Büros hatten. Hier könnte wirklich mal wieder gestrichen werden, dachte sie, als sie auf die Rezeption zuging, hinter der Johanna Schwingel thronte. Der gesamte Empfangsbereich machte farblich einen etwas trübsinnigen Eindruck. Auch die gute alte Sekretärin war nach Angies Meinung nicht die optimale Visitenkarte für eine Restaurantkette, die sich Familienfreundlichkeit und Gastfreundschaft auf die Fahnen geschrieben hatte. August Winter hatte sie als Fräulein Schwingel vor achtunddreißig Jahren eingestellt, und seitdem hatte es niemand gewagt, an so etwas wie Vertragsauflösung oder Frühpensionierung auch nur zu denken. Sie gehörte einfach dazu, genauso wie die angestaubten Uraltkakteen auf den Fensterbänken oder die knallblauen Klobrillen in den Toiletten, die Trudi Anfang der siebziger Jahre gekauft hatte.

»Ist doch egal, das fällt doch kaum auf«, meinte Jochen, als Angie ihm einmal vorschlug, für die Toiletten neutrales Weiß zu wählen. Auch Jan hatte ihr damals keinen Beistand geleistet, hielt er doch jegliche Art von »Designfummelei«, wie er es bezeichnete, für reine Geldschinderei.

Angie blickte sich um und beschloss, etwas zu tun. Dazu brauchte sie Unterstützung, denn sie würde es hinter dem Rücken der Miteigentümer machen müssen. Mit ihrer Zustimmung konnte sie jedenfalls nicht rechnen.

»Hallo, Johanna«, sagte sie und lächelte dem »Firmendrachen«, wie sie von den männlichen Winters insgeheim genannt wurde, freundlich zu. »Wie geht es Ihnen heute?«

Johanna Schwingel lächelte. Sie wusste genau, dass dies keine ernst gemeinte Frage war und Angie Winter weder an den Magenkrämpfen ihrer Katze noch an ihrer eigenen leicht depressiven Verfassung, die sie bis jetzt ohne Erfolg mit Johanniskrauttee zu bekämpfen versuchte, ernsthaft interessiert war. Aber sie wusste es zu schätzen, dass sich die Chefin zumindest bemühte.

»Danke, hervorragend«, sagte sie. »Schön, dass Sie sich mal wieder hier blickenlassen. Neue Frisur?«, fragte sie, weil sie zuvorkommend sein wollte und ihr so schnell nichts anderes einfiel.

»Im Gegenteil«, erwiderte Angie sehr erstaunt, »ich müsste ganz dringend mal wieder ...«

»Steht Ihnen trotzdem gut«, meinte Johanna Schwingel. »Macht Sie jünger.«

Angie hatte das Gefühl, dass sie jetzt mit einem Kompliment an der Reihe war. Sie riskierte einen Blick auf die Hände der Sekretärin. »Ihre Nägel sehen gut aus«, sagte sie, »French Manicure?«

Frau Schwingel nickte. »Ziemlich teuer, aber man gönnt sich ja sonst nichts.«

»Ich möchte nur kurz meinen Mann besuchen«, sagte Angie. »Wie geht es übrigens ... Ihrer Katze?« Kurz hatte sie überlegt, ob es nicht ein Hund war, von dem die Sekretärin ihr beim letzten Mal erzählt hatte, aber da freute sich Frau Schwingel auch schon über die Nachfrage. »Mozart geht es gut, ich habe ihn endlich kastrieren lassen.«

»Das ist sicher das Beste«, murmelte Angie ohne Überzeugung.

»Er hatte einfach einen zu starken Trieb, jetzt fühlt er sich wohler«, sagte die Schwingel und wandte sich wieder ihren Tasten zu. »Erste Etage, die dritte Tür rechts.«

»Vielen Dank«, sagte Angie und lachte, »aber ich kenne mich hier aus.«

Ich auch, dachte Johanna Schwingel und gestattete sich einen kurzen Moment intensiver Nostalgie. Ihre Gedanken schweiften in die Zeit, als sie und August Winter, Trudi notgedrungen mitgezählt, den Betrieb aufgebaut hatten und Achtzehn-Stunden-Tage keine Seltenheit gewesen waren. Und wenn sie vor Erschöpfung am Schreibtisch eingeschlafen war, hatte der Chef sie mit einer Tasse Bohnenkaffee geweckt. Und einmal mit einem Kuss. Was zwar nie wieder vorgekommen war, aber trotzdem zu den schönsten Momenten ihres Lebens zählte.

»Mein Gott, siehst du heute wieder gut aus!«

Angie zuckte zusammen, als die Stimme ihres Schwagers sie im Rücken traf.

»Was willst du denn von meinem Bruder? Nimm endlich mich, ich bin viel besser gelaunt.«

Sie war geschmeichelt und lächelte. Meine kleine Gute-Laune-Kugel, hatte Trudi ihren Jüngsten immer genannt, und das war er heute noch.

»Ich wollte nur ganz kurz mit Jochen über meine Party sprechen«, sagte sie. »Ist es wirklich kein Problem, wenn ihr das Catering macht? Eigentlich wollte ich euch ja nicht damit belästigen, aber es wäre doch das Einfachste.«

»Muss ich dich schon wieder daran erinnern, dass die Firma zu einem Drittel dir gehört?«, fragte Jan. »Also sag mir, was du willst, und ich erfülle dir alle deine Wünsche.«

»Alle?« Angie merkte zu spät, dass es auf einmal unangebracht flirtig klang.

»Nein, nur die kulinarischen«, wehrte Jan ab. »Es sei denn, du bestehst darauf ... Warum ist dein Mann eigentlich so schlecht gelaunt?«

»Ach, Jan«, seufzte Angie, »ich weiß es ja auch nicht. Manchmal ist das Eheleben eben kompliziert.«

»Da kann ich nicht mitreden«, sagte er, »du hast mich ja damals nicht erhört.«

»Weil du mich nie direkt gefragt hast«, erwiderte Angie und fühlte sich gleich viel besser. Wie eigentlich meistens, wenn sie in seiner Gegenwart war. Richtig niedlich sieht er aus, wenn er grinst, dachte Angie, zum Anbeißen. Im Gegensatz zu Jochen war sein jüngerer Bruder zwar nur mittelgroß und sein Bauch zeigte bereits den Hauch einer kleinen Genießerwampe, auch seine Haare hatten nicht Jochens lockige Fülle, aber dafür hatte er einfach einen erheblichen Fun Factor, gepaart mit diesem »Mit mir wirst du Spaß haben«-Blick. Und der sorgte dafür, dass er selten allein aufwachte. Was sie nicht von ihm, sondern wiederum von Nina wusste, die zweimal dieses Vergnügen gehabt hatte. »Sensationell«, waren ihre Worte gewesen, als Angie nachgefragt hatte, »er ist einfach eine Granate im Bett.«

Sie hatte die Bilder längst verdrängt, die Ninas Worte in ihr ausgelöst hatten, doch jetzt waren sie auf einmal wieder da und ließen sie leicht erröten. »Vermutlich beunruhigen ihn eure schwächelnden Umsätze«, sagte sie, um wieder neutralen Boden zu betreten. »Habt ihr schon einmal darüber nachgedacht, ob euer neues Konzept wirklich aufgeht? Ich glaube ja nicht, dass sich konventionelle Familienrestaurants auf Dauer rentieren, der Trend geht in eine ganz andere Richtung.«

»Und welche wäre das deiner Meinung nach?«, fragte Jan und lächelte so freizügig, dass Angie ihre Antwort sofort wieder verschluckte.

»Das erzähle ich der Konkurrenz«, sagte sie, drehte auf dem Absatz um und betrat Jochens Büro ohne anzuklopfen.

Ein Hauch von Chanel N°5 blieb in der Luft zurück, den Jan erst wahrnahm, als sie an ihm vorbeigegangen war. Er blieb einen Moment stehen und sah ihr nach. Sie riecht gut, dachte er, muss sie mir das auch noch antun?

Jochen studierte gerade die Umsatzzahlen des letzten Quartals. Sie waren etwas gesunken, das sah er auf den ersten Blick, und zwar in allen *Lukullus*-Restaurants. Besonders betroffen war ihr größter Laden neben dem Hauptbahnhof, aber da war der Schuldige schnell gefunden – ein neu erbautes Steak House gegenüber, das auf haargenau dieselbe Klientel wie die *Lukullus*-Bistros zielte: Geschäftsmänner und Touristen, die gut essen, aber nicht so viel dafür ausgeben wollten. Ein wachsender Markt, der hart umkämpft war.

»Neun Prozent weniger am Stadtparkring und elf in der Gryphiusstraße ...« Er blickte auf, als sich die Tür öffnete, und sein Gesicht verzog sich zu einem Lächeln. »Angie, dich schickt der Himmel! Komm rein und bring mich auf andere Gedanken.«

»Das habe ich auch vor«, sagte sie, warf kurz einen Blick zurück und sah, dass ihr Schwager noch immer hinter ihr stand. »Ist noch was?«, fragte sie ihn.

Er schwieg und schüttelte den Kopf.

»Dann kannst du uns jetzt ein bisschen allein lassen.«

Jan drehte sich um und ging an seinen Schreibtisch zurück.

»Hast du etwas Bestimmtes vor?«, fragte Jochen neugierig, als Angie die Bürotür schwungvoll zuwarf und um den Schreibtisch herumging.

»Allerdings«, sagte sie und setzte sich auf seinen Schoß.

»Angie, was ist denn mit dir los?« Jochen wusste nicht, wie ihm geschah.

»Halt die Klappe«, flüsterte sie heiser, »und küss mich lieber.«

»Herr Winter, warum gehen Sie denn nicht ans Telef...« Frau Schwingel stand in der Tür, und ob sie das, was sie sah, richtig deutete, blieb ihr Geheimnis; auf jeden Fall wartete sie nicht ab, bis ihr Chef seine Erklärung, man habe unter dem Schreibtisch etwas gesucht, fertiggestammelt hatte. Aber man sah ihrem kerzengeraden Rücken einen gewissen Grad von Missbilligung an, der Angie ihre Bluse so hastig wieder zuknöpfen ließ, wie sie diese vor fünf Minuten in erotischer Vorfreude geöffnet hatte.

Nachdem sich die Sekretärin wieder verzogen hatte, rief Angie ihrem Ehemann und ihrem Schwager ein »Tschüss allerseits« zu, woraufhin Jochen, der noch immer an seinem Gürtel herumnestelte, ihr ein »Bis heute Abend« hinterherrief. Dann griff er mit einem breiten Grinsen zum Telefonhörer.

Als Angie an der Rezeption vorbeikam, saß Johanna Schwingel wieder an ihrem Computer. Jetzt oder nie, dachte Angie und räusperte sich.

»Frau Schwingel, ich habe einen kleinen Anschlag auf Sie vor.«

»Den haben Sie doch gerade auf Ihren Mann verübt.« Johanna Schwingel sah von ihrer Tastatur hoch, und als Angie in den Augen der Sekretärin ein winzigkleines, aber deutlich amüsiertes Glitzern entdeckte, nahm sie sich ein Herz und brachte ihr Anliegen vor.

*

So fühlt sich dieser Tag doch gleich viel freundlicher an, dachte Jochen, als er plötzlich deutlich besser gestimmt zu den unbezahlten Rechnungen griff. Was war nur in Angie gefahren?

Sein Handy klingelte, und als er hörte, dass Nina dran war, stieß er innerlich einen kleinen Fluch aus. »Was kann ich für dich tun, Nina?«, sagte er. »Warum lachst du so?«

»Reine Nervosität«, erwiderte Nina. »Ich will nämlich tatsächlich was von dir. Nicht für mich. Hast du mal 'ne Minute?«

Jochen seufzte tief. Er hasste Ninas Offensiven, empfand sie als Zumutung. Da sie keinen festen Kerl in ihrem Leben hatte, der Reifen wechseln, verstopfte Klos reparieren oder schwere, rückenstrapazierende Teile in den fünften Stock schleppen konnte, wurde er ständig zu diesen Diensten zwangsverpflichtet. Insgeheim fand er, dass die Männer, die mit Nina im Bett waren, wenigstens hinterher ihren Sondermüll entsorgen konnten, aber das behielt er wohlweislich für sich.

»Was willst du?«, fragte Jochen ahnungsvoll. Er lauschte ihren Worten, während sich seine Stirn zunehmend umwölkte. »Wir arbeiten nur noch sehr ungern mit Praktikanten«, sagte er dann. »Weil das meistens faule, verwöhnte Kinder überforderter Eltern sind, die sie bei uns abschieben, damit sie ihr Gewissen beruhigen. Und bevor du mich darauf hinweist, nein, meinen eigenen Sohn könnte ich auch nicht als Praktikanten empfehlen. Und es nützt überhaupt nichts, wenn du jetzt deine Stimme erotisch tieferlegst, die Antwort bleibt Nein.«

Ohne ihren, wie er wusste, schrillen und extrem hartnäckigen Protest abzuwarten, legte er den Hörer auf. Bestimmte Frauen, ganz besonders wenn sie mit der eigenen befreundet waren, konnten extrem anstrengend sein. Nina war der beste Beweis dafür. Nein, der schlechteste. Er trat ans Fenster und schaute nach draußen. Der Himmel war grau, es fing an zu nieseln. Ein Anblick, der ihn auf einmal erneut deprimierte. Was war bloß los mit ihm?

Als das Telefon wieder klingelte, nahm er nicht den Hörer ab, sondern stand auf und verließ das Büro. Er brauchte dringend frische Luft und ein kleines Bierchen, frisch gezapft von der Wirtin an der *Windigen Ecke*. Eine kleine Flucht.

»Ich hab einen Termin außer Haus«, rief er Frau Schwingel zu, die ihn aus schmalen Augen musterte. »Mein Handy mach ich aus, ich möchte nicht gestört werden.«

Und weg war er.

»Was für einen Termin denn?« Jan war ihm die Treppen hinterhergelaufen. »Frau Brückner vom St. Johannis-Seniorenstift hat doch abgesagt.«

Die Sekretärin reichte ihm wortlos einen Schokoladenbiskuit. »Ich habe keine Ahnung«, sagte sie. »Vielleicht trifft er einen Hormonspezialisten.«

Sie bereute sofort den hauchzarten Scherz, als sie in Jans konsterniertes Gesicht sah, der sich an seinem Keks fast verschluckte.

»Ist da etwas an mir vorbeigegangen?«, fragte er, als er sich wieder gefangen hatte. »Etwas Ernstes? Die Prostata womöglich?«

»Nichts Ernstes«, sagte sie schnell, »ein kleiner Spaß meinerseits. Wird nicht wieder vorkommen.«

Kopfschüttelnd ging Jan an seinen Schreibtisch zurück. Eine komische Bemerkung passte gar nicht zu der alten Schwingel. Ob sie in den späten Wechseljahren war? Oder ein kleines Alkoholproblemchen hatte?

Das Telefon klingelte wieder. »Lukullus und Söhne, hier spricht Frau Schwingel. Ach, Sie sind es wieder. Kann ich etwas für Sie tun? Nein, tut mir leid, er ist nicht mehr da. Sein Bruder? Ja, einen Augenblick bitte, ich verbinde.«

»Nina, meine Liebe, wo drückt der Stöckelschuh?«, sagte Jan und grinste. »Okay, wie sieht sie aus? Gut? Dann seh ich kein Problem. Schick sie her.«

Nina klappte ihr Handy zu und sah Marianne und Gesa triumphierend an. »Es hat geklappt!« Dann sah sie, dass die Praktikantin in spe ihre Begeisterung nicht teilte.

»Wann muss ich denn da aufstehen?«, maulte sie. »Also vor zehn Uhr kann ich nicht anfangen, denn da funktioniere ich noch gar nicht.«

Nina gestattete sich eine kleine verbale Explosion. »Das tut mir leid für dich, meine liebe Gesa, aber ab morgen wird sich dein Biorhythmus etwas ändern müssen. Weil du nämlich um sieben Uhr aufstehen wirst, damit du dich um acht Uhr bei Frau Schwingel in der *Lukullus*-Zentrale melden kannst. IST DAS KLAR?«

»Und dann?«, fragte Gesa missmutig. »Was passiert dann?«

»Ganz einfach«, meinte Nina sonnig. »Dann lernst du endlich das richtige Leben kennen.«

»Noch'n Bier«, sagte Jochen zur Wirtin.

»Bisschen früh für dich«, meinte sie. »Hast du Probleme?«

»Nichts Bestimmtes, nur so allgemeiner Blues.«

»Geht sie fremd?«

»Wer?«, fragte er verständnislos.

»Na, deine Frau, wer sonst?«

Dieser Gedanke war so absurd, dass Jochen laut lachen musste. »Im Gegenteil«, sagte er und grinste, »sie ist sehr nett zu mir.«

»Sag ich doch«, meinte die Wirtin, »dann geht sie fremd. Sie verführt dich, weil sie was vertuschen will.«

»Du spinnst, Helga«, sagte Jochen und nahm einen tiefen Schluck aus seinem Bierglas.

»Dann gehst du fremd.« Die Wirtin war hartnäckig.

»Auch da muss ich dich enttäuschen, Angie und ich sind sehr glücklich.«

»Was nicht ist, kann ja noch werden.« Helga lachte. »Darauf trinken wir. Prost!«

Jochen hob sein Glas und prostete ihr zu.

Kapitel 5

Gesa lag auf ihrem Bett in einem Zimmer, in dem es bereits vor geraumer Zeit zu einer Massenkarambolage mit anschließender Atomexplosion gekommen war. Wer es betreten wollte, musste sich einen Weg durch einen kniehohen Komposthaufen aus alter Kleidung, halb zerrissenen Zeitschriften und zerkrümelten Kosmetika bahnen. Marianne hatte es sich angewöhnt, einmal am Tag die schlimmsten Reste zu entsorgen, ansonsten betrat sie die Müllhalde, die einmal ein niedliches, in Rosatönen gestrichenes Mädchenparadies gewesen war, schon lange nicht mehr.

Gesa reichte nach der Wodkaflasche, die sie vor ihrer Mutter in Sicherheit gebracht hatte, nahm einen tiefen Schluck, griff zum Telefon und drückte auf die Wahlwiederholungstaste. Zum siebzehnten Mal.

»Dies ist die Nummer von Claus Ludwig. Hinterlassen Sie bitte eine Nachricht, ich rufe dann umgehend zurück.«

Gesa schloss die Augen, drückte die Nummer weg und wählte neu.

»Dies ist die Nummer von Claus Ludwig …«

Nur seine Stimme zu hören, machte sie schon völlig high. Weil sie sofort an seine Hände denken musste; große, kräftige Männerhände mit langen, sehr sensiblen Fingern, perfekt für seinen Beruf – er war Ästhetischer Chirurg, das sagte er, wenn man ihn danach fragte, weil es seriöser klang als Schönheitschirurg.

Gesa war süchtig nach ihm. Und ganz besonders nach seinen Chirurgenhänden, die Dinge mit ihrem jungen Körper angestellt hatten, die nichts, aber auch gar nichts mit den ungeschickten Fummeleien zu tun hatten, die sie von den jungen Bubis kannte, mit denen sie sich vorher amüsiert hatte. Er war einfach eine Offenbarung für sie, der Mann, der in ihrem Fitnessclub auf dem Crosstrainer neben ihr geschwitzt und ihr dabei so sympathisch zugelächelt hatte. Sie waren ins Gespräch gekommen, hatten zusammen einen Kaffee, ein Glas Wein getrunken, dann war die Einladung in ein Fischrestaurant am Hafen gefolgt und seine Frage: »Sag mal, wie alt bist du eigentlich?«

»Ich bin fünfundzwanzig.« Sie hatte es in diesem Moment für besser befunden, ihr Alter ein wenig aufzurunden.

Er hatte scharf die Luft eingesogen und »Gott, ich bin ein Kinderschänder« gemurmelt.

War es der große Altersunterschied, der sie beide so heiß aufeinander machte? Weil es sich verboten, irgendwie inzestuös und deshalb so unglaublich lustvoll anfühlte, einen Mann zu verführen, der so alt wie ihr Vater war? Ihr Vater Laurenz, den sie, worüber sie nie sprach, am wenigsten mit ihrer Mutter, aus ganzer Seele hasste und vermisste. Besonders seit sie vor ein paar Monaten eine SMS von ihm bekommen hatte mit dem Text: *Bin wieder Vater geworden und sehr glücklich. Dein Papa.* Sie hatte nur *Schön für dich, Arschloch* zurückgesimst und sich einen kurzen Augenblick besser gefühlt.

Marianne schien sich über die Nachricht nicht zu wundern. »Was erwartest du von einem Mann« sagte sie, »der sich, als ich in den Wehen lag, so die Kante gegeben hat, dass er dich im Krankenhaus das erste Mal schwankend und mit einer Riesenfahne begrüßt hat?«

Gesa hätte sich gewünscht, von solch unerfreulichen Details verschont zu werden, aber Marianne hielt es für besser, wenn sie die ganze schmuddelige, traurige Wahrheit über den Mann erfuhr, der ihrer Mutter das Herz gebrochen hatte und als Vater leider auch eine ganz klägliche Nummer gewesen war. Zum einundzwanzigsten Geburtstag hatte er ihr immerhin ein T-Shirt geschickt, auf dem »Daddys Darling« stand und das Marianne jetzt als Putzlappen benutzte, da Gesa es sofort aussortiert hatte.

Claus hatte vor einer Woche seinen fünfzigsten Geburtstag in großer Runde gefeiert, was sie deshalb so gut wusste, weil sie nicht dazu eingeladen war. Obwohl er in Scheidung lebte und sein Sohn bereits dreizehn war.

»Wir beide, das war wunderschön, aber es war absolut nichts Ernstes. Du bist viel zu jung für mich, lass uns Freunde bleiben«, hatte er ihr gesagt, nachdem sie ihm zu seinem Ehrentag fünfzig dunkelrote Rosen ins Krankenhaus geschickt hatte. Zuvorkommend, wie sie war, hatte Gesa auf ein Kärtchen verzichtet, obwohl es sie sehr gereizt hätte, eines mit den Worten »Ich bin verrückt nach dir, mein Schatz!« dazuzulegen.

Mariannes Kreditkartenabrechnung war zum Glück noch nicht gekommen, bis dahin musste sie eine gute Ausrede parat haben, denn vorsichtshalber hatte sie ihr nichts von ihrem neuen, anspruchsvollen Lover erzählt. Nichts von ihrer rasenden Verliebtheit, die sie alle drei Sekunden checken ließ, ob er auf ihre

SMS geantwortet hatte. Nichts von den allabendlichen Spaziergängen, die sie jedes Mal vor seine Villa am Stadtrand führten, wo sie auf ihn wartete und dann durch sein Panoramafenster beobachtete, ob er auch allein zu Hause war. Er kam tatsächlich nie in Begleitung, deshalb war es für Gesa umso unbegreiflicher, dass er zwar ein zärtlicher Liebhaber war, aber von einer festen Beziehung absolut nichts wissen wollte. Wie konnte sie diese Widersprüchlichkeit begreifen, nachdem sie seine ausgedehnte Mittagspause, einen Tag vor seinem Geburtstag, in einem kleinen Hotel am Hauptbahnhof miteinander verbracht hatten?

»Ich fühle mich so unglaublich jung mit dir«, hatte er, den Mund zwischen ihren Beinen, geflüstert. Aber kurz darauf war sein Blick auf seine Armbanduhr gefallen, er hatte »Scheiße, schon so spät, eine Nase, eine Lipo und zwei Implantate warten auf mich!« gerufen und war hastig aufgebrochen. Seitdem hatte er sich nicht mehr gemeldet, auf Festnetz und Handy erreichte sie nur Anrufbeantworter und Mailbox, und in der Nacht seines Geburtstages, die sie vor seinem Haus verbracht hatte, war er nicht heimgekommen. Im Morgengrauen hatte sie sich fortgeschlichen, mit einem vor Wut und Trauer fast platzenden Herzen.

Zu allem Elend war Marianne gerade aufgewacht und hatte ihr eine Szene gemacht. »Um diese Zeit kommst du erst heim? Wann fängst du endlich an, erwachsen zu werden, Gesa? Womit hab ich das alles nur verdient?«

Nach einem Mörderzoff hatte sie sich ins Bett gerollt und zwölf Stunden durchgeschlafen. Und natürlich hatte sie nicht mehr gemerkt, dass ihre Mutter an ihr Bett getreten war und geflüstert hatte: »Du weißt, dass ich dich zwar jeden Tag aus dem Fenster schmeißen will, aber dich trotzdem aus ganzen Herzen liebhabe, mein Schatz.«

Ein letzter Versuch, dachte Gesa, als sie aufwachte, wenn er dann nicht rangeht, fackele ich entweder seine Villa ab, schlitze seine Autoreifen kaputt oder ich vergesse ihn einfach. Andere Söhne haben auch schöne Vater! Sie griff zum Telefon, als die Tür aufging und ihre Mutter ins Zimmer kam. Und wieder den vorwurfsvollen Ton anschlug, den sie sich eigentlich verkneifen wollte.

»Mein Gott, was für ein Schweinestall! Wann räumst du denn endlich mal auf?«

Gesa seufzte und sah ihre Mutter an: »Du begreifst es einfach nicht«, sagte sie geduldig. »Es ist mein Zimmer, und im Gegensatz zu dir bin ich, was Ordnung angeht, nicht zwangsgestört, deshalb gefällt es mir so. Und wenn du mich jetzt entschuldigst, ich muss ein wichtiges Telefonat führen.« Sie fing an zu wählen, doch Marianne machte keine Anstalten zu gehen.

»Mami, du störst«, sagte Gesa, denn es klingelte bereits am anderen Ende. Ihr Herz klopfte stürmisch. »Bitte, lass mich jetzt allein, es geht um Leben und Tod!«, rief sie genau in dem Moment, als abgehoben wurde und sie seine Stimme hörte.

Da hatte Marianne ein Einsehen und knallte die Tür hinter sich zu.

»Ich bin's«, sagte Gesa.

»Wer ist ich?«, fragte er kühl, und da wusste sie, dass er nicht allein war.

»Hast du eine Andere?«, fragte sie ungläubig.

Er zögerte.

»Ich will wissen, ob du eine Andere hast!«, schrie sie.

»Ja«, meinte er.

Sicher stand sie jetzt neben ihm, oder sie saßen zusammen auf der Couch, ihre Füße auf seinen Oberschenkeln. »Kennt ihr euch schon länger?« Sie musste sie ertragen, diese Qual. Sie musste es wissen.

»Ja.« Seine Stimme klang gleichgültig, als fühlte er sich belästigt. »Ich kenne sie schon länger als dich, und nur damit du nicht auf dumme Gedanken kommst, ich habe die Sache mit dir gebeichtet, und sie hat mir verzie...«

In diesem Moment wurde ihm der Hörer aus der Hand gerissen, und Gesa hörte eine Frauenstimme ohne Vorwarnung und viel zu dicht an ihrer Ohrmuschel. »Ja, das habe ich, weil ich doppelt so alt bin wie Sie. Deshalb weiß ich, dass Sie nicht verliebt sind, sondern ganz dringend einen Vaterersatz brauchen. Und bei der Suche dabei wünsche ich Ihnen viel Glück.« Aufgelegt.

Gesa rief sofort zurück. »Dies ist die Mailbox ...«

Sie sprang vom Bett auf, trat ans Fenster, wählte erneut. Dann rannte sie aus dem Zimmer, vorbei an Marianne, die vor dem Fernseher auf dem Sofa eingeschlafen war. Im Treppenhaus wählte sie wieder. »Dies ist die Mailbox ...«

Sie rannte und rannte, nahm den Bus, rannte wieder, bis sie vor seinem nagelneuen Volvo stand. Sein Haus war dunkel, vermutlich war er schon zu Bett gegangen. Sicher nicht allein.

Gesa umkreiste den Wagen und flüsterte: »Dich mach ich jetzt fertig.« Sie war so voller Wut auf ihn, auf sich, in diesem Moment fühlte sie sich zu allem fähig. Sie zückte das Taschenmesser, das sie zuvor eingesteckt hatte, ging in die Knie und drückte die Klinge tief in die Autoreifen. Es ging nicht leicht, sie musste sich anstrengen, aber die Anspannungen der letzten Wochen und Monate verliehen ihr ungeahnte Kräfte. Sie umkreiste den Volvo wie im Delirium, bückte sich noch dreimal, bis der Wagen komplett auf die Felgen herabgesunken war. Und während sie sich so wild austobte, wurde sie gleichzeitig immer friedlicher. Wie jemand, der sich selbst verletzt und dann ganz ruhig wird, wenn das Blut aus ihm herausrinnt.

Danach stand sie ein paar Minuten reglos neben dem Objekt ihrer Raserei. Sie war erschöpft, ihr Körper fühlte sich wie Blei an, aber aus Gründen, die sie selbst nicht begriff, war sie vor allen Dingen erleichtert.

Auf dem Rückweg wurde ihr plötzlich eines sonnenklar: Nie wieder würde ein Mann sie so vor den Kopf stoßen wie Claus. So wie ihr Vater damals ihre Mutter. Nie wieder würde sie Opfer sein. Nie, nie wieder!

»Männer sind scheiße!«, rief sie in den Nachthimmel.

Als sie gegen Mitternacht nach Hause kam, saß Marianne am Küchentisch und löste Kreuzworträtsel. Sie trug einen flauschigen Pyjama mit weißen Schäfchen und hatte ihre Lesebrille auf der Nase.

»Wo warst du denn?«, fragte sie. »Ich hab mir schon Sorgen um dich gemacht.«

Gesa sah ihre Mutter an und hatte sie auf einmal ganz schrecklich lieb, auch wenn sie die Vorstellung, einmal so zu werden wie sie, ohne Mann durchs Leben zu gehen und im Schäfchenpyjama mit einer Billigbrille von Fielmann nachts in der Küche zu sitzen, einfach gruselig fand.

»Ich hab nur ein bisschen frische Luft geschnappt«, sagte Gesa.

»Deutscher Fluss mit vier Buchstaben«. Marianne sah ihre Tochter an.

»Passt *Rein*?«, fragte Gesa.

»Den schreibt man mit h, mein Engel«, sagte Marianne und seufzte.

»Elbe? Oder schreibt man die mit zwei l?« Gesa kicherte.

»Perfekt.« Marianne beugte sich wieder über ihr Kreuzworträtsel. »Übermorgen geht es los. Freust du dich?«

»Worauf?« Gesas Stimme klang lustlos.

»Na, auf dein neues Praktikum. Bei *Lukullus*. Wenn du dich bewährst, kannst du es vielleicht sogar verlängern, sagt Nina.«

»Klingt super, Mami.« Gesa küsste ihre Mutter auf den Kopf und verließ die Küche.

»Gute Nacht«, rief Marianne ihr hinterher. »Hab dich lieb.«

»Ich dich auch, Mami«, rief Gesa zurück und nahm sich ganz fest vor, ihre Mutter diesmal nicht zu enttäuschen.

*

Angie Winter stand in ihrer großen, sonnengelb gestrichenen Küche und weichte eine Handvoll getrockneter Steinpilze in lauwarmem Wasser ein. Sie würfelte Speck, den sie in etwas Butterfett ausbriet, gab Zwiebeln dazu und dünstete sie glasig. Dann ließ sie die Steinpilze mit dem Einweichwasser und einem Viertelliter Sahne einkochen, bis die Sauce cremig war. Sie seufzte zufrieden. Kochen war ihr Schönstes. Da war sie die Frau, die sie am liebsten war. Kompetent, durch nichts aus der Ruhe zu bringen, fantasievoll. Der Tag konnte noch so schrecklich gewesen sein, wenn sie abends in ihrer Küche das Essen vorbereitete, Gemüse schnitzelte, Kartoffeln schälte, Pastateig rollte oder ein Stück Fleisch marinierte, glättete sich alles, was sich in ihr stachelig und rau angefühlt hatte, und wurde glatt und friedlich. Kochen war ihre Therapie für alles. Wenn es auf dem Herd blubberte, brutzelte und aus dem Backofen duftete, dann gab es keinen Platz auf dieser Welt, wo sie lieber gewesen wäre. Was man ja leider auch auf ihren Hüften sah. Aber hoffentlich nicht mehr lange …

»Essen in dreißig Minuten!«, rief sie in Richtung Jugendzimmer, wo Julius hoffentlich gerade dabei war, seine Hausaufgaben zu machen. Sie liebte ihren Sohn, der mit seinen braunen Locken und breiten Schultern ein Abbild seines Vaters war, so sehr, dass sie abends nicht einschlafen konnte, wenn er noch unterwegs war.

Während Jochen selig vor sich hin schnorchelte, plagten sie dann die schlimmsten Schreckensfantasien. Julius zerquetscht unter seiner Vespa, die er ihnen zum sechzehnten Geburtstag abgetrotzt hatte. Betrunken im Rinnstein, vollgedröhnt mit Ecstasy. Dabei war er ein lieber, wenn auch leider im Moment ein bisschen zu moppeliger Junge, der früher gern mit ihr gekuschelt hatte. Ach, wie gern hätte sie die Zeit ein paar Jahre zurückgedreht! Als er noch keinen Bartwuchs, keine Pickel und vor allem kein Geschlechtsteil hatte, das er sofort mit der Hand bedeckte, wenn sie zufällig ins Bad kam. Ob er schon ...? Irgendetwas in der Richtung?

»Solange er Pickel hat, kannst du beruhigt sein«, hatte Nina kürzlich gesagt. »Die gehen nämlich erst weg, wenn er sexuell aktiv wird.«

Es ist schon merkwürdig, überlegte Angie, während sie die diversen Kochvorgänge im Ofen und auf den Herdplatten beobachtete, die Temperatur rauf- und runterstellte und den Salat vorbereitete. Wenn die Kinder klein sind, gibt man als Mutter damit an, was sie alles *schon* können: durchschlafen, laufen, erste Worte lesen. Spätestens, wenn sie in die Pubertät kommen, ist man dankbar für alles, was sie *noch nicht* tun: rauchen, trinken, Sex haben.

Und obwohl sie ihren Sohn aus ganzem Mutterherzen liebte, war sie nie das gewesen, was die Amerikaner *Helikopter-Mamis* nennen – eine Mutter, die ständig ängstlich um ihr Kind kreiste und ihm mit ihrer Überfürsorglichkeit die Luft zum Atmen nahm. Wind unter die Flügel lassen, das war Angie Erziehungsmotto. Das war einfacher durchzuführen gewesen, als Julius ihr noch alles erzählte, sie der Mittelpunkt seines kleinen Lebens gewesen war und er ihre Präsenz in all seinen Aktivitäten sowieso ständig einfordert hatte.

Doch jetzt, wo er immer selbstständiger wurde, war eine Lücke entstanden, die sie noch nicht gefüllt hatte. Wer bin ich, wenn ich nicht Mutter und Ehefrau bin? Fragen, die sie sich jetzt immer öfter stellte.

Von der Küche aus konnte sie ins Wohnzimmer sehen, wo Jochen auf dem Sofa saß und Zeitung las. Eine schwarz umrandete Bifokalbrille klemmte auf seiner Nase und gab ihm das Aussehen eines sexy Eulenmännchens. Wie immer, wenn er nach Hause kam, hatte er sofort seine Bügelfaltenhose gegen eine bequeme Jogginghose eingetauscht. Angie mochte ihn, diesen gemütlichen Gammellook, gerade weil Jochen außerhäusig immer so schick aussah. So gehört er mir ganz allein, dachte sie und freute sich daran, dass sein Anblick immer noch ihr Herz erwärmte. Dass sie immer noch ein gewisses Glück verspürte, wenn er die Haustür aufschloss.

»Es gibt dein Lieblingsessen, Kartoffelpilzgratin«, rief sie ihm zu. »Ich hoffe, du hast ordentlich Appetit.«

»Der ist mir leider vergangen«, sagte Jochen. »Ich lese gerade einen Artikel darüber, wie Männer zu Greisen werden.«

»Oje«, sagte Angie. »Und was ist so schlimm daran?« Sie ging zu ihm, nahm ihm die Zeitung aus der Hand und las: »Der männliche Alterungsprozess verläuft in Schüben …« sie musste lachen, als sie sah, wie Jochen zusammenzuckte, »… manchmal prägt er über Nacht tiefe Falten ins Gesicht.« Sie sah auf. »Stimmt, ist mir auch schon aufgefallen. Muss letzte Nacht passiert sein.«

»Na warte!« Er sprang auf und wollte ihr die Zeitung aus der Hand reißen.

Doch Angie war schneller. »Das Fett an den Wangen schmilzt, während es unter dem Kinn wächst«, las sie weiter und drehte sich nach ihm um. »Stimmt auch! Mensch, Jochen, du hast ja ein richtiges Doppelkinn gekriegt.«

»Findest du?« Er hat keine Ahnung, wie gut er noch immer aussieht, dachte Angie und wusste nicht, ob sie gerührt oder leicht gereizt sein sollte. Deshalb beschloss sie, noch einen Klitzekleinen oben draufzusetzen.

»Ein klein wenig«, sagte sie. »Männer zwischen fünfundvierzig bis siebzig gehen gebeugt, weil die abfallenden Blutspiegel der Hormone Testosteron und DHEA die Muskelspannung verringern. Gleichzeitig lässt das absinkende Frauenhormon Östrogen das Bindegewebe erschlaffen und die Haut welken. So entsteht der sogenannte Rundbauch ... – den hast du ja zum Glück noch nicht.« Sie musste grinsen, als sie sah, wie Jochen gedankenverloren über seinen Bauch strich »Leider bildet sich durch den sinkenden Testosteronspiegel der sogenannte Altmännergeruch.« Angie schnüffelte ihm hinterher. »Hmm, was riecht denn hier so komisch?«

»Scheiße«, rief Jochen, »ich werde alt!«

Angie lachte und umarmte ihn. »Jeder Mensch wird jeden Tag einen Tag älter«, tröstete sie ihn. »Und solange du mich hast, kann dir doch gar nichts passieren.«

Es war gut, dass seine Gedanken ihr verborgen blieben. Ich will aber noch nicht alt werden, dachte Jochen nämlich, ich will noch einmal richtig jung sein. Nur einmal noch. Ich will einfach nicht, dass es das schon gewesen sein soll.

»Mama, kannst du bitte mal kommen?« Julius' Stimme hatte den leichten Quengelton, auf den Angie noch immer unwillkürlich mit einem prompten »Komme sofort« reagierte.

»Spring doch nicht immer gleich, wenn dein Sohn dich ruft«, sagte Jochen. »Du bist doch nicht seine Kindergärtnerin.«

»Ich spring ja auch, wenn du mich rufst«, sagte sie und gab ihm einen Kuss. »Gleich gibt's Essen.«

Vielleicht ist das ja mein Problem, dachte Angie, als sie die Treppe zu Julius' Zimmer hinaufging, vielleicht springe ich zu viel. Und vielleicht in die falsche Richtung.

»Also, wo stand nun der erste Leuchtturm?« Angie saß am Schreibtisch ihres Sohnes, vor sich ein jungfräuliches DIN-A4-Blatt. Immer wieder nahm sie sich vor, ihm nicht länger bei den Schularbeiten zu helfen, immer wieder bequatschte er sie. Jetzt lag er entspannt mit geschlossenen Augen auf seinem Bett, so wie er es immer machte, wenn er seine Hausaufgaben in guten Händen wusste.

»Schau doch einfach mal im Internet nach, Mama«, sagte er. »Ich hab nämlich leider meine Unterlagen in der Schule vergessen.«

Das ist wirklich das allerallerletzte Mal, sagte sich Angie wie jedes Mal, während sie bereits das Stichwort »Erster Leuchtturm der Welt« auf Julius' Laptop googelte.

»Hier, ich hab's«, rief sie. »Gebaut im dritten Jahrhundert vor Christi auf der Insel Pharos in Ägypten, 160 Meter hoch und fast 1 700 Jahre in Betrieb, bis er durch ein Erdbeben zerstört wurde ...« Leises Schnarchen drang auf einmal vom Juniorbett an ihr Ohr; Julius war eingeschlummert. Kopfschüttelnd aktivierte Angie den angeschlossenen Drucker, druckte die Seite aus und legte sie ihm auf den Schreibtisch. Dann markierte sie die wichtigsten Stellen auf dem Blatt: Auftrag vom hellenistischen König Ptolemaios (367–283 v. Chr.), weißer Kalkstein, achteckiger Aufbau ... Wozu musste man so etwas wissen? Kein Wunder, dass der Junge dabei eingeschlafen war ...

Sie ging in die Küche zurück, aus der es inzwischen sehr verführerisch duftete, und holte das Gratin aus dem Ofen. Den Feldsalat mit Walnüssen und Ziegenkäse hatte sie bereits vorbereitet, sie musste nur noch das Kräutersahnedressing darüberkippen und den Tisch decken. Sie rief: »Essen ist fertig«, doch keiner reagierte. Inzwischen war auch Jochen auf dem Sofa eingeschlafen.

Schön, wenn die Arbeit so geschätzt wird, dachte Angie. Auf einmal war ihr zum Heulen zumute. Energisch wischte sie sich über die Augen und griff zum Telefon.

»Jetzt nicht«, sagte Nina und legte sofort wieder auf.

Schade, dachte Angie, irgendwie hab ich gerade einen ganz akuten Gesprächsbedarf. Sie entschied sich dafür, es bei Marianne zu probieren.

»Hallo?«

»Marianne, bist du das? Hier ist …«

»Meine Mutter ist nicht da, kann ich was ausrichten?« Die junge Stimme klang ungeduldig. Wahrscheinlich war es diese Gesa, die sie beim Chatten oder Nägellackieren gestört hatte.

»Vielen Dank, ich ruf wieder an.«

»Tun Sie das«, sagte Gesa und knallte den Hörer auf.

Wie gut, dass ich keine Tochter habe, dachte Angie.

⁕

»Na, wie war ich?«, flötete der Mann an ihrer Seite, und Nina grunzte zufrieden. Sie hatte ihren kleinen Spaß gehabt, zweimal sogar, und jetzt wollte sie nur noch schlafen. Nicht einen Hauch von Lust verspürte sie auf postkoitale Gespräche. Leider war ihr Bettgenosse nicht verheiratet oder stand sonst wie unter Bewachung und wollte bei ihr nun sein Nachtlager aufschlagen. Nach zwei wirklich gelungenen Höhepunkten hatte Nina nicht das Herz, ihn rauszuschmeißen.

»Du warst spitze, der Wahnsinn«, murmelte sie in die Kissen mit geschlossenen Augen.

»Ehrlich? War ich besser als deine anderen Liebhaber?« Der Mann gab nicht auf.

Nina spürte zu ihrem Ärger, wie sie langsam wieder hellwach wurde. Mist, fast wäre sie ins Schlummerland entglitten, hätte nichts mehr davon mitgekriegt, ob er schnarchte, sich im Bett herumwälzte oder fünfmal die Nacht zum Pinkeln ging, weil er es mit der Prostata hatte. Leider kein so seltenes Phänomen, wenn die Männer in die Jahre kamen.

»Gar kein Vergleich, mein Schatz«, sagte sie. »Und jetzt geh dir bitte die Zähne mit meiner Gästezahnbürste putzen, die ist grün und steht neben meiner im Glas, und dann muss ich wirklich schlafen.«

»Stimmt das, oder willst du mich bloß loswerden?«

Herrgott noch mal, dachte sie, wenn sein Geschlechtsteil genauso zart wäre wie sein Selbstbewusstsein, dann hätten wir beide heute nicht so viel Spaß miteinander gehabt.

»Hör mal gut zu, mein Lieber ...« Sie hatte es sich angewöhnt, alle ihre Männer so anzusprechen, weil sie kein besonders gutes Namensgedächtnis hatte und Missstimmungen deswegen vermeiden wollte. »Ich bin zufrieden, sogar sehr zufrieden, und das muss dir reichen. Wenn du weiterquengeln willst, dann tu das bitte in deiner Wohnung. Eins solltest du noch wissen: In meinem Kühlschrank jaulen die Mäuse, falls du also morgen auf ein opulentes Frühstück spekulierst ...«

»Jetzt hörst du mir mal zu«, polterte die männliche Stimme auf einmal von oben auf sie herab. Nina öffnete die Augen und schaute direkt auf das baumelnde Genital ihres nächtlichen Gastes. In diesem Zustand der wohligen Erschlaffung machte es wirklich keinen besonderen Eindruck mehr auf sie.

»Du bist die abgefuckteste, egoistischste, eiseskälteste Frau, die ich jemals gevögelt habe. Es wundert mich, dass ich nicht in deiner Muschi festgefroren bin. Dass ich bei dir überhaupt einen hochgekriegt habe, ist nur meiner Superkondition zu verdanken. Ganz bestimmt nicht deiner Optik, denn die ist absolut renovierungsbedürftig. Du hast tiefe Furchen um die Mundwinkel, und deine Backen hängen wie bei einem alten Frettchen. Von deinem Fettbauch ganz zu schweigen. Schließlich kann ich das als renommierter Chirurg fachmännisch beurteilen.«

Sie schloss die Augen wieder und hörte dem ärgerlichen Rascheln zu, das ein hastiges Ankleiden verkündete. Als er sich die Schuhe zuband, wagte sie einen Vorstoß. »He«, sagte sie leise. Er drehte sich nicht um. »Nicht doch noch Lust auf einen Nachschlag?«

Keine Antwort.

»Du warst wirklich gut«, flüsterte sie. »Ich weiß, dass ich manchmal nicht die besten Bettmanieren habe.« Wieso war ihr vorher nicht aufgefallen, dass er die blauesten Augen der Welt hatte? »Findest du mich wirklich so hässlich?« Wenn sie wollte, konnte ihre Stimme ganz klein und lieb klingen.

»Willst du reden oder vögeln?«

Dreißig Minuten später fragte sie: »Wie heißt du eigentlich?«

»Claus«, sagte er, »Claus Lorenz.«

»Sehen wir uns wieder, Claus?«

»Ich glaube nicht«, sagte er. »Du redest zu viel. Außerdem bist du zu alt für mich. Beim Frühstücksbrötchen und bei Frauen mag ich's lieber knusprig.«

Kapitel 6

»Findet ihr es eigentlich krank von mir, dass es mich besonders scharfmacht, wenn mich ein Mann schlecht behandelt?«

Nina stand vor Gesa und zupfte an ihr herum, während Marianne seufzend die erste Zigarette des Tages rauchte. Seufzend, weil sie noch immer nicht geschafft hatte, dieses eklige Laster aufzugeben, und weil Gesa für ihren ersten Tag als Praktikantin eine hautenge Röhrenjeans gewählt hatte und eine Bluse, die knapp unter ihren Nippeln aufhörte und fast genauso tief ausgeschnitten war. Sie war kurz davor gewesen, nachhaltig und lautstark auszurasten, aber sie wusste, dass Gesa dann nur ihre sorgfältig gezupften Augenbrauen gehoben und »Mami, glaub mir, das trägt man jetzt so!« gesagt hätte. Also hatte sie Nina angerufen und um Schützenhilfe gebeten.

»Okay, ich hab noch eine halbe Stunde vor meiner ersten Teilmassage«, hatte sie gesagt, und jetzt versuchte sie, Gesa zumindest dem ersten Eindruck nach in eine anständige junge Frau zu verwandeln.

»Aber du trägst doch auch ganz enge Klamotten, Nina, und ich bin viel jünger und viel dünner als du«, hatte sie protestiert.

Nina beschloss, nicht darauf einzugehen. »Knöpfe werden bis oben hin zugemacht, die Hose kann bleiben, wenn du Ballerinas und keine High Heels dazu trägst«, befahl sie mit der Widerspruch-ist-völlig-zwecklos-Stimme, die sie gern bei bockigen Patienten anwendete. »*Lukullus* ist ein Familienunternehmen und weder Puff noch Disco, also richte dich danach. Heute beginnt der erste Tag vom Rest deines Lebens ... Aber ihr habt meine Frage noch gar nicht beantwortet.«

Marianne inhalierte so tief, dass sie husten musste, aber auf Fragen dieser Art zu antworten reizte sie ungemein. Weil sie es nämlich überhaupt nicht scharfgemacht hatte, als Laurenz sie so schlecht behandelt hatte, und sie die Tabletten, mit denen sie sich das Leben nehmen wollte, schon im Glas aufgelöst hatte. So abgrundtief verzweifelt war sie damals gewesen, als Gesa nach der zwei Tage andauernden Geburt noch drei weitere Monate einfach weiterschrie, während der dafür verantwortliche Spermalieferant sich damals einfach in Luft aufgelöst hatte. Verdünnisiert zu einer achtzehnjährigen Schülerin, wie ihr von wohlmeinenden Freunden zugetragen wurde. Zum Glück hatte genau in dem Moment, als sie das Glas ansetzte, das Telefon geklingelt. Und nicht wieder aufgehört zu läuten, bis sie fahrig nach dem Hörer gegriffen und dabei das Glas aus Versehen umgeschmissen hatte. Ein falsch verbundener Teilnehmer, aber er hatte ihr das Leben gerettet.

»Ich finde es total bescheuert von dir«, sagte sie deshalb scharf. »Aber da du ganz offensichtlich zu der Kategorie Frauen gehörst, die liebe, verständnisvolle Männer mit Schlappschwänzen gleichsetzen ...«

»Stopp!«, rief Gesa. »Männer sind in eurem Alter kein Thema mehr. Entweder ihr habt einen oder nicht, aber das Gelaber darüber passt einfach nicht mehr zu euch. Unterhaltet euch über wichtigere Dinge, über Politik, über Umwelt; seid mir ein Vorbild, oder ist das zu viel verlangt?«

Marianne und Nina sahen sich verblüfft an.

»Du klingst ja richtig intelligent«, wunderte sich Marianne.

»Du hast völlig Recht, Gesa«, stimmte Nina ihr zu. »Alles zu seiner Zeit. Das gilt aber auch für dich. Für dich ist die Zeit nämlich gekommen, wo du der Welt beweisen kannst, dass mehr in dir steckt als ein verwöhntes Früchtchen ohne Ehrgeiz und Biss, dessen Karrierehöhepunkte bislang darin bestanden, zweimal durchs Abitur zu fallen. Also, denk dran, nutz die Chance bei *Lukullus*, es könnte deine letzte sein.«

Ist ja schon gut, dachte Gesa, die gut geschlafen hatte und dem Tag ganz entspannt und ohne Leistungsdruck entgegensah. Sie hatte keine Ahnung, was sie erwartete, sie wusste nur – wenn ihr irgendetwas gegen den Strich ging, würde sie sofort wieder gehen. Auf eine Quälnummer hatte sie keinen Bock, das Leben und die Liebe waren auch sonst anstrengend genug. Also knöpfte sie wie geheißen brav ihre Bluse zu, schlüpfte in ihre flachen Ballerinas, küsste beide Frauen zum Abschied auf die Wangen und verließ die Wohnung mit einem fröhlichen Urknall.

»Meinst du, dass sie es diesmal schafft?«, fragte Marianne skeptisch.

Nina lächelte. »Wenn nicht, steckst du sie ins Kloster. Ich muss jetzt leider los, denn es warten heute wieder jede Menge unentspannter Menschen auf mich.«

Marianne schüttelte sich. »Dein Leben möchte ich nicht geschenkt haben«, sagte sie.

»Kriegst du sowieso nicht«, sagte Nina und lachte. »Ich finde es nämlich ganz wunderbar.«

Zur gleichen Zeit stand Angie vor ihrem Haus und verabschiedete ihre beiden Männer. Für Julius ein Kuss auf die Wange, für Jochen einer auf den Mund. »Hmmm, ich schmeck den Kaffee noch«, murmelte er und winkte ihr aus dem Auto ein weiteres Mal zu. Seine Laune schien sich gebessert zu haben, worüber Angie sehr erleichtert war.

Sie liebte ihn, diesen Abschiedsmoment, bevor sie das ganze Haus wieder für sich hatte. Doch heute war sie leicht genervt, da sie mal wieder von Herrn Dr. Manfred Glitsch, Julius' Schuldirektor, in sein Büro zitiert worden war. Und ihr Sohn hatte natürlich keine Ahnung, warum. Aber der Direktor hatte es so dringend gemacht, dass sich in ihrem Magen ein ungutes Druckgefühl festgeklammert hatte. Sie fand, dass sie sich eine kleine Belohnung für selbstloses Ehefrau- und Muttersein verdient hatte, und ging in die Küche. Dort blubberte erneut die Espressomaschine, die Milch war vorgewärmt, Schokostreusel, eine Prise Zimt, alles war bereit für einen neuen Caffè Latte, dem noch zwei weitere folgen würden. Mindestens.

Jochen hatte wie immer den Feuilletonteil der Zeitung für sie bereitgelegt, der Wirtschaftsteil lag im Gästeklo, wo ihr Liebster seine Morgenverdauung absolviert hatte; er ging einfach nicht davon aus, dass Angie sich für Wirtschaft interessierte. Womit er falsch lag, denn sie holte ihn sich täglich und las ihn gründlich. Schließlich hatte sie BWL studiert und hätte, davon waren ihre Professoren damals überzeugt gewesen, das Zeug für Deutschlands erste Wirtschaftsministerin gehabt. Diese Einschätzung hatte Angie zwar für übertrieben befunden, aber es wurmte sie trotzdem, dass Jochen sie auf diesem Gebiet für eine typische Hausfrau hielt, die lieber Kitschromane las, als den DAX zu verfolgen.

Das Telefon klingelte wie jeden Morgen.

»Guten Morgen, meine Schöne«, sagte Angie in den Hörer. »Hast du was Nettes zu erzählen, das meinen Morgenkaffee beleben könnte?«

Nina überlegte kurz, ob sie das Abenteuer der letzten Nacht ausnahmsweise vor Angie verschweigen sollte; ihr Gesprächsbedarf war geringer als sonst, weil sie sich bereits mit Marianne kurz zu diesem Thema ausgetauscht hatte. Aber es wäre ihr unsolidarisch vorgekommen, Marianne etwas zu erzählen, das sie Angie vorenthielt. Sie hatte schließlich die älteren Rechte.

»Nur ein Typ, der mich eiseskalt und abgefuckt genannt hat, weil ich ihn vor dem Frühstück hinauskomplimentieren wollte«, sagte sie. »Aber du weißt ja, wie es mir auf die Nerven geht, wenn morgens ein unausgeschlafener Kerl bei mir im Bad rumhängt.«

Angie lächelte versonnen in ihren Milchschaum und freute sich wieder einmal, dass sie nicht Nina war. Jochen ging ihr eigentlich nie auf die Nerven, zu keiner Tageszeit, und unausgeschlafen schon gar nicht. Aber da sie wusste, dass Nina jetzt keine Lobeshymnen auf die Wonnen ihrer Ehe hören wollte und dass es zu einer guten Frauenfreundschaft gehörte, Gutes mit Gutem und Schlechtes mit Schlechtem zu vergelten, sagte sie: »Du hast Probleme! Jochen ist gestern beim Sex eingeschlafen. Direkt nach dem Kartoffelpilzgratin. Kannst du dir so etwas vorstellen?«

Nina brach in schallendes Gelächter aus, in das Angie leicht verzögert mit einstimmte. Soooo wahnsinnig witzig hatte sie es letzte Nacht schließlich nicht gefunden, als sie in ihrem neuen, sündhaft teuren Push-up-BH aus dem Bad gekommen war und vor dem Ehebett feststellen musste, dass Jochens Augen bereits halb geschlossen waren.

»Schatz, schläfst du etwa schon?«, hatte sie ihn gefragt, woraufhin er ein »Noch nicht ganz« gemurmelt und sich umgedreht hatte. Wenigstens hatte er nicht »Ist was mit Julius?« gefragt, weil er gar nicht richtig hingesehen hatte.

»Und dann?« Ninas Stimme klang richtig glücklich, sie liebte frustrierende Ehegeschichten, weil sie sich dann jedes Mal in ihrem Singleleben aufs Angenehmste bestätigt fühlte. Angie verstand das, es ging ihr umgekehrt ja genauso.

»Und dann hab ich mich zu ihm gelegt und Wiederbelebungsversuche gemacht«, sagte sie und überlegte kurz, ob es einen noch trostloseren Begriff für ehelichen Sex gab. Sie kam sich ein bisschen treulos vor, diese eheliche Intimität mit ihrer Freundin beim Morgenkaffee zu teilen, aber Männer, ihrer ganz besonders, konnten sich gar nicht vorstellen, wie psychologisch wichtig dieser Austausch für Frauen war. Und dass man seinen Ehemann trotzdem von ganzem Herzen lieben konnte, auch wenn man beim Sex mit ihm an das tolle Gericht dachte, das man kürzlich in einer Kochshow gesehen hatte.

»Vielleicht sind's die männlichen Wechseljahre.« Ninas Stimme schnurrte vor Zufriedenheit, die jedoch ihrer Freundin gegenüber Besorgnis vortäuschen sollte. »Oder, aber das ist eher unwahrscheinlich ... Ich habe den *Lukullus*-Betrieben übrigens eine Praktikantin besorgt. Es ist die Tochter von Marianne.«

»Gesa?«, fragte Angie ungläubig. »Von der hab ich nur schreckliche Dinge gehört. Jochen wird nicht gerade begeistert sein.«

»Sie ist ein bisschen unkonventionell«, gab Nina zu, »und sie brauchte einen kleinen Schubs. Aber sie ist so hübsch, dass deine Männer sie sicher gern schubsen werden.«

»Na ja«, meinte Angie ein wenig irritiert und gab sich keine Mühe, ihre Skepsis zu verbergen. Aber sie hatte Jochen und Jan schon zu oft über das Heer der jungen, beruflich völlig unerfahrenen Praktikanten klagen gehört.

Besonders Jochen war genervt, wenn er von Freunden und Bekannten um einen Praktikumsplatz für ihre Sprösslinge angefleht wurde, nachdem diese nach dem Abitur zu Hause herumgammelten. »Die können nichts, wollen nichts, stehen nur im Weg herum«, pflegte er zu sagen. »Und wir sollen dann betreutes Arbeiten mit ihnen machen, damit die Eltern ein gutes Gewissen haben.«

»Du scheinst nicht überzeugt«, sagte Nina. »Aber du hast ja auch nichts damit zu tun.«

Stimmt, dachte Angie und wunderte sich, warum sie wieder diesen kleinen Piekser im Herzen spürte. Sie hatte tatsächlich nichts mit *Lukullus* zu tun. Aber sie hätte gern. Deshalb tat es ein bisschen weh, wenn Nina sie daran erinnerte. Wie albern. Vermutlich meldeten sich da die Vorboten ihrer Tage, da war sie immer so hypersensibel.

»Was hast du eigentlich vorhin mit ›Das ist eher unwahrscheinlich‹ gemeint?«, fragte Angie.

»Ach, das ... Dass sich Jochen vielleicht für eine andere Frau interessieren könnte.« Nina lachte. »War nur ein kleiner Scherz. Ich halte ja nicht viel vom Mann an sich, aber für deinen lege ich meine Hand ins Feuer. Übrigens – warum haben Männer keine Cellulitis?« Sie wartete einen Moment ab. »Weil's einfach scheiße aussieht!«

Angie stand vor ihrem Schlafzimmerspiegel und überlegte. Was trug man am besten zu einer Elternsprechstunde, in der einem der Schulleiter sehr wahrscheinlich unangenehme Dinge über den eigenen Sohn erzählen würde? Ihre weiße, etwas zu enge Bluse, um ihn ein wenig abzulenken? Oder das Büßerkleid aus dunkelgrauer Wolle?

Ihr Handy klingelte.

»Hallo, ich bin's, Marianne. Du hast Gesa deine Nummer nicht gegeben, aber ich hab sie von Nina. Ich geh gleich 'ne Stunde sporteln, kommst du mit?«

Angie freute sich, Mariannes Stimme zu hören. »Kann leider nicht. Ich muss zur Schule und mir anhören, was für einen verkorksten Sohn ich habe.«

»Das kenne ich«, sagte Marianne mitfühlend. »Als Gesa noch die Schulbank drückte, war ich ständig beim Direktor. Übrigens – vielen Dank noch mal, dass sie bei euch ein Praktikum machen darf.«

»Gern geschehen, obwohl ich ja nichts damit zu tun habe«, meinte Angie. »Hat sie denn Lust darauf?«

»Und wie«, sagte Marianne und hoffte dabei, überzeugend zu klingen. »Sie kann es gar nicht abwarten.«

*

Na wunderbar, hier bin ich ja am Arsch der Welt gelandet, dachte Gesa, als sie nach dreimaligem Umsteigen auf dem Werkshof von *Lukullus* stand und sich umblickte. Besser wäre es wohl, mit dem Fahrrad zu fahren. Es war jedenfalls keine einladende Gegend, stellte sie fest, sondern eine, in der gearbeitet wurde. Nicht gerade ihre Lieblingsbeschäftigung. Wo sind denn hier Geschäfte und Restaurants, dachte sie missmutig, soll ich die nächsten drei Monate total versauern? Aber sie hatte sich entschieden und deshalb keine andere Wahl. Und wer weiß, vielleicht gab es ja einen schnuckeligen Mitpraktikanten, mit dem sie ihren Spaß haben konnte? Ein bisschen junges Fleisch nach dem alten Hopser wäre genau die richtige Liebestherapie. Höchste Zeit, sich die alten Männer endlich abzugewöhnen. Mit diesem Vorsatz betrat sie das Gebäude.

»Guten Tag«, sagte Gesa freundlich, als sie auf Frau Schwingel am Empfangstresen traf, »ich soll hier als neue Praktikantin anfangen.«

Die Sekretärin hatte gerade einen kleinen Fluch ausgestoßen, da ihr der neu manikürte Nagel am rechten Zeigefinger abgebrochen war. Die einzige optische Opulenz, die sie sich leistete, und zwar nicht aus Eitelkeit, sondern weil sie sich leider noch immer nicht das Nägelkauen abgewöhnen konnte. Ein kleines dunkles Geheimnis, das sie mit niemandem teilte.

»Davon weiß ich nichts. Einen Moment, bitte«, murmelte die

Schwingel und versuchte, ihren unbekrönten, unansehnlichen Zeigefinger vor der Besucherin zu verbergen. So griff sie etwas ungelenk mit der linken Hand zum Telefon. »Herr Winter, eine Frau wartet auf Sie. Wie ist Ihr Name?« Fragend sah sie auf.

»Gesa Dominic«, sagte Mariannes Tochter, und es war gut, dass die langjährige Sekretärin keine Ahnung hatte, womit die neue Praktikantin sie gerade verglich. Gesa schwankte kurz zwischen einer Hyäne in den Wechseljahren und einem Meerschweinchen mit Migräne, entschied sich dann aber schlicht für diese Variante: frustrierte alte Frau, die seit Jahren keinen Mann mehr nackt gesehen hatte. Und weil bei ihr, Gesa, das absolute Gegenteil der Fall war, stand sie natürlich sofort auf ihrer Ätzliste. Die meisten Frauen, die älter und unattraktiver waren als sie, hatten genau denselben Gesichtsausdruck wie diese alte Butze am Tresen.

Johanna Schwingel musterte die junge Frau jetzt mit kühlem Blick. »Übrigens, Frau Dominic, ich war auch einmal jung. Sehr jung sogar. Und Sie werden auch einmal so alt wie ich.«

Gesa schaute sie nur mit großen Augen an. Weil sie ausnahmsweise sprachlos war.

»Durch die Glastür, erste Etage, bis zum Ende des Flures, das Büro rechts. Da sitzt Herr Jan Winter und erwartet Sie.«

»Danke«, sagte Gesa. Sie war schon ein paar Schritte losgegangen, als Frau Schwingel ihr hinterherrief: »Ihre oberen Blusenknöpfe haben sich gelöst, Frau Dominic, falls Sie das nicht gemerkt haben ...«

Gesa drehte sich um und sagte: »Sehr freundlich, aber ich glaube nicht, dass sich Herr Winter dadurch gestört fühlt. Trotzdem vielen Dank für den Hinweis.«

Kopfschüttelnd sah ihr Frau Schwingel nach. Dann wandte sie sich ihrer Schreibtischschublade zu und suchte fieberhaft nach dem Ersatznagel, den sie für alle Notfälle dort deponiert hatte.

Als sie ihn herausfischte und triumphierend zwischen den Fingern hielt, klingelte das Telefon.

»Hallo, Johanna, hier ist Angie Winter. Für unser kleines Projekt brauche ich ein paar Polen. Haben Sie da zufällig nützliche Kontakte?«

»Selbstverständlich«, erwiderte Frau Schwingel. »Was genau haben Sie denn vor?«

»Lassen Sie sich überraschen«, sagte Angie. »Ich melde mich wieder.«

»Da sind Sie leider völlig falsch informiert. Die Grundstücke, auch wenn die Häuser abgerissen werden, sind wesentlich mehr wert«, sagte Jan gerade, als ohne Klopfen, was er normalerweise hasste, aber in diesem Fall dem Eindringling sofort verzieh, ein junges Mädchen vor seinem Schreibtisch auftauchte.

Sie war groß, schlank, mit Beinen, die in den Himmel ragten und in hautengen Jeans steckten, ihre Haare hatten genau den natürlichen, üppigen Mahagoniglanz, für den andere Frauen beim Friseur viel Geld ausgaben, ihre dunkelbraunen Rehaugen sahen ihn selbstbewusst und ein bisschen spöttisch an.

»Guten Tag«, sagte Gesa, »ich bin die neue Praktikantin.« Schade, dachte sie, der kommt auf jeden Fall nicht infrage. Aber ich will ja auch sowieso einen Jüngeren.

»Herzlich willkommen, Frau Dominic«, sagte Jan. »Am besten kommen Sie gleich mit, dann stelle ich Sie meinem Bruder Jochen vor. Der hat nämlich noch keine Ahnung, dass ich Ihr Praktikum abgesegnet habe; aber keine Angst, er wird schon nicht beißen.«

»Das will ich hoffen«, sagte Gesa, »sonst würde ich vermutlich zurückbeißen.«

Ganz schön frech, die Kleine, sagte sich Jan, und wenn ich auf junge Dinger stehen würde, wäre sie genau mein Fall. »Ich hoffe, Sie kommen mit meinem Bruder zurecht, er ist nämlich etwas strenger als ich«, sagte er zu ihr und betrat das Nachbarbüro. Gesa sah einen großen Mann hinter dem Schreibtisch sitzen, der sie fragend anblickte. Er war auch nicht mehr ganz jung, das sah sie gleich, sein Haar war dunkel und voll und an den Schläfen bereits grau. Der Blick, den er ihr aus leicht zusammengekniffenen Augen zuwarf, war leicht genervt und nicht besonders freundlich.

Oh, mein Gott, ist der geil!, schoss es Gesa in den Kopf, während sich ihr Vorsatz, nur noch jüngeren Männern ihre Gunst zu schenken, blitzartig in Luft auflöste. Sie fühlte sich absolut wehrlos gegen das Kribbeln, das sich ohne Vorankündigung in ihr ausbreitete wie ein loderndes Buschfeuer. Heiß war ihr, sehr heiß, und ihr Herz begann einen so wilden Tanz aufzuführen, dass sie tief durchatmen musste. Was war los mit ihr? Ja, er sah gut aus, sehr gut sogar, aber das taten auch die anderen Männer, die das Glück hatten, von ihr auserwählt zu werden. Auch Claus war durchaus attraktiv. Aber dieser Mann, der sie kühl und mit einem gewissen Desinteresse musterte, löste ein Gefühl in ihr aus, eine Sehnsucht nach Geborgenheit, einen Wunsch nach Nähe und Besitzanspruch, der so stark und überwältigend war, dass es sie fast umhaute.

Sie hatte diesen Mann noch nie gesehen, aber wenn er sie jetzt gefragt hätte, ob sie mit ihm ans Ende der Welt gehen wolle, sie hätte ohne zu zögern gefragt: »Wann geht der Flieger?«

Ganz still stand sie da, kein Muskel regte sich in ihrem Gesicht, während ihre alte Welt zusammenbrach. Es gibt sie also doch, die ganz große Liebe auf den ersten Blick, dachte sie fast ehrfürchtig, und jetzt hat es mich erwischt. Ich muss es nicht begreifen, aber ich kann mich auch nicht dagegen wehren, denn diesen Mann hat das Schicksal für mich bestimmt. Ein kurzer

Blick auf seine rechte Hand, an der es fett und gülden leuchtete. Klar war so ein Mann verheiratet! Kein Problem. Es gab größere Hürden als eine langjährige Ehefrau.

»Ich möchte dir unsere neue Praktikantin Gesa Dominic vorstellen; Frau Dominic, das ist mein Bruder Jochen Winter«, sagte Jan, an dem Gesas Schwingungen völlig vorübergingen.

Jochen starrte Gesa an, und eine tiefe Furche bildete sich zwischen seinen Augen. Eine Praktikantin, das hatte ihm gerade noch gefehlt! Als wenn der Tag nicht schon stressig genug war. Sein Vater hatte ihn angerufen und vorgewarnt, dass Frau Dr. Pipp noch kurz bei ihm vorbeischauen wollte, ein Besuch, auf den er gut hätte verzichten können. Aber da es unter ihren Küchentüren eine zwei Millimeter große Ritze gab, die sich die gewissenhafte Dame vom Ordnungsamt als Hygienerisiko notiert hatte, würde er mit seinem Charme erneut aufwarten müssen. Und jetzt auch noch diese neue Praktikantin, die zwar nicht unhübsch war, wie er mit einem kurzen Blick feststellte, aber doch im Vorfeld eindeutig von ihm abgelehnt worden war. Warum war sie trotzdem hier? Er unterdrückte den dringenden Wunsch, mit der Faust auf den Tisch zu hauen. Würde ihm sicher guttun, das bisschen Stressabbau, ging aber leider nicht in Anwesenheit dieses Mädchens. Wieso starrte die ihn eigentlich so merkwürdig an?

»Jan, ich hatte doch Nina ganz ausdrücklich ...«, sagte er und brach dann abrupt ab.

Scheiße, dachte Gesa, der will mich ja gar nicht. Und wunderte sich selbst, warum dieser Gedanke sie so traurig machte. Wo sie ihn doch gar nicht kannte! Aber es war ihr auf einmal ganz schrecklich wichtig, dass sie bleiben konnte. Dennoch hielt sie es für besser, nichts zu sagen und nur zu lächeln. Mit leicht geneigtem Kopf suchte sie Blickkontakt. Ganz kurz blitzte es in Jochens Augen auf, dann wurden sie wieder kühl.

»Wenn Sie bitte einen Moment draußen warten würden, Frau Dominic«, sagte Jan und hielt ihr die Tür auf. Notgedrungen verließ sie das Büro. Draußen sah sie sich kurz um, und da sie allein war, presste sie das Ohr an die Tür.

»Ich hab keine Lust mehr auf Praktikanten«, hörte sie die Stimme von Jochen, »die halten hier nur den Betrieb auf.«

»Ich hab es Nina aber versprochen«, sagte Jan. »Es ist ja nur für kurze Zeit. Außerdem ist sie eine Augenweide, das musst du zugeben.«

»Wir sind keine Modelagentur«, knurrte Jochen.

»Nein, aber wir sind zwei Männer im besten Alter, und das Auge arbeitet ja schließlich mit.«

»Sehr witzig. Also gut, lassen wir sie hier – sie jetzt nach Hause zu schicken, wäre ja auch sehr unhöflich. Vielleicht ist sie ja talentierter als die anderen.«

»Wozu nicht viel gehören würde, was, Bruderherz?«

Lautes Lachen ertönte im Büro.

Die Tür öffnete sich so unerwartet, dass Gesa mit einem erschrockenen Satz nach hinten sprang. Jochen stand vor ihr, um seine Augen kringelten sich ein paar Lachfältchen, obwohl er keine Miene verzog. Sie fand ihn so unbeschreiblich sexy, dass es ihr schon wieder die Sprache verschlug.

»Na, gelauscht?«, fragte er amüsiert. »Entschuldigen Sie, dass ich vorhin nicht etwas freundlicher war. Ist Nina Simon eine Freundin von Ihnen?«

»Von meiner Mutter«, erwiderte sie, sehr erleichtert darüber, dass er sich offensichtlich mit ihrer Anwesenheit im Betrieb abgefunden hatte.

»Und von Ihrem Vater auch?«

»Den gibt es nicht«, sagte sie und fügte leise hinzu: »Der hat sich kurz nach meiner Geburt verkrümelt.«

»Das tut mir leid«, murmelte Jochen, ein bisschen unangenehm berührt über diese Vertraulichkeit, die er hier auf der Chefetage als unpassend empfand.

»Das muss Ihnen nicht leidtun«, sagte Gesa, die sein Unbehagen spürte. »Er ist ein Arschloch.« Sie sah ihm in die Augen. »Sie sind ganz anders. Das sehe ich sofort.«

Ganz schön dreist, die Kleine, dachte er, und zu seinem Erstaunen fand er es nicht unangenehm. Was natürlich, da musste er seinem Bruder Recht geben, auch an ihrer wirklich äußerst ansprechenden Optik lag. Mein Gott, wie lange war es her, dass er so jung gewesen war? Eine kleine Ewigkeit.

»Auch wenn Sie ihm übrigens ein klein wenig ähnlich sehen«, sagte sie dann.

»Ist das jetzt ein Kompliment oder eine Beleidigung?«, fragte Jochen.

Gesa lächelte, und ihm fiel auf, dass sich dabei zwei perfekte Semikolons rechts und links um ihre Mundwinkel bildeten.

»Was glauben Sie?«, grinste sie, und Jochen hatte das Gefühl, in ihrem Geplänkel zu weit gegangen zu sein.

»Vermutlich eine Beleidigung, aber eine, die ich Ihnen verzeihe«, erwiderte er. »Und jetzt wird sich mein Bruder um Sie kümmern. Ich wünsche Ihnen eine schöne Zeit bei uns.«

Es klingelte in seiner Hosentasche. Jochen nickte ihr zu, griff nach seinem Handy und entfernte sich ein paar Schritte. »Hallo Schatz, du bist wo?«, fragte er. »In der Schule? Sorry, das hab ich total vergessen, soll ich kommen? Nein? Okay, dann bis heute Abend.«

Er legte auf, lächelte kurz, dann hatte ihn der Flur verschluckt.

Gesa sah ihm nach und wusste zum ersten Mal, wie sich Sehnsucht anfühlt.

»Ich hoffe, mein Bruder hat sich von seiner besten Seite gezeigt.« Jan stand auf der Türschwelle und lächelte sie genauso an, wie sie gern von seinem Bruder angelächelt worden wäre. Ein Lächeln, das all die Komplimente ausdrückte, die sie normalerweise von Männern gewohnt war.

»Er war ganz zauberhaft zu mir«, sagte sie und sah, wie sich seine Augen dabei etwas verengten.

»Sie müssen entschuldigen, Jochen hat kein besonderes Faible für Praktikanten.«

»War nicht zu übersehen«, meinte sie, »aber vielen Dank.«

»Sie werden ihn sicher eines Besseren belehren«, sagte er, »und ansonsten bin ich ja auch noch da. Und jetzt machen wir beide mal einen Rundgang durch den Betrieb, und ich überlege mir, mit welcher Beschäftigung Sie uns am besten unterstützen. Folgen Sie mir bitte unauffällig in die Küche. Haben Sie heute Abend noch etwas vor?«

Ach du Scheiße, dachte sie, es geht schon los.

»Eigentlich schon«, sagte Gesa zögernd.

»Dann sagen Sie es bitte ab. Ab jetzt liegen Sie nämlich spätestens um zehn Uhr im Bett. Wir fangen früh an.«

»Wie lange will man mich denn noch warten lassen?«, fragte Dr. Charlotte Pipp, die sich zu einer zweiten Inspektion angekündigt hatte. »Ich hatte übrigens ausdrücklich nach dem Juniorchef verlangt.«

»Da kommt er schon«, sagte Johanna Schwingel erleichtert. Eine heftige Antipathie für die promovierte Ökotrophologin klemmte ihr wie eine unverdaute Schweinshaxe in den Eingeweiden, was natürlich mit August Winter zu tun hatte, dessen Balzerei vor dieser humorfreien Dame die scharfsichtige Sekretärin außerordentlich störte.

Die gute Pipp sieht mal wieder wie nach einem Biss in die Zitrone aus, dachte Jochen, als er sie mit einem strahlenden Lächeln begrüßte. »Was verschafft mir die Ehre?«, rief er, während er gleichzeitig überlegte, warum sie in dieser Woche schon zum zweiten Mal auftauchte. »Hatten wir nicht vor ein paar Tagen schon einmal das Vergnügen?«

»Ich weiß nicht, ob man da von einem Vergnügen sprechen kann«, erwiderte die Pipp, »Ihr Herr Vater hat Ihnen ja sicherlich die Mängelliste vorgelegt, die ich mit ihm erstellt habe, oder?«

Es darf als kleines Wunder gelten, dass Jochen Winter in diesem Moment nicht zum HB-Männchen wurde. Natürlich hatte August ihm die Liste nicht vorgelegt. Sein Vater kannte den Hygiene- und Desinfektionsplan für Großküchen in- und auswendig, schließlich hing er ja in seinem Büro, aber er fand ihn so überflüssig wie ein Hühnerauge. Natürlich musste eine Küche sauber sein, das war doch klar. Trudi und er waren früher auch keine Ferkel gewesen, hatten jeden Abend alles picobello sauber gewischt. Aber sie hatten sich nicht verrückt gemacht, und als einmal eine Dose Grünkohl geplatzt war und sie darin einen abgehackten Mäusekopf entdeckten, hatten sie gelacht und ein Foto gemacht, das noch immer an seiner Pinnwand klebte. Zum Glück war es mittlerweile so verblasst, dass man das Motiv schlecht erkennen konnte.

»Selbstverständlich hat er mir die Mängelliste vorgelegt, Frau Dr. Pipp«, sagte Jochen und knirschte dabei ein kleines bisschen mit den Zähnen. »Ich bin nur noch nicht dazugekommen, sie gründlich zu studieren. Wird ganz bestimmt nachgeholt. Was kann ich jetzt noch für Sie tun?«

Die Dame vom Ordnungsamt lächelte mit der klammheimlichen Freude einer Mathematiklehrerin, die ihrem verhassten Schüler eine Sechs verkünden darf. Natürlich wusste sie, dass die meisten Kunden ihrem Besuch mit der gleichen Begeisterung entgegensahen wie einer Wurzelbehandlung ohne Betäubung. Sie war eine sehr sensible Frau, die Schwingungen auffing und mit den ausschließlich feindseligen Menschen, die ihr jeden Tag begegneten, nur fertigwerden konnte, indem sie sich abschottete. Was ihr bei Jochen Winter, den sie sehr sympathisch fand, schwerfiel, sehr schwer. Aber es musste sein.

»Ich habe Neuigkeiten bezüglich Ihres Türritzenproblems«, sagte sie jetzt und sah in seinen Augen ein kleines, ungutes Aufflackern, vor dem sie sich unter anderen Umständen bei einem so großen, starken Mann gefürchtet hätte. Zum Beispiel wenn sie ihm nachts alleine begegnet wäre. Aber hier hatte sie die Hosen an, machte sie die Ansage, deshalb fuhr sie milde lächelnd fort: »Sie wissen ja, dass es unter den Türen Ihrer Kalt-, Warm- und Spülküche eine Ritze von zwei Millimetern gibt – ich hatte das beim letzten Mal schon bemängelt, erinnern Sie sich?«

Jochen holte ganz tief Luft. »Natürlich erinnere ich mich«, meinte er dann. »Sie machten mich freundlicherweise darauf aufmerksam, dass möglicherweise Fliegen durch die Ritze in die Küche eindringen könnten. Deshalb haben wir ja auch eine sogenannte Fliegenkillermaschine gekauft. Für 400 Euro übrigens.«

»Die zu meinem Bedauern leider nach einer neuen EU-Richtlinie verboten ist.« Dr. Pipps Lächeln war jetzt fast sonnig zu nennen. »Es besteht nämlich die Gefahr, dass durch das Surren der Maschine Fliegen oder Fliegenteile herunterfallen könnten. Deshalb möchte ich Sie bitten, die Maschine zu entsorgen und sich stattdessen für alle Türritzen einfache Borstenfänger zu besorgen.«

Es war gut, dass in diesem Moment August Winter um die Ecke bog, und da er seine Brille nicht trug und noch nicht am grauen Star operiert war, sah er die Pipp erst, als er direkt vor ihnen stand.

»Charlotte«, rief er angetan, »wie schön, Sie so schnell wiederzusehen!«

Jochen war sehr erstaunt über diese Vertraulichkeit. Hatte er da etwas verpasst?

»Ich übernehme«, sagte August und zwinkerte seinem Sohn zu.

Als er mit Frau Dr. Pipp am Empfangstresen vorbeiging, hatte der Seniorchef das unbehagliche Gefühl, von seiner Sekretärin, die gerade am Telefon war, mit bösen Blicken verfolgt zu werden.

»Ich finde Ihren Vorschlag großartig, Frau Winter«, sagte Frau Schwingel da gerade in den Hörer. »Sie können sich auf mich verlassen.«

*

»Frau Winter, nehmen Sie doch bitte Platz, ich bin gleich bei Ihnen.« Es gelang Dr. Glitsch nicht immer, genauso gelassen und beherrscht zu klingen, wie er sich als frischgebackener Schulleiter des August-Weber-Gymnasiums gern vor den Eltern präsentierte. Aber in diesem Fall hoffte er innig, dass es ihm gelang.

Sekunden später drehte er in der zum Glück leeren Lehrertoilette den Wasserhahn auf und hielt sein glühend heißes Gesicht unter den kalten Strahl. Er ärgerte sich, dass ausgerechnet bei Angela Winter, einer Frau, die er aus tiefstem Herzen bewunderte, seine sonst ganz normal arbeitenden Schweißdrüsen immer auf Hochdruck produzierten – leider hatte sie diese fatale Wirkung auf ihn. Wenn er an sie dachte, und das tat er viel zu oft, wurde ihm nicht nur warm ums Herz, es kribbelte vielmehr von der Fußsohle bis zum Scheitel. Er seufzte. Wie wunderschön sie war! Und wie völlig unerreichbar für ihn ...

Manfred Glitsch wischte sein Gesicht trocken und ging zurück in sein Büro. Als er eintrat, blickte Angie Winter gerade ungeduldig auf ihre Armbanduhr.

»So, da bin ich wieder«, sagte er und nahm hinter seinem Schreibtisch Platz. Dabei sah er sie so durchdringend an, dass Angie leicht errötete. Er weiß, wie ungern ich hier bin, dachte sie verlegen und lächelte tapfer zurück.

»Ich habe Sie hergebeten, weil ich mir doch wieder ein paar Gedanken über Ihren Sohn mache«, sagte er und überlegte kurz, wie er seine Sorge so formulieren konnte, dass es ihr kein allzu großes Kopfzerbrechen bereitete. Er wollte sie schließlich nicht beunruhigen, nein, das wollte er ganz und gar nicht. Zweck seiner Vorladung war nur, dass er sie mal wieder sah, und da er sie leider nicht um ein Treffen nach Schulschluss bitten konnte, blieb ihm nichts anderes übrig als dieser kleine Umweg über ihr besorgtes Mutterherz.

Julius war leider sowohl ein guter als auch ein ausgesprochen wohlerzogener Junge, aber da er sechzehn war, ein bisschen pummelig und natürlich voll im Pubertätsalter, konnte er als Schuldirektor hin und wieder auf gewisse Auffälligkeiten hindeuten. Beim letzten Mal waren es leichte depressive Verstimmungen gewesen, die Dr. Glitsch bei Julius entdeckt zu haben glaubte, beim vorletzten Gespräch ging es um die Frage, ob die Rangelei mit seinen Freunden auf dem Schulhof, die er beobachtet hatte, auf möglicherweise zerstörerische Kommunikationstendenzen hindeutete.

Die Mutter des Schülers hatte sich als eine sehr fürsorgliche und engagierte Gesprächspartnerin erwiesen, und dass sie zu beiden Terminen einen engen, knielangen Rock und keine Strümpfe getragen hatte, war dem Schuldirektor in äußerst angenehmer Erinnerung geblieben. Auch heute war sie, als hätte sie es geahnt, nicht in Hosen, sondern in einem Blumenkleid erschienen, das zwar leider die Knie fast gänzlich bedeckte, dafür aber einen sehr erfreulichen Blick in ihr Dekolleté freigab. Mein Gott, was für wunderschöne Brüste sie hatte! Fast so schön wie die seiner, Gott hab sie selig, verstorbenen Mutter. Sie hatte ihn bis ins dritte Lebensjahr gestillt, vielleicht war das der Grund, warum er so gern in fremde Dekolletés linste.

»Was hat mein Sohn denn jetzt wieder angestellt?«, fragte Angie und schlug ihre Beine übereinander, wobei ihr Kleid etwas hochrutschte, eine raffinierte Delikatesse, die dem Schuldirektor nicht entging. »Ich bin ehrlich gesagt etwas ratlos, was ich tun kann, er streitet einfach alles ab. Vielmehr spricht er von *Lehrer-Stalking.*«

Dr. Glitsch lächelte. »Dieser Verfolgungswahn ist ganz normal in seinem Alter. Junge Menschen denken gern, die ganze Welt habe sich gegen sie verschworen. Es ist ein sehr empfindsames Alter, in dem die Erziehungsberechtigten – ich spreche da gern von Erziehungsverpflichteten ...«, an dieser Stelle hüstelte er, »sehr behutsam vorgehen müssen. Sie verstehen, Frau Winter?«

Angie nickte, obwohl sie nichts verstand, aber sie wollte ihrem Sohn auch keine weiteren Steine in den Weg legen. Vor allem aber durfte sie das Wohlwollen des Schulleiters, dessen Verhalten sie dennoch recht merkwürdig fand, nicht verlieren. Jetzt war sie schon zum dritten Mal in diesem Halbjahr bei ihm, und wahrscheinlich würde sie wieder nach einem sechzigminütigem Gespräch ratloser als zuvor die Sprechstunde verlassen.

»Der Junge muss sich die Hörner abstoßen«, hatte Jochen abgewehrt, als sie ihm von den zwei Gesprächen zuvor erzählt hatte. »Von dieser Betroffenheitspädagogik halte ich überhaupt nichts. Gab's bei uns doch früher auch nicht, dass sich die Eltern in alles eingemischt haben.« Deswegen hatte sie auch nicht darauf bestanden, dass Jochen sie zu diesem Besuch begleitete.

»Lieber Herr Dr. Glitsch«, sagte sie nun und gab sich große Mühe, wie eine für alle Probleme aufgeschlossene Mutter zu wirken, »worum geht es denn in diesem Fall ganz konkret? Hat er geklaut, gekifft, hat er den Unterricht gestört?«

Manfred Glitsch sah sie an und wäre liebend gern in ihren Augen ertrunken. Was für eine wunderbare Frau sie war, wie glücklich er sie machen würde, wenn die Umstände günstiger gewesen wären! Und ehe er es verhindern konnte, entschlüpfte ihm ein Satz, den er kurz darauf sehr gern zurückgenommen hätte, denn er war sich der Tragweite dessen sehr wohl bewusst. »Haben Sie schon einmal die Möglichkeit in Erwägung gezogen«, sagte er, »Julius könne dem eigenen Geschlecht zugetan sein?«

»Wissen Sie eigentlich, dass rund achtzig Prozent der chronischen Rückenschmerzen auf eine Vernachlässigung der Rückenmuskulatur zurückzuführen sind, und dass wiederum achtzig Prozent dieser Patienten unter leichten Depressionen leiden?«, fragte Nina, während sie einen etwa vierzigjährigen Mann durchknetete, der sich wie ein steifes, durchgelegenes Sofakissen anfühlte.

Der Mann gab einen unverständlichen Laut von sich, Nina drückte fester zu.

»Aua«, schrie er, »das tut jetzt aber weh!«

»Das soll es auch«, erwiderte Nina und legte genau die Prise Vorwurf in ihre Stimme, die sie für pädagogisch sinnvoll hielt. »Wann haben Sie zuletzt eine Sport- oder Schwimmhalle von innen gesehen?«

Da fiepte Ninas Handy. Eine SMS von Angie. *RUF SOFORT AN!!!*

»Entschuldigen Sie mich bitte einen Moment«, sagte sie zu ihrem Patienten, »ein Notfall.« Sie stand auf und ging zum Fenster, vermutete irgendeine Planungspanne bei Angies Partyvorbereitungen. Ihre Freundin war Perfektionistin, wenn sie eine Party gab, die falsche Serviettenfarbe konnte bei ihr eine Krise im Vorfeld auslösen. Was Nina, die selten mehr als einen Mann einlud, und wenn, dann zu einer Take-away-Pizza mit Bier, insgeheim unter das Thema »wild gewordene Gattin mit zu viel Tagesfreizeit« einstufte.

»Was ist los?«, fragte sie leise, wobei sie den Mann auf der Liege nicht aus dem Blick ließ. »Hat ein Gast abgesagt und damit deine Sitzordnung gesprengt? Ist Jochen fremdgegangen? Mach schnell, du weißt, ich bin im Dienst.«

Doch Angie, die gerade den Schulhof überquerte und nicht wusste, dass sie sehnsüchtig von Dr. Glitsch vom Lehrerzimmerfenster aus beobachtet wurde, stand im Moment nicht der Sinn nach Scherzen. »Könntest du dir vorstellen, dass Julius schwul ist?« Nina hörte sofort, dass sie kurz vorm Losheulen war.

»Hast du ihn dabei erwischt?«, fragte sie, ohne eine Antwort abzuwarten. »Ist wahrscheinlich nur eine Phase. Viele Männer haben als Teenies mit anderen Jungs herumgefummelt, ist doch ganz normal, oder?«

Diese Frage hatte Nina vielmehr an den Mann vor ihr gerichtet, da dieser offensichtlich gelauscht hatte und jetzt ganz energisch den Kopf schüttelte. »Ich hab gerade einen Patienten hier, der bestätigt das«, sagte Nina. »Also, mach dir keinen Kopf, das verwächst sich wieder.«

Hoffentlich, dachte Angie, und wenn nicht? Nur ein winziger Trost fiel ihr in dem Moment ein: Der Stress mit einer zickigen Schwiegertochter würde ihr dann erspart bleiben.

Kapitel 7

»Guten Morgen«, sagte Gesa, während sie tapfer ein Gähnen unterdrückte. Ganz gegen ihre Natur war sie wieder weit vor Mittag aufgestanden, hatte sogar mit ihrer Mutter gemeinsam gefrühstückt und sich dann mit dem Fahrrad durch den dicksten Berufsverkehr geschlängelt. Jetzt stand sie in der riesigen Werksküche von *Lukullus* und fühlte sich geradezu heldenhaft, wie nach einer zweistündigen Joggingrunde vor Sonnenaufgang.

»Womit kann ich mich nützlich machen?«, fragte sie in die Runde.

Acht Köche in weißen Kitteln und mit Haarnetzen auf den Köpfen schauten kurz von ihren Töpfen und Schneidebrettern hoch.

»Du kommst spät«, knurrte Agnes, während sie kurz ihren mehlverstaubten rechten Ellenbogen hob, um sich eine vorwitzige Locke aus der Stirn zu schieben. »Hast du verschlafen?«

»Also ich ...«, wollte sich Gesa verteidigen, doch die Chefköchin unterbrach sie sofort: »Keine Zeit jetzt für dummes Gequatsche, hilf mir bei den Diabetiker-Desserts. Wir haben diese Woche Lavendel-Schokoladeneis, Rote-Bete-Schokoladenkuchen und Himbeerparfait im Programm. Hier ist Vanillejoghurt, die Himbeeren sind bereits aufgetaut ... Tempo, junge Dame, du wirst hier nicht fürs Glotzen bezahlt!« Agnes schob Gesa zwei große Schüsseln hin. »Schön zusammenrühren und ein bisschen Zucker dran. Süß, aber nicht zu süß machen.«

»Genau wie du, Süße«, rief Timo, der Lehrling, vorwitzig, während er schnell und geschickt wie ein Chirurg mit einem großen, scharfen Messer ein Büschel Küchenkräuter kurz und klein hackte.

Das steh ich jetzt durch, dachte Gesa, kippte die Himbeeren in die Schüssel voll Vanillequark, stippte kurz mit dem Finger ins Gemisch und leckte ihn ab. Eindeutig nicht süß genug. Als sie aufsah, wackelte Timo gerade warnend mit dem Zeigefinger. Sie lächelte, griff zu einer Plastikbox, auf der mit schwarzem Filzstift *Zucker* stand, und wollte gerade einen Schwung davon in die Schüssel kippen, als Agnes ihren Arm so heftig zurückriss, dass Gesa das Gefühl hatte, sie habe ihn ausgekugelt.

»Bist du denn total bescheuert?«, schimpfte die Chefköchin. »Das ist ein Dessert für Diabetiker. Da nehmen wir natürlich keinen Zucker, sondern Süßstoff. Willst du, dass unsere Kundschaft ins kollektive Zuckerkoma fällt?«

Wäre in diesem Moment nicht die Tür aufgegangen, hätte Gesa sich vermutlich trotz aller guten Vorsätze auf dem Absatz umgedreht und wäre beleidigt wieder nach Hause gefahren. Hätte sich in ihr Bett gelegt, die Decke über den Kopf gezogen und wäre nie wieder an ihren Arbeitsplatz zurückgekehrt. Schon in der Schule hatte sie einfach das Klassenzimmer verlassen, wenn sie sich von einem Lehrer ungerecht behandelt fühlte. Die Schulpsychogin, die die Lehrer damals hinzuzogen, hatte von einer »niedrigen Frustrationsschwelle aufgrund frühkindlicher Zurückweisung durch die männliche Bezugsperson« gesprochen. Marianne und Gesa hatten nur müde gelächelt. Das wussten sie auch so.

Doch genau an diesem Punkt kam jetzt Jochen herein, und schlagartig sah alles anders aus. Der Tag wurde heller, die Sonne strahlender, die Küche der aufregendste Platz der Welt. Gesa lächelte.

»Hallo, Chef«, sagte Agnes, »was verschafft uns die Ehre?«

Alle Umherstehenden schauten ihn erwartungsvoll an. Er mag mich, jubilierte Gesa.

Jochen hüstelte. »Wollte nur mal sehen, ob es keine Probleme gibt«, sagte er dann.

Während das Küchenpersonal verständnislos dreinschaute, grinste Agnes wissend.

»Bis jetzt noch nicht«, sagte sie und warf einen vieldeutigen Blick auf die neue Praktikantin. »Aber was nicht ist, kann ja noch werden.«

Gesa fühlte, wie Jochen sie prüfend ansah. Es war ein aufregendes Gefühl, zumal sie wusste, wie absolut göttlich sie aussah. Das frühe Weckerstellen, die halbstündige Schmink- und Frisiersession im Bad hatten sich absolut gelohnt. Sie lächelte in die Runde, dann versenkte sie ihre sorgfältig geschminkten Augen kurz in das Augenpaar, das sie am meisten interessierte, und sah an dem kurzen Aufflackern, dass ihre Nachricht angekommen war. Und das war die Hauptsache.

»Na, schon eingelebt?«, fragte Jochen sie und wusste im selben Moment, wie dumm diese Frage war. Es war ihr erster Tag, es war 8.15 Uhr.

»Ich tue mein Bestes«, sagte Gesa und schenkte ihm das Hundert-Watt-Lächeln, das sie sich für besondere Gelegenheiten aufsparte. Und dieses war eindeutig eine.

»Ich bin sicher, Ihr Bestes wird reichen«, sagte er und fand auch diesen Satz ziemlich schwachsinnig. Was war los mit ihm, verdammt? Er war doch sonst immer Herr der Lage. Schnell raus aus der Gefahrenzone. Mit einem »Frohes Schaffen allerseits« verließ er die Küche.

Versonnen sah Gesa ihm nach, während ihre Festplatte in Windeseile alle wichtigen Details gespeichert hatte: breite Schultern, die fast das körperbetonte Jackett sprengten, lange, muskulöse Beine, braunes, dickes Haar mit Silbereinsprengseln, das lässig im Nacken über den Hemdkragen fiel.

Ich will dich, sagte sich Gesa. Und ich krieg dich.

*

»Du bist ja völlig durch den Wind, mein Herzblatt«, sagte August und biss forsch in die Bruschetta mit Oliven und Sardellen, die ihm seine Lieblingsschwiegertochter wortlos gereicht hatte. »Macht mein Sohn dich nicht mehr glücklich, oder bist du im Stress wegen deiner Geburtstagsparty?«

Seit Gertruds Tod hatte er es sich angewöhnt, ohne Voranmeldung bei ihr vorbeizuschauen. Er klingelte dann einfach und sagte: »Ich brauch jetzt mal Familie.«

Angie, die ihren Schwiegervater innig und ohne Vorbehalt liebte – besonders weil ihre eigenen Eltern bereits verstorben waren und sie keine weiteren Geschwister hatte –, freute sich meistens über seine Überraschungsbesuche. August Winter war ein fröhlicher, äußerst unterhaltsamer Mann, der immer zu einem kleinen Scherz aufgelegt war und stets Lust auf einen kleinen Imbiss zwischendurch hatte. Natürlich wusste sie, dass er seinen Söhnen mit seiner Dauerpräsenz im Geschäft und seinen ständigen Kommentaren ganz gehörig auf die Nerven gehen konnte; sie selbst jedoch schätzte sein großes Herz und seinen manchmal beißenden Humor. Dass er alles, was sie kochte, mit großem Appetit verspeiste, war natürlich auch ein Pluspunkt in ihrer Beziehung.

Doch nun schwieg Angie. Sie wollte einfach nach dem Gespräch bei Dr. Glitsch mit niemandem außer Nina über ihre Ängste reden. Am allerwenigsten mit einem Mann, der Anfang siebzig war und von Schwulen noch als »warmen Brüdern vom anderen Ufer« sprach. Deshalb hatte sie sich entschieden, die Sache herunterzuspielen.

»Wahrscheinlich nur der Stress, August«, sagte sie und lächelte ihn an, wenn auch etwas verkrampft. »Schließlich werde ich vierundvierzig. Das ist kein Pappenstiel.«

»Papperlapapp«, grinste August und biss erneut so herzhaft in die Bruschetta, dass er sich verschluckte und einen Krümelregen auf den Tisch blies. Nach einem Schluck Wasser hatte er sich wieder gefangen. »Du bist noch immer eine sehr attraktive Frau, und wenn du nicht meine Lieblingsschwiegertochter wärest, würde ich wahrscheinlich auf richtig dumme Gedanken kommen.«

Angie fühlte, wie sich der feste Kloß, den sie seit ihrem Schulbesuch mit sich herumtrug, aufzulösen begann, wie es heiß und feucht in ihre Augen stieg. Wie gern hätte sie sich jetzt erleichtert und August von ihrer Befürchtung erzählt! Aber sie wusste, dass sie damit das gute Verhältnis zwischen Opa und Enkel nachhaltig belasten würde. Schnell drehte sie sich weg und suchte nach einem Taschentuch. Sie schniefte. Reiß dich bloß zusammen, Mädel, befahl sie sich und biss sich ein wenig in den Handrücken, um sich selbst zur Räson zu bringen.

August musterte Angie besorgt. »Ist wirklich nichts anderes?«

Sie schüttelte den Kopf.

»Soll ich dir einen Witz erzählen?«

»Deine Witze sind furchtbar«, wehrte sie lächelnd ab.

»Dieser ist nicht schlecht«, sagte er. »Also, im Schaufenster einer Bäckerei hängt ein Schild: *Ab fünfzehn Uhr warme Berliner.* Kommt ein Kunde rein und fragt: ›Sind die Jungs denn auch pünktlich?‹«

O Gott, dachte Angie und stürzte davon, um sich doch noch ein Tempo zu holen.

Jetzt war August ernsthaft besorgt. »So schlimm war der doch nicht«, sagte er beschwichtigend, als sie in die Küche zurückkam. Angie holte tief Luft und setzte sich zu ihm an den Tisch.

»Ich bin heute nicht in Stimmung für Schwulenwitze«, sagte sie. »Sind ja schließlich Menschen wie du und ich. Oder hast du was gegen sie?«

August lachte. »Nicht das Allergeringste«, meinte er. »Solange sie nicht in meiner Familie sind.«

»Und was hättest du gemacht, wenn einer deiner Söhne schwul gewesen wäre?«, fragte sie.

»Einer meiner Söhne?« August grinste breit. »Da wäre ich absolut vom Glauben abgefallen, meine Süße. In meiner Familie gibt es keine Schwulitäten, so wahr ich August Winter heiße.«

»Aber wenn doch«, insistierte Angie. »Würdest du dann deinen Sohn verstoßen?« Leicht irritiert spürte August, dass ihr diese Frage wichtig war.

»Dann würde ich ihm erst das Fell über die Ohren ziehen und danach in den sauren Apfel beißen«, sagte er. »Und jetzt komm mal her und gib deinem alten Schwiegervater einen Kuss. Und dann lass uns über dein Geburtstagsmenü reden. Ich wäre ja für deutsch und deftig, das mögen die Leute. Kein Firlefanz. Und Charlotte sagt auch ...«

»Charlotte?«, unterbrach sie ihn.

»Ach, nur 'ne nette kleine Kontrolleuse«, sagte August.

»Seit wann fährst du denn mit dem Bus?«, wollte Angie wissen »Oder hast du deinen Führerschein beim Verkehrsamt abgegeben? So alt bist du doch gar nicht.«

»Nix davon«, wehrte August ab. »Will nur noch nicht darüber reden. Themenwechsel.«

Als August gegangen war und Angie mit Jan telefonisch letzte Menüfragen geklärt hatte, da Jochen nicht erreichbar gewesen war – irgendein Termin, über den sich Johanna Schwingel nur vage geäußert hatte –, stand sie am Küchenfenster und sah auf die Straße. Die Schule war aus, in spätestens fünf Minuten würde Julius um die Ecke biegen, Sturm klingeln, alle seine Sachen an Ort und Stelle fallen lassen und sagen: »Was gibt's zu essen, Mama?« Wenn er gut drauf war, würde er sich sogar von ihr in den Arm nehmen lassen, ansonsten waren ihm seit einiger Zeit mütterliche

Zärtlichkeiten eher unangenehm. Was sie traurig fand, weil er immer ein großer Schmusebär gewesen war. Noch als Vierzehnjähriger hatte er manchmal zwischen ihr und Jochen geschlafen. War mit ihr Hand in Hand durch die Stadt gelaufen, allerdings nur, wenn keiner guckte. Mit wem er jetzt wohl Händchen hielt?

Nervös griff sie zu einer Zigarette. Was Jochen wohl dazu sagen würde, wenn sein Sohn tatsächlich schwul wäre? Wie die meisten Männer seines Alters war auch er latent schwulenfeindlich. Was daran lag, dass er weder privat noch beruflich mit Homosexuellen zu tun hatte. Sie waren deswegen für ihn Wesen von einem sehr fernen Stern, die beim Teetrinken den kleinen Finger abspreizten, rosa Kaschmir-Pullover trugen und Detlef hießen. Angie fand diese Vorurteile vorsintflutlich, aber sie hatte es aufgegeben, ihn zu bekehren. Jetzt bereute sie ihre Laschheit.

Woher er das wissen wolle, hatte sie Dr. Glitsch nach dem ersten Schreck gefragt. Und der erwähnte nach kurzem Zögern Julius' enges Verhältnis zu dessen Freund Till, die Rangelei nach dem Sportunterricht auf der Bodenmatte vor ein paar Wochen, die ihm, der zufällig vorbeigekommen sei, auffällig lang erschienen war. Außerdem hatte er auf seine mädchenhaften Haare hingewiesen.

Angie hatte einen Blick auf den sehr spärlich behaarten, länglichen Kopf des Schulleiters geworfen und war ein bisschen ärgerlich geworden. »Das ist nicht schwul, das trägt man als junger Mann, wenn man noch Haare hat!« Mit diesen Worten war sie aufgestanden und gegangen. So schnell es ging, weil sie sonst vermutlich geplatzt wäre.

»Lassen Sie uns im Gespräch darüber bleiben, Frau Winter!«, hatte ihr Dr. Glitsch hinterhergerufen. »Ich melde mich bald wieder bei Ihnen.«

Doch das hatte Angie schon nicht mehr gehört.

Julius wusste überhaupt nicht, wie ihm geschah, als seine Mutter beim ersten Klingeln die Haustür aufriss und ihn seltsam anstarrte. »Wassnlos?«, fragte er verständnislos und wollte sich an ihr vorbeidrängen, noch ein bisschen chatten, bevor es Mittagessen gab, aber sie hielt ihn fest.

»Alles in Ordnung mit dir?«, fragte sie. »Oder gibt es irgendwas, worüber du mit mir reden willst?«

»Hä?« Julius war sichtlich irritiert. »Worüber denn reden? Hat die alte Glitschbeule mal wieder Stress gemacht?«

»Hätte er denn Grund dazu?« Angies Stimme klang schärfer, als sie es für pädagogisch wertvoll hielt.

»Mensch Mama, mach dich bitte locker«, murmelte Julius, während seine Jacke und sein Rucksack mit dem üblichen Plumps zu Boden fielen und dort liegen bleiben würden, bis Angie sie resigniert aufhob. »Übrigens, Till schläft heute bei mir. Wir wollen noch Mathe üben.«

Abgang, die Tür zum Jugendzimmer fiel mit einem lauten Knall ins Schloss.

Angie starrte ihm unschlüssig hinterher. Mathe üben? Über Nacht? Das klang auf einmal alles sehr verdächtig.

Seufzend ging sie in die Küche und holte den Nudel-Schinken-Auflauf, das Lieblingsgericht ihres Sohnes, aus dem Ofen; insofern überflüssig, weil er schon seit Kleinkindzeiten ein Allesfresser war. Was man ihm leider auch ansah. Sie aßen jeden Mittag zusammen, eine Mahlzeit, die Angie nie ausfallen ließ, weil ihr Sohn bei der Nahrungsaufnahme nicht entkommen konnte und sie die Gelegenheit gern nutzte, sich diskret, aber hartnäckig über den Seelenzustand ihres Kindes zu informieren. Dass es da erneuten Informationsbedarf gab, hatte sich ja gerade herausgestellt.

»Hmm, Schinkennudeln, du bist die Beste!« Minuten später saß Julius kauend am Tisch und grinste sie an. »Was wünschst du dir eigentlich zum Geburtstag, Mama? Stützstrümpfe oder Rheumadecke?« Er bleckte die Zähne, wobei ein Stückchen Schinken in seinem Mundwinkel klebte. Angie ertappte sich bei der Überlegung, ob er sich nicht, wenn er tatsächlich schwul wäre, den Mundwinkel mit einem Serviettenzipfel sauber getupft hätte. Sie hasste Dr. Glitsch dafür, diese giftige Saat des Misstrauens in ihr Mutterherz gesät zu haben. Sollte sie ihn einfach fragen? Hallo, mein Schatz, bist du eigentlich schwul? Macht ja nichts, aber bist du es? Nein, sie musste geschickter vorgehen.

»Sag mal, versteht ihr euch eigentlich alle gut in deiner Klasse?« Das war schon mal ein guter, unverdächtiger Anfang, fand sie.

»Klar, warum fragst du?« Ohne hochzublicken schaufelte Julius den zweiten Nachschlag Nudelgratin in sich hinein.

»Gibt es kein Mobbing bei euch?«, hakte sie vorsichtig weiter nach. »Könnte ja sein, wenn zum Beispiel einer von euch, na ja, schwul wäre oder so ...« Sein konsternierter Gesichtsausdruck ließ sie innehalten.

»Na und?«, rief er und sah sie entgeistert an. »Was ist denn dabei? Schwul oder bi, das ist doch heutzutage scheißegal.«

Es war ein etwas verkrampftes Lächeln, das Angie überzeugend hinzubekommen glaubte. »Wäre das wirklich kein Problem, auch für dich nicht?«

»Mensch, Mama.« Julius schob seinen leeren Teller so heftig zurück, dass er über die Tischkante rutschte und laut scheppernd auf den Fliesen zerbrach. »Was soll das denn jetzt? Ich glaube, langsam wirst du echt alt.«

Angie war froh, nach den Scherben am Boden greifen zu können. So konnte ihr Sohn nicht sehen, wie heiß und rot ihr Gesicht geworden war. Sie schämte sich, während gleichzeitig Schreckensbilder vor ihrem inneren Auge auftauchten – Julius und sein Bräutigam, beide in rosa Smokings, Händchen haltend vor dem Traualtar. Zwei glitzernde Eheringe wurden getauscht, danach folgte ein langer, langer Kuss. Sie tauchte wieder auf.

»Tut mir leid, Mama, das war nicht so gemeint.« Er hob den Blick und sah sie an. Irgendwie sah er sehr kindlich und sehr unschuldig aus. Doch Angie glaubte, ein kleines Funkeln in seinen Augen zu entdecken.

»Mama, einen Vorteil hätte es doch, wenn ich tatsächlich schwul wäre«, sagte er.

»Und welcher wäre das?«, fragte sie matt und ärgerte sich, dass sie diese Diskussion überhaupt begonnen hatte.

»Mein Freund könnte nicht schwanger werden.« Er grinste, rülpste kräftig beim Aufstehen, kratzte sich kurz zwischen den Beinen und verschwand dann in seinem Zimmer.

Entschieden griff Angie zum Handy. »Hallo, Nina, hast du eigentlich schon mal einen Schwulen richtig rülpsen gehört?«

Jetzt ist sie durchgeknallt, dachte Nina, als sie die Frage mit Nein beantwortete und Angie sichtlich erleichtert erwidert hatte: »Wunderbar, mein Schatz, genau das wollte ich hören.«

Beim Verzehr einer doppelten Portion Schokoladeneis, die sich Angie nach diesem anstrengenden Vormittag genehmigte, klingelte ihr Handy. Auf dem Display stand eine ihr unbekannte Nummer.

»Störe ich?«, fragte eine Männerstimme, die sie jedoch sofort erkannte.

»Natürlich nicht, Dr. Glitsch.« Angie war heilfroh, dass er ihr Gesicht nicht sehen konnte. In einem kurzen Anflug akuter Postpubertät hatte sie ihrem Gesprächspartner die Zunge rausgestreckt. »Was gibt es denn noch?«

Sein Räuspern drang so laut an ihr Ohr, dass es sie im Gehörgang kitzelte.

»Ich hatte das Gefühl, dass Sie noch Fragen haben, liebe Frau Winter«, sagte er dann.

»Nein, eigentlich nicht.«

»Wenn sich das ändern sollte, bin ich natürlich jederzeit für Sie zu sprechen«, sagte der Direktor. »Auch nach Schulschluss.«

»Vielen Dank«, erwiderte sie und legte auf.

Aus Julius' Zimmer drang: *»Halt dein Maul, du weißt gar nichts«* von Sido. Laut, aggressiv, eindeutig unschwul. Nie hatte sie Sido lieber gehört.

*

»Na, wie ist dein erster Eindruck?« Marianne hatte einen langen, anstrengenden Tag mit vielen Müttern und nervigen Kindern in der Eisdiele hinter sich, vor sich auf dem Couchtisch stand das erste alkoholfreie Bier des Abends. Sie sah ihrer Tochter gespannt entgegen, obwohl sie eigentlich keinen übertriebenen Enthusiasmus erwartete. Bisher nämlich war Gesa stets vom ersten Arbeitstag mit einem Muffelgesicht und einem »Also toll ist was anderes« in ihrem Zimmer verschwunden. Was für Marianne auch deshalb doppelt nervig war, weil sie diese Praktika in einigen Fällen nur über Beziehungen beschafft hatte, indem sie nämlich schamlos auch auf alte Liebhaber zurückgriff. Zum Glück gab es ja genug davon, und manche konnten beruflich sogar etwas vorweisen.

»Hallo, hier ist die Marianne, ja, genau, long time no hear. Hast du nicht eine Firma, für was war das noch mal, ach so, sorry, für Fensterdichtungen. Wunderbar, genau, was meine Tochter sucht. Vorkenntnisse? Nicht direkt, aber sie ist wahnsinnig motiviert. Kann ich sie mal bei dir vorbeischicken? Klar hab ich Lust auf ein Glas Wein!«

Wie viele Frösche sie geküsst hatte, nur um dann Gesa jeden Morgen aus dem Koma wachrütteln zu müssen, damit sie überhaupt zum Praktikum antrat, wollte sie lieber nicht nachzählen. Ich prostituiere mich für meine Tochter, hatte sie oft gedacht, und ich schäme mich nicht dafür.

Doch diesmal erlebte sie eine Überraschung, denn Gesa strahlte sie an.

»Einfach nur super«, sagte sie, und dann sprudelte es aus ihr heraus, so schnell, dass es wie ein wilder Strom an Marianne vorbeirauschte: von der kalten und warmen Küche, der Spül- und Kommissionsküche, von den netten Köchen und dem gemeinsamen Mittagessen unter Kollegen; von dem einen Chef, der immer so blöde Witze machte und nicht meckerte, wenn man mal eine rauchte. »Er ist sehr nett, Mami, sieht nur leider nicht ganz so gut aus.«

Marianne verkniff sich die moralinsaure Bemerkung, dass man als Frau die Männer, die man auf der Arbeit traf, ja nicht unbedingt auf ihre Beischlafverwertbarkeit testen musste. Sie bemühte sich stattdessen um ein sowohl mütterliches als auch Anteil nehmendes Gesicht, damit ihre Tochter sich dem Gespräch nicht verweigerte und weitererzählte.

»Gibt es da nicht noch einen anderen Chef?«, hakte sie nach und war ein bisschen verwundert, als ohne Vorankündigung im Gesicht ihrer Tochter die Sonne aufging.

»Ja, den gibt es«, sagte sie strahlend, »und er ist der absolute Knaller.«

»Aber er ist glücklich verheiratet und hat einen Sohn, oder?« Marianne lächelte und nahm sich noch ein Bier. Bei alkoholfreiem Bier musste sie ja zum Glück kein schlechtes Gewissen haben. Leider schmeckte es nie so gut wie richtiges.

»Genau«, sagte Gesa, nahm ihr die Flasche aus der Hand und

trank einen großen Schluck. »Aber das sind sie doch alle, wenn sie gut sind. Weißt du doch selbst, Mami, oder?«

Ja, das wusste Marianne selbst. Und wie sie es wusste! Viel zu oft schon hatte sie das Gefühl gehabt, dass das Schicksal sich geradezu gegen sie verschworen hatte. Es konnte doch nicht sein, dass jedes Mal, wenn sie nach einer wunderbaren Nacht einen Mann nach seiner Telefonnummer fragte, dieser ihr einen Zettel mit der Bitte reichte: »Bitte nur tagsüber«. Aber selbst dann war oft entweder eine zickige Frauenstimme am Apparat: »Nein, ist grad in der Dusche, kann ich etwas ausrichten?«, oder eine Kinderstimme: »Der Papa liegt noch bei der Mama im Bett. Papaaa, da ist 'ne fremde Frau am Telefon!«

Und da die Singles in ihrer Altersklasse entweder schwul oder Sexualtriebtäter waren oder noch bei ihren Müttern wohnten, hatte sie die Hoffnung auf einen Mann mit einem mehr als zweistelligen IQ und einer Optik, die keine Eier abschreckte, schon fast aufgegeben. Der nächste Mann, so er denn irgendwo in diesem Universum auf sie wartete, kam eigentlich nur als glücklich und kinderlos Geschiedener für sie infrage oder gleich als Witwer. Den männlichen Jackpot erwartete sie nicht mehr, nur ein Minimum an Humor und Potenz. Aber auch das war ja so selten wie ein gleichzeitiger Orgasmus beim Sex.

»Ach, Mami, ich glaub, ich bin verliebt«, holte sie Gesa aus ihren Gedanken zurück.

Marianne sah, wie ihre Augen leuchteten, und seufzte. Sie hatte irgendwie geahnt, dass noch ein Haken kommen würde. Konnte nicht einmal alles glattgehen? Obwohl sie zum Glück nicht im Detail über das Liebesleben ihrer Tochter informiert war, wusste sie, dass sie beide leider einen unseligen Hang zu aussichtslosen Männern teilten. Sie köpfte noch ein Alkoholfreies und beschloss, sich unbeliebt zu machen. Nicht mit langem Besorgnisgelaber, sondern mit einer klaren Ansage.

»Vergiss den Quatsch«, sagte sie streng. »Konzentrier dich auf deine Arbeit, alles andere ist unwichtig.«

Doch als sie sah, wie Gesas Miene sich schlagartig verdüsterte, überlegte sie noch einmal. War es nicht das Wichtigste, dass Gesa endlich einmal ein Praktikum Spaß machte? Und wenn eine harmlose Schwärmerei dazu beitrug, umso besser. Entspann dich, Marianne, sagte sie sich, du warst doch auch mal jung.

»Du kannst ganz beruhigt sein, Mami.« Gesa stand auf und streckte sich wie eine schläfrige Katze. Und wie wenn sie die Gedanken ihrer Mutter erraten hätte, sagte sie: »Ich werde nichts tun, was du in meinem Alter nicht auch getan hättest.«

Mit einem Lächeln auf den Lippen ließ sie ihre besorgte Mutter im Wohnzimmer zurück. Und die griff sofort zum Telefon. »Sag mal, Nina, was für ein Typ ist dieser Jochen Winter eigentlich?«

Eine Unruhe, die sie nicht abschütteln konnte, trieb Marianne nach dem Telefonat in den Fitnessclub. Deine Tochter ist erwachsen, beruhigte sie sich, du bist nicht mehr für sie verantwortlich! Und dieser Winter würde schon wissen, wie er mit der Schwärmerei eines jungen Mädchens umging.

Wenn sie Nina Glauben schenkte, und es gab keinen Grund, es nicht zu tun, dann würde er es vermutlich gar nicht bemerken. »Der ist so treu, dass die Schwarte kracht«, hatte ihre Freundin gesagt. »Wenn er wollte, hätte er jede Nacht eine andere Frau im Bett, aber er will nur Angie. Tja, so was gibt es auch noch.«

Während sich Marianne umzog und dabei feststellte, dass alle anderen Frauen in der Umkleidekabine jünger waren als sie, dünner und außerdem schöner, beschloss sie, die Sache auf sich beruhen zu lassen. Gesa war sprunghaft, das Praktikum dauerte nur drei kurze Monate, kein Grund, sich verrückt zu machen.

»Hallo, Marianne«, rief Angie ihr im nächsten Moment von einem Crosstrainer aus zu. Einen ganz kurzen Augenblick hätte sich Marianne am liebsten wieder abgewendet. Weil sie das Gefühl hatte, ihr kleines, unangenehmes Familiengeheimnis blühe ihr wie ein fieser Pickel auf der Nase. Während sie mit einem etwas aufgesetzten Lächeln auf Angie zuging, stellte sie sich vor, wie diese wohl reagieren würde, wenn sie sie mit den Worten: »Du, meiner Tochter gefällt es super bei euch im Betrieb. Besonders dein Mann hat es ihr angetan. Kleiner Tipp: Pass ein bisschen auf ihn auf«, begrüßen würde. Keine schöne Vorstellung.

»Du siehst ja finster aus«, sagte Angie und lächelte ihr zu. »Ärger mit deiner Tochter?«

Marianne schüttelte den Kopf.

»Gefällt es ihr bei *Lukullus*?« Es interessierte Angie nicht wirklich, aber sie freute sich aufrichtig, Marianne wiederzusehen.

»Ja, sehr«, sagte diese.

»Ich hoffe, mein Mann war nicht allzu abweisend zu ihr.« Angie wischte sich mit dem Handtuch den Schweißfilm aus dem Gesicht. »Er hat nämlich mit Praktikanten bisher nicht die besten Erfahrungen gemacht.«

»Sie hat sich jedenfalls nicht beschwert«, sagte Marianne und räusperte sich, »was macht eigentlich dein Sohn? Hat er schon eine Freundin?«

Als Angie nach dem abendlichen Training ins Bett ging, schlief Jochen schon. So tief und fest, dass er von dem Gespräch, das sie jetzt mit Johanna Schwingel am Telefon führte, nichts mitbekam. Und das war besser so.

»Also, die Polen sind alle da, Frau Winter«, sagte die *Lukullus*-

Sekretärin. »Sie sind zu fünft. Meinen Sie, dass sie es in einer Nacht schaffen?«

»Da bin ich sicher, es ist ja nur der Eingangsbereich und der Flur zu den Büros«, sagte Angie mit gedämpfter Stimme. »Vielleicht schaffen sie ja auch die Waschräume noch, die Damentoilette ist mir schon seit geraumer Zeit ein Dorn im Auge.«

»Was halten Sie von apricotfarben?«

»Oder Rosa?«

»Ja, das ist gut ...«

Jochen gab einen schläfrigen Laut von sich und drehte sich um.

»Ich muss auflegen, Frau Schwingel. Mein Mann wacht sonst auf.«

»Na, der wird morgen früh überrascht sein, was?«

»Da bin ich sicher. Gute Nacht.«

Kapitel 8

Als Jochen und Jan am nächsten Morgen zufällig gemeinsam das *Lukullus*-Werksgebäude betraten, zuckten beide zurück.

»Irgendwas ist anders«, meinte Jochen, »aber was?«

»Vielleicht das strahlende Lächeln der alten Schwingel?«, flüsterte Jan. »So gut gelaunt hab ich sie um diese Uhrzeit noch nie erlebt!«

»Guten Tag, die Herren«, rief die Sekretärin. »Fällt Ihnen denn gar nichts auf?«

Jochen realisierte es zuerst. »Ach, du Schreck«, rief er. »Hat August das schon gesehen?« Er starrte auf die Wand hinter der Rezeption, Jan folgte seinem Blick.

»Rosa«, stammelte dieser, »irgendjemand hat alles rosa streichen lassen.«

»Das war die Chefin.« Frau Schwingel tippte weiter, ihr wohlgefälliger Blick lag auf ihren frisch erneuerten French Nails. »Für die Farbe haben wir uns gemeinsam entschieden. Gefällt es Ihnen?«

Die Brüder sahen sich um.

»Sieht ein bisschen wie ein türkischer Puff aus«, murmelte Jochen.

»Gewöhnungsbedürftig«, sagte Jan.

»Mir gefällt es.« August Winter, der bereits in der Werksküche gefrühstückt hatte, kam zielgerade auf den Rezeptionstresen zu. »Ich hoffe nur, liebe Johanna, dass sich die Malerkosten in Grenzen halten.«

»Die Kosten übernimmt Frau Winter«, sagte Johanna Schwingel. »Ein Geschenk ans Haus, hat sie gesagt.«

Der Seniorchef grinste und hakte seine Söhne unter. »Auf so eine Idee wärt ihr nie gekommen, oder? Und jetzt an die Arbeit. Und einen großen Blumenstrauß an Angie, liebe Frau Schwingel, das Haus bedankt sich.«

»Wird sofort erledigt, Herr Winter.«

Ihre Augen trafen sich einen kurzen Moment. Doch dies reichte, um bei August urplötzlich Erinnerungen an einen längst vergangenen Kuss wieder aufleben zu lassen. »Danke, Johanna«, sagte er sanft. »Ich finde, Sie haben die Farbe gut gewählt.«

Sie sah ihm nach und lächelte. Dann bestellte sie einen üppigen Blumenstrauß aus weißen Lilien und rosa Rosen.

»Du bist also immer noch ausschließlich an den Grundstücken interessiert?«, fragte Jan und dämpfte seine Stimme, weil die Verbindungstür zu seinem Bruder halb offen stand. Er konnte jetzt absolut keine Lauscher gebrauchen. »Und was soll mit den Bistros passieren? Aha, ich verstehe. Also, ich glaube nicht, dass wir so ins Geschäft kommen, Fjodor, aber vielen Dank trotzdem für dein Interesse.« Er legte den Hörer auf und zuckte unwillkürlich zusammen, da Jochen unbemerkt hereingekommen war und jetzt mit akutem Erklärungsbedarf vor seinem Schreibtisch stand.

»Was ist das für ein Geschäft?«, wollte er wissen.

Jan überlegte kurz, ob er seinem Bruder von Fjodor Kalschowsky, dem Immobilienhändler aus Kasachstan erzählen sollte, den er kürzlich in der Sauna kennengelernt hatte. Ein kleiner, dicker, am ganzen Körper behaarter Mann mit einem gesunden Appetit auf sehr junge Mädchen und aufs Geldverdienen. Sie hatten zusammen geschwitzt und waren so ins Gespräch gekommen. Fjodor hatte sich die *Lukullus*-Bistros gleich danach einmal angeschaut und sofort großes Interesse bekundet. Allerdings zu seinen Bedingungen: abreißen und neue Appartements auf den Grund bauen!

»Nichts Wichtiges«, winkte Jan deshalb ab, »kümmere dich lieber um deine Frau. Die wird nämlich übermorgen vierundvierzig, falls du es vergessen hast, und bei Schnapszahlen sind Frauen ganz besonders sensibel.«

Jochen lachte. »Erinnere mich bloß nicht daran«, sagte er, »Angie dreht schon seit Wochen durch. Ich bin heilfroh, wenn der Tag vorbei ist.«

Er nahm auf Jans Schreibtisch Platz und wippte mit den Füßen, ein sowohl lässiger als auch eleganter Anblick, der in seinem jüngeren Bruder eine leichte Gereiztheit aufsteigen ließ. Es war nicht immer leicht, wenn der eigene Bruder einem optisch ständig die Show stahl. Immer das Rote Meer teilte, wenn er den Raum betrat, während man selbst neben ihm schier unsichtbar wurde. Jan liebte Jochen sehr, aber manchmal wurmte es ihn einfach, dass diesem so anstrengungslos alles zufiel, worum er selbst oft verbissen kämpfen musste. Früher um die Anerkennung des Vaters und die Liebe der Mutter, später um das Interesse von Frauen.

Wie oft hatte er im Lauf der Jahre den Kürzeren gezogen, denn kaum hatte er sie seinem Bruder vorgestellt, zeigten die Frauen kein Interesse mehr an ihm. Die Gründe, die sie ihm hierfür genannt hatten, waren stets fadenscheinig gewesen: Job im Ausland, alter Lover wieder aufgetaucht, akuter Anfall von Bindungspanik. Er kannte sie alle, diese windigen Ausreden. Manche seiner fahnenflüchtigen Affären hatten es natürlich auch bei Jochen versucht. Soweit er wusste, immer vergeblich, denn sein Bruder, der alle Chancen dieser Welt hatte, war ein treuer Ehemann.

»Angie ist mein Leben«, sagte Jochen oftmals. »Warum sollte ich das aufs Spiel setzen?«

Jan wusste manchmal nicht, ob er diese Einstellung bewundern oder bedauern sollte. Obwohl, wäre es ihm denn bei Angie anders gegangen? Nein, wäre es nicht.

»Was schenkst du ihr eigentlich?«, fragte er jetzt. »Einer Frau, die alles hat?« Jan konnte nicht vermeiden, dass seine Frage einen Hauch ironisch klang. »Ein neues Geschmeide, ein knallrotes Cabrio, einen politisch unkorrekten Nerz?«

Jochen lachte. »Ich schenke ihr einen Gutschein für ein Jahr lang jede Nacht Sex«, scherzte er. »Das kostet nichts, macht Spaß und ist mit Sicherheit unvergesslich.«

»Ein ganzes Jahr lang? Jede Nacht? Schaffst du das denn noch?« Jan zog eine Augenbraue hoch, was seinem Gesicht einen süffisanten und gleichzeitig beleidigten Zug gab. Aber er konnte es nicht verhindern, dass diese Vorstellung ihm ein bisschen die Stimmung verhagelte.

»Traust du mir das nicht mehr zu?«, fragte Jochen. »Aber keine Sorge, ich schenke ihr einen Gutschein für ein Wochenende zu zweit. Angie kann sich dann aussuchen, wohin die Reise geht.«

Das klang so sehr nach einem einfallslosen Ehemann, dass Jan erleichtert loslachte. Denn genau so wollte er sich die Ehe zwischen seinem Bruder und seiner Schwägerin auch weiterhin vorstellen: lieb, ein bisschen langweilig, wie ungesalzener Kartoffelbrei. Und wie immer, wenn er sich seinem Bruder ausnahmsweise einmal überlegen fühlte, lief Jan zu Hochform auf.

»Soll ich dir ein Romantikprogramm zusammenstellen?«, schlug er vor. »Du weißt ja, ich bin der ganz große Verführungskünstler und habe schon die tollsten Frauen an den schönsten Plätzen verführt. Das *Furore Inn* an der Amalfiküste gehört zu meinen schönsten Erinnerungen.« Bin ich denn völlig verrückt geworden, dachte er, ausgerechnet mein Lieblingshotel zu empfehlen, damit *er* dort mit Angie ...? Zu spät.

»Gute Idee«, sagte Jochen und stand auf. »Geld spielt keine Rolle – Hauptsache, meine Frau ist glücklich. Vielen Dank, Bruderherz.«

Die Tür fiel ins Schloss, Jan ging zum Fenster und schaute hinaus. Die Sonne glitzerte an einem fast unverschämt blauen Himmel, und er wäre jetzt sehr gern irgendwo anders gewesen. Aber sein Schreibtisch war voll, die Umsatzzahlen wurden nicht besser, ständig waren Berechnungen und Kalkulationen nötig, er ertrank in Zahlen. Leider nicht in Liebe. Gott, wie pathetisch er sein konnte. Aber hatte er nicht auch das Recht auf ein bisschen Glück? Wenigstens wusste er genau, wie er sich dieses schnell und unkompliziert beschaffen konnte. Er schaute auf die Uhr, beschloss, sich eine Mittagspause zu gönnen, und griff zum Telefon.

»Hallo, Nina, Lust auf ein kleines Mittagsschläfchen? Bei dir oder bei mir?«

Drei Stunden später saß er wieder an seinem Computer und komponierte ein Traumwochenende für seine Schwägerin. Hotel, Restaurant, Strand, Shopping, die eine oder andere Sehenswürdigkeit, alles vom Feinsten. Sie sollte es schön haben mit seinem Bruder. Und er war ein selbstloser, trauriger Idiot.

Derweilen saß Nina bei Angie in der Küche und rückte kleine Karteikärtchen mit verschiedenen Namen hin und her. Sie fühlte sich sehr gut und pfiff leise vor sich hin.

»Ist was?«, fragte Angie und musterte ihre Freundin aufmerksam. »Normalerweise nerven dich doch meine chaotischen Sitzordnungen.«

Nina grinste. »Heute eben nicht«, sagte sie, »weil ich total entspannt bin. Was man von dir nicht gerade behaupten kann. Du siehst echt fertig aus. Angst, dass deine Gäste nicht satt werden?« Sie lachte, doch dann hielt sie inne, weil sie sah, dass Angie ernst blieb. »Wer hat dir denn in die Suppe gepinkelt?« Sie sah ihre Freundin eindringlich an. »Och ne, immer noch die Schwulenfrage?«

Angie beschloss, das Thema Julius unter den Tisch fallen zu lassen. Sie hatte jetzt wichtigere Dinge im Kopf als die möglichen sexuellen Präferenzen ihres Sohnes. Ihre Party zum Beispiel.

»Alles gut«, meinte sie deshalb. »Aber sag, wer hat dich denn so gelockert?«

Nina zögerte einen Moment. »Dein Schwager«, sagte sie dann.

»Jan?«, rief Angie erstaunt. »Das war doch längst vorbei!«

»Tja, das hab ich auch gedacht«, meinte Nina lächelnd. »Er hat mir übrigens von deinem Attentat erzählt. Rosa! Die totale Schwulenfarbe übrigens. Was meint denn dein Mann dazu?«

»Der hat sich heute noch gar nicht gemeldet«, sagte Angie. »Ist den ganzen Tag unterwegs.«

✳

Gesa war zufrieden mit sich. Dass sie sich heute Morgen die Haare gewaschen und ihre Röhrenjeans angezogen hatte, die superengen, supertief sitzenden. Dass ein *Lukullus*-Fahrer krank geworden war und Jochen jemanden gesucht hatte, der ihm beim Ausliefern der Essen half. Wenn Not am Mann war, sprang der Chef ohne zu zögern selbst ein. Und eine glückliche Fügung ließ sie zur selben Zeit wie er den Hof überqueren, und er fragte sie ganz spontan, ob sie Zeit und Lust hatte, ihn zu begleiten.

»Klar«, hatte sie gesagt und gegrinst wie ein Honigkuchenpferd.

Und jetzt saß sie neben ihm in seinem tollen Auto. Das nach Geld und teurem Leder duftete. »Wie nett von Ihnen, *mich* zu fragen«, sagte sie. »Also bis jetzt bin ich total begeistert von diesem Praktikum. Vielen Dank, dass Sie mir eine Chance gegeben haben.«

Jochen lächelte und warf ihr einen kurzen Blick zu. »Ich hoffe, das Seniorenheim deprimiert Sie nicht«, sagte er. »So viele alte Menschen auf einem Haufen, das ist am Anfang gewöhnungsbedürftig. Aber wenn man sich Zeit nimmt, stellt man fest, dass viele von ihnen noch sehr lebendig und unterhaltsam sind.«

»Das glaube ich gern«, sagte Gesa und strahlte ihn überzeugend an. »Ich liebe alte Menschen, meine Oma besuche ich jede Woche, dann erzählt sie mir von früher und kocht meine Lieblingsgerichte. Kartoffelpuffer mit Apfelmus oder Königsberger Klopse.« Musste er ja nicht wissen, dass Mariannes Mutter seit drei Jahren tot war.

»Ich habe meine Großmutter auch sehr geliebt«, sagte Jochen nachdenklich. »Sie war allerdings im Gegensatz zu meiner Mutter eine lausige Köchin. Am schlimmsten waren ihre Aufläufe. Die gab es immer samstags mit den Resten der Woche.«

»Klingt gruselig«, sagte Gesa und hoffte, dass ihre lässig über den Beifahrersitz drapierten Reize nicht unbeachtet blieben. Ob er ihr teures Parfüm roch, die letzten Tropfen aus Mariannes Flakon? Sie hatte etwas hellen Tee in die leere Flasche getröpfelt, damit sie auch ja nichts bemerkte.

»War es auch«, sagte er. »Frei nach dem Motto: Lieber würgende Enkel am Esstisch als ein verschimmelter Joghurt im Kühlschrank.«

Sie sahen sich an und lachten. Gesa wurde warm ums Herz. So entspannt, so sicher, so irgendwie unangreifbar hatte sie sich noch nie gefühlt. Auch bei Claus nicht. Ob sie langsam erwachsen wurde? Mit diesem Mann? Das Gefühl, Teil einer Schicksalsfügung zu sein, verstärkte sich. Wir sind füreinander bestimmt, dachte Gesa und spürte, wie diese Erkenntnis sie auf einmal ganz ruhig machte. Ich kriege dich, sagte sie sich, du weißt es nur noch nicht. Im Krieg und in der Liebe ist alles erlaubt, hieß ein Sprichwort.

Sie behielt ihr Lächeln bei, weil sie wusste, wie niedlich die Grübchen aussahen, die sich dabei in ihren Wangen bildeten. Und da sie ahnte, dass es bei diesem Mann nicht ausreichte, einfach nur jung und hübsch zu sein, beschloss sie, Interesse zu zeigen und ihm Fragen zum Betrieb zu stellen.

»Wieso haben Sie eigentlich einen Teil Ihrer Restaurants in Bistros umgewandelt und beliefern jetzt Altenheime und Kinderhorte?«, fragte sie. »Ist das rentabler, oder steckt noch eine andere Idee dahinter?«

Jochen warf ihr einen erstaunten Blick zu. Endlich einmal eine Praktikantin, die nicht nur ihre Zeit absaß, sondern sich wirklich für die Firma interessierte, für die sie arbeitete, eine höchst erfreuliche Abwechslung. Er ertappte sich bei dem Gedanken, dass Angie schon lange nicht mehr gefragt hatte, wie die Geschäfte liefen. Und wenn, dann war es hauptsächlich negative Kritik, die sie, wenn auch sehr vorsichtig, ihm gegenüber äußerte: an der Einrichtung der umgewandelten Bistros, die sie zu düster fand, an den Menüs für die Senioren, die ihr zu einfallslos erschienen. Okay, sie hatte der Firma rosa Wandfarbe für den Empfangsbereich und die Toiletten spendiert, ein Farbton, den er im Übrigen völlig daneben fand, was er ihr natürlich so nicht sagen würde. Weshalb er sie aber bis jetzt auch noch nicht angerufen und sich bei ihr bedankt hatte.

Schon lange hatte Angie keine Begeisterung mehr gezeigt für eine Entscheidung, die er oder sein Bruder für das Unternehmen getroffen hatten. Und wenn, dann so verhalten, dass er manchmal selbst an sich zu zweifeln begann. Vielleicht war er ja doch nicht der große Zampano, für den er sich vor fünfundzwanzig Jahren hielt, damals, als sein Vater ihn gleich nach dem Studium in die Firma aufnahm. Er hatte eine deutlich schlechtere Note als sie gehabt – ein kleiner Schönheitsfehler in seiner Biografie, den er gern verdrängte. Und, um fair zu bleiben, Angie hat auch nie darauf gepocht. Und so tat es mal wieder gut, eine arglose Teilnahme an seiner Art der Geschäftsführung zu spüren. Dass sie von einer Frau kam, die nicht nur sehr jung, sondern zudem auch sehr attraktiv war, war schließlich nicht seine Schuld.

»Interessiert Sie das wirklich?«, fragte er, während er vor dem Seniorenstift parkte.

»Sonst würde ich nicht fragen«, erwiderte sie. »Wäre ja reine Zeitverschwendung.«

Sie sahen sich an. Gern hätte sie ihn jetzt gefragt, ob er danach noch Lust auf ein Bier hätte; obwohl Männer seines Alters sicher lieber Wein tranken. Oder Lust auf sie. Aber sie war nicht sicher, wie die Antwort zu diesem frühen Zeitpunkt ausgefallen wäre.

»Es gibt mehrere Gründe«, sagte er schließlich, »wirtschaftliche und finanzielle. Aber der wichtigste war wohl, dass ich mein Leben ändern wollte.«

»Das Leben ändern zu wollen ist immer gut«, sagte sie fröhlich. »Sollte man viel öfter tun.«

Kapitel 9

Älterwerden ist zwar nicht gerade meine Lieblingsbeschäftigung, dachte Angie, als sie an diesem Morgen die Augen aufschlug, aber wenn sich einem am vierundvierzigsten Geburtstag dieser Anblick bietet, ist das nicht das Schlechteste: ein Mann, der sich auch direkt nach dem Aufwachen nicht hinter George Clooney verstecken muss und ein Tablett mit einer Schale Milchkaffee, einer roten Rose und einem Briefumschlag darauf vorsichtig auf dem Bett abstellt. Und ihr dann einen sehr zärtlichen Geburtstagskuss auf den Mund gibt, obwohl sie sich noch nicht die Zähne geputzt hatte. Ein echter Liebesbeweis, zu dem nur frisch Verliebte oder langjährig Verheiratete fähig waren, fand sie.

»Happy Birthday, mein Schatz«, sagte dieser Mann, der seit fast einem Vierteljahrhundert zu ihr gehörte und dessen Körper ihr so vertraut wie ihr eigener war. »Darf ich an diesem Tag darauf hinweisen, dass ich dich noch immer genauso unwiderstehlich finde wie damals, als du mir in der Disco deine Cola-Rum aufs Hemd gekippt und dich noch nicht einmal dafür entschuldigt hast.«

»Dafür bin ich aber noch in derselben Nacht mit dir ins Bett gegangen«, sagte Angie, stellte die Rose auf ihren Nachttisch und öffnete gespannt den Briefumschlag. »Und es war so heftig, dass mein Bett zusammengekracht ist.«

»Das stimmt«, sagte Jochen, »aber dann hast du mich nachts um vier Uhr rausgeschmissen, weil du vergessen hattest, mir zu sagen, dass du einen Freund hattest, der außerdem gleich zum Frühstück kommen wollte.« Er beugte sich vor und gab ihr einen zärtlichen Kuss auf die Stirn. »Was für ein Luder du damals warst.«

Es tat eigentlich überhaupt nicht weh, vierundvierzig zu werden, wenn man einen Mann hatte, der sich noch so gut daran erinnerte, wie wild und jung man einmal gewesen war. »Ich hatte große Probleme, ihm zu erklären, warum mein Bett kaputt war«, sagte Angie und kicherte. »Aber dann hab ich sofort mit ihm Schluss gemacht.«

»Und seitdem keinen anderen Mann mehr angeschaut, hoffe ich«, sagte Jochen.

Angie schüttelte lächelnd den Kopf. Was für ein absurder Gedanke.

»Und selbst?«, fragte sie kokett. »Bist du mir immer treu gewesen?«

»Aber hallo«, meint er nur und war sehr froh darüber, dass es auch stimmte.

»Auch in Gedanken?«, fragte Angie weiter.

Lange Beine in engen Jeans. Eine junge, eifrige Stimme. Kurz schoss das Bild vor sein inneres Auge, dann war es wieder weg.

»Auch in Gedanken«, sagte er. »Und jetzt schau dir bitte dein Geburtstagsgeschenk an, ich hab mir nämlich viel Mühe damit gegeben.« Danke, Bruderherz, dachte Jochen, als er Angie dabei beobachtete, wie sie den Gutschein aus dem Umschlag zog, darauf aufgeklebt ein Foto des *Furore Inn Hotels.* Um das Bild herum hatte er ein bisschen Sand und ein paar winzige Muscheln geklebt, sein kleiner Bruder hatte schon immer eine künstlerische Ader gehabt, aber dass er auch so romantisch sein konnte, hatte er nicht gewusst.

Als Angie einen spitzen Begeisterungsschrei ausstieß, kämpfte er kurz mit dem Anflug eines schlechten Gewissens. Aber sollte er ihr jetzt die Laune mit übertriebener Ehrlichkeit verderben: »Schatz, leider hab ich dir nicht in nächtlicher Schweißarbeit diesen kitschigen Gutschein gebastelt, sondern dein Schwager«? Er würde sich hüten, schließlich kannte er Angie gut genug, um zu wissen, dass sie schwer enttäuscht sein würde. Und schließlich hatte er ja die Grundidee für den Ausflug gehabt.

»Weißt du, dass ich mich über den Gutschein fast mehr freue als über die Reise selbst? Dass du dir so viel Mühe damit gegeben hast, Liebling, das hätte ich dir gar nicht zugetraut. Tja, so kann man sich irren.«

Sie schob die Bettdecke zurück und setzte sich auf seinen Schoß. »Wo hast du denn die ganzen Muscheln hergehabt?«, fragte sie, und er war heilfroh, dass in diesem Moment sein verschlafener Sohn ins Schlafzimmer kam und »Happy Birthday, liebe Mama« krächzte. Dann drückte er seiner Mutter etwas Weiches in die Hand, das er in Alufolie eingewickelt hatte, weil er normales Geschenkpapier uncool fand. Angie ahnte, was es war. Ein Schal. Seit Jahren war es ein Schal. Seit er als kleiner Junge im Kunstunterricht einen alten Lappen voller schiefer Herzen gebatikt und ihr zum Muttertag geschenkt hatte. Sie hatte diesen

Lappen ein paar Tage lang voller Rührung um den Hals getragen, seitdem gab es alljährlich Schals von Julius.

»Was für ein schöner Schal!«, rief sie betont erfreut und hob einen rosa Billig-Pashmina hoch. »So einen hab ich mir schon immer gewünscht.«

Jochen lächelte und hoffte, dass es heute genauso entspannt weitergehen würde. Normalerweise waren nämlich die Geburtstage seiner Frau immer der totale Stress für ihn. Was daran lag, dass Angie einfach zu viel von diesem Tag erwartete.

»Wenn ich schon älter werden muss, dann will ich wenigstens ein tolles Fest bei uns zu Hause« hieß ihre Devise, und sie erwartete von ihm zwar keine Mithilfe bei der Vorbereitung, aber die totale Begeisterung für ihr Vorhaben. Egal wie zertrampelt sein Rasen danach war oder wie sehr seine Antiquitäten und sein nicht rechtzeitig in der Garage in Sicherheit gebrachtes Auto in Mitleidenschaft gezogen wurden. Und wenn er am Morgen danach nicht Angies »Mensch, war das ein schönes Fest« ein überzeugtes »Ich freu mich schon aufs nächste Jahr« entgegenhielt, war sie enttäuscht. Setzte dann ihr trauriges Gesicht auf, dessen Anblick er nicht lange aushielt.

»Freut ihr euch auf heute Abend?«, fragte Angie, den rosa Pashmina hatte sie bereits um ihren Hals geschlungen, und sah ihre Männer erwartungsfroh an.

»Und wie!«, riefen Jochen und Julius wie aus einem Mund.

Angie lächelte. »Dann ab in die Küche. Jetzt ist ein Geburtstagsfrühstück fällig. Eier mit Tomaten und Speck?«

Als sie eine Stunde später ihren Männern von der Haustür aus nachwinkte, war Angie die glücklichste Frau auf der Welt. Sie ging in die Küche, die sie in ein paar Stunden dem Catering-Team überlassen würde, doch jetzt gehörte sie noch ihr ganz allein. Es war ihr Lieblingsraum, mit Zugang zu Terrasse und Garten, einem großen Esstisch und blitzblank geputzten Kupfertöpfen, die über dem Herd hingen. Ein Raum für Familie und Freunde, für Braten und Apfelkuchen im Backofen.

Im Radio lief Rosenstolz:

Ich bin mein Haus,
in dem ich leb von Anfang an.
Ich bin mein Licht,
das für mich scheint, wenn ich's nicht kann …

Angie sang laut mit:

Ich bin mein Boot,
das kommt, wenn ich nicht schwimmen kann.
Ich bin mein Buch,
in dem ich les ein Leben lang.

Kitschig, aber schön, dachte Angie. So schön!

*

Als Jochen die Firma betrat, kam ihm Frau Dr. Pipp bereits entgegen. Die schon wieder, dachte er wenig erfreut, was seinem Begrüßungslächeln und seinen herzlichen Worten »Alles zu Ihrer Zufriedenheit erledigt mit den Borstenfängern, Frau Dr. Pipp?« jedoch nicht anzumerken war.

»Ja, durchaus«, sagte sie lächelnd. »Ihre Küchen sind jetzt ungezieferfrei abgedichtet. Bleibt natürlich noch die Frage der Mülleimer zu lösen …« Ihr Blick schweifte zur gegenüberliegenden Fassade, wo Jochen zu seinem leichten Erstaunen seinen Vater entdeckte, der hinter seinem Bürofenster stand und ihnen zuwinkte. Hatte sich da ein kleines Flämmchen entwickelt zwischen August und der Hygiene-Tussi? Er gönnte seinem alten Vater durchaus ein neues Liebesglück, schließlich hatte er lange und tief um Trudi getrauert, andererseits fürchtete er, dass dies eine deutlich verstärkte Besucherquote der Dame vom Ordnungsamt nach sich ziehen würde.

»Der Mülleimer? Bitte klären Sie mich auf, Frau Dr. Pipp, Sie sehen mich ratlos.«

Aber vielleicht wurde sie ja auch etwas entspannter, wenn sein Vater mit ihr ... Nein, er wollte diesen Gedanken jetzt nicht vertiefen.

»Eine neue EU-Richtlinie, Herr Winter«, sagte sie. »Die Herrschaften in Brüssel sind ja sehr aktiv, wie Sie wissen. Und jetzt haben sie beschlossen, dass in allen Küchen Mülleimer mit verschließbaren Deckeln stehen müssen, die man beim Öffnen nicht berühren darf.«

»Aha«, meinte Jochen, der sich darunter absolut nichts vorstellen konnte. »Aber da unsere Mülleimer alle Deckel haben, glaube ich nicht ...«

»Ich habe trotzdem einen Ihrer Köche dabei beobachtet, wie er den Deckel ohne Handschuhe geöffnet hat«, sagte die Pipp. »Ich würde Sie deshalb bitten, sich baldigst EU-geprüfte Mülleimer anzuschaffen.«

Sie blickte noch einmal zum Fenster hinüber, doch August war verschwunden. »Ich werde in den nächsten Tagen wieder vorbeischauen, bis dahin haben Sie ja Zeit. Auf Wiedersehen, Herr Winter.« Hoch aufgerichtet, mit einem geraden Rücken, der wie mit dem Lineal gezogen war, verließ sie das Haus und ging über den Hof.

»Sag mal, Vater, läuft da was zwischen dir und Frau Dr. Pipp?«

August Winter schob den Sportteil der *BILD*, normalerweise Pflichtlektüre bei seiner Morgenverdauung, zur Seite. »Seit wann interessiert dich mein Privatleben?«, fragte er.

»Du gibst es also zu«, rief Jochen und wusste nicht, ob er sich darüber freuen oder aufregen sollte.

»Ich gebe gar nichts zu«, sagte August entschieden. »Aber wenn du nichts dagegen hast, würde ich sie gern heute Abend mit auf die Party zu euch bringen.«

»Findest du das richtig?«, fragte Jochen. »Nachher macht sie sich Hoffnungen, die du vielleicht nicht erfüllen kannst, und wir müssen uns zur Strafe jede Woche einer neuen EU-Idee beugen.« Kopfschüttelnd verließ er das Büro seines Vaters.

Auf seinem Schreibtisch lag ein Bericht seines Steuerberaters, auf dem darauf angehefteten rosa Zettel stand: »Wir müssen reden!«

Jochen seufzte tief, als er seinen Computer hochfuhr. Gleich würde er die Umsatzzahlen seiner Bistros erfahren und die Nettoeinnahmen der Seniorenstifte und Kinderheime. Es würden keine Zahlen sein, die angenehme Gefühle bei ihm hervorriefen, das wusste er. Woran das lag, war ihm ebenfalls klar: Wirtschaftskrise, Konkurrenz durch Fastfood-Ketten, all das ließ seine Bistros langsam, aber sicher rote Zahlen schreiben. Und sein »Gemeinschaftsverpflegungskonzept«, frisch zubereitete, vitaminreiche Kost statt Einheitsbrei, war zwar der Hit in Seniorenheimen und Kinderkrippen, aber auch sehr kostspielig. Frischer Broccoli mit Ingwer war eben leider teurer als Gemüse aus der Dose. Um nicht noch mehr Schulden anzuhäufen, würden sie ein paar Bistros verkaufen müssen.

Ein Vorschlag, den August wütend abgelehnt hatte. »Nur über meine Leiche!«, hatte er gerufen. Zum Glück wusste er nichts von Jans heimlichen Verhandlungen mit den Russen. Er selbst lehnte mittlerweile diesen Gedanken gar nicht mehr so kategorisch ab. »Guten Morgen!« Gesa stand mit einem Tablett voller dampfender Kaffeebecher vor seinem Schreibtisch und riss ihn aus seinen trübsinnigen Gedanken. »Agnes hat mich für die Kaffeerunde eingeteilt, aber ich hab natürlich keine Ahnung, wie Sie Ihren trinken. Mit Milch, Zucker, schwarz?«

Er sah hoch und lächelte. »Schwarz, bitte.«

»Hab ich mir gedacht«, sagte sie und reichte ihm mit einem strahlenden Lächeln einen Becher. »Ihr Bruder mag ihn mit viel Milch und fünf Zuckerwürfeln, aber Sie sind der Typ für pechschwarz.«

»Bin ich das?«, wollte er wissen.

»Eindeutig«, sagte Gesa. Ich werde die Initiative ergreifen müssen, dachte sie, als er nicht nachfragte. Sie wollte noch ein bisschen in seinem Büro bleiben.

»Interessiert es Sie, warum?«, fragte sie deshalb.

Doch bevor er darauf eingehen konnte, klingelte sein Handy. »Hallo, Angie«, sagte er. Woher kam nur dieser Hauch von Schuldgefühl? »Was kann ich für dich tun? Doch lieber Suppe statt Sushi? Okay, ganz wie du meinst, ich reich es an die Küche weiter. Bis heute Abend.« Als er auflegte, sah Gesa ihn immer noch lächelnd an.

»Ich mach das schon, ich sag gleich Agnes Bescheid.« Ohne eine Antwort abzuwarten, verließ sie sein Büro. Und beim Hinausgehen fühlte sie seinen Blick in ihrem Rücken.

Ein Anfang, sagte sie sich, definitiv.

»Kleine Warnung, Gesa ist nicht deine Privatsekretärin.« Jochen hatte Jan, der nun grinsend vor seinem Schreibtisch stand, nicht hereinkommen hören.

»Sie hat mir nur Kaffee gebracht«, sagte er deshalb etwas schärfer, als es die Situation verlangte. »So wie allen anderen auch.«

»Wer sich verteidigt, klagt sich an, Bruderherz«, sagte Jan. »Hat sich Angie über mein Geschenk gefreut?«

»Das hat sie.« Jochen ließ sich durch den leichten Sarkasmus nicht provozieren. »Und um deiner zweiten Fragen gleich zuvorzukommen, ich habe ihr nicht erzählt, dass du den Gutschein gebastelt hast. Wenn du nichts dagegen hast, bleibt das unser kleines Geheimnis.«

»Kein Problem«, meinte Jan. »Ich habe jetzt außer Haus zu tun. Wir sehen uns heute Abend.« In der Tür drehte er sich noch einmal um. »Sie hat es auf dich abgesehen«, sagte er und sah seinen Bruder eindringlich an. »Pass auf.«

»Wen meinst du?«

»Das weißt du ganz genau, Jochen.«

In ihrer Küche herrschte Chaos.

»Pass auf!«, schrie Angie aufgebracht, aber es war zu spät. Julius, der hereingekommen war, um sich etwas zu essen zu stibitzen, hatte im Gedränge eine Schüssel frisch geschmolzene Schokolade mit seinem Ellenbogen vom Tresen gewischt. Heiße Schokolava hatte sich daraufhin über den rechten Arm von Johnny ergossen, dem Aushilfskellner, der gerade dabei war, am Küchentisch Papierservietten zu kunstvollen Schwänen zu falten. Fluchend hielt er seinen Arm unter den Wasserhahn, trotzdem bildeten sich in Sekundenschnelle hochempfindliche, rote Bläschen.

»Tut mir leid, so kann ich nicht mehr arbeiten«, sagte Johnny und nahm seine Jacke vom Haken. Waterloo! Das Haus voller Gäste und kein Kellner, denn Johnnys Kollege Ludwig war leider mit einem dicken Brummschädel aufgetaucht und deshalb nur bedingt einsatzbereit. Mit einem gemurmelten »'tschuldigung, Mama« hatte sich Julius schnell verkrümelt.

Angie ging ins Wohnzimmer und genehmigte sich einen Cognac. Die braune Flüssigkeit brannte ihr den Hals frei, der ganz sachte Glimmer, der kurz darauf einsetzte, war genau das, was sie zur Entspannung ihrer Nerven jetzt brauchte. Sie griff zum Telefon. »Jan, hier ist Krisenstimmung angesagt. Mein Kellner ist ausgefallen. Hast du Ersatz?«

Jan überlegte kurz. Ja, das war eine gute Idee. Eine sehr gute sogar. In der Höhle der Löwin würde sie begreifen, dass sie keine Chancen hatte.

»Ich kümmere mich darum«, sagte er zu ihr.

*

Angie stand in ihrem Garten und war glücklich. Richtig glücklich. Alles hatte geklappt. Jan, der Gute, hatte ihr Gesa geschickt, Mariannes Tochter, die ja gerade bei *Lukullus* ein Praktikum machte. Hübsches Mädchen, dachte Angie, als sie Gesa begrüßt und in Augenschein genommen hatte.

»Eine sehr niedliche Tochter hast du, sie hilft heute Abend bei uns aus«, hatte sie Marianne ganz spontan auf die Mailbox gesprochen, bevor ihr siedend heiß einfiel, dass ihre neue Freundin jetzt vielleicht gekränkt war, nicht zu ihrem Geburtstag eingeladen worden zu sein. Sie rief schnell noch einmal an und sprach die verspätete Einladung auf Band.

Amüsiert beobachtete Angie, wie sich die männlichen Gäste die Hälse verrenkten, wenn Gesa im kurzen Rock und weißer Schürze Gläser und Teller abräumte und für Getränkenachschub sorgte. Das Büfett, in dem es von Bratwurst bis Sushi alles gab, war ein sensationeller Erfolg, das Wetter spielte mit und tauchte den Garten bis in den späten Abend in angenehme fünfundzwanzig Grad. Der Alkohol floss in Strömen und der DJ hatte ein Gespür für die Tanzgelüste seiner Gäste im mittleren Alter. Gerade hatte er *It's Raining Men* aufgelegt, und Sekunden später bebte die Tanzfläche. Ein Meer verschwitzter Gesichter, ein paar zertrampelte Beete, egal, Hauptsache, allen ging es gut. In diesem Augenblick gab es keinen Ort auf der Welt, wo Angie Winter an ihrem Schnapszahlgeburtstag lieber gewesen wäre.

Sie lächelte und blickte sich um. Wo war eigentlich Jochen? Irgendwo abgetaucht. Sie hatte sich ein bisschen geärgert, dass er sich für ihr »Farbgeschenk« in der Firma nicht bedankt hatte. »Du kommst aber auch auf Ideen« war sein einziger Kommentar gewesen, der sie etwas enttäuscht hatte. Schon seit einer Stunde hatte sie ihn nicht mehr gesehen. Im Prinzip kein Problem, sie waren nie ein Paar gewesen, das auf Partys aneinanderklebte wie siamesische Zwillinge. Nichts fand sie persönlich nerviger als Gattinnen, die ihre Männer mit Argusaugen bewachten, und wenn sie es trotzdem wagten, sich mit einer attraktiven Frau zu unterhalten, sofort mit diesem »Hände weg, das ist meiner«-Blick an seine Seite eilten und sich an seinem Arm festkrallten.

Aber jetzt hatte sie Lust auf eine kleine Kuscheleinheit von ihrem Mann. Wollte sich nur einen Kuss abholen, ihn »Schatz, alles gut?« fragen und »Ja, alles wunderbar« hören, um so gestärkt wieder die perfekte Gastgeberin zu spielen. Sie machte sich auf die Suche.

»Hast du Jochen gesehen?«, schrie Angie kurz darauf in Ninas Ohr, die sich gerade mit einem von Jochens Geschäftsfreunden, dessen Frau momentan zur Kur war, in den hinteren Bereich des Gartens zurückziehen wollte. Nina sah erhitzt aus.

»Keine Ahnung, der wird sich wohl amüsieren«, hieß ihre lautstarke Antwort. »Superparty, meine Süße!«

Angie nickte ihr zu und ging weiter. Gelächter, Musik, der Duft einer weiteren Runde Steaks vom Grill, alles war gut. War ja gar nicht so schlimm, wieder ein Jahr älter zu werden, sagte sie sich.

»Jetzt kommen deine besten Jahre«, hatte Nina ihr vorhin beim Gratulieren gesagt. »Freu dich drauf.«

Am Ende der Büfettschlange entdeckte Angie ihren Schwiegervater, der in ein angeregtes Gespräch mit Charlotte Pipp verwickelt war. Sie hatte die beiden zu Beginn der Party kurz begrüßt und ein kleines Herzzwicken dabei gespürt, August zum ersten Mal seit Trudis Tod mit einer anderen Frau zu sehen. Doch sie gönnte es ihm. Und sie musste zugeben, dass die beiden ein attraktives Paar abgaben: groß, stattlich, der eine grauhaarig, die andere graublond.

»Alles klar?«, fragte sie nun und schnappte sich die letzten Shrimps mit der Hand aus der großen Pfanne.

»Sie wissen schon, dass man die Hormongefahr bei Shrimps nicht unterschätzen sollte«, sagte Frau Dr. Pipp. »Und es außerdem sehr unhygienisch ist, mit der Hand aus einer Gemeinschaftsschüssel zu essen.«

»Gilt das auch auf meiner eigenen Party?«, fragte Angie perplex.

»Charlotte ist leider immer im Dienst«, sagte August und lächelte entschuldigend, »aber im Grunde ist sie ein sehr feiner Kerl.«

»Ja, das bin ich«, meinte Charlotte, »und deshalb freue ich mich, Ihnen mitteilen zu dürfen, dass die hygienischen Verhältnisse in Ihrer Besuchertoilette trotz großen Andrangs noch immer ganz einwandfrei sind.«

Und dann sah Angie ihn. Und fühlte sich plötzlich trotz ihres schicken, schwarzen Designerfummels, der wirklich nur einen Hauch über ihrem im Grunde genommen gar nicht vorhandenen Bauch spannte, wie Aschenputtel. Ironischerweise war es Jochen, ihr eigener Mann, der für dieses ungemütliche Gefühl sorgte. Weil er wie immer der mit Abstand attraktivste Mann auf der Party war, ein Hollywoodstar, der sich zufällig in ihren Garten verirrt hatte. So lässig und elegant stand er vor den Hortensienbüschen, die sie erst letztes Jahr angepflanzt hatte, dass sie sich allein bei seinem Anblick schon wie ein Provinzpröttelchen vorkam.

Manchmal vergaß sie fast, wie gut er aussah, denn schließlich konnte man einen Mann, dem man regelmäßig die Haare aus den Ohrmuscheln zupfte, der jede Nacht mit leichtem, aber hartnäckigem Schnorcheln das Nachbarkopfkissen zersägte und den man in Unterhose und Socken und mit Schaum im Haar kannte, nicht permanent anbeten. Aber trotzdem gab es immer wieder Momente, wo Angie ihren Mann aus angemessener Entfernung wie ein fremdes Wunderwerk bestaunte.

Es waren Gefühle, die sie kaum mit jemandem teilen konnte, nur selten mit Nina und schon gar nicht mit Jochen selbst. Weil sie genau wusste, wie er darauf reagieren würde: »Spinnst du? Für mich bist du die schönste Frau der Welt!«

Und genau das war ja das Problem. Für *ihn* war sie es, aber für den Rest der Welt eben leider nicht. Die allermeisten Menschen sahen einen Mann, der George Clooney ähnelte, und eine Frau, die zwar Verehrer hatte, aber aussah wie die Schwester von Marianne Sägebrecht. Okay, die jüngere Schwester, aber trotzdem.

Jochen unterhielt sich mit einem jungen Mädchen, das Angie zunächst in dem von Kerzenschein erhellten Gartendunkel nicht erkannte. Als sie näher kam, sah sie, dass es die junge Aushilfskellnerin Gesa war. Beide waren so intensiv ins Gespräch vertieft, dass sie sie erst bemerkten, als Angie »Da bist du ja!« rief und ihren Arm von hinten um seine Taille legte.

»Hallo, mein Schatz«, sagte Jochen. »Wir führen hier gerade eine heiße Diskussion über die Vor- und Nachteile von *Convenience Food*, und Gesa hat eine sehr interessante Meinung dazu ...«

Wie angeregt er klingt, dachte Angie. Zu Gesa sagte sie lächelnd: »Sicher ein spannendes Thema, aber jetzt verlangen unsere Gäste nach Ihnen.«

»Natürlich, Entschuldigung«, rief Gesa und verschwand umgehend.

»Erstaunlich, dass ein so junges Mädchen zum Thema Fertigprodukte viel zu sagen weiß«, sagte Angie. »Also offensichtlich ist es mal keine Praktikantin, die nur in der Küche abhängt und euch die Zeit stiehlt.«

»Abwarten«, sagte Jochen, »sie ist ja noch nicht lange da. Hast du mich gesucht?«

»Hab ich«, erwiderte sie.

»Darf ich fragen, warum?«

»Nichts Besonderes, nur ein bisschen Sehnsucht«, sagte sie und küsste ihn.

Gesa sah diesen Kuss. Er störte sie mehr, als sie erwartet hatte. Eine kleine, fiese Flamme, die sie als Eifersucht ausmachte, flackerte in ihr auf und wurde zunehmend größer. Nicht mehr lange, dachte sie, während sie die vollen Aschenbecher schwungvoll in eine blaue Mülltüte kippte, dann wendet sich das Blatt.

»Na, wie fühlt man sich, wenn man mit vierundvierzig noch immer so gut aussieht wie du?« Angies Schwager stand allein vor dem inzwischen fast erloschenen Grill und rauchte eine Zigarette.

»Danke für das Kompliment, Jan.« Sie nahm ihm den Stummel aus der Hand und trat ihn aus. »Ich sage nur Raucherlunge, Arterienverkalkung, Bronchialkarzinom. Außerdem willst du ja nicht wie ein Aschenbecher stinken, wenn du zufällig mal eine Frau küsst.«

»Ich küsse Frauen nie zufällig, sondern immer nur mit Absicht«, erwiderte er und sah sie vielsagend an. »Erinnerst du dich?«

Sie lächelten sich schweigend an. Und in diesem Moment gaben sich beide einer Vorstellung hin, von der sie wussten, dass sie nie passieren würde. Es machte trotzdem Spaß.

»Was guckst du so?«, fragte Angie schließlich verlegen. »Stimmt was nicht?«

Jan lächelte. »Doch, alles ist wunderbar. Und du bist es ganz besonders.«

Ihre Blicke verhakten sich. Nur eine Sekunde lang, denn dann räusperte sich Angie und verschwand mit den Worten »Ich muss mich mal um die Gäste kümmern«.

Jan sah ihr nach und zündete sich eine neue Zigarette an. In ihm machte sich auf einmal eine Traurigkeit breit, gegen die nur ein doppelter Whisky helfen konnte. Oder ein dreifacher.

»Na, mein Herz?« Nina hatte sich zu ihm gesellt und war in Aufreißlaune, das sah er sofort.

»Was macht dein One-Night-Stand?«, fragte er.

Sie lachte. »Sieht nicht schlecht aus, er holt sich gerade einen doppelten Espresso, damit er gleich wieder fit ist. Aber wenn du Lust hast, schick ich ihn weg.«

»Ein anderes Mal«, lehnte er höflich ab. »Ich bin ungern zweite Wahl.«

Er könnte die erste sein, dachte sie ein wenig melancholisch, sogar die allererste, aber er will ja nicht.

*

»Das war wirklich ein gelungenes Fest, mein Schatz.« Jochen küsste Angie auf den Hals, den sie gerade etwas zur Seite beugte, weil sie sich die Zähne putzte. »Du bist die perfekte Gastgeberin, ich bin stolz auf dich.«

Angie spuckte den Schaum aus, spülte kurz nach und stellte dann zu ihrer Überraschung fest, dass sie große Lust auf ihren Mann hatte. Je oller, je doller, dachte sie und grinste. Voller Vorfreude ging sie ins Schlafzimmer.

»Jochen«, lockte sie ihn mit tiefer Stimme, auf die sie eine dicke Schicht Verführung gepackt hatte, »mach dich auf etwas gefasst!«

Sie löschte das Licht und schmiegte sich an ihn. Wie gut er roch! Und wie gut er sich anfühlte! Alles meins, dachte sie, danke, lieber Gott. Und dann ließ sie ihre Hände dahin wandern, wo ihr Ehemann normalerweise sehr ansprechbar war.

»Jochen?« Keine Antwort. »Schläfst du schon?«

Schweigen. Sie seufzte enttäuscht. Von seiner Bettseite drangen Schnarchgeräusche zu ihr herüber, die in dieser Nacht sogar besonders laut waren, wie immer, wenn er zu viel getrunken hatte. Tja, das wird wohl nichts mehr, dachte Angie. Ausgerechnet jetzt, wo sie so viel Lust hatte wie schon lange nicht mehr. Wohin jetzt mit ihrem kribbeligen Körper? Es war spät, aber sie war noch hellwach. Und plötzlich hungrig wie eine Wölfin. Ihr fiel eine übrig gebliebene Käseplatte ein, die sie sich gleich einverleiben wollte.

Angie schlich sich hinunter in die Küche und machte sich am Kühlschrank zu schaffen. Als das Telefon klingelte, zuckte sie zusammen, den Mund voller Appenzeller.

»Hallo?«, sagte Angie kauend und schluckte schnell den letzten Bissen herunter.

Keine Antwort. Schweres Atmen. Bitte, nein, dachte Angie,

kein Perverser an meinem vierundvierzigsten Geburtstag, das wäre nun wirklich die absolute Krönung.

»Frau Winter?«, ertönte da stattdessen ein weibliche Stimme.

»Ja, die bin ich«, sagte Angie, »und wer sind Sie?«

»Wir haben uns eben auf Ihrer Party kennengelernt. Ich bin Gesa Dominic, die Praktikantin Ihres Mannes.«

»Mein Mann schläft bereits«, erwiderte Angie erstaunt. »Kann ich etwas ausrichten?«

»Nein, das wird nicht nötig sein. Ich rufe an, weil ich Ihnen etwas sagen möchte.« Die Stimme klang absolut klar und sicher.

Ein kleines, ungutes Gefühl setzte sich in Angies Magengrube fest. »Ich höre«, sagte sie.

»Ich wollte Ihnen nur sagen, dass ich mich in Ihren Mann verliebt habe.«

»Warum sollte mich das interessieren?«, fragte Angie. Das Gefühl wurde größer, breitete sich aus.

»Ich werde demnächst mit Ihrem Mann schlafen.«

Klick, aufgelegt.

Angie hielt den Hörer in der Hand fest. Sie schwankte und lehnte sich an den Küchentresen, als brauche sie Halt. Sie fühlte sich wie schockgefroren. Hatte sich jemand einen nächtlichen Telefonscherz mit ihr erlaubt? Aber nein, es war eindeutig: Sie hatte die junge, freche Mädchenstimme sofort wiedererkannt.

Angie legte das Stück Appenzeller, das sie noch immer in der Hand hielt, auf die Käseplatte und stellte diese zurück in den Kühlschrank. Sie fühlte sich wie ferngesteuert. Wie in einer Blase, abgetrennt vom übrigen Leben. Ihre Küche, die sie eigenhändig sonnig gelb gestrichen hatte, die Kupfertöpfe über dem Herd, die Kräuter auf dem Fensterbrett, alles wirkte auf einmal wie die Kulisse in einem ihr unbekannten Film. Bedrohlich und fremd.

Sie werde demnächst mit meinem Mann schlafen, hat sie gesagt? Angie wunderte sich ein bisschen, dass sie nicht laut loslachte. Weil die ganze Sache doch einfach zu absurd war. Vielleicht hatte sie sich das Ganze ja auch nur eingebildet. Schließlich war sie müde und erschöpft, und auch in wachen Momenten neigte sie manchmal zu Tagträumen. Doch warum hielt sie dann den Telefonhörer noch immer in der Hand? Sie hatte ihn so fest im Griff, dass sie nun erst, als sie ihn auf die Gabel legte, spürte, wie verkrampft ihre Finger waren. Warum zitterte sie so?

Sie ging ins Schlafzimmer zurück und legte sich neben Jochen, der nach wie vor tief schlief. Es kam ihr vor, als wäre sie eine sehr lange Zeit weg gewesen. Die Zeit, in der sich ihre entspannte Ehe in ein bedrohtes Paradies verwandelt hat. Was er wohl sagen würde, wenn sie ihm morgen von diesem nächtlichen Anruf erzählte? Vermutlich laut lachen. Ja, das würden sie beide tun. Sie würden sich köstlich darüber amüsieren und dann zur Tagesordnung übergehen. Und natürlich würde er gleich als Erstes diese unverschämte Praktikantin feuern.

Es tröstete sie, dass sich Jochens Körper, an den sie sich enger als sonst anschmiegte, in dieser Nacht besonders warm anfühlte. Normalerweise konnte sie die Löffelchenposition immer nur kurz aushalten, brauchte dann zum Schlafen Freiraum im Bett, doch in dieser Nacht klammerte sie sich an ihren Mann, als würde sie ertrinken. Ich liebe dich, flüsterte sie in seinen breiten Rücken, und niemand nimmt dich mir weg. Niemand.

Marianne war noch wach und las in einem schlechten, aber sehr unterhaltsamen Frauenroman, als Gesa leise die Wohnungstür aufschloss und sich ausnahmsweise bemühte, genauso lautlos in ihrem Zimmer zu verschwinden. Normalerweise nahm sie weniger Rücksicht, rumorte in der Küche, duschte ausgiebig, wusste dann gar nicht, warum ihre Mutter sich so aufregte. Doch heute war Gesa Mäuschen. Ganz leicht läuteten die Alarmglocken im mütterlichen Hirn. Gesa hatte ihr kurz erzählt, dass sie auf Angies Geburtstagsparty aushelfen würde, und Marianne hoffte inständig, dass alles gut geklappt hatte. Gesas schwärmerische Bemerkung über diesen Jochen Winter ging ihr nicht aus dem Kopf.

Ob es Stress gegeben hatte? Ihre Tochter, die nach außen so stark wirkte, konnte sehr verletzlich sein, das wusste sie. Auch kränkte sie die Abwesenheit und Unzuverlässigkeit ihres Vaters mehr, als sie ihr gegenüber zugab. Ob sie sich deswegen mit Vorliebe auf ältere Männer stürzte? Diesen gefährlichen Hang zur unerreichbaren Vaterfigur hatte? Bisher jedenfalls hatte sie ein ausgeprägtes Händchen gehabt für schwierige Beziehungen.

»Gesa, ich bin noch wach! Komm doch und erzähl, wie es auf der Party war«, rief sie.

Es freute sie sehr, dass dieser Praktikumsplatz ein Glücksgriff zu sein schien. Gesa erzählte nicht viel, aber es gab Anzeichen, dass es ihr bei *Lukullus* gefiel – sie stellte selbstständig ihren Wecker, sie bügelte jeden Abend eine frische weiße Bluse, und sie war deutlich besser gelaunt.

»Ich bin müde, Mami«, rief Gesa zurück. »War nett, aber nichts Besonderes. Eine Party für alte Leute halt.« Die Tür zu ihrem Zimmer fiel zu und damit signalisierte sie deutlich – kein Gesprächsbedarf mehr für heute!

Schade, dachte Marianne etwas wehmütig, aber wahrscheinlich wird sie einfach nur erwachsen. Wird ja auch langsam Zeit.

Gesa lag angezogen auf ihrem Bett, sie war hellwach. Ihr Körper kribbelte von oben bis unten, so aufgewühlt war sie; so durch und durch voller Leben hatte sie sich noch nie gefühlt. Bis jetzt habe ich mein Leben verschlafen, dachte sie, aber jetzt weiß ich, was ich will. Und zwar will ich diesen Mann und mit ihm zusammen durchstarten. Wir verkaufen seinen Laden, ziehen in die Karibik und lassen es richtig krachen!

Dieser Mann ist es wert, dass ich für ihn kämpfe und voll auf Risiko gehe. Und zwar ohne Rücksicht auf Verluste.

Kapitel 10

Bis auf den leichten Kater, der hinter Angies Schläfen pochte, war am nächsten Morgen alles wie immer. Die Vögel zwitscherten, die Morgensonne schien durch die samtenen beigefarbenen Vorhänge und warf ein sanftes Licht auf ihr Ehebett – »perfekt für das letzte Lebensdrittel«, wie ihr der Möbelverkäufer vor zwei Jahren versichert hatte. Klang in ihren Ohren deprimierend, aber die durchgelegene Studentenmatratze, von der Jochen sich bis dahin nicht trennen mochte, ging rückentechnisch einfach nicht mehr.

Jochen schlief noch. Angie öffnete die Augen und überlegte, ob sie sich noch fünf Minuten räkeln konnte, bevor sie aufstand und den Tag begann. Doch während sie sich wohlig streckte und mit ihrem Fuß ein warmes Männerbein berührte, spürte sie dieses leichte Zusammenziehen im Solarplexus, und dann fiel es ihr wieder ein.

Der Anruf. Die Stimme.

Ich werde demnächst mit Ihrem Mann schlafen.

Jetzt, im hellen Tageslicht, Jochen so dicht neben ihr, dass sie sein Atem streifte und sie seine Körperwärme durch die Bettdecke spürte, kam ihr das gestrige Gespräch völlig unwirklich vor.

Vergiss es, sagte sie sich, wie albern von mir, überhaupt über diese Rotzgöre nachzudenken.

Eine alte Werbung aus den fünfziger Jahren fiel ihr ein, über die sie sich kürzlich in einer Nostalgiesendung im Fernsehen amüsiert hatte. An das Produkt konnte sie sich nicht mehr erinnern, aber an den Begleitspruch: »Küssen Sie Ihren Mann«, hatte eine Frau der anderen ins Ohr geraunt, »bevor es eine andere tut.« Genau das werde ich jetzt tun, dachte sie und beugte sich über ihren schlafenden Mann.

»Aufstehen, mein Schatz«, flüsterte sie in sein Ohr, »sonst wirst du durchgekitzelt.«

Er gab lediglich einen grunzenden Laut von sich. Tummelte sich unschuldig im Traumland, in dem er hoffentlich mit ihr auf einer rosaroten Wolke saß. Sollte sie ihm von dem nächtlichen Telefonat erzählen?, überlegte sie, während sie in die Küche ging und Frühstück machte. Zum Glück hatte die Catering-Crew alles aufgeräumt. Auch Gesa hatte mitgeholfen; plötzlich war ihr jedoch die Vorstellung, dass sie womöglich in ihren Schränken herumgekramt hatte, unangenehm. Ob sie sich heimlich ins Bad und sogar ins Schlafzimmer geschlichen hatte, vielleicht sogar bis an ihr Ehebett? Wie freundlich hatte sie sich von ihr und Jochen verabschiedet. Dieses Biest!

Das Telefon klingelte. Um diese frühe Zeit konnte das nur eine sein.

»Superparty, Süße.« Ninas Stimme klang wie ein voller Aschenbecher. »Nur der Typ, den ich mir eigentlich als Absacker gönnen wollte, war leider nicht die Offenbarung. War schwer wie ein Wäschesack. Und genauso weich. Männer über vierzig lassen heutzutage irgendwie auch nach, selbst wenn die Prostata noch in Ordnung ist. Und selbst? Alles gut?«

Angie hörte am hektischen Tonfall, dass ihre Freundin jetzt keine ausführliche Bestandsaufnahme hören wollte. Und ganz sicher keine Zeit hatte, über leicht verstörende nächtliche Telefonanrufe zu plaudern.

Und so sagte ihr Angie die Worte, die sie jetzt hören wollte: »Alles wunderbar, du warst mit Abstand die Schönste, und alle Männer waren scharf auf dich. Du, wir reden später.«

»Das tun wir, meine Liebe, bis dahin erstmal vielen Dank, dass du mich so nett anlügst. Du, ich sehe da gerade eine Parklücke direkt vor meiner Praxis ... He, du Hornochse, du spinnst wohl, das ist *meiner*! Schleich dich, verdammt noch mal! Sag mal, war Gesa eigentlich gestern zu gebrauchen? Würde Marianne gern wissen. Ciao.«

Doch Angie hatte keinen Gesprächsbedarf, was ihre neue Freundin aus dem Fitnessstudio anging. Was hätte sie ihr auch sagen sollen? Ganz bestimmt nicht die Wahrheit. Und an irgendwelchem Weiber-Smalltalk wäre sie heute Morgen sicherlich erstickt.

Sie ging in Julius' Zimmer, um ihren Sohn ins Reich der Lebenden zurückzuholen. Im Tiefschlaf sah er noch immer wie ein kleiner Junge aus, obwohl er sich bereits zweimal wöchentlich rasieren musste und sie ihn schon seit Jahren nicht mehr nackt gesehen hatte. Über die Länge seines Genitals hatte Nina kürzlich mit ihr spekulieren wollen, was Angie als Mutter aber energisch abgelehnt hatte.

»Aufstehen, sonst kommt der kalte Waschlappen«, rief sie, zog ihm die Decke weg und unterdrückte einen kleinen Aufschrei. Er war splitterfasernackt! Ein Schock. Zum letzten Mal hatte sie ihn in der Badewanne abgeseift, als Julius noch einen Kopf kleiner war als sie, doch nun waren Brust und Beine behaart, und das, was Nina so brennend interessierte, war so gewaltig, dass Angie vor Schreck schluckte und schnell die Decke wieder darüberlegte. Das hätte ich jetzt lieber nicht gesehen, dachte sie und stellte den iPod von Julius auf volle Lautstärke. Sein schläfriges Schimpfen folgte ihr bis in die Küche, wo Jochen inzwischen am Tisch saß und auf seinen Kaffee wartete, der noch durch die Maschine lief. Er las den Wirtschaftsteil der Zeitung und sah in diesem ungeduschten, verschlafenen Zustand immer so sexy aus, dass es ihr normalerweise das Herz wärmte.

Doch heute Morgen störte es sie. Er sah einfach zu gut aus. Sie hatte es immer geschafft, auf ihn stolz zu sein, auch wenn ihre Erscheinung neben ihm ganz unwillkürlich verblasste. Wenn auf Veranstaltungen andere Frauen sich an ihn herangedrängt hatten, war sie an die Bar gegangen und hatte mit dem Barkeeper geflirtet. Funktionierte eigentlich immer. Angie wusste, dass sie trotz ihrer vierundvierzig Jahre noch immer auf Männer wirkte.

Aber wirkte sie denn noch auf den eigenen Mann? Zeigte er nicht gerade in der letzten Zeit die üblichen Anzeichen ehelicher Abgeschlafftheit und Langeweile? Wann hatte er sich denn das letzte Mal voller Lust und Leidenschaft auf sie gestürzt? Wann ihr voller Interesse wirklich zugehört? War sie überhaupt mehr als ein paar Puschen und eine warme Suppe für ihn?

»Krieg ich jetzt'n Kaffee, Schatz?« Jochen schaute nicht hoch, als er seine Tasse hob. »Ich muss nämlich gleich los. Viel zu tun. Vielleicht verhandeln wir jetzt doch mit den Russen.«

»Ihr denkt doch nicht ernsthaft daran, die Bistros zu verkaufen?«, rief Angie entsetzt. »Das wäre doch der total falsche Zeitpunkt. Außerdem setzt ihr damit Leute auf die Straße, die seit vielen Jahren für euch arbeiten.«

»Zerbrich dir darüber bitte nicht dein kleines Köpfchen«, sagte er und küsste sie.

Seine Worte ärgerten sie. Sie hatte kein kleines Köpfchen, sondern Hutgröße sechzig und damit einen ziemlich großen Kopf. Mit ziemlich viel Hirn drin. Was in ihrer Familie aber irgendwie unterzugehen schien.

»Jetzt guck doch nicht so böse«, sagte Jochen. »Ist doch gar nicht so schlimm.«

»Was ist nicht so schlimm?«, fragte sie verständnislos.

»Dass du schon so alt bist«, sagte er, und seine Stimme klang zärtlich. »Ich bin ja auch nicht mehr der Jüngste. Insofern passen wir beide doch ganz hervorragend zusammen.«

»Das finde ich auch«, sagte Angie. »Komm, küss mich. Und zwar mit Zunge.«

»So früh am Morgen schon?«

»Für Zungenküsse kann es gar nicht früh genug sein.« Als sie sich küssten, wurde ihr ganz leicht.

»Sag mal, wie macht sich eigentlich deine kleine Praktikantin?«, fragte sie, als sie beide Luft holten.

»Erstaunlich gut«, erwiderte er und vertiefte sich wieder in die Zeitung.

Wo bin ich denn hier?, dachte August Winter erschrocken, als er an diesem Morgen aufwachte. Das war entschieden nicht sein Bett, sondern eine schmale Liege mit einer brettharten Matratze, die offensichtlich nur für eine Person gedacht war. Ächzend erhob er sich und wollte gerade das Zimmer verlassen, als die Tür aufging und Charlotte Pipp hereinkam.

»Oh, Sie ... Entschuldigung, wir duzen uns ja seit gestern Abend. Du bist schon wach?« August bemühte sich um ein freundliches Lächeln, das dieser offensichtlich sehr nervösen Dame ein entspanntes »Wir sind doch zwei erwachsene Menschen und niemandem Rechenschaft schuldig!« signalisieren sollte. Doch an seinen Mundwinkeln spürte er, dass es ihm nicht gelang.

»Möchtest du vor dem Frühstück duschen?«, fragte sie höflich. »Ich habe zwei Handtücher für dich bereitgelegt. Es wäre schön, wenn du danach den Duschraum mit Essigspray reinigen könntest. Die Sprayflasche steht hinter dem Klobecken.«

»Danke«, murmelte August. »Wie bin ich denn, also …?«

»Wie du in meinem Bett gelandet bist?«, fragte die Pipp und lächelte. »Ganz einfach, du wolltest noch einen Kaffee bei mir trinken, und noch während ich ihn dir zubereitete, bist du eingeschlafen.«

»Und du hast mich dann in dein Bett gebracht?«

»Ja, du bist ganz schön schwer. Ich selbst habe auf der Couch geschlafen.«

»O Gott, ist mir das peinlich, Charlotte«, murmelte August beschämt.

»Peinlich muss dir das nicht sein, August.« Sie strich das Bettlaken glatt, riss das Fenster weit auf und legte die Bettdecke zum Lüften auf das Sims. »Du hattest getrunken und vermutlich auch Angst, nach so langer sexueller Abstinenz wieder aktiv werden zu müssen. Ich gebe zu«, sie räusperte sich, »ich hätte mich gefreut, wenn es geklappt hätte, aber wir können das misslungene Experiment ja wiederholen.«

Sie sah ihn an. August fühlte sich von dem Lodern in ihren Augen auf einmal überfordert. Er wollte einen Kaffee, am liebsten von Agnes aufgebrüht, dazu ein leckeres Leberwurstbrötchen, aber keinen Sex.

»Ich muss leider gehen, Charlotte«, sagte er und vermied es, sie anzusehen. »Ich muss in die Firma.«

»Kneifst du jetzt, August?«, fragte sie ruhig. »Dann sei Manns genug und sag es mir.«

»Was willst du von mir hören, Charlotte?«

»Ich will wissen, ob ich meine Zeit mit dir verschwende, oder ob es sich lohnt, auf dich zu warten«, sagte sie. »Wir sind beide nicht mehr die Jüngsten, ich will einfach wissen, woran ich mit dir bin.«

»Gib mir erstmal ’n Kaffee«, sagte er, um Zeit zu gewinnen. Und dann saß er in Charlottes picobello aufgeräumter Küche und trank einen Kaffee, so dünn wie Abwaschwasser. Trudi, hilf mir!, dachte er. Ist das die Richtige nach dir? Gib mir ein Zeichen!

»Ich esse morgens nie, aber du kannst einen Zwieback mit Butter haben«, sagte Charlotte, »oder ein leckeres Dinkelmüsli.«

»Ich nehm den Zwieback«, meinte August.

Er bestrich ihn mit Butter und biss hinein. Dabei verschluckte er sich und sprühte einen Krümelregen über den Tisch.

»Mund zu, das ist ja ekelhaft«, rief Johanna und verließ die Küche. Sekunden später kam sie mit einem Tischstaubsauger wieder.

»Heb bitte mal den Teller hoch«, befahl sie ihm.

August tat es und schickte ein kleines Stoßgebet zum Himmel. Danke, Trudi!

*

Gesa war überzeugt, dass man ihr nichts anmerkte, als sie Jochen Winter in seinem Büro mit schwarzem Kaffee versorgte und ihn fröhlich begrüßte: »Guten Morgen, Herr Winter, vielen Dank für gestern Abend, es war eine tolle Party.«

Dabei spürte sie ihren Adrenalinspiegel bis über die Augenbrauen hochsteigen, so groß war ihre Angst, seine Frau könne ihm von ihrem kleinen nächtlichen Scherz erzählt haben. War es denn ein Scherz gewesen? Im grellen Morgenlicht fühlte es sich jedenfalls genauso an. Direkt danach hatte sie sich richtig euphorisch gefühlt, so als würde sie ihr Schicksal endlich selbst in die Hand nehmen. Ziele abstecken, Ziele verkünden, Ziele erreichen, das hatte ihr die Schulpsychologin damals geraten, als sie zum zweiten Mal durchs Abitur gerasselt war. Doch heute Morgen hatte sie sich und ihr loses Mundwerk verflucht. Und gleichzeitig so eine Art Zugzwang gespürt, unter den sie sich mit ihrer blöden Ansage selbst gestellt hatte.

»Das freut mich, Gesa.« Jochen sah kurz vom Computer hoch und vertiefte sich dann sofort wieder in seinen Bildschirm.

»Waren Sie zufrieden mit mir?« O Gott, was für eine Kleinmädchenfrage! Sie hielt die Luft an.

»Keine Beschwerden, auch von meiner Frau nicht«, sagte er lächelnd.

Gesa spürte die Erleichterung, noch einmal davongekommen zu sein, bis in die Zehenspitzen. Eine Erleichterung, in die sich gleichzeitig eine Spur Enttäuschung mischte. Hatte Angie sie als Rivalin etwa nicht ernst genommen? Lachte sie vielleicht sogar gemeinsam mit ihrem Mann über sie?

»Das freut mich«, sagte sie. »Kann ich sonst noch etwas für Sie tun?«

»Vielen Dank, aber ich bin wunschlos glücklich.«

»Schade«, sagte Gesa.

Jochen sah von seiner Tastatur direkt in zwei unverwandt auf ihn gerichtete dunkelbraune Rehaugen. Erstaunlich, wie die jungen Frauen von heute rangehen, dachte er. Früher war das anders. Da musste man als Mann baggern, werben, sich etwas einfallen lassen.

Jochen wusste nicht, was er besser fand, die alte oder die neue Frauengeneration. Er wusste nur, dass ihm das kleine Geplänkel mit seiner jungen Praktikantin Spaß machte.

Das Telefon klingelte, und er nahm den Hörer ab.

»Agnes, wo drückt der Schuh?« Er lauschte. »Nur zwei Köche? Ich kümmere mich darum.« Jochen legte auf und lächelte Gesa an. »Chaos in der Küche, jede Hand wird gebraucht. Sind Sie einsatzbereit?«

»Klar bin ich das.« Sie lächelte ihn an, bis er sich räusperte.

»Gut, dann wird Sie Bruno, unser Koch, der heute aus dem Urlaub zurückgekehrt ist, noch einmal gründlich in alle Hygienemaßnahmen einweihen. Ich bin sicher, dass es zu diesem Thema noch Informationslücken gibt.«

»Ich freu mich ...«

... auf dich, dachte sie, während sie das Büro verließ. In der Luft blieb ein Duft von Jasmin zurück, den Jochen jetzt versonnen einatmete. Er brauchte ein Gegengift. Sofort. Entschlossen griff er zum Telefon.

»Hallo, Angie. Nein, nichts Besonderes. Wollte nur mal hören, wie es dir so geht. Alles gut?«

»Stopp«, rief Bruno, als Gesa über die Küchenschwelle trat, »sofort zurück! Hast du die Hygieneschleuse zu deinen Füßen nicht gesehen?«

Gesa schaute zu Boden und sah dort ein feuchtes Gitter. Sie hatte sich Gummihandschuhe übergezogen, aber an ihre Schuhe gar nicht mehr gedacht.

»Tritt deine Füße gründlich ab, da ist Desinfektionswasser drin.« Bruno musterte die neue Praktikantin genervt. War das etwa wieder eine dieser nichtsnutzigen Gören, die gepierct und mit aufgemaltem Totenkopf auf den Nägeln in seine Küche schlurften und gelangweilt mit dem Kaugummi knallten, wenn er ihnen die Hygieneregeln in einer Profiküche erklärte?

»Sorry«, murmelte Gesa schuldbewusst, als sie seine Donnermiene sah, und rieb ihre Füße auf dem Gitter ab. »Kann ich jetzt reinkommen?«

Bruno stieß einen Laut aus, der Resignation und Gereiztheit

ausdrückte. »Schmuck ab, Uhr ab, Nagellack und Make-up entfernen«, spulte er ab und warf ihr ein dünnes Gazehäubchen zu. »Und ich will kein einziges Haar mehr sehen.«

Was tu ich mir hier bloß an, dachte Gesa, während sie sich im Umkleideraum blitzschnell das Häubchen überstülpte. Ist er das wirklich wert?

»Das muss schneller gehen«, rief Bruno, als sie in die Küche zurückkam. »Und wirf sofort die Gummihandschuhe weg, nasse Hände erzeugen Keime, wenn sie sich erwärmen. Hat dir das noch keiner gesagt? Hat dir schon jemand erklärt, wie der Warenfluss geht?«

Gesas Kopfschütteln ließ Bruno erneut einen tiefen Seufzer ausstoßen. »Weißt du überhaupt schon irgendwas?«

Ich weiß, dass du ein ganz großes Arschloch bist, hätte sie gern gesagt, aber in diesem Moment sah sie Jochen Winter über den Hof gehen, und plötzlich war die Welt wieder rosig.

»Die Ware wird im Lager vorgepackt, in der Küche gekocht, dann runtergekühlt beziehungsweise schockgefrostet, dann in der Kommissionsküche weiterverarbeitet – hat dir das schon jemand gezeigt?« Brunos Stimme klang nach schlecht gelauntem Mathelehrer.

»Ja, gestern.« Gesa hingegen hatte ihrer Stimme einen sanften und braven Ausdruck verliehen. Außerdem wusste sie, dass sie in ihren schwarzen Röhrenjeans unter der eng gebundenen weißen Schürze sehr reizvoll aussah.

»Was genau passiert eigentlich nach dem Schockfrosten?«, fragte sie.

Bruno räusperte sich. »Dann wird alles in Rollkühlschränke gepackt und ausgeliefert.«

»Wirklich sehr interessant«, sagte Gesa. »Und was liefern wir heute aus?«

»Fingerfood für Demenzkranke«, knurrte Bruno.

»Essen Demenzkranke denn mit den Fingern?« Gesa sah ihn mit großen Augen unschuldig an.

»Sie sind unruhig, laufen viel herum, essen oft zu wenig. Fingerfood ist klein und handlich, davon essen sie mehr«, erklärte Bruno, den Gesas Interesse ein wenig besänftigte. »Das Fingerfood-Konzept stammt übrigens von Jochen Winter; es ist ein großer Erfolg.«

»Das glaube ich gern«, sagte Gesa und seufzte. »Er ist auch ein toller Mann.«

»Und Angie Winter ist eine tolle Frau«, sagte Bruno streng. »Und jetzt an die Arbeit.«

Jochen, der seinen Laptop aus dem Auto geholt hatte, war auf dem Rückweg ins Büro kurz vor dem großen Küchenfenster stehen geblieben. Gesa beugte sich gerade über einen großen Topf, wobei ihr Bruno gestikulierend etwas erklärte. Dann lachten beide.

»Was guckst du da?« Jan stieg neben ihm vom Fahrrad, mit dem er jeden Mittag eine Fitnessrunde drehte, um dem Ansatz seines kleinen Bäuchleins entgegenzuwirken. Er folgte dem Blick seines Bruders.

»Nichts«, meinte Jochen.

»Vorsicht, Bruderherz, die Kleine hat es faustdick hinter den Ohren.«

»Du siehst Gespenster«, knurrte Jochen.

»Nein, ich sehe einen Bruder, der dabei ist, sich zum Idioten zu machen«, sagte Jan stirnrunzelnd. »Die Russen haben übrigens ihr Angebot zurückgezogen. Sie bestehen nach wie vor auf Totalabriss.«

*

»Ich hab auf deiner Party so viel gegessen, dass ich mindestens drei Stunden auf diesem Scheißgerät strampeln muss.« Nina keuchte bereits, als Angie auf den Crosstrainer neben ihr stieg und sich in Bewegung setzte.

»Du hast mir ja gar nicht erzählt, dass du dich hier angemeldet hast«, sagte Angie erfreut. »Vielleicht kommt Marianne auch noch.«

»Ne, die muss arbeiten.« Nina schaltete von Schwierigkeitsgrad drei auf eins herunter. »Ich soll dich aber ganz herzlich von ihr grüßen.«

»Schade«, murmelte Angie, aber insgeheim war sie froh, dass Marianne nicht kommen würde. Obwohl sie Sippenhaft schrecklich fand und Marianne nicht an Gesas Stelle zur Verantwortung ziehen wollte, hatte sie im Moment einfach keine Lust auf Kontakt. Weißt du eigentlich, dass deine Tochter scharf auf meinen Mann ist? Aber lass uns trotzdem befreundet bleiben. – Nein, das ging leider nicht.

»Mal eine Frage unter Freundinnen«, unterbrach Nina ihre Gedanken.

Angie sah sie abwartend an.

»Findest du, dass ich mir am Bauch ein bisschen Fett absaugen lassen sollte? Ein Lover von mir hat kürzlich mal so was angedeutet.«

»Ist der krank im Kopf, oder was?«

»Ne, Ästhetischer Chirurg.«

»Also, wenn du gehst, geh ich mit.«

»Das ist ein Deal.«

Es trug nicht unwesentlich zur Freundschaft von Angie und Nina bei, dass beide die gleichen Problemzonen hatten. Sie waren beide mittelgroß und von Grund aus schlank, doch sowohl bei der einen als auch bei der anderen hatte sich vor ein paar Jahren ein kleiner, hartnäckiger Fettring um die Taille gelegt. Nina kannte die medizinischen Gründe dafür und wusste, dass dies hauptsächlich am Stresshormon Cortisol lag, was Angie überhaupt nicht einleuchtete.

»Aber der Stress kommt doch erst mit dem Ring, nicht schon vorher«, meinte sie. Leider hatte Nina keine plausible Antwort parat, nur die üblichen Ratschläge, die sie genauso blöde fand wie Angie. Diät, Sport, eimerweise Wasser. Da sie beide Freude an gutem Essen hatten und nicht den Rest ihres Lebens Magerkost und kalorienarmes Grünfutter zu sich nehmen wollten, mussten sie ständig mit ihren Pfunden kämpfen.

»Sag mal, wie findest du eigentlich Gesa Dominic?«, fragte Nina auf einmal, und Angie war froh, dass ihr Gesicht inzwischen verschwitzt war und sie nicht weiter auffällig erröten konnte.

»Ganz nettes Mädchen«, stieß sie hervor, und es gelang ihr, eine Beiläufigkeit vorzutäuschen, von der sie sich im Augenblick weit entfernt fühlte. »Warum fragst du?«

»Weil ich mich ein bisschen für sie verantwortlich fühle«, sagte Nina. »Schließlich war es meine Idee, sie bei *Lukullus* einzuschleusen. Außerdem hat sie es bisher im Leben nicht leicht gehabt. Ihr Vater war im Grunde nie vorhanden, Marianne fühlte sich oft überfordert. Ich glaube, sie ist als Kind oft zu kurz gekommen. Aber wie ich höre, macht sie sich sehr gut. Die Männer sind jedenfalls alle ganz begeistert von ihr.«

In Angie spreizten sich auf einmal die Gefühle wie ein Fächer auf, so dass sie absteigen, ans offene Fenster treten und tief Luft holen musste. Wut, Ohnmacht, Ratlosigkeit tobten in ihrem Inneren wie ein unentwirrbares Knäuel.

Reiß dich zusammen, Angie, es ist doch noch gar nichts Schlimmes passiert. Warum hatte sie trotzdem das Gefühl, dass sich alles geändert hatte? Dass ein junges Mädchen, das sie an ihrem Geburtstagsabend zum ersten Mal gesehen hatte und ihr hoffentlich auch nie wieder unter die Augen treten würde, über Nacht ihr gesamtes Leben in Unordnung gebracht hatte?

Sie hatte richtig Mühe, wieder auf ihren Crosstrainer zu steigen und in lässigem Tonfall zu sagen: »Ach ja? Jochen hat mir gar nichts von ihr erzählt. Was ist sie denn für ein Mädchen?«

»Ein ganz normales junges Ding ist sie«, keuchte Nina und verlangsamte ihr Tempo. »Schlafen, bis der Arzt kommt, und dann feiern, bis die Sonne aufgeht. Aber ich glaube, wenn sie erstmal weiß, was sie will, dann gibt es kein Halten mehr.«

Angie kam bis zur Tiefgarage, bis vor ihre beiden Autos, die sie nebeneinander geparkt hatten. Aber dann glaubte sie zu ersticken, wenn sie ihr Geheimnis nicht mit ihrer besten Freundin teilen konnte.

Sie kam sich vor wie ein kleines Mädchen, das im Schwimmbad auf dem Drei-Meter-Brett stand, hinter ihm eine Schlange Kinder, die alle darauf warteten, dass es endlich sprang. Dieser Druck, diese Panik und dann die Erleichterung, wenn man endlich den Absprung gewagt hatte. Es musste raus.

»Ich wollte dir übrigens noch was erzählen.« Hörte Nina, wie angestrengt ihre Stimme klang? Nein, sie schien in ihre SMS vertieft zu sein.

»Gesa hat mich gestern Nacht noch angerufen«, fuhr sie fort, und jetzt hatte sie Ninas ungeteilte Aufmerksamkeit.

»Und, was wollte sie von dir? Sich bedanken für die schöne Party?«

Angie sah an ihr vorbei und bereute bereits, dass sie überhaupt davon angefangen hatte. Aber nun war es zu spät. Ihr Herz klopfte so heftig, als hätte ihr jemand einen Presslufthammer in die Brust gepflanzt. Sie zögerte.

»Nun sag schon«, drängte Nina, die bereits in ihrem Sportflitzer saß. »Spuck's aus. Ich muss los.«

Sie hat keine Ahnung, dass ich gleich eine Bombe platzen lasse, dachte Angie und spürte neben ihrer Anspannung auch einen winzigen Hauch von Vorfreude, wie vor ein paar Tagen, als sie ihrer Freundin mitteilen konnte, dass ihr gemeinsamer superschwuler Friseur mit einer Stammkundin Zwillinge gezeugt hatte. Weil er total hübsch war und ihr Ehemann, der Schwule nicht leiden konnte, wie eine Kröte aussah. Das waren Klatschgeschichten, wie Nina sie liebte. Und jetzt konnte Angie die absolute Megasuperstory liefern.

»Schätzelchen, ich warte! Aber nur noch eine Sekunde.« Nina drehte bereits den Schlüssel im Zündschloss.

»Gesa hat gesagt, dass sie demnächst mit Jochen ein Verhältnis anfangen wird.« Angie spürte, wie ihre Vorfreude wieder verschwand. Weil sie auf einmal merkte, dass sie sich durch diese Geschichte belästigt fühlte, wie gestört von einer ständig summenden Fliege, die man nur hört, aber nicht sieht und deshalb auch nicht totschlagen kann. Und als sie Ninas erstaunten Blick sah, merkte sie, dass sie diesem verdammten Anruf durch das Weitererzählen eine viel zu große Bedeutung beigemessen hatte.

»Sie hat was?« Ninas Augen funkelten höchst animiert. »Ich fass es nicht, die kleine Schlampe. Bist du sicher, dass du da nichts missverstanden hast?« Sie lachte, und Angie fühlte, wie ein Hauch von Wut gegen ihre Freundin in ihr hochstieg.

Für Nina war das Ganze ein Scherz, eine kleine Anekdote, ein süffisanter Klatsch! Sie war nie länger als sechs Monate mit einem Mann zusammen gewesen, konnte sich deshalb überhaupt nicht vorstellen, wie sich Besitzanspruch, Eifersucht und Angst in einer Beziehung anfühlten.

»Ich habe gar nichts missverstanden«, sagte Angie. »Ein ganz tolles Mädel, das du Jochen da geschickt hast. Ein Fall für den Psychiater, würde ich sagen.«

»Das ist ja wie in einem schlechten Film, da brauche ich sofort etwas Nervengift.« Nina griff ins Handschuhfach und holte eine Schachtel Zigaretten heraus. »Magst du eine?«

Angie nickte, obwohl sie eigentlich nicht mehr rauchte, aber jetzt war es auch schon egal. Schließlich lief man nicht jeden Tag Gefahr, dass einem eine halb so alte und doppelt so hübsche Brünette den Mann stehlen will. Sie setzte sich auf Ninas Beifahrersitz.

»So und jetzt erzähl mal ganz genau, was Gesa gesagt hat.«

Angie gab den genauen Wortlaut der nächtlichen Anruferin noch einmal wieder. Auf einmal tat es gut, die Lächerlichkeit dieses Gesprächs mit jemandem zu teilen. Es war doch eine?

»Hat sie gelacht dabei, war sie betrunken? Wahrscheinlich hat sie vorher heimlich gekifft. In dem Alter ist man ja zu allem fähig. Ich würde das Ganze gar nicht zur Kenntnis nehmen. Mach kein großes Ding daraus.«

»Mach ich ja gar nicht«, sagte Angie und fühlte sich auf einmal gar nicht mehr ernst genommen. Doch vielleicht hatte sie wirklich überreagiert und sollte das Ganze am besten wieder vergessen.

»Du hast Recht, es war sicher nur ein dummer Scherz.«

»Wirst du es Jochen erzählen?«, wollte Nina wissen.

»Weiß ich nicht«, sagte Angie unschlüssig. »Was meinst du?«

Nina überlegte. »Mach es nicht«, riet sie dann, »damit weckst du nur schlafende Hunde. Soll *ich* mir Gesa vielleicht mal vorknöpfen?«

»Bloß nicht«, wehrte Angie ab. »Bitte kein Wort zu ihr. Diese Rotzgöre soll sich nicht so wichtig vorkommen. Versprich mir, dass du den Mund hältst.«

»Großes Indianerinnenehrenwort«, sagte Nina und zog dennoch spontan in Erwägung, wenigstens mit Marianne darüber zu reden. In diesem Moment klingelte es aus ihrer Tasche, und sie angelte nach ihrem Handy.

»Na, du traust dich was, Claus! Haben die Junghühner keine Lust mehr auf dich?«, rief sie und warf Angie, die mittlerweile ausgestiegen war, ein Kusshändchen zu. »Du willst doch noch einen Nachschlag? Okay, dann komm in der Mittagspause in meine Praxis. Und leg das Parfüm auf, das ich so gern an dir mag ...« Sie hupte, dann war sie weg.

Angie holte tief Luft und stieg in ihr Auto. Wie immer, wenn Nina mit der ihr eigenen Leichtigkeit des Seins die großen und kleinen Dinge für sie zurechtrückte, fühlte sie sich gleich besser. Manche Situationen erfordern, dass man sie gekonnt ignoriert, sagte August immer, und genau das würde sie tun. Gekonnt ignorieren.

Kapitel 11

»Sag mal, bist du jetzt völlig verrückt geworden?« Die scharfe Stimme ihrer Mutter drang so unvermittelt aus dem Handy an ihr Ohr, als Gesa gerade in dem Raum neben der Kommissionsküche mit den anderen Köchen zu Mittag aß, dass sie zusammenzuckte.

»Was ist denn los, Mama, ich bin grad beim Essen«, sagte sie und versuchte, Brunos vorwurfsvollen Gesichtsausdruck zu ignorieren. Und als dieser ihr mit einer wedelnden Bewegung »Kein Gequatsche am Tisch« zu verstehen gab, stand sie auf und stellte sich ein paar Schritte entfernt ans Fenster.

»Das will ich dir gern sagen ...« Marianne klang so laut und unheilvoll, dass Gesa den Gemeinschaftsraum verließ und auf dem Parkplatz weitertelefonierte. »Nina hat mir gerade von deinem nächtlichen Telefonanruf bei Winters erzählt. Die Frau des Geschäftsführers hat sich bei ihr beschwert. Ich erwarte umgehend eine Erklärung von dir, die meine Intelligenz nicht beleidigt.«

Dass alte Frauen immer quatschen müssen, dachte Gesa ärgerlich und schwieg.

»Rede mit mir, Kind«, rief Marianne aufgebracht, und Gesa hörte deutlich, dass ihre Mutter kurz vorm Platzen war. »Ich möchte einfach verstehen, was in deinem pubertären Spatzengehirn vor sich geht.«

Gesa überlegte kurz. »Ich glaub, ich hatte ein bisschen zu viel getrunken, Mami«, sagte sie dann.

In genau diesem Moment verließ Jochen Winter das Firmengebäude und ging zu seinem Auto, das ganz in der Nähe von ihr stand. Er lächelte ihr freundlich zu, während er seine Jackentasche nach dem Autoschlüssel abtastete. Gesas stressiges Telefonat hinderte sie nicht daran, sein Lächeln auf unbeschwerte Weise zu erwidern.

»Du betrinkst dich bei den Leuten, bei denen du ein Praktikum machst, und dann besitzt du die unglaubliche Frechheit, der Frau deines Chefs ...«, kreischte Marianne wütend ins Telefon, doch dann versagte ihr die Stimme. Zum Glück, denn jetzt stand Jochen direkt vor ihr. Gesa verabschiedete sich mit einem »Tschüss, Mami« von ihrer Mutter und drückte das Gespräch weg.

»Ich fahre zum Großmarkt«, sagte er. »Haben Sie vielleicht Lust mitzukommen?«

Ob das eine gute Idee ist, dachte er, kaum dass ihm die Worte entschlüpft waren, aber da war es auch schon zu spät.

»Ja, die hab ich, sehr große sogar«, sagte Gesa. »Vielen Dank, dass Sie mich mitnehmen.«

»Es ist mir ein Vergnügen.« Jochen öffnete ihr die Beifahrertür, und sie stieg ins Auto.

»War das gerade Ihre Mutter?«, fragte er, während er vom Parkplatz fuhr.

»Ja, ich hatte meinen Hausschlüssel vergessen«, log sie schnell.

»Sie wohnen noch bei ihr?« Sein Schmunzeln verriet, dass er dies ungewöhnlich fand.

»Nur vorübergehend und solange meine neue Wohnung renoviert wird«, log sie deshalb. »Zur Einweihungsparty sind Sie selbstredend eingeladen.«

Er schwieg.

»Ihre Frau natürlich auch«, fügte sie schnell hinzu.

*

Angie stand im Drogeriemarkt und ärgerte sich. Sie hatte das Gefühl, dass sich heute, genau einen Tag nach ihrem vierundvierzigsten Geburtstag, die Beschriftungen auf den Kosmetikartikeln geradezu bösartig gegen sie verschworen hatten. Jahrelang hatte sie gezögert, bevor sie die erste Gesichtscreme für die *Reife Haut* leicht angewidert in den Einkaufskorb legte, weil *reif* so dicht vor *überreif* lag und sie dabei an Obst mit braunen Flecken und angedetschten Stellen denken musste. Und jetzt stand auf demselben Produkt »Gegen die Absackungen der reifen Haut!«. Nein, bei aller Liebe, damit wollte sie nicht an einer öffentlichen Kasse erwischt werden. Deshalb stellte sie auch gleich das Shampoo für »Plattes, feines Haar ohne Volumen« wieder ins Regal zurück, weil sie nicht jeden Morgen unter der Dusche daran erinnert werden wollte, dass Jochen nicht nur besser aussah als sie, sondern auch noch die dickeren, volleren Haare hatte.

Sie verließ das Geschäft mit einer neutralen Tube Zahnpasta, auf der nichts von freiliegenden Zahnhälsen stand, eines der weiteren Unworte der Kosmetik- und Pharmaziewerbung, die sie genauso wie die Ausdrücke *Venenschwäche* und *Östrogenmangel* in letzter Zeit zu verfolgen schienen. Gestern erst hatte sie im Briefkasten eine Broschüre über den »Wirksamen Nässeschutz im Alter« gefunden. Eine Sekunde lang hatte sie Gesa im Verdacht, um sich dann wieder darüber zu ärgern, dass sie überhaupt noch an diese Person dachte. Das einzig Gute am Älterwerden war doch, dass man gelassener und souveräner wurde und sich nicht mehr über jede Kleinigkeit aufregte. Aber war der Anruf, den sie nicht vergessen konnte, wirklich eine Kleinigkeit?

Im Auto auf dem Weg zu ihrer Kosmetikerin horchte Angie in sich hinein. Normalerweise war ihr Bauch ein zuverlässiger Kompass in wichtigen Lebensfragen, diesmal aber versagte er komplett. Ein blöder Witz fiel ihr ein, den sie auf einmal gar nicht mehr witzig fand. Wie alt sind Sie, Gnädigste? Ich gehe auf die vierzig zu. Und, aus welcher Richtung? Alzheimer und Übergewicht sind eine gute Kombination, hatte der Komiker Jürgen von der Lippe kürzlich gesagt, man steigt von der Waage und hat sein Gewicht sofort vergessen.

Fand sie heute alles gar nicht witzig, denn auf einmal war da eine Unruhe in ihr, ein nagendes, quälendes Gefühl von Unsicherheit und hilfloser Wut, das sich immer mehr in ihr festzubeißen drohte. Ein Damoklesschwert, das nur an einem Rosshaar gehalten wurde, schwebte drohend über ihr. *Wenn* sie das Mädchen ernst nahm, das diese Drohung ausgesprochen hatte. Und sie nahm es ernst, verdammt! Sie konnte einfach nicht anders.

Seit dem Anruf fühlte sie sich auf einmal wie jemand, der sich im Bett schlaflos hin und her wälzt, weil er nicht die richtige Position findet. Das Kopfkissen war zu weich, die Matratze zu hart, die Luft im Schlafzimmer zu stickig. Es war so lächerlich, so dämlich, so unter ihrer Würde, und am meisten ärgerte sie sich, mit Nina darüber gesprochen zu haben. Natürlich würde sie Marianne anrufen, da war sie sich sicher, und das würde ihre gerade begonnene Freundschaft umgehend im Keim ersticken.

»Wo kommt denn her diese neue Falte?« Margarita, die brasilianische Kosmetikerin, hatte eine Lupe geholt und machte jetzt, dicht über Angies Gesicht, sorgenvolle *Ts-Ts-Ts*-Laute. »Die war aber bei die letzten Mal noch nischt da!«

Auch das noch, dachte Angie und unterdrückte den Wunsch, entweder einen tierisch lauten Urwaldschrei auszustoßen oder einmal kurz und kräftig in Margaritas kräftigen Arm zu beißen. Sie brauchte irgendetwas, um den Druck abzubauen, der wie ein Haufen unverdauter Steine in ihrem Bauch lag. Vielleicht sollte ich endlich mit Yoga anfangen, überlegte sie, damit ich mich nicht immer so über Kleinigkeiten aufrege.

»Soll ich Botox spritzen?«, bot Margarita an, denn sie hatte einen Wochenendkursus gemacht und brannte nun darauf, ihr neues Wissen anwenden zu können.

»Kannst du das denn?«, fragte Angie skeptisch; sie war grundsätzlich nicht abgeneigt. Sie hatte in der Zwischenzeit einen Blick in den Vergrößerungsspiegel geworfen und festgestellt, dass Margarita mit ihrer Äußerung leider Recht hatte. Da hatte sich tatsächlich eine tiefe Furche zwischen ihre Augenbrauen gekrallt, die vor ihrem Geburtstag einfach noch nicht da gewesen war. Ein plötzlicher Alterungsschub nach dem unseligen Telefonat mit Gesa?

»Isch kann das«, sagte Margarita und klang beleidigt. »Isch mach dich glatt wie Babypopo, du mir nur vertrauen. Is nur eine kleine Pieks, dann schon vorbei.«

Eine halbe Stunde später fand Angie dieses leicht angespannte Gefühl im Gesicht eigentlich ganz angenehm, es fühlte sich an wie eine aufgetragene Gesichtsmaske. War eine gute Idee gewesen, diese Botoxspritze, und der Preis von dreihundertfünfzig Euro war für ein Kinderpopogesicht auch nicht zu hoch. Zu Hause ging sie sofort ins Bad, weil dort das Licht am schmeichelhaftesten war. Ihr Handy klingelte, als sie sich gerade ein leichtes Make-up auflegen wollte.

»Schatz«, Jochens Stimme klang gehetzt, »ich bin etwas in Eile, hier herrscht das totale Chaos. Erzähl ich dir alles später, warte bitte nicht mit dem Essen auf mich, es kann heute später werden.« Klick, aufgelegt.

Angie stand im Bad, und während ihr Herz anfing, laut, fast schmerzhaft zu pochen, wurde ihr klar, dass sich wirklich etwas in ihrem Leben grundlegend verändert hatte. Die Unschuld war verschwunden und die Sicherheit, die sie bisher immer verspürt hatte, war auf einmal weggebrochen. Das Schiff war leck geworden. Hörte sich pathetisch an, war aber leider so. Angie war keine Frau, die ihrem Mann hinterherspionierte, seine Taschen durchsuchte, eingegangene Anrufe auf seinem Handy überprüfte, all das war ihr völlig fremd. Im Gegenteil, Frauen, die zu sehr liebten und ihren Mann jede Sekunde beaufsichtigten, hatte sie bislang eher bemitleidet. Aber da hatte sie ihrem Mann auch noch blind vertraut. Die Zeiten waren leider vorbei.

Sie griff zum Telefon und wollte ihn zurückrufen. Die Mailbox sprang an. Der Ansagetext war kurz, knapp, männlich: »Hier ist Jochen Winter, Nachrichten nach dem Pfeifton.«

Sie holte Luft, bemühte sich um eine ruhige, ganz normale Stimme. »Hi, Angie hier, du warst so schlecht zu verstehen vorhin. Was ist los? Melde dich bitte noch einmal.«

Ein bisschen fühlte sie sich wie früher, als sie bei den Jungs aus ihrer Klasse ab und an Telefonterror veranstaltet hatte, bei ihnen angerufen und gleich wieder aufgelegt hatte. Das ging gut in den alten Zeiten des analogen Telefonanschlusses, als die Nummer des Anrufers nicht angezeigt wurde und sie, wenn sie verdächtigt wurde, ganz cool »Wovon sprichst du eigentlich?« sagen konnte.

Genau diesen ungeduldigen Ton hatte sie jetzt drauf, als Jochen zurückrief.

»Wo bist du denn?«, fragte Angie und hörte im Hintergrund Stimmengewirr.

»Wir sind auf dem Großmarkt. Was wolltest du denn?«

Wer ist *wir*?, wollte sie fragen. Ist sie bei dir, amüsiert ihr euch? Aber plötzlich traute sie sich nicht. Stattdessen sagte sie nur: »Ach nichts, viel Spaß, und komm nicht allzu spät.«

Sie fühlte sich richtig mies. Dabei war ja bis auf diesen verdammten Anruf noch gar nichts passiert. Es hatte keinen Krach gegeben, Jochen hatte sie zum Abschied wie jeden Morgen geküsst und ihr sogar »Ich habe so ein Glück mit dir, Angie!« ins Ohr geflüstert. Hätte er das getan, wenn er mit dieser Gesa bereits etwas angefangen hätte? Wenn er jetzt mit ihr in einer Bar am Hauptbahnhof bereits heiß geknutscht und sie dann in einem billigen, schäbigen Hotelzimmer mit durchgelegenen Matratzen, auf schmuddeligen Laken ... HÖR AUF, DU DUMME KUH! Hör sofort auf! Dein Mann hat dich noch nie betrogen, warum sollte er ausgerechnet jetzt damit anfangen? Irgendwann ist allerdings immer das erste Mal, dachte sie trübsinnig.

Sie trat vor den Spiegel, um ihr frisch gespritztes, babypoglattes Gesicht zu bestaunen. Hm, das sah doch gar nicht so schlecht aus. Vorübergehend war sie mit sich und dem Leben wieder durchaus zufrieden. Bis auf die roten Einstichpunkte der Spritze sah sie super aus. Keinen Tag über achtundzwanzig. Okay, über achtunddreißig. Aber keinen Tag mehr.

*

»Ich möchte Frau Dr. Pipp sprechen«, sagte August Winter in den Hörer. Es war das schlechte Gewissen, das ihn zum Telefon greifen ließ. Er hatte ihr Hoffnungen gemacht, das wusste er. Und mit Gefühlen von Frauen durfte man nicht spielen, das hatte ihm Trudi immer eingeschärft.

»Frau Dr. Pipp ist im Urlaub«, sagte eine Frauenstimme. »Kann ich Ihnen weiterhelfen?«

»Nein, ich möchte sie persönlich sprechen. Wann kommt sie denn wieder?«

»In drei Wochen«, sagte die Frau, »vielleicht auch noch später. Sie hatte ja noch jede Menge Resturlaub. Der Chef musste sie regelrecht zwingen. Soll sie sich doch ruhig mal was anderes angucken als ständig den Dreck der anderen Leute. Meinen Sie nicht auch?«

»Sie haben völlig Recht«, murmelte August verlegen und legte auf.

In diesem Moment betrat Johanna Schwingel sein Büro. »Da

unsere derzeitige Praktikantin mit Jochen unterwegs ist, habe ich den Kaffeedienst übernommen.«

»Das ist schön, Johanna«, sagte August. »Immer noch drei ...«

»... Stück Zucker und drei Tropfen Milch, ich weiß, August. Ich habe ein gutes Gedächtnis.«

»Das ist mir klar, Johanna«, sagte August. »Vor allem aber weiß ich, dass du für den Laden hier unersetzlich bist.«

»Wird Zeit, dass du das auch mal merkst, mein Lieber.«

»Besser spät als nie, oder?« August lächelte sie an.

»Da könntest du Recht haben. Lust auf ein Leberwurstbrötchen?«

»Sehr gern, Johanna.«

War das wieder ein Zeichen von Trudi?

Da Jochen in der riesigen Markthalle mit einem Fleischgroßhändler verhandelte und Gesa beim Anblick der blutigen Tierkörperteile sowieso ganz blümerant wurde, ging sie schnell auf die schmuddelige Damentoilette und stellte ihr Handy wieder an.

»Da bist du ja wieder.« Marianne musste auf dem Telefon gesessen haben, so blitzschnell war sie dran gewesen. »Zuerst einmal: Weiß Herr Winter von dieser ... dieser Albernheit?«

Gesa war froh, dies verneinen zu können.

»Zweite Frage: Hast du dich ihm gegenüber in irgendeiner Weise zweideutig verhalten? Ihn angeflirtet, ihm schöne Augen gemacht?«

Auch da gab Gesa mit überzeugender Stimme eine negative Antwort, und am Ausatmen ihrer Mutter erkannte sie deren Erleichterung.

»Dann kannst du ja nur hoffen, dass Frau Winter nicht mit ihrem Mann darüber redet«, sagte sie. »Und jetzt versprichst du mir, dich so zu benehmen, wie es sich gehört, sonst wirst du enterbt!«

»Bei deinem Kontostand ist das echt ’ne Drohung, Mami«, sagte Gesa grinsend. »Aber ich versprech’s dir trotzdem.«

»Gut.« Marianne war sichtlich froh, sich von diesem lästigen Thema verabschieden zu können. »Und denk immer dran, dass du für einen Mann wie Jochen Winter sowieso nie infrage kommen würdest.«

Irgendetwas regte sich in Gesa. Eine kleine Wut, ein kleiner Widerspruch. Eine große Herausforderung.

»Und wieso nicht?«, wollte sie wissen.

»Weil der Mann erstens verheiratet ist und seine Frau ganz bestimmt nicht wegen eines kleinen Milchmädchens verlässt. Und weil er zweitens in einer Liga spielt, von der du und ich nur träumen können.«

»Du hast Recht, Mami«, sagte Gesa und legte genau den Hauch von töchterlichem Gehorsam in ihre Stimme, der ihre Mutter zuverlässig besänftigte. Sie legte auf und machte sich auf die Suche nach dem Mann, den zu begehren ihre Mutter ihr gerade verboten hatte. Warum wussten Mütter nicht, dass genau dieses Verbot sie noch viel begehrenswerter machte?

Gesa fand ihn am Ausgang, er hatte bereits nach ihr gesucht.

»Sorry, meiner Mutter geht’s grad nicht so gut«, sagte sie entschuldigend. »Ich musste sie ein bisschen trösten. Sie hat ja nur noch mich.«

»Sie sind eine gute Tochter«, sagte Jochen anerkennend. »Ich bin sicher, Ihre Mutter ist sehr stolz auf Sie.«

»Na ja«, meinte Gesa ausweichend.

Er sieht so was von süß aus, dachte sie, reinbeißen könnte ich in ihn!

»Ich hätte da vielleicht ein neues Konzept für Ihre Bistros«, wagte Gesa den Vorstoß. »Wie man die ein bisschen aufpeppen könnte. Wenn Sie mich zum Kaffee einladen, könnten wir darüber reden.«

Jochen sah sie an. Wie unglaublich jung und hübsch sie war. Das Angebot, das sie ihm unterschwellig machte, war verlockend. Aber nur in seiner Fantasie. Was ja nicht verboten war. Denn natürlich würde er standhaft bleiben, aber ein Kaffee würde ja wohl noch erlaubt sein.

»Um die Ecke ist eine Kneipe«, sagte er.

»Da gibt's bestimmt auch Kaffee«, sagte sie lächelnd.

Und während sie zusammen die Großmarkthalle verließen, versuchte sie in Windeseile, sich ein überzeugendes Konzept zu überlegen. Zumindest im Ansatz.

Als Jochen zu vorgerückter Stunde seine Schuhe vor der Haustür auszog und sich leise, sehr leise ins Schlafzimmer schlich, lag das natürlich nicht an seinem schlechten Gewissen. Obwohl er froh war, dass Angie bereits tief und fest schlief und ihn nicht mit Fragen löchern konnte. Die er, obwohl wirklich überhaupt nichts Bedenkliches vorgefallen war, trotzdem nur ungern beantwortet hätte. Es ist doch alles total harmlos, beruhigte sich Jochen selbst, als er hinter der geschlossenen Badezimmertür seine nächtliche Zahnreinigung absolvierte; trotz seiner leichten Alkoholisiertheit vergaß er den Einsatz von Zahnseide nicht, zu dem Angie ihn verdonnert hatte. Ich habe mit einer jungen Praktikantin erst einen Kaffee, dann ein paar Bierchen getrunken, wir haben über die Firma und über Gott und die Welt geredet. Ihr Konzept, aus den Bistros Mottolokale zu machen und jede Woche eine andere Idee zu verfolgen – sie hatte Dschungelcamp, Hollywood und Kinderspielplatz vorgeschlagen –, hatte er zwar realitätsfern, aber sehr charmant gefunden. Er hatte ihr versucht zu erklären, warum dies leider zu teuer sein würde.

Nannte man so etwas nicht Nachwuchsförderung, und war ein verantwortungsbewusster Firmenchef wie er nicht dazu verpflichtet? Und dass er sich gut mit der Praktikantin unterhalten hatte, so gut, dass er Ort und Zeit vergaß, das würde er Angie ganz bestimmt nicht auf die Nase binden. Aber jetzt freute er sich richtig auf ihre Bettwärme. Um ganz dicht an sie gekuschelt, ruhig, sicher und traumlos in den Schlaf zu gleiten.

Seine Nachttischlampe brannte; Angie hatte sie fürsorglich angelassen, damit er im Dunkeln nicht stolperte. Es waren kleine Gesten wie diese, für die er sie so ganz besonders liebte. Ihr Gesicht war ihm zugewandt, als er sich ins Bett legte. Sehr zärtlich, mit einer winzigen Prise Schuldgefühl, beugte er sich über sie, um ihr einen Gutenachtkuss zu geben. Und zuckte zusammen.

»O Gott, Angie, wach auf«, rief er und schüttelte sie panisch. »Du hast einen Schlaganfall, du musst ins Krankenhaus.«

Er stürzte ans Telefon, Todesangst verkrampfte sein Herz. Wie war noch mal die Notrufnummer: 012, 112?

»Bitte schicken Sie sofort einen Krankenwagen«, schrie er in den Hörer, »und beeilen Sie sich, es geht um Leben und Tod.«

*

»Versteh ich gar nix«, hatte Margarita gemurmelt. »Ist mir noch in die ganze Leben nie passiert. Muss gerutscht sein, die dumme Botox.«

Noch von der Notaufnahme aus hatte Angie die Kosmetikerin angerufen, als die junge diensthabende Ärztin meinte, sie wolle nicht indiskret sein, aber habe sie vielleicht in letzter Zeit eine Botoxspritze bekommen? Das nämlich habe sie schon öfter erlebt. Das Nervengift wandere manchmal ganz ungeplant durchs Gesicht, und das sähe dann wie durch einen Schlaganfall verursachte Lähmungserscheinungen aus.

»Wie kommen Sie darauf?«, hatte Jochen gebrüllt. »Meine Frau nimmt so was nicht. Eine Unverschämtheit!«

Es war ein peinlicher Moment für Angie, als sie im gleißenden Neonlicht, in ihrem Flanellnachthemd auf der Krankenliege mit leiser Stimme zugeben musste, was sie normalerweise auch ihrem Mann verschwiegen hätte. Und der hielt ihr natürlich prompt auf dem Rückweg vom Krankenhaus eine sehr heftige Strafpredigt.

»Für wen machst du denn so einen Scheiß?« Seine Stimme klang sehr ärgerlich. »Ich mag dich doch genau so, wie du bist, jedes Gramm Fett, jede Falte liebe ich, ist das klar?«

Als Angie am nächsten Morgen aufwachte, wäre sie am liebsten im Bett geblieben. Die Decke übern Kopf gezogen, bis sie gesichtstechnisch wieder die Alte war. Im Bad warf sie als erste Aktion ein Seidentuch über den Kosmetikspiegel, schaffte es sogar, ihre Morgenhygiene ohne Gesichtskontrolle hinter sich zu bringen. Doch dann betrat sie die Küche, in der Julius, der von dem nächtlichen Drama nichts mitbekommen hatte, ahnungslos vor seinem Teller saß und Müsli in sich hineinlöffelte. Wie immer war er mit seinem iPod verstöpselt und hörte nichts.

»Guten Morgen«, sagte Angie mit abgewandtem Gesicht und berührte seine Schulter.

Er schaute hoch. »Wieso hast du denn ein Kopftuch um, Mama?«

Gerade wollte sie zu einer umständlichen Erklärung ansetzen, als Jochen hereinkam und ohne Umschweife erklärte: »Im Gesicht deiner Mutter ist eine Botoxspritze abgerutscht. Komm, zeig dich unserem Sohn, mein Schatz, wir lieben dich trotzdem.«

Hätte er das nicht etwas netter formulieren können, dachte Angie wütend, aber als sie sein Grinsen sah, wurde ihr klar, dass Jochen die ganze Sache sehr komisch fand.

»Wer fällt mir ein, wenn ich dich so betrachte«, setzte er noch einen drauf, »Quasimodo?«

»Der hatte einen Buckel und kein vorübergehend entgleistes Gesicht«, stellte Angie richtig, während sie ihrem Sohn beruhigend zulächelte.

Julius musterte sie mit schief gelegtem Kopf und weit aufgerissenen Augen. »Cool, Mama«, rief er dann begeistert, »voll monstermäßig, hoffentlich bleibt das noch ganz lange so!«

Nachdem ihre Männer endlich das Haus verlassen hatten, brach Angie sofort zu ihrer Kosmetikerin auf. Wie immer, wenn sie sich aufgeregt oder geärgert hatte, fuhr sie viel zu schnell, vollgepumpt mit Adrenalin entwickelte sie eine gnadenlose Power, die sie in anderen Situationen manchmal an sich vermisste. Liebend gern hätte sie Margarita auf ein richtig hohes Schmerzensgeld verklagt, doch leider war ihr die Brasilianerin mittlerweile sehr ans Herz gewachsen, und außerdem unterstützte diese ihren gesamten Clan in der Heimat. Also blieb nur die Verbalkeule, die gewaltig ausfallen sollte, doch als Angie im Kosmetikstuhl Platz genommen hatte, war ihr Vorhaben wieder deutlich geschrumpft und zum Keulchen geworden.

»Es war megapeinlich«, schimpfte sie, während Margarita Angies hängendes Augenlid und ihre nach unten gesunkene Gesichtshälfte unter die Lupe nahm. »Jochen dachte wirklich, ich hätte einen Schlaganfall.«

»Dabei war nur kleine, unschuldige Spritze mit die Botox«, sagte die Kosmetikerin und schmunzelte ihr reizendes, um Verzeihung heischendes Grübchenlächeln, dem Angie nicht widerstehen konnte. »Und in ein paar Wochen is alles wieder hochgerutscht. Nächste Spritze is umsonst, verspresch isch.«

Na wunderbar, dachte Angie, als sie nach Hause fuhr, diese Frankenstein-Optik ist ja genau das, was ich in meiner Situation gebrauchen kann. Vorsichtig warf sie einen Blick in den Rückspiegel. Ihr Gesicht sah wirklich nach einem kleinen, gruseligen Schlaganfall aus.

Ihr Handy klingelte. »Schatz, wie geht es dir?«, fragte Jochen.

»Danke, bestens«, sagte sie und spürte plötzlich, dass sich auch ihr rechter Mundwinkel seltsam taub anfühlte. Dass Botox wandern konnte, wusste sie, aber warum ausgerechnet jetzt, wo sie sich dank eines gewissen Anrufs sowieso nicht gerade auf der Höhe ihrer weiblichen Attraktivität fühlte?

»Wollen wir zusammen zu Mittag essen, bei uns in der Nähe hat ein sehr guter Italiener aufgemacht«, schlug er vor, und als sie zögerte, fügte er hinzu: »Du kannst dich doch wegen dieser blöden Spritze jetzt nicht wochenlang verkriechen, Schatz.«

Er hat Recht, dachte Angie, und wenn ich meinen Seidenschal günstig drapiere und meinen Kopf etwas gesenkt halte, sieht man ja sowieso kaum etwas. Sie stimmte seinem Vorschlag zu und fühlte sich gleich besser. »Wo treffen wir uns?«

»Mein Auto ist in der Werkstatt«, meinte Jochen. »Es wäre also am einfachsten, wenn du mich abholst.«

»Damit mich die gesamte Belegschaft anstarrt und hinter meinem Rücken über mich tuschelt?«, widersprach sie vehement.

»Das tu ich mir nicht an. Warte auf mich auf der Straße, Punkt dreizehn Uhr.«

»Tapferes Mädchen«, sagte er. »Ich bin stolz auf dich.«

Kapitel 12

Dieser Satz wärmte Angie den ganzen Vormittag über, den sie damit verbrachte, Julius' Zimmer wieder in einen Zustand zu bringen, in dem sich ein erwachsener Mensch ohne Ekelgefühle aufhalten konnte. Normalerweise betrat sie das Reich ihres Sohnes einmal die Woche mit einer großen Mülltüte, in die sie mit spitzen Fingern Essensreste, benutzte Taschentücher und zerknitterte, angerissene Zettel klaubte, die er dann Tage später mit lautem Geschrei wieder einklagte: »Das war meine Lateinarbeit, Mama, jetzt krieg ich tierisch Ärger!« Worauf sie inzwischen mit einem coolen »Dann räum halt dein Zimmer auf« konterte.

Doch diesmal hatte ihre Räumaktion einen anderen Grund. Er war peinlich, das gab sie auch vor sich selbst nur zögernd zu. Sie wollte etwas über seine sexuellen Präferenzen herausfinden. Und die würde sie im Falle eines positiven Ausgangs bei passender Gelegenheit an Herrn Dr. Glitsch weiterreichen. Was suche ich eigentlich, dachte sie, Pornohefte für Männer? Rosa Boxershorts? George-Michael-CDs?

Sie zog gerade sein Bett ab, als sie unter der Matratze ein kleines Oktavheft fand. *Mein Tagebuch* stand darauf. Wie süß, dachte Angie gerührt, hätte ich ihm gar nicht zugetraut. Sie legte es auf seinen Schreibtisch und räumte weiter auf. Doch immer wieder warf sie einen Blick auf das Heft. Sollte sie? Nur einen ganz kurzen Blick? Das Sprichwort »Der Lauscher an der Wand hört seine eigene Schand'« fiel ihr ein. Sie widerstand. Doch als sie keine erhellenden Beweise in Julius' Zimmer fand, trat sie erneut an den Schreibtisch, nahm das Heft in die Hand, zögerte kurz und schlug es schließlich auf.

»Ich bin total verknallt in Miro!«, stand auf der ersten Seite. Das war's. Kein weiteres Wort. *Miro*. Nicht Mira. Also eindeutig männlich. Wie ertappt klappte Angie das Heft wieder zu. Verfluchte ihre Neugier und genehmigte sich einen dreifachen Baileys.

Es war Jochens Schuld, dass Gesa sich schon den ganzen Tag über wie elektrisch aufgeladen fühlte. Schmetterlinge im Bauch. Gänsehautgefühl am ganzen Körper. Gleichzeitig euphorisch und diffus deprimiert. Jan hatte sie in die Spülküche eingeteilt, wo sie erst einmal Brunos strenge Ganzkörperprüfung bestehen musste. »Alles ab? Schmuck, Schminke, Haare weg?«, fragte er ungnädig. Danach widmete sie sich eingehend dem Säubern der riesigen, total verkrusteten Töpfe; nicht gerade ihre Lieblingsbeschäftigung, aber heute wirkte es beinahe meditativ auf sie und kam ihr gerade recht. Sie brauchte Zeit zum Nachdenken.

Wollte sie ihn wirklich? Ja, ich will ihn, dachte sie, und die Vorstellung, wie er und sie ... endlich allein ... die ganze Nacht lang ..., ließ sie ihre Umgebung und die fettige Pfanne, an der sie gerade kratzte, völlig vergessen. Sie hatte einfach eine unglaubliche Lust auf diesen Mann. Alles konnte sie sich mit ihm vorstellen – Reisen in ferne Länder, Abende vor dem Kamin mit langen Gesprächen, Lust und Leidenschaft sowieso, aber auch Strandspaziergänge und Museumsbesuche. In seiner Gegenwart interessierte sie sich für alles, sogar für Vollwertkost an Schulen und Fingerfood bei Demenzkranken. Alles, was vorher grau und langweilig gewesen war, glänzte und glitzerte in seinem Beisein und nahm Farbe an. Noch nie hatte sie sich so lebendig gefühlt. Mit ihm war sie die Frau, die sie immer sein wollte. Das Leben fühlte sich großartig an.

»Hallo, Mädchen, träumst du noch oder schläfst du schon?« Brunos laute Stimme riss sie aus ihren Tagträumen. »Die Desserts für die Kinderhorte müssen gemacht werden, Schokopudding und Quarkspeisen, bist du langsam mit dem Spülen fertig?«

Gesa legte die saubere Pfanne aus der Hand und lächelte ihm zu: »Aber gern doch, Bruno. Muss mir nur noch die Hände waschen. In fünf Minuten bin ich bei dir.« Auch ein Plus, wenn man so verliebt ist, dachte sie, man hat immer gute Laune.

Fröhlich von sich hin pfeifend lief sie in den Waschraum im ersten Stock. Der wiederum ganz zufällig in der Nähe von Jochens Büro lag, an dem sie kurz vorbeischauen wollte, damit sie, wenn er da war, ein paar Worte mit ihm wechseln konnte. Und um sich zu vergewissern, dass seine Augen genauso leuchteten wie ihre, wenn er ihr etwas über Ökotrophologie im Alter erklärte; was sie wiederum nur deshalb so brennend interessierte, weil er sie dabei so intensiv ansah. Deshalb wusste sie jetzt nicht nur, dass demenzkranke Senioren einen erhöhten Kalorienbedarf hatten, weil sie als sogenannte Läufer ständig orientierungslos herumliefen, sondern auch, dass sich Bakterien im Essen alle zwanzig Minuten verdoppelten, bis man es nach neunzig Minuten wegschmeißen musste. Superlecker.

Bevor sie Jochen kannte, hätte sie nur empört ausgerufen: »O Gott, was interessiert mich so was?« Doch jetzt fand sie alles, was er ihr sagte und erklärte, hochspannend. Dieser Mann macht einfach einen besseren Menschen aus mir, sagte sie sich.

Mein ganz persönlicher Wachstumsschub – kann diese Liebe Sünde sein?

Die Tür stand offen, Jochen Winters Büro war verwaist. Aber sein Jackett über dem Schreibtischstuhl deutete daraufhin, dass er das Haus noch nicht verlassen hatte. Gesa trat ein und sah sich um. Natürlich hatte sie hier nichts zu suchen, aber die Versuchung war einfach zu groß. Sie ging um den Schreibtisch herum, der groß war und fast leer. Vorsichtig nahm sie einen Stapel hoch, Unterlagen und Rechnungen, wie langweilig. In der Mitte stand ein silberner Rahmen. Gesa betrachtete das Bild.

Seine Familie. Er hatte den Arm um seine Frau gelegt, sie den Kopf an seine Schulter, ein kleiner, etwas dicklicher Junge stand vor ihnen – sie sahen zweifellos sehr glücklich aus. Doch Fotos konnten täuschen. Sie hoffte es zumindest in diesem Fall von ganzem Herzen. Auf dem letzten Weihnachtsbild sah sie neben ihrer Mutter auch total happy aus, obwohl sie ihre Tage gehabt und sich absolut beschissen gefühlt hatte. Sie nahm den Rahmen in beide Hände und betrachtete das Foto eingehend. Er sieht besser aus als sie, dachte sie und lächelte. Wunderbar.

*

»Entschuldigen Sie, darf ich fragen, was Sie im Büro meines Mannes zu suchen haben?«

Angie stand im Türrahmen und sah sie an. Gesa zuckte zusammen und ließ den Rahmen fallen, das Glas zersplitterte auf dem Boden. Sie schob die Scherben unauffällig unter den Tisch und drehte sich langsam um.

»Sie haben ein schiefes Gesicht«, entfuhr es Gesa unwillkürlich.

»Gut beobachtet, aber das ist nur vorübergehend«, erwiderte

Angie kühl. »Ich wiederhole meine Frage: Was haben Sie im Büro meines Mannes zu suchen? Weiß er, dass Sie bei ihm herumschnüffeln?«

»Ich hab Herrn Winter nur etwas auf den Schreibtisch gelegt«, versuchte sich Gesa herauszureden, »und die Scherben mach ich gleich weg.«

Sie musterten sich stumm und abschätzend.

Für ihr Alter gar nicht mal so übel, dachte Gesa. Eine Figur wie Mami, aber bessere Klamotten. Kein Wunder, sie hat ja auch einen reichen Kerl, der sie aushält. Klar, dass sie sich dann so eine dicke weiße Chanel-Sportuhr leisten kann. Würde mir sicher auch gut stehen.

Sie ist leider noch hübscher, als ich sie in Erinnerung habe, dachte Angie. Schöner Mund, aber entschlossene, berechnende Augen. Wenn sie mal so alt ist wie ich, wird ihre Schönheit Vergangenheit sein. Und ich mag im Moment zwar aussehen wie Frankensteins Verlobte, aber Jochen gehört noch immer mir. *Ich* bin mit ihm verheiratet. *Mich* liebt er. Gern hätte sie jetzt süffisant und überlegen gelächelt, doch leider brachte sie das im Moment nicht zustande. Nie wieder Botox, schwor sie sich.

»Es tut mir übrigens leid«, sagte Gesa.

Natürlich wusste Angie, wovon sie sprach, trotzdem fragte sie: »Was tut Ihnen leid?«

»Das, was ich am Telefon gesagt habe.« Gesas Stimme war zu einem Flüstern gesunken. »Ich muss betrunken gewesen sein. Das Ganze ist mir total peinlich. Bitte sagen Sie Ihrem Mann nichts.«

Sie lächelte, und Angie stellte fest, dass sie zu allem Unglück auch noch liebreizende Grübchen hatte. Und überhaupt sah sie plötzlich sehr sanft und sehr verletzlich aus. Sie könnte unsere Tochter sein, dachte Angie, und fand diesen Gedanken fast ein bisschen tröstlich. Inzestgefühle hatte sie bei Jochen noch nie vermutet.

»Sie wollen also nichts von meinem Mann?« Sie spürte, wie erleichtert sie auf einmal war. Wie ihr ein großer Stein vom Herzen fiel. Ein dummer Mädchenstreich, ausgelöst durch die überschätzten Gefühle einer Jugendlichen, die zudem zu viel Alkohol getrunken hatte. Also keine sich anbahnende Ehekrise, sie konnte zur Tagesordnung übergehen, wunderbar! Wie gut, dass sie Jochen nichts erzählt hatte.

»Ich nehme Ihre Entschuldigung an«, sagte Angie und reichte Gesa lächelnd die Hand. »In Ihrem Alter hab ich auch viel Mist gebaut. Vergessen wir die Sache.«

Gesa ergriff sie dankbar und lächelte zurück.

»Schon vergessen, Frau Winter.«

In diesem Moment klingelte Angies Handy. »Wo steckst du denn, ich bin in deinem Büro«, sagte sie. »Den Schlüssel hab ich hier, warte mal kurz ...«

Sie legte das Handy auf den Schreibtisch und wühlte in ihren Taschen. »Wo ist er nur ... Ach, da habe ich ihn.« Sie nickte Gesa zum Abschied kurz zu und verließ das Büro.

Sie hat nicht gemerkt, dass ich Ihre Frage nicht beantwortet habe, dachte Gesa. Und ob ich was von deinem Mann will! Tja, wer nicht aufpasst, den bestraft das Leben.

Angies Handy lag noch immer auf dem Tisch. Gedankenverloren nahm sie es an sich, denn sie hatte bereits eine Idee ... Das Spiel begann, ihr richtig Spaß zu machen.

»Mist, jetzt hab ich doch tatsächlich mein Handy in deinem Büro vergessen«, rief Angie, nachdem sie kurz mit ihrem inneren Schweinehund gekämpft hatte und statt einer herzhaften Vorspeisenplatte einen rustikal-gesunden Arugulasalat bestellt hatte.

Dafür hatte sie sich zum Dessert die letzte Portion Tiramisu reservieren lassen.

»Wieso nimmst du eigentlich nicht zu?«, fragte sie ihren Mann mit vorwurfsvollem Blick, nachdem er nicht nur schon den Brotkorb geleert, sondern auch ein Sahnenudelgericht geordert hatte. Es war einfach ungerecht, dass er mehr aß als sie und trotzdem überhaupt keine Gewichtsprobleme hatte.

»Warum sollte ich?«, sagte Jochen und dippte das letzte Stück Brot genüsslich ins Olivenöl. »Sei doch froh, dass du keinen Mann mit Wampe hast.«

Bin ich das?, fragte sich Angie und überlegte, ob das Leben nicht manchmal einfacher wäre, wenn es von einem Mann begleitet würde, gegen den man optisch nicht immer so abfiel. Mit dem man in aller Ruhe älter und dicker werden und trotzdem sicher sein konnte, dass er abends mit einem einschlief und am nächsten Morgen wieder neben einem aufwachte.

»Wie macht sich eigentlich die neue Praktikantin?«, fragte sie mit leichtem Herzklopfen, während sie ihren Seidenschal großzügig um Hals und Kinn drapierte. »So nach mehreren Tagen, meine ich.« Das unbehagliche Gefühl verstärkte sich, als er sich mit seiner Antwort Zeit ließ. Muss er sich seine Worte erst zurechtlegen?, fragte sie sich.

»Du zögerst, ist es eine schwierige Frage, oder fällt dir die Antwort nicht leicht?« Sie hörte an ihrer eigenen Stimme, dass sie leicht zickig klang, und ärgerte sich darüber. Als der Kellner kam und das Essen brachte, versuchte sie, betont entspannt zu lächeln. Wie gern hätte sie jetzt anstelle der in zu viel Essig getränkten Salatblätter auch eine dampfende Nudelplatte vor sich stehen.

»Du siehst einfach zu niedlich aus, wenn du versuchst, mit deinem schiefen Mund zu essen«, sagte Jochen. »Was war noch mal deine Frage? Sorry, Schatz, deine Schönheit hat mich einfach abgelenkt.« Er grinste.

Normalerweise fand sie das unwiderstehlich und ansteckend. Doch heute war ihr nicht nach Zurückgrinsen zumute, im Gegenteil, sein fröhliches Gesicht, in dessen Mundwinkeln ein bisschen Sahne klebte, irritierte sie. Warum musste er so gut aussehen? Warum blühte heute zu allem Überfluss ein kleiner Alterspickel an ihrem Kinn und an seinem nur der Hauch eines verführerischen Dreitagebartes?

»Ich hab dich nur gefragt, ob sich deine Praktikantin immer noch so gut macht; schließlich ist sie dir von Nina aufs Auge gedrückt worden, und ich fühle mich stellvertretend für meine Freundin ein bisschen verantwortlich.« Gut formuliert, Angie, lobte sie sich. Klingt total unverdächtig.

»Du meinst Gesa?«, fragte er.

»Du nennst sie mit Vornamen?«, fragte sie zurück. »Das tust du doch sonst nie.«

»Hat sich so ergeben«, meinte er lässig. »Wieso fragst du?«

»Wieso antwortest du nicht?« Heftig schob sie den halb leeren Teller von sich, hatte keine Lust mehr auf gesunde Kost. »Kann ich bitte ein Glas Rotwein haben?«, rief sie ins Lokal, und als es kam, kippte sie es mit drei Schlucken in ihre bewegliche Mundhälfte. Und rülpste verhalten.

»Was ist denn heute los mit dir?«, fragte Jochen und sah sie fassungslos an. »So schlimm siehst du doch gar nicht aus. Außerdem geht es vorbei.« Er griff nach ihrer Hand und streichelte sie. Nur mühsam hielt Angie ihre Tränen zurück.

»Nun sag endlich, wie macht sie sich?«, schniefte sie.

»Wie süß, dass du dir deswegen Sorgen machst«, sagte Jochen und sah sie liebevoll an. »Alles im grünen Bereich, sie ist sehr anständig. Richte Nina bitte meinen ausdrücklichen Dank aus.« Er sah Angie verwundert an, als sie mit einem ärgerlichen Ruck ihre Hand wegzog.

»Schlecht gelaunt wegen der Spritze?«, fragte er besorgt.

»Wechselst du jetzt ganz bewusst das Thema?«, fragte sie schroff und war sich bewusst, dass er ihre Hartnäckigkeit anstrengend finden musste. Vor allem, weil sie wirklich nicht zu ihr passte. Rumquengeln, nachbohren, das waren normalerweise Fremdworte für sie. Aber heute konnte sie nicht anders. Trotz Gesas Entschuldigung fraß sich etwas in sie hinein wie ein dicker, ekliger Wurm, der unaufhörlich an ihr nagte und nagte, sie kribbelig machte und austeilen ließ.

Mit einem lauten Seufzen lehnte sich Jochen zurück und sah seine Frau stirnrunzelnd an. »Was willst du von mir hören?«, fragte er. »Verrate es mir, dann sage ich es.«

Angie sah ihn an und kam sich plötzlich so lächerlich vor. »Sorry, Schatz, alles gut«, räumte sie ein. »Ist nicht mein Tag heute. Küss mich und sag mir, dass ich die Schönste, Klügste und Beste bin, dann fahr ich dich in die Firma zurück, und du kannst in Ruhe weiterarbeiten.«

»Du bist die in jeder nur denkbaren Beziehung Unübertroffene«, erwiderte er, sehr erleichtert, dass sich die dunkle Gewitterwolke über ihrem Gemüt verzogen hatte, »und ich kann nicht glauben, dass du das auch nur für eine Sekunde vergessen hast.«

Er beugte sich vor und nahm ihr Gesicht in beide Hände.

»Ich liebe dich, du dummes, dummes Ding«, sagte er eindringlich. »Vergiss das nie.«

Sie küssten sich. Mitten im Lokal. Wie ein frisch verliebtes Pärchen. Da sie dabei die Augen geschlossen hatten, sahen sie die junge Frau nicht, die auf der Straße stehen geblieben war und sie mit großen Augen durchs Fenster beobachtete.

»Vergiss mein Handy nicht, es liegt auf deinem Schreibtisch«, sagte Angie, als sie Jochen vor dem Betrieb verabschiedete. »Und komm bitte nicht so spät, ich habe nämlich noch einiges mit dir vor.«

»Was denn?«, fragte er, obwohl er es natürlich genau wusste. Aber es machte ihm Spaß, mit seiner Frau zu flirten. Sich mit ihr fast genauso jung zu fühlen wie mit … egal.

»Lass dich überraschen!« Sie warf ihm einen Kuss durchs Autofenster zu und ließ den Motor an. Sekunden später hatte sie der Verkehr verschluckt. Er sah ihr nach und lächelte versonnen.

»Entschuldigen Sie bitte«, er war zusammengezuckt, als sich eine Hand ganz leicht auf seinen Unterarm gelegt hatte, »falls Sie wieder zum Großmarkt fahren, würde ich gern mitkommen.«

Gesa stand vor ihm und sah ihm in die Augen. Ihr Blick verriet nichts. Oder alles.

»Nein, heute nicht«, sagte er entschieden, »aber ich bin sicher, dass man sich in der Küche über Ihren Beistand sehr freuen würde.«

»In Ordnung«, sagte sie leise. »Bin schon weg.«

Er sah ihr nach und verbot sich den Gedanken sofort und für immer, dass er sie gern geküsst hätte.

Zu Hause bei Winters klingelte das Telefon.

»Mensch, endlich erreicht man dich mal!« Marianne war froh, dass man ihrer Stimme nicht sofort anhörte, wie schwer ihr dieser Anruf gefallen war. »Ich wollte mich nur für deine nette Einladung bedanken, leider war mein Akku leer …«

»Hallo, Marianne«, sagte Angie, »ja, schade, dass du nicht dabei warst. Es war wirklich ein schönes Fest.«

»Ja, das hat Nina auch gesagt.«

»Ich hoffe, deiner Tochter hat es auch gefallen«, sagte Angie.

»Sie hat nicht viel erzählt.« Marianne war sehr froh, dass Angie sie jetzt nicht sehen konnte. »Du weißt ja, wie die Kinder sind.«

»Ja, das kenne ich von Julius«, stimmte ihr Angie zu. »Mein Mann ist übrigens sehr angetan von deiner Tochter.«

Sie weiß, dass ich es weiß, dachte Marianne panisch, ihre Stimme klingt so komisch. »Das freut mich«, sagte sie ohne Nachdruck.

Sie weiß es, sagte sich wiederum Angie, ihre Stimme verrät sie. »Du, ich muss jetzt leider los«, sagte sie. »Man sieht sich.«

»Angie!«, rief Marianne. »Ich …«

»Ja?« Angies Herz klopfte wild.

»Ach, nichts.« Mariannes Stimme klang mutlos.

Wortlos legte Angie auf.

*

»Na siehst du«, sagte Jochen und strich Angie sehr zärtlich eine verschwitzte Haarsträhne aus dem Gesicht, »in dieser alten Eiche steckt doch noch ziemlich viel Saft.«

Angie dehnte sich wohlig in seine Richtung und schlang ihr Bein um seins. »Das kann ich von diesem alten Baum auch nur bestätigen«, erwiderte sie. »Lust auf mehr?«

»Die Botoxspritze hat dich unersättlich gemacht«, sagte er und grinste. »Komm nur her, mein kleines Schiefmaul, damit ich dich besser vernaschen kann.«

Und wieder verschlangen sich ihre Körper ineinander. Hatte sie je daran gezweifelt, wie wunderbar das Leben war?

Als Angie später im Bad stand und sich die Zahnbürste in den Mund schob, hatte sie fast schon wieder Frieden mit ihrem Aussehen geschlossen. Ihr Gesicht war zwar immer noch schief, trotzdem sah sie entspannt und glücklich aus. Sex ist die beste Gesichtsmaske, dachte sie, ab jetzt lege ich sie mindestens zweimal die Woche auf.

»Dein Handy liegt übrigens auf dem Küchentisch«, rief Jochen aus dem Schlafzimmer. »Du hast eine SMS von einem unbekannten Absender bekommen; ich hoffe, es war kein heimlicher Lover. Denn den müsste ich dann ja leider im Dunkeln überfallen und kastrieren.«

Lachend spuckte Angie den Schaum ins Waschbecken. Dann ging sie in die Küche. Zwei neue Nachrichten. Die erste war von Nina, die seit der Liaison mit einem verheirateten Patienten perfekt simsen konnte und es zuvor strikt abgelehnt hatte, mit ihren »dicken Fingern auf diesen unverschämt kleinen Tasten« herumzudrücken. Die zweite stammte tatsächlich von einem unbekannten Absender. Vermutlich irgendeine blöde Werbung. Oder eine Handykontaktbörse.

Kürzlich hatte sie an der Käsetheke ihres Supermarktes aus heiterem Himmel die SMS *Wie alt bist du?* bekommen und aus einer Laune heraus, und weil sie in der Schlange stand, *Ich bin 20* zurückgesimst. Sofort kam die Antwort: *Was hast du an?* »Ein halbes Pfund Appenzeller und einen Camembert, bitte.« Schmunzelnd hatte Angie bei der Verkäuferin ihre Bestellung aufgegeben und unterm Tresen *Ich bin total nackt* gesimst.

Können wir uns sehen, du süße, kleine Schlampe?, hieß die prompte Antwort. Wenn der wüsste, wie ich aussehe, hatte sie gedacht, an ihrem Freizeitlook heruntergeblickt und ihr Handy ausgeschaltet. »Darf 's noch etwas sein?«, hatte die Verkäuferin dann gefragt, und fast hätte Angie gesagt: »Ja, ein junger Mann mit Sixpack und Knackarsch bitte, gleich so auf die Hand.« Aber nur fast. Trotzdem war sie danach den ganzen Tag über sehr guter Laune gewesen. Einfach nur so.

Sie klickte das Briefchen von Nina an.

Wo steckst du? Hab dich nicht erreicht. Wenn du Neues aus meinem Liebesleben hören willst, dann melde dich. Übrigens, wenn Schwimmen so gut für die Figur ist, warum sehen dann Wale so beschissen aus? Deine Nina

Angie lächelte und schaute auf die Küchenuhr, eine Mickymaus-Wanduhr, die sie vor vielen Jahren aus Orlando mitgebracht hatten. Es war dreiundzwanzig Uhr, bis Mitternacht war ihre Freundin stets gesprächsbereit.

»Bist du allein?«, fragte Angie vorsichtshalber.

»Ausnahmsweise«, sagte Nina und gähnte am anderen Ende. »Die letzte Nacht war kurz und heftig. Willst du Details?«

Das wollte Angie normalerweise immer. Ninas Bettgeschichten waren ohne Ausnahme sehr unterhaltsam und deftig. Angies Lieblingsnummer war der Mann, der nur in BH und in den dicken, dunkelbraunen Stützstrümpfen seiner Oma zum Orgasmus kam. Da er ansonsten groß, attraktiv und von Beruf Kinderarzt war, fiel es Nina richtig schwer, ihn wieder sausen zu lassen, aber »er sah beim Sex so verdammt komisch aus, dass ich mich einfach nicht mehr konzentrieren konnte«.

»Ne, heute Abend keine Details«, wehrte Angie jetzt ab, weil es ihr nach der schönen Stunde mit Jochen ein bisschen unsolidarisch vorgekommen wäre, sich nach dem eigenen Bettvergnügen andere Männersexgeschichten anzuhören.

»Bist du sicher?« Nina war auf einmal wieder hellwach. »Ich hatte nämlich Zwillinge im Bett.« Angie war sprachlos. »Ein- oder zweieiig?«, fragte sie.

»Na, ich hoffe doch sehr, dass beide zweieiig waren«, rief Nina.

Sie lachten beide so, dass sie sich verschluckten.

»Schlaf gut, du böses Mädchen«, sagte Angie und rief die zweite SMS ab.

Sie las und erstarrte. *Morgen werde ich Ihren Mann zum ersten Mal küssen,* stand auf dem Display. Die Welt um sie herum blieb ruckartig stehen. Ein Herzrasen, das sofort erbarmungslos einsetzte. Angie fühlte sich wie jemand, der sich von Krebs geheilt glaubte und dann vom Arzt erfährt, dass er wiedergekommen ist. Der Schock saß tief, umfing sie vom Kopf bis zu den Zehenspitzen, eine große Unruhe breitete sich in ihr aus, und ein stechender Schmerz setzte ein. Gefühle, die von null auf hundert in ihr tobten, Wut, Angst, Hilflosigkeit, alle gleich stark.

Ihr Puls pochte so verrückt, dass sie die Terrassentür zum Garten aufreißen musste und sich mit nackten Füßen auf den feuchten Rasen stellte. Ein kurzer Blick ringsum, ihre Nachbarn schienen schon zu schlafen. Sie holte tief und zitternd Luft und gestattete sich einen kurzen, heiseren Schrei. Dann ging sie ins Schlafzimmer zurück, setzte sich aufs Bett und betrachtete ihren Mann, der ruhig und ahnungslos im Land der Träume weilte.

Aber war er wirklich so unschuldig, dachte Angie auf einmal, träumte er nicht vielleicht genau in diesem Moment von einer heißen Nacht mit seiner jungen Praktikantin? Jetzt lächelte er auch noch im Schlaf. Am liebsten hätte sie ihn wach geschüttelt, aber was hätte es genützt? Sie wusste, dass man sich an seine Träume nie erinnerte. Und so weit war sie denn doch noch nicht gesunken, dass sie von ihrem Ehemann Rechenschaft über seine Träume verlangte.

Sie legte sich neben ihn, versuchte die gewohnte Löffelchenposition, aber auf einmal fühlte sich sein vertrauter Körper fremd und abweisend an. Sie drehte und wendete sich, wirre Gedankenfetzen jagten durch ihr hellwaches, überreiztes Hirn. Sie stand auf und nahm eine Schlaftablette, was sie nur im alleräußersten Notfall tat. Aber eine junge Frau, die einem per SMS ankündigte, dass sie morgen den eigenen Mann küssen würde, war eine derartige Katastrophe.

Sie musste Schlaf gefunden haben, denn als sie wieder aufwachte, war es halb fünf Uhr morgens, der Tag dämmerte bereits. Angie nahm das Handy vom Nachttisch und überlegte. Was könnte sie der Göre zurücksimsen? Viel Spaß, aber mein Mann hat leider Mundgeruch? Wie albern. Finger weg von meinem Mann! Viel zu pathetisch. Sie ging in die Küche und machte sich einen doppelten Espresso. Und dann fiel ihr doch etwas ein.

»Danke für die Warnung. Mein Mann und ich haben sehr gelacht«, tippte sie und klappte das Handy zusammen. Dann stellte sie die Tasse ins Spülbecken und ging wieder ins Bett. Sekunden später war sie eingeschlafen.

Da Gesa ihr Handy am Vorabend unter das Kopfkissen gelegt hatte, wachte sie um Viertel vor fünf durch ein Vibrieren auf. Eine SMS von Angie Winter. Sie grinste. Weil sie ganz sicher war, dass Angie nie und nimmer über ihre Ankündigung gelacht hatte. Diese Nachricht war der reinste Angstbiss. Und ob Jochen Bescheid wusste, würde sie gleich morgen früh erfahren.

Kapitel 13

»Du bist so still heute Morgen.« Jochen hatte den Wirtschaftsteil der Zeitung zur Seite gelegt und lächelte Angie zärtlich an. »War die letzte Nacht so anstrengend für dich?«

Er hatte die Stimme gesenkt, trotzdem schaute Julius hoch, wie jeden Morgen kopfhörerverstöpselt und stumm über seine

Müslischüssel gebeugt, und grummelte genervt: »O Gott, bitte keine Einzelheiten aus eurem peinlichen Liebesleben, das ertrag ich nicht beim Frühstück. Warum haben Leute in eurem Alter überhaupt noch Sex?«

Jochen lachte, und Angie hätte nur allzu gern richtig mitgelacht, aber das, was sie dann zusammengebracht hätte, wäre das Zähnefletschen einer angeschossenen Wölfin gewesen, obwohl die Lähmung in ihrem Gesicht inzwischen so weit nachgelassen hatte, dass der Großteil ihrer Mimik wieder funktionierte.

»Ich bin noch ein bisschen müde«, murmelte sie, was nach der unterbrochenen Nachtruhe auch stimmte.

»Kein Wunder«, sagte Jochen und klang dabei ausgesprochen selbstzufrieden. Er vertiefte sich wieder in die Zeitung. Angie nippte an ihrem Milchkaffee und hasste die sich breitmachende Unentschlossenheit, die wie eine giftige, lähmende Wolke über ihr schwebte. Sie war absolut ratlos, wie sie sich verhalten sollte.

Für jeden Seelenfurz gab es irgendeinen Ratgeber, doch wie sich eine Ehefrau bei einem *drohenden* Seitensprung ihres Mannes verhalten sollte, der per SMS angekündigt worden war, damit hatte sich noch niemand beschäftigt. Das Schlimme an der Sache war, dass immer noch nichts passiert war, dass der Bohrer, der ihren unbetäubten Zahnnerv anbohren und ihr unsägliche Schmerzen bereiten würde, bis jetzt noch mit einem leichten Surren über ihrem Gesicht kreiste. Irgendwann würde es schrecklich werden, doch noch war es ruhig. Trügerisch ruhig.

Noch saß Jochen beim Frühstück und las die Zeitung, ein liebevoller Ehemann und Vater, ein Mann, der sie letzte Nacht sehr glücklich gemacht hatte. Sie waren über zwanzig Jahre verheiratet, und in all den Jahren hatte er ihr nicht den geringsten Grund gegeben, an seiner Treue zu zweifeln. Was in seinem Fall höher zu bewerten war als bei anderen Ehemännern, die nicht so attraktiv und charmant waren wie er. Ein kleiner Trost, der eigentlich gar keiner war, fand Angie. »Jeder Ehemann ist zu knacken«, sagte Nina immer. »Es ist nur eine Frage von Zeit und Geduld.« War sie zu sicher gewesen in den letzten Jahren, zu selbstgefällig? War jetzt Kampf angesagt, so kurz vor der Silberhochzeit?

»Es könnte heute wieder später werden«, sagte Jochen zum Abschied. »Warte also bitte nicht mit dem Essen auf mich.«

Der Klassiker aus Ehedramen, dachte Angie, und es lag ihr auf der Zungenspitze, ihm ein »Pass bitte auf, dass du heute nicht geküsst wirst« zuzuraunen, als sie ihn zum Abschied länger als sonst festhielt und ihn herausfordernd küsste.

»He, womit hab ich das denn verdient?« Jochen hatte den Kuss mit der gleichen Intensität erwidert, aber sie wusste, dass er mit seinen Gedanken längst in der Firma war. Sie sah ihm nach, wie er in seinen Firmenwagen stieg und losfuhr, ein attraktiver Mann in einem gut sitzenden Anzug, dem eine ungeschminkte, schief gespritzte Ehefrau im Bademantel nachwinkte.

»Tschüss, Mama«, sagte Julius und wollte an ihr vorbei, doch sie hielt ihn fest.

»Was ist denn?«, fragte er ungeduldig, denn vor der Gartenpforte wartete ein großer, dünner Junge, den sie noch nicht kannte.

»Ein neuer Klassenkamerad?«, fragte sie so beiläufig wie möglich.

»Nee, ein sitzengebliebener«, murmelte Julius. »Lässt du mich jetzt bitte mal los? Sonst komm ich nämlich noch zu spät.«

»Wie heißt er denn?«

»Benny, warum?« Kopfschüttelnd ging Julius durch den Vorgarten. »Sonst noch Fragen?«

Angie sah ihnen nach. Mein Leben rutscht mir gerade aus den Händen, dachte sie. Und es gibt nichts, was ich dagegen tun könnte.

Nichts fühlte sich mehr normal an, dachte Angie, als sie an diesem Morgen in ihrer Küche saß. Es war, als hätte eine Ganzkörperschwächung von ihr Besitz ergriffen, selbst zum Aufräumen fühlte sie sich zu kraftlos. Sie stand so neben sich, dass sie selbst nicht wusste, ob sie überhaupt noch da war. Das Telefon klingelte, und Angie zuckte wie von der Tarantel gestochen zusammen.

»Hallo?«, flüsterte sie in die Muschel.

»Frau Winter, sind Sie es?« Die Stimme von Dr. Glitsch klang sehr erfreut, und sein Anruf kam so ungelegen, dass Angie die Sprache wegblieb. »Es gibt da einen Englischaufsatz Ihres Sohnes, über den ich gern mit Ihnen sprechen würde. Persönlich, wenn es geht. Passt es Ihnen heute noch?«

»Nein, es passt mir leider überhaupt nicht«, sagte sie und legte auf.

Das Telefon klingelte wieder. Sie zögerte ranzugehen, entschied sich dann aber dafür.

Es war Nina. »Gibt's was Neues?«

»Im Moment nicht«, meinte Angie.

Ich bin ganz allein, dachte sie, und niemand kann mir helfen.

»Gesa, schläfst du noch?« Die Stimme ihrer Mutter hatte diesen energischen Ton, der unweigerlich zum Ausdruck brachte, dass sie sich nicht mehr abwimmeln ließ.

»Jetzt nicht mehr«, murmelte ihre Tochter resigniert.

Mit den Worten »Gott, sieht das aus bei dir. Wann räumst du endlich mal wieder auf?« ließ sich Marianne ächzend auf Gesas Bettkante nieder, wobei sie missbilligend in die Luft schnüffelte. »Hast du etwa wieder gekifft?«, fragte sie. »Du weißt doch ganz genau, dass ...«

»Ich weiß alles, was du jetzt sagen willst, aber es war nur ein winzig kleiner Restjoint, und ich musste gestern Nacht ein bisschen runterkommen ...«

»Was war denn los?«, fragte Marianne argwöhnisch. »Du hast doch selbst gesagt, wie gut dir dein Praktikum gefällt, und einen Freund hast du im Moment auch nicht, sonst wäre ich dem ja längst um Mitternacht nackt vor unserem Kühlschrank begegnet.«

Gesa fand den lauten Redefluss ihrer Mutter so früh am Morgen extrem anstrengend. Sie hatte nach ihrem Joint zwar gut geschlafen, aber jetzt, wo die Vorhänge aufgezogen waren und ihr die Morgensonne so brutal ins Gesicht schien, wäre sie gern wortlos unter die Dusche gegangen. Und da ihr womöglich ein emotional schwieriger Tag bevorstand, würde sie sich unter dem prasselnden Wasserstrahl überlegen, wie sie Jochen Winter heute begegnen wollte.

Total blöd von ihr, sich mit dieser SMS selbst so unter Leistungsdruck zu setzen! Sie wusste doch, dass diese Dinge manchmal Zeit brauchten. Andererseits war sie eine Spielernatur, hohe Einsätze reizten sie. Und wer in der Liebe und beim Skatspielen nicht gut bluffen konnte, hatte oft blitzschnell ausgereizt und blieb mit den Luschen zurück. Luschen wie Claus zum Beispiel, der zu feige für eine Beziehung mit ihr gewesen war, nur weil er vermutlich dreißig Jahre früher als sie in die Kiste springen würde. Sie wollte aufstehen, aber Marianne drückte sie in die Kissen zurück.

»Ich möchte, dass du mir hier und jetzt versprichst, dich bei *Lukullus* weiterhin gut zu benehmen. Ich weiß, dass du erstens zu albernen Spielereien neigst und zweitens einen Vaterkomplex hast, aber du bist kein kleines Kind mehr, sondern eine erwachsene Frau, die ihre Probleme im Griff haben muss. Die letzten Jahre hast du mir überwiegend Kummer und Sorgen gemacht, ab jetzt will ich nur noch Positives über dich hören. Hast du mich verstanden? Denn sonst setze ich dich vor die Tür. Und ob du dann unter einer Brücke oder im Obdachlosenasyl übernachtest, ist nicht mehr mein Problem.«

Gesa lächelte ihre Mutter an. Sie wusste genau, was sie jetzt tun musste, um die mütterliche Besorgnis blitzschnell wieder zu zerstreuen. Das Schöne war, dass sich Marianne zwar schnell aufregte, aber sich bald darauf auch wieder beruhigte. Sie war eine Hündin, die laut bellte, aber nur ganz selten zubiss. Deshalb musste sie jetzt nur die Arme öffnen, sie an sich ziehen und ihr »Versprochen, du bist die Allerbeste, und ich bin eine ganz furchtbare Tochter« ins Ohr flüstern. Natürlich gehörte der passende reuige Gesichtsausdruck dazu.

»Nein, das bist du nicht«, sagte Marianne entschieden, wie erwartet war sie schnell wieder versöhnt. »Aber du bist nun mal ein Adrenalinjunkie und denkst nie an die Konsequenzen.«

»Ich werde mich bessern, Mami, ganz großes Indianerinnenehrenwort«, meinte Gesa und kuschelte sich an sie.

»Ich mag sie nämlich«, sagte Marianne ernst.

»Von wem sprichst du?«, fragte Gesa, doch sie wusste es natürlich genau.

»Angie Winter. Die Frau, der du den Mann wegnehmen willst.«

»Woher kennst du sie?«

»Zufällig getroffen«, meinte Marianne kurz. »Wir sind im selben Fitnessclub. Deshalb weiß ich, dass sie eine sehr nette, attraktive Frau ist, gegen die du keine Chance hast. Außerdem hat sie eindeutig die älteren Rechte.«

»Das weiß ich doch, Mami«, sagte Gesa sanft.

»Kann ich also davon ausgehen, dass das Thema erledigt ist?«

»Du kennst mich doch«, murmelte Gesa. Was ganz bewusst keine Antwort auf ihre Frage war.

Marianne war erleichtert und ging beruhigt zur Arbeit. Gesa duschte ausführlich und betupfte sich mit dem Parfüm, das ihre Mutter von ihrem letzten Lover bekommen hatte. Es roch schon etwas überreif, die Affäre war ja auch schon ein paar Takte her. Ein wichtiger Tag lag jetzt vor ihr. Einer, der ihr Leben verändern würde.

*

»Wissen Sie eigentlich, was Sie da angerichtet haben?« Aus Jochen Winters Büro drang laut eine wütende Stimme. »Meine Großmutter hätte sterben können, wenn nicht zufällig eine Pflegerin vorbeigekommen wäre! Ich werde Sie verklagen, ich geh an die Presse, und Ihren verdammten Laden können Sie dann dichtmachen.«

Vorsichtig trat Gesa näher. Ein junger Mann saß vor Jochens Schreibtisch und redete wild gestikulierend auf ihn ein. Jochen, der ihm geduldig zuhörte, sah sehr müde aus. Weil auch er die ganze Nacht nicht geschlafen, sondern nur an sie gedacht hatte?

»Guten Morgen«, sagte sie und blieb im Türrahmen stehen. »Ich wollte nur Bescheid geben, dass ich …«

»Guten Morgen«, schnitt ihr Jochen das Wort ab, »ich glaube, Sie werden in der Küche gebraucht.«

»Was ist denn passiert?«, fragte sie, ohne auf Jochens unmissverständliche Anweisung einzugehen. »Kann ich irgendwie helfen?« Eine etwas dreiste Frage, das war ihr bewusst, aber sie wollte sich nicht einfach so wegschicken lassen.

»Meine Oma hat sich an einem dicken Glassplitter, der in ihrem Vanillepudding steckte, fast die Luftröhre zerschnitten …« Mit diesen Worten drehte sich der junge Mann zu Gesa um. Er war groß, dick, und seine Gesichtsfarbe glich den hellen Stücken einer Blutwurst.

»Goggel!«, rief Gesa begeistert.

»Gesa, alte Schlampe!« Der junge Mann strahlte augenblicklich. Sie liefen aufeinander zu und umarmten sich.

Jochen stellte fest, dass das Gesicht des Anklägers zunehmend rosiger wurde. Wie vertraut sich die beiden wohl waren? Doch eigentlich ging ihn das ja nichts an. »Sie kennen sich?«

»Ja, aus der Schule«, sagte der junge Mann und sah jetzt sehr viel fröhlicher aus. »Gesa saß neben mir und hat immer von mir abgeschrieben.«

»Stimmt ja gar nicht«, meinte Gesa und lachte, »du hast von mir abgeschrieben. Und als Dank für meine Großherzigkeit hast du mir einen Kaugummi ins Haar geklebt.«

»Stimmt doch gar nicht!«

»Und ob!« Gesa wandte sich Jochen zu. Ich mach das schon, vertrau mir, sagte ihr Blick.

»Vielleicht wollen Sie beide einen Kaffee in der Kantine trinken und alte Erinnerungen aufwärmen?«, schlug er lächelnd vor.

»Gute Idee«, rief Gesa. »Komm, Goggel, erzähl mir alle deine Schandtaten seit dem Abitur!«

Arm in Arm verließen sie das Büro.

Jung waren sie, sehr jung. Und Jochen kam sich in diesem Moment alt vor. Sehr alt.

»Ich freue mich, dass Sie es doch noch möglich machen konnten zu kommen, Frau Winter.« Manfred Glitsch lächelte sie an, und Angie erwiderte reflexartig sein Lächeln. Das heißt, sie versuchte es, denn leider machte ihr rechter Mundwinkel immer noch nicht mit.

Der Schuldirektor sah sie etwas besorgt an, sagte aber nichts.

»Worum geht es denn diesmal?«, fragte Angie. »Ich hoffe nicht wieder um die von Ihnen vermutete sexuelle Präferenz meines Sohnes. Denn diese, das möchte ich einfach mal klarstellen, geht uns beide nichts an.« Es sollte streng klingen, aber sie hatte »uns beide« gesagt, eine vertrauliche Bemerkung, das war Dr. Glitsch nicht entgangen.

»Da könnte etwas dran sein«, sagte er. »Aber jetzt geht es um seine Englischarbeit. Hat er ihnen davon erzählt?«

Angie schüttelte den Kopf. »Hat er sie verhauen?« Julius war leider nicht besonders sprachbegabt.

»Seine Interpretation des Themas *Liebe und Leidenschaft bei T.S. Eliot* war etwas eigenartig,« sagte Glitsch und sah sie aufmerksam an. »Leicht verstörend, möchte ich sogar sagen. Sie verstehen, was ich meine?«

»Nein, ich verstehe gar nichts«, sagte Angie ungeduldig. »Was hat er denn geschrieben?«

Dr. Glitsch griff zu einem Plastikordner, holte eine etwas zerknitterte DIN-A4-Seite heraus und strich sie glatt. »Zu dem Thema kann ich leider überhaupt nichts sagen«, las er ihr vor, »weil ich nicht nur bei diesem Dichter, sondern generell mit Liebe und Leidenschaft nichts anfangen kann. Ich halte beides für völlig überschätzte Gefühle, die weder in der Literatur noch im richtigen Leben etwas zu suchen haben. Meine Devise heißt deshalb *Make war, not love*!« Der Schulleiter räusperte sich und sah Angie erwartungsvoll an. »Stimmen Sie dem zu? Halten Sie Liebe und Leidenschaft auch für überschätzt?«

Seine Augen hielten sie fest, und jetzt fiel der Groschen bei Angie. Der will ja was von dir!, schoss es ihr durch den Kopf. Der verklemmte Schulleiter des August-Weber-Gymnasiums baggert dich an! Die Vorstellung war so komisch, dass sie ein Kichern gerade noch unterdrücken konnte. Wie wunderbar, wenigstens für diesen Mann keine Ehefrau zu sein, die im Begriff steht, betrogen zu werden, sondern die heiß begehrte Mutter einer seiner Schüler.

Und bei etwas freundlicherer Betrachtung im Halbdunkel könnte Dr. Glitsch fast als der ältere Bruder des Schauspielers Sebastian Koch durchgehen.

»Nein«, sagte sie und sah Dr. Glitsch in die Augen, »dieser Meinung bin ich ganz und gar nicht. Aber jeder hat das Recht auf eine eigene Meinung. Und die meines Sohnes ist ohne Frage originell, und dafür verdient er mindestens eine Drei. Das sehen Sie doch sicher genauso, oder?« Langsam schlug sie ihre Beine übereinander. Wie gut, dass sie Strumpfhosen und einen ziemlich engen Rock trug. Dann erhob sie sich und reichte ihm die Hand.

»Bis zum nächsten Mal«, sagte sie. »Ich bin sehr froh, dass mein Sohn einen so engagierten Schulleiter hat.«

Er sah ihr nach und seufzte.

Gesa begann sich zu langweilen. Goggel war bereits beim dritten Kaffee angelangt, und schon nach dem ersten Stück Butterkuchen wusste sie, dass er keine Freundin hatte, weil seine Ex ihn mit seinem besten Freund betrogen hatte. Nach dem zweiten Stück lud er sie in das Einliegerappartement ein, das er im Haus seiner Eltern bewohnte. Als er den dritten Kuchen verzehrt hatte, versprach er ihr, wegen des leidigen Glassplitters im Vanillepudding keinen Stress mehr zu machen. Dann legte er ihr seine Hand auf den Unterarm. Sie war heiß und schwer. Und als sie aus den Augenwinkeln Jochen Winter vorbeigehen sah, zog sie ihren Arm sehr vorsichtig weg.

»Zu dir oder zu mir?«, wagte Goggel schließlich den Vorstoß.

»Am besten zu mir«, meinte Gesa. »Wir müssen nur vorher noch bei meinem Gynäkologen vorbei, ein Rezept abholen.«

Goggel grinste. »Pille, was?«, sagte er.

»Ne, Herpes«, murmelte Gesa, »leider ziemlich hartnäckig.«

Nachdem sich ihr alter Schulfreund Hals über Kopf von ihr verabschiedet hatte, war sie noch in die Chefetage gefahren. Jochen hatte sich für ihren Einsatz bedankt, und als er ihr dabei die Hand gegeben hatte, war seine Handfläche genauso heiß gewesen wie ihre. Was sie als gutes Zeichen wertete.

Als sie später über den Hof zu ihrem Fahrrad ging, war sie sehr zufrieden mit sich. Doch dann fiel ihr siedend heiß noch etwas ein. Verdammt, sie hatte den Kuss vergessen! Sie hatte eine leere Drohung ausgesprochen! Angie würde sich ins Fäustchen lachen, wenn alles nur heiße Luft gewesen war. Ich könnte sie natürlich im Glauben lassen, dass es bereits passiert ist, überlegte Gesa, aber das wäre gegen meine Spielregeln. Schließlich habe ich ja von Anfang an mit offenen Karten gespielt.

Als sie zurück in die Firma ging, war Jochens Büro bereits leer. Offensichtlich war er schon nach Hause gefahren. Plötzlich hatte sie eine Idee. Voller Vorfreude kicherte sie in sich hinein.

*

»Na, mein Schatz, wie war dein Tag?« Es kostete Angie große Mühe, Jochen ihr Gesicht nicht zu entziehen, als dieser ihr zwei Begrüßungsküsse auf die Wangen drückte.

Am liebsten hätte sie ihm die in ihr lodernde Frage schon an der Tür entgegengeschrien: »Hat dich das Luder geküsst?« Aber sie verkniff es sich. Würde er ihr die Wahrheit sagen? Dass sie daran zweifelte, machte sie traurig. Denn noch hatte er ihr ja überhaupt keinen Grund gegeben, misstrauisch zu sein. *Noch.*

»Danke der Nachfrage, Liebling. Mein Tag war wie immer. Keine besonderen Vorkommnisse, viel Arbeit, jede Menge Rechnungen. Und wie war deiner?«

»Mehr ist nicht passiert heute?«, hakte sie nach.

Jochen sah Angie an und fand, dass ihr Blick etwas Lauerndes hatte, einen Ausdruck, den er an ihr bisher nicht kannte. Was war los? Er war sich keiner Schuld bewusst. Und seine in außereheliche Gefilde abschweifenden Gedanken, die ihn in letzter Zeit verstärkt heimsuchten, waren ja zum Glück immer noch frei, auch oder *gerade* in einer langjährigen Ehe.

»Gut, wenn du es genau wissen willst: Mein Tag war beschissen«, sagte er jetzt. »Eine alte Dame hat sich an einem kleinen Glassplitter, der in einem unserer Puddings steckte, leicht verletzt, und man hat uns mit einer Klage gedroht.«

Unter normalen Umständen hätte Angie sofort besorgt nachgefragt, wie ernst die Lage sei, doch jetzt sah sie ihn nur schweigend an.

»Sie hat Alzheimer und kann deswegen auch nicht mehr so gut schlucken«, fuhr er fort. »Und ihr Enkel hat uns die Hölle heißgemacht, doch zum Glück kam Gesa und hat uns gerettet.«

»Die Praktikantin?«, rief Angie entsetzt und hörte selbst, wie schrill und unangenehm ihre Stimme klang. »Was hat die denn damit zu tun?«

»Sie ist mit dem jungen Mann zur Schule gegangen und hat ihren nicht unbeträchtlichen Charme spielen lassen«, sagte Jochen und nahm sich eine Flasche Bier aus dem Kühlschrank.

»Woher weißt du das?«, fragte Angie.

»Was weiß ich?«

»Das mit dem Charme!«

Jochen war mit der Flasche in der Hand ins Wohnzimmer gegangen, sie folgte ihm. Angie wusste genau, dass er jetzt so tat, als habe er sie nicht verstanden, in der Hoffnung, sie würde vom Thema ablassen; aber den Gefallen konnte sie ihm leider nicht tun.

»Schatz, was ist eigentlich los mit dir?« Jochen hatte sich aufs Sofa gelegt und die Augen geschlossen. Eigentlich kam jetzt der Moment, wo Angie sich zu ihm setzte, seine Füße auf ihren Schoß bettete und ihm eine liebevolle Fußmassage verabreichte. Sie war eine begnadete und selbstlose Masseurin, worum Jochen, wenn er das erzählte, von Freunden oft beneidet wurde, deren Frauen nach spätestens zwei Minuten sagten: »So, jetzt reicht's, sonst krieg ich noch 'ne Sehnenscheidenentzündung.«

»Mit mir ist gar nichts los«, behauptete Angie und rührte Jochens Füße, die er wie immer auf ihren Schoß gelegt hatte, nicht mit einem Finger an.

»Was muss ich tun, damit ich meine Massage kriege?«, fragte Jochen schmeichlerisch. »Sag es, ich bin zu allem bereit.«

»Ich finde es ziemlich merkwürdig, dass diese Gesa sich bereits in deine Firmenpolitik einmischt«, sagte sie. »Wenn *ich* Kritik anbringe oder einen Vorschlag mache oder dir zum Beispiel neue Farbe für den Empfang spendiere, dann reagierst du genervt, aber kaum kommt ein junges Mäd...«

»Angie, ich fass es nicht«, rief Jochen und setzte sich auf, »du bist auf deine alten Tage doch tatsächlich eifersüchtig!«

Das Büro war dunkel, das Reinigungsteam hatte bereits die Runde gemacht und Papierkörbe und Aschenbecher geleert. Gesa ließ ihre Augen suchend über Jochens Schreibtisch wandern. Der Bilderrahmen, der ihr vor ein paar Tagen aus der Hand gerutscht war, stand ohne Glas neben einem kleinen, hässlichen Kaktus. Sie nahm ihn in die Hand und betrachtete das leicht verblasste Foto. Wie sexy Jochen aussah! Und dann küsste sie ihn mitten auf den Mund. Autsch! Offensichtlich steckte da noch ein Glassplitter im Rahmen. Sie fluchte leise, leckte sich die Lippen und schmeckte etwas Blut. Danach stellte sie den Rahmen zurück und verließ das Gebäude. Auf der Straße holte sie ihr Handy heraus. Bingo, dachte sie und tippte schnell ihre Botschaft in die kleinen Tasten.

Dabei leckte sie sich den Blutstropfen ab, der ihr über die Lippe lief. Wer liebt, muss leiden, dachte sie etwas theatralisch, endlich war das Leben wieder spannend! Und das Schönste war – sie bestimmte die Spielregeln. Lächelnd stieg sie aufs Fahrrad und fuhr nach Hause. Sie hatte das Gefühl, endlich etwas sehr Wichtiges auf den Weg gebracht zu haben. »Möge die Bessere gewinnen«, rief sie in die sternenklare Nacht, »und möge ich die Bessere sein.«

*

Eng umschlungen lagen Jochen und Angie an diesem Abend auf dem Wohnzimmersofa. Julius hatte beim Nachhausekommen vom Hockeytraining einen Blick auf sie geworfen und sich mit einem peinlich berührten »O Gott, habt ihr beide kein Zuhause?« in sein Zimmer verzogen. Lauter Hip-Hop war nun sein akustischer Protest.

»Findest du diese Musik auch so grauenhaft, Schatz?« Angies Stimme kitzelte Jochen im Ohr.

»Wir haben es früher ja auch ganz schön krachen lassen«, sagte er und küsste sie.

Angie erwiderte den Kuss und lachte. »Ich finde, für unser Alter küssen wir beide noch richtig gut, oder?«

Piep, piep, piep. Eine SMS.

»Die wird von Nina sein«, murmelte sie. »Wir haben uns heute noch gar nicht gesprochen.«

»Bleib bei mir«, sagte Jochen und hielt sie fest. »Ein Gespräch mit ihr dauert Stunden, und so jung liegen wir beide nicht mehr auf dem Sofa.«

»Du hast Recht«, sagte sie und räkelte sich wohlig in seinem Arm, »aber wir haben mindestens zwei Tage nicht mehr miteinander gequatscht. Wahrscheinlich hat sie in der Zwischenzeit mindestens drei Lover vernascht.« Angie griff zu ihrem Handy und rief die eingegangene Nachricht auf.

Es hat großen Spaß gemacht, Ihren Mann zu küssen.

Sie sprang auf und lief aus dem Wohnzimmer. Die Buchstaben umschwirrten sie wie kleine, giftige Fliegen und verschwammen vor ihren Augen, als sie die SMS erneut las, während ihr Herzschlag losjagte, wie wenn sie auf der Flucht wäre.

»Wo bleibst du denn?«, rief Jochen. »Ich habe Sehnsucht nach deinem warmen Körper.«

Wie aufs Stichwort drehte Julius seine Hausmusik weiter hoch. »Ich pack dich am Schopf, ich nehm dich zur Brust, ich kack auf dein'n Zaun«, brüllte Bushido.

Ein lauter, wütender Protest, den Angie in diesem Moment sehr gut nachempfinden konnte. Auch sie hätte jetzt gern ihrer Aggressivität und Wut Ausdruck verliehen. Wäre sie die Hauptdarstellerin in einem TV-Movie, würde sie jetzt das teure Geschirr vom Tisch fegen, es würde klirrend zu Boden fallen, und sie würde sich mit dem Handrücken über ihr verweintes Gesicht wischen und dabei natürlich immer noch verdammt sexy und begehrenswert aussehen. Und dann würde sie vermutlich nachts – gib ihm Gummi! – zu ihrer Rivalin rasen. *Showdown*: Die ältere Ehefrau versetzt der jüngeren Konkurrentin einen saftigen Kinnhaken, beide landen im Schlamm. Genau danach war Angie jetzt zumute. Nach Krach und Action. Um diesen lästigen, anstrengenden Druck, der immer größer wurde, endlich loszuwerden. Aber vorher brauchte sie Klarheit. Und zwar von ihrem Mann.

»Da bist du ja«, sagte Jochen und sah ihr entspannt entgegen. Er hatte keinen Seelendruck, vor ihm gähnte kein Abgrund, so viel war offensichtlich. »Bekomme ich jetzt meine Fußmassage? Ich finde, ich habe sie mir verdient.«

Niemand konnte so entwaffnend lächeln wie er, doch Angie war nicht in der Stimmung, sich von seinen Grübchen und Lachfältchen einlullen und besänftigen zu lassen. Es sah ganz danach aus, dass er hier bei ihr den unschuldigen Ehemann mimte, während er zuvor seine Praktikantin geküsst hatte. Und zwar so geküsst, dass es *ihr* Spaß gemacht hatte! Und ihm ganz sicher auch. Dass er sie so eiskalt anlügen konnte! Wozu war er noch fähig, dieser Mann, den sie durch und durch zu kennen glaubte?

»Du kriegst deine Fußmassage.« Sie setzte sich aufs Sofa und knirschte mit den Zähnen, was ihm nicht weiter auffiel, denn er lächelte sonnig und legte seine langen Beine wieder in ihren Schoß. Seine bloßen Zehen, deren Fußnägel sie übrigens vor nur drei Tagen geschnitten und gefeilt hatte, ein Liebesdienst, den sie bisher gern getan hatte, wackelten vor ihren Augen voller Vorfreude hin und her. Angie nahm den rechten Fuß in die Hand und fing an, ihn zu drücken und zu kneten.

»Ah, du machst das ganz wunderbar«, murmelte er mit geschlossenen Augen, »das kann keine so gut wie du. Autsch, nicht so fest, das tut mir weh!« Er riss die Augen auf und sah sie vorwurfsvoll an. »Was ist denn los, Angie? Sei ein bisschen sanfter zu mir!«

Aber das konnte sie in diesem Moment nicht mehr sein.

»Eine Frage, Schatz«, zischte sie und bohrte ihre spitzen Nägel tief in seinen Ballen, »und ich möchte, dass du mir die absolute Wahrheit sagst. Antworte bitte nur mit Ja oder Nein, okay?«

Die Worte waren so heftig aus ihr herausgebrochen, dass Angie fast über sich selbst erschrak. Was macht diese Göre mit mir, ärgerte sie sich, eine hysterische Kneifzange, sie bewirkt, dass ich meinem Mann die Pistole auf die Brust setze.

Jochen nickte und musterte sie dabei besorgt, seine Beine hatte er vorsorglich zurückgezogen. »Was willst du wissen?«

War es wirklich richtig, hier, jetzt und auf der Stelle die Wahrheit hören zu wollen?, ging es Angie plötzlich durch den Kopf. Andererseits konnte sie die Sache auch nicht weiter auf sich beruhen lassen. Inzwischen klopfte ihr Herz ja schon, sobald das Handy klingelte, wurden ihre Hände schweißnass, wenn sie eine neue Nachricht bekam. So ging es nicht weiter. Los jetzt, Angie!

»Du hast dich in letzter Zeit verändert, Jochen«, fing sie an und war froh, nicht gleich mit der Tür ins Haus gefallen zu sein. »Und da du ja mit strammen Schritten auf die fünfzig zugehst ...

»Moment mal«, unterbrach er sie, »das dauert ja wohl noch ein paar Jahre. Mach mich nicht älter, als ich bin, Angie.«

»Na ja, aber die Jüngsten sind wir ja beide nicht mehr.«

»Ist das die Frage, die ich mit Ja oder Nein beantworten soll?«, fragte Jochen amüsiert.

Was war bloß los mit ihr? So kannte er sie gar nicht, so fahrig und unwirsch, vielleicht waren das doch schon die Vorboten des Wechsels? Als Mann waren ihm diese urweiblichen Befindlichkeiten zwar fremd, trotzdem wusste er natürlich, dass sich Angie vor dem Thema Menopause und Wechseljahre ganz allgemein etwas fürchtete. Am Telefon hatte er kürzlich unfreiwillig mitgehört, wie sie mit Nina darüber sprach. Worte wie »schrumpfende Schamlippen«, »nass geschwitzte Bettwäsche« und »hormonbedingter Haarausfall« waren gefallen, er hatte schnell das Weite gesucht und die unangenehmen Assoziationen, die in ihm hochgekommen waren, sofort energisch verdrängt.

»Nein, darauf erwarte ich keine Antwort«, sagte sie. »Weil das keine Frage war, sondern eine Feststellung.«

»Ich weiß wirklich nicht, wovon du redest.« Jochen klang allmählich genervt. »Frag mich doch einfach, und dann ist endlich Ruhe im Karton.«

Erwartungsvoll sah er sie an, und plötzlich blieb ihr die Sprache weg. Sekunden vergingen, in denen sie sich stumm betrachteten und einander auf einmal sehr fern waren.

»Hast du deine Praktikantin geküsst?« Die Frage kam so aus heiterem Himmel, so abrupt, dass sie Angie jetzt selbst ganz absurd vorkam. Jochen sah sie so fassungslos an, als habe sie ihm gerade gestanden, eine Bank ausgeraubt und die Beute unter den Pennern am Hauptbahnhof verteilt zu haben. Und dann fing er an zu lachen, laut, prustend, er konnte sich gar nicht mehr einkriegen.

»Wie kommst du denn auf die Idee?«, gluckste er.

Er wirkt ziemlich glaubwürdig, dachte Angie. Entweder ist er doch ein größerer Lügner, als ich annahm, oder diese Gesa ist richtig krank im Hirn. Und sie beschloss, ihm die Wahrheit zu sagen.

»Sie hat mir eine SMS geschickt«, sagte sie. Endlich war es raus! »Zwei sogar, um genau zu sein. In der ersten hat sie angekündigt, dass sie mit dir ein Verhältnis anfangen will, in der zweiten, dass es Spaß gemacht hat, dich zu küssen.«

Jochen schwieg, und Angie zweifelte sofort wieder daran, dass es gut war, ihm die Wahrheit gesagt zu haben.

»Hast du die Nachrichten gespeichert?«, fragte er, und als sie ihm ihr Handy zum Beweis vorlegte, tauchte ein Grinsen in seinem Gesicht auf, das sie maßlos irritierte. Und verunsicherte.

»Sie muss verrückt sein«, murmelte er. »Ich werde sofort mit ihr reden. Und natürlich werde ich sie rausschmeißen. Bist du dann zufrieden?«

Er hatte sie dabei angesehen und wartete nun auf eine Antwort, wobei er versucht hatte, ernst und betroffen auszusehen. Aber es war ihm nicht ganz gelungen, denn ein kurzes Aufflackern in seinen Augen hatte ihn verraten. Da wusste sie mit untrüglicher Sicherheit und sinkendem Mut, dass sie schlafende Hunde geweckt hatte. Weil er leider keineswegs entrüstet und entsetzt, sondern im Gegenteil insgeheim geschmeichelt war. Sie hätte damit rechnen können, denn für einen Mann, der auf die fünfzig zuging und für den die Möglichkeiten nicht mehr grenzenlos waren, musste es sich einfach aufregend anfühlen, wenn er Subjekt der Begierde eines so jungen und hübschen Mädchens war.

»Ja, tu das bitte«, sagte sie und versuchte, ihrer Stimme so viel Souveränität zu verleihen, wie nötig war, um ihm klarzumachen, dass die ganze Sache im Grunde genommen lächerlich und peinlich war. Und unter ihrem Niveau. Ihrem *gemeinsamen* Niveau.

»Es sollte mich natürlich kaltlassen«, räumte sie ein, »aber es stört und stresst mich. Leider bin ich nicht so cool und gelassen, wie ich es vielleicht sein sollte. Aber wenn mir eine Frau im Alter meiner nicht vorhandenen Tochter ankündigt, dass sie mir den Mann wegnehmen will, schaffe ich das nicht. Tut mir leid.«

Das war wieder die Angie, die er so liebte. Ironische Ehrlichkeit, gewürzt mit einer Prise Humor. »Gleich morgen rede ich mit ihr«, versprach er, »und dann lassen wir die Sache ein für alle Mal gut sein. Abgemacht?«

»Abgemacht«, sagte sie und lächelte.

Kapitel 14

Die kleine Wunde auf ihrer Lippe war noch sichtbar, als Gesa am nächsten Tag die *Lukullus*-Betriebe betrat. Bruno hatte sie heute in die Küche beordert, wo sie zum Kuchenbacken und Kartoffelschälen eingeteilt war.

»Mit dem allergrößten Vergnügen«, hatte sie erwidert, obwohl sie kaum Lust verspürte, an diesem Morgen mit verschwitzten Azubis und Jungköchen in der heißen Küche zu stehen. Aber um überhaupt in Jochens Nähe sein und ab und zu unter einem Vorwand in seinem Büro auftauchen zu können, würde sie mit einem Lächeln auf den Lippen eine ganze Gebirgskette aus Kartoffeln schälen und bergeweise Kuchen backen.

In der Küche herrschte Hochbetrieb. Das Gemüse war bereits kleingeschnitten angeliefert worden, die Kartoffeln waren schon vorgeschrubbt. Wie in einem kulinarischen OP bewegte sich die Mannschaft in weißen Kitteln und Kochhauben durch die große Küche, schnippelte, schnetzelte, raspelte und kostete. Gesa machte sich an die Arbeit.

Da kippte Timo, der Azubi, eine kleine Schaufel voll Kräuter in den Suppentopf, und gleich darauf wurde er zur Rede gestellt. »Stopp, stopp, stopp!«, schimpfte Bruno. »Das war doch jetzt bitte Kerbel und keine Petersilie, oder?« Timo sah zerknirscht aus und wusste nichts zu seiner Verteidigung beizutragen. Gesa blickte kurz von ihrem Haufen geringelter Kartoffelschalen hoch, sie hatte sich inzwischen zu einer perfekten Kartoffelschälerin entwickelt, und seufzte. Wie banal das alles war, wie unwichtig!

»Nicht schlafen, an die Arbeit«, rief ihr Bruno zu. »Zu lange gefeiert, junge Frau? Nur weil du der Liebling vom Chef bist, backst du hier noch lange keine Extrabrötchen!«

»Leg dich gehackt, Bruno«, murmelte sie, wischte die Kartoffelschalen vom Tisch und holte die Eier für den Marmorkuchen. Heute werde ich ihn richtig küssen, dachte sie, egal, was es mich kostet. Sie lächelte, während sie die Eier für den Rührteig in eine große Schüssel schlug und sorgfältig darauf achtete, das Weiße vom Gelben zu trennen. Eine Fähigkeit, die ihr Bruno, begleitet von vielen Flüchen, unter anderem beigebracht hatte. »Mist«, schimpfte sie, als ihr ein paar Eierschalen in den Teig fielen; egal, ein bisschen Zusatzkalzium konnte ja nicht schaden. Sie zuckte zusammen, als sie plötzlich ihren Namen hörte.

»Frau Dominic, würden Sie bitte zum Chef kommen?«

Johanna Schwingel stand in der Küche und sah sie missbilligend an. Die Sekretärin war von Jochen Winters Auftrag nicht gerade begeistert, denn die Küche war ein Ort, an dem sie sich nur sehr ungern aufhielt, weil sich deren diverse Gerüche so penetrant in Haut und Kleidung festsetzten. Und abends nach einem langen Arbeitstag nach Broccoli und Fisch stinkend in den Bus zu steigen, war etwas, das sie ihren Mitmenschen nur ungern zumuten wollte.

Außerdem hatte sie heute schlechte Laune, denn August trauerte offensichtlich noch immer dieser Hygienefanatikerin nach. Als er sie heute Morgen begrüßte und am Empfangstresen stehen blieb, hatte ihr Herz leider wieder einmal ein bisschen schneller geklopft.

»Kann ich was für dich tun, August?«, hatte sie gefragt.

»Nein danke, Johanna, im Moment nicht«, hatte er geantwortet und war in sein Büro gegangen.

Nein, sie erwartete nichts. Sie hoffte nur ein bisschen.

»Wissen Sie, worum es geht?«, fragte Gesa, und Frau Schwingel stellte mit Genugtuung fest, dass die junge Praktikantin heute etwas blass um die Nase war. »Das wird Ihnen Herr Winter sicher selbst erzählen«, sagte sie kühl, als sie kurz darauf den Hof zum Bürogebäude überquerten. »Aber wenn Sie nichts ausgefressen haben, haben Sie ja auch nichts zu befürchten.«

»Nehmen Sie bitte Platz«, sagte Jochen, ohne aufzustehen.

»Danke.« Gesa setzte sich.

»Sie wissen, warum Sie hier sind?« Seine Stimme klang ruhig und sachlich.

»Ich kann es mir denken«, sagte sie, denn jetzt noch auf ahnungslos zu machen, wäre unter ihrer Würde gewesen.

»Warum haben Sie das getan?«, fragte er. »Ist Ihnen klar, was Sie damit angerichtet haben? Haben Sie eine Vorstellung davon, wie sich meine Frau gefühlt hat?«

Sie zwang sich, ihm ins Gesicht zu sehen. Klar hab ich die, dachte sie, aber es ist mir völlig egal, was deine blöde Frau denkt. *Du* bist es, der mich interessiert.

»Es war sehr dumm von mir«, sagte sie leise. »Ich muss ein bisschen zu viel getrunken haben. Aber selbstverständlich werde ich sofort meine Sachen zusammenpacken und gehen.«

Sie stand auf und wandte sich zur Tür. Und spürte seinen Blick in ihrem Rücken, spürte ihn bis auf die nackte Haut. Und in diesem Moment wusste Gesa Dominic, dass sie alles tun würde, alles, um seine Hände auf ihrem Körper zu spüren. Noch nie hatte sie einen Mann so sehr begehrt wie ihn. Warum sagte er nichts? Warum tat er nichts?

Sie griff nach der Türklinke. Wenn ich jetzt rausgehe, dann war's das, dachte sie. Ich werde ihn nie wiedersehen und es mein Leben lang bereuen. Verpasste Chancen sind die schlimmsten, sagte Marianne immer, weil man jede Chance nur einmal bekommt. Noch immer schwieg er. Da drehte sie sich um und lächelte ihn an. Er sah von seinen Unterlagen hoch, aber sie wusste, dass er nicht gelesen hatte.

»Ich werde mich bei Ihrer Frau entschuldigen«, sagte sie und sah ihn an. »Ich würde nämlich sehr gern bei Ihnen bleiben.«

Feige ist sie nicht, dachte er und erwiderte ihren Blick. Und konnte auf einmal nicht mehr wegsehen. Denn ihre Augen hielten ihn fest und ließen ihn nicht mehr los. Nahmen ihn mit auf eine Reise, die gefährlich und verboten war. Aber so spannend, dass er die Aufregung am ganzen Körper spürte.

Doch es nützte nichts. »Ich weiß nicht, ob das eine gute Idee ist«, sagte er und hörte selbst, wie wenig überzeugend er klang. »Andererseits würde auch ich es sehr bedauerlich finden, wenn Sie das Praktikum so kurzfristig abbrechen würden.«

In diesem Moment klingelte das Telefon auf seinem Schreibtisch.

»Nicht rangehen«, flüsterte Gesa, »bitte.«

*

Nachdem sie es ein Dutzend Mal läuten gelassen hatte, knallte Angie den Hörer auf. Und während sie wie gefangen im eigenen Haus hin und her ging, murmelte sie vor sich hin: »Mir ist, als wenn es tausend Stäbe gäbe und hinter tausend Stäben keine Welt.« Sie fühlte sich einerseits hyperaktiv, andererseits wie gelähmt. Rainer Maria Rilke passte wirklich immer. Sie verfluchte das Damoklesschwert, das seit Gesas erster SMS über ihr hing. Weil diese sie genau da getroffen hatte, wo sie sich trotz aller vermeintlichen Gelassenheit angreifbar fühlte. Sie war eine Frau von Mitte vierzig, mit einem Kind, das längst dem »Mama, ich hab dich soooo doll lieb«-Knuddelalter entwachsen war, und eine Ehefrau, bei der sich ihr Mann zwar wohlfühlte, aber auf die er noch nie richtig stolz gewesen war. Weil sie ihm zwar ein schönes Heim bereitete, aber das war's auch schon. Kein eigener Beruf, keine eigene Leistung.

Ihr Selbstverständnis als Übermutter und Superehefrau, jahrzehntelang eine Selbstverständlichkeit, war ganz offensichtlich störungsanfälliger, als sie dachte. Was hatte sie eigentlich vorzuweisen? Sie hatte weder eine Sinfonie komponiert noch Kinderherzen operiert noch einen Bestseller geschrieben. Sie hatte nur eine Million Kuchen gebacken und drei Millionen Mal die Waschmaschine gefüllt. Tolle Bilanz.

Und während sie die Betten machte, Blumen goss, Wäsche zusammenfaltete und einen Lammbraten mit Knoblauch und Rosmarin spickte, stellte sie sich die ganze Zeit vor, was sich wohl in Jochens Büro abspielte. Und dabei stieg ihr Adrenalinspiegel immer höher. Wenn es nach ihr ginge, hätte sie die Kurzansage »Sie gehen, und Sie wissen auch, warum« bevorzugt. Aber sie kannte ihren Mann. Er war fair und leider viel zu harmoniebedürftig, eine schlechte Eigenschaft, die sie mit ihm teilte.

Es würde ein Gespräch geben, fürchtete sie. Ein gefährliches Gespräch, denn er würde vermutlich wissen wollen, warum sie das alles getan hat. Und was, außer einer Liebeserklärung, konnte dann die Antwort sein?

Da der liebe Gott sie mit einer blühenden, sehr detailreichen Fantasie gesegnet hatte, sah Angie alles ganz genau vor sich. Das hold errötete junge Mädchen, den Silberfuchs in den besten Jahren, der ihr väterlich bedeutete, dass sie sich da in etwas verrannt habe.

»Ich bin sehr glücklich verheiratet mit einer wunderbaren Frau«, würde er sagen, »und da ich diese Ehe nicht gefährden möchte, müssen Sie leider ...« Ihre großen Augen würden sich mit Tränen füllen. »Nein, das halte ich nicht aus. Ich sterbe, wenn ich Sie nicht mehr sehen darf!« Und obwohl sich Angie mit aller Kraft dagegenstemmte, sah sie ganz deutlich die Schlussszene vor sich: Das junge Mädchen stürzte sich schluchzend in seine Arme …

SCHLUSS DAMIT! Angie rammte den Staubsauger, mit dem sie gerade ihr Schlafzimmer saugte, wütend gegen den Bettpfosten. Sie schaute auf die Uhr. Halb elf. Zeit für einen erneuten Kontrollanruf. Sie musste es wissen. Jetzt. Sie griff zum Telefon. Diesmal nahm er ab.

»Hallo«, sagte Jochen, und dass er nicht »Liebling« oder »mein Schatz« sagte, zeigte ihr, dass er nicht allein war.

»Ist sie bei dir?«, fragte sie und ärgerte, ärgerte, ÄRGERTE sich, dass ihr Herz schon wieder so aufdringlich klopfte. Es konnte in ihrem Alter nicht gut sein, wenn einem ständig der Stresspegel bis über die Augenbrauen stieg. Kein Wunder, dass sie heute Morgen mehrfach zum Kühlschrank gelaufen war und sich »Nervennahrung« geholt hatte. Drei Müsliriegel und zwei Sahnejoghurts hatte sie vertilgt.

»Yes«, antwortete Jochen. »Kann ich dich gleich zurückrufen?«

Es hatte ein leichter Ton von Ungeduld in seiner Stimme gelegen, dem Angie beim Auflegen noch nachlauschte, während sie gleichzeitig einen Entschluss fasste. So, das war's. Es reichte!

Ein kurzer Blick in den Spiegel – ihre Mimik war fast wieder normal. Das Botox hatte sich ordnungsgemäß verteilt, es gab also keinen Grund mehr, sich zu verstecken. Sie legte rasch Wimperntusche und Lippenstift auf, stieg ins Auto und fuhr los. Zwei rote Ampeln überfuhr sie, und als sie an der dritten geblitzt wurde, hätte sie fast gelacht. Es war ihr bewusst, dass sie dünnes, unbekanntes Eis betrat, laute Szenen und tränenreiche Dramen waren ihr eigentlich wesensfremd, aber etwas ganz tief drinnen in ihrer Seele fand es richtig spannend.

Gut für dich!, sagte sie sich. Endlich mal was anderes als ständig nur Haushalt und Kochen. Zeig's diesem Junghuhn, dass es sich nicht mit so einer Powerhenne wie dir anlegen sollte. Kämpf um deinen Kerl, Angie!

Mit quietschenden Reifen fuhr sie auf den Firmenparkplatz. Dass sie dabei ein Fahrrad umfuhr, nahm sie nur aus den Augenwinkeln wahr. Die Welle der Wut, die sie bis hierher getragen hatte, drohte etwas abzuebben, das galt es zu verhindern, denn als Löwin starten und als Bettvorleger in Jochens Büro landen, wollte sie auf keinen Fall. Es war so selten, dass sie richtig wütend war, fast genoss sie es, dieses starke Gefühl.

»Guten Tag, Frau Winter! Darf ich Ihnen nachträglich zum Geburtstag gratulieren?«, rief ihr Johanna Schwingel hinterher, als sie mit wehenden Fahnen an der Empfangsdame vorbeirauschte. Normalerweise blieb Angie immer für ein paar Minuten an der Rezeption stehen und plauderte ein wenig mit ihr, doch heute hatte sie keine Zeit.

»Vielen Dank, Frau Schwingel«, rief ihr Angie über die Schulter hinweg zu und stürmte zur Glastür. Na, das kann ja was geben, dachte die Sekretärin, denn natürlich hatte sie längst zwei und zwei zusammengezählt. Das sah nicht nach zweiten Flitterwochen, sondern ganz nach einem drohenden Gewitter aus. Tja, es gab diese kleinen Momente in ihrem Leben, wo Johanna Schwingel sehr zufrieden damit war, dass nur ein kastrierter Kater zu Hause auf sie wartete.

War der Vorschlag von Gesa, sich mit Angie persönlich auszusprechen, eine gute Idee gewesen? Als das Mädchen gegangen war, versuchte Jochen, sich auf den neuen Hygiene- und Desinfektionsplan zu konzentrieren, den Frau Dr. Pipp bei ihm zurückgelassen hatte, und zwar mit den Worten: »Bitte gründlich studieren, Herr Winter, die Materie ist interessanter, als sie aussieht.« Aber es wollte ihm einfach nicht gelingen, dem Hinweis »Der Arbeitsbereich muss vor der Desinfektion gut gesäubert sein, da Erreger und Bakterien im vorhandenen Restschmutz schlechter angreifbar sind« die gebührende Aufmerksamkeit zu schenken. Seine Gedanken schweiften ab, und schließlich stand er auf.

Das beklemmende Gefühl, sein Privatleben nicht mehr in den Griff zu kriegen, ohne genau zu wissen, was eigentlich passiert war, ließ ihn eine ganze Weile unruhig im Zimmer hin und her wandern. Und leider gelang es ihm dabei nicht, die Bilder zu verscheuchen, die absolut nicht in dieses Büro und vor allem nicht in sein Privatleben passten. Wo sollte er nur hin mit dieser flirrenden Unruhe, die von ihm Besitz ergriffen hatte? Diesem peinlichen, lächerlichen Wunsch, diese weichen Lippen, diesen jungen Mädchenkörper ... O Gott, das musste aufhören!

»Hallo, Jochen.« Er zuckte zusammen, als Angie sein Büro betrat.

»Ich war gerade in der Gegend«, sagte sie, und ihm war klar, dass sie einen Vorwand gesucht hatte zu kommen, was seine Unruhe noch verstärkte.

»Falls du wissen willst, ob ich mit ihr geredet habe – ja, das habe ich«, sagte er, »und alles ist in Ordnung. Sie hat eingesehen, dass sie einen Fehler gemacht hat. Sie wird sich bei dir entschuldigen.«

Jochen fühlte selbst, wie unüberzeugt, ja geradezu schwächlich er klang, und er wusste, dass Angie das genauso sah. Sie blickte ihn an, und es brach ihm das Herz, als sich ihre Augen leicht verschleierten und sie sich mit einer energischen Bewegung die Tränen wegwischte. Das machte sie immer, wenn sie an einer kitschigen Stelle im Film weinen musste und kein Taschentuch zur Hand hatte.

»Sie wird sich bei mir entschuldigen? Na, die hat Nerven«, schniefte Angie. »Gib mir mal bitte ein Taschentuch, ich bin erkältet.«

Sie schnäuzte sich auf die ihr eigene Art, die er so an ihr liebte, laut und unbekümmert, und warf das Tempo mit Schwung dicht an seinem Papierkorb vorbei. »Sag ihr, dass ich auf dem Parkplatz auf sie warte.« Ohne ein weiteres Wort verließ sie sein Büro.

Sie kämpft um mich, dachte Jochen, als das Klacken ihrer Absätze verstummt war, und korrigierte sich dann, ganz leise und nur für sich: Beide kämpfen um mich! Und ohne dass er sich dagegen wehren konnte, fand er diese Vorstellung auf einmal durchaus aufregend. Eine richtige Verjüngungsspritze!

Er griff zum Telefon. »Frau Schwingel, sagen Sie bitte Frau Dominic, dass meine Frau auf dem Parkplatz unten auf sie wartet. Nein, keine Ahnung, warum.«

»War das gerade Angie?« Jan war in Jochens Büro getreten und schien enttäuscht zu sein, dass sie schon wieder gegangen war. »Wieso hat sie mir denn nicht wenigstens Hallo gesagt?«

Es wäre der geeignete Moment gewesen, seinen Bruder in das seit geraumer Zeit sehr komplizierte Geflecht seiner Ehe einzuweihen. Aber Jochen wusste seit langem, dass Jan Angies Entscheidung vor so vielen Jahren nie verwunden hatte. Wahrscheinlich würde sie sich gerade jetzt sogar sehr gern an dessen tröstende Schulter lehnen.

»Sie war in Eile«, sagte er deshalb. »Ich soll dich aber schön grüßen.«

»Sehr in Eile scheint sie aber nicht zu sein«, erwiderte Jan, der ans Fenster getreten war und mit einem Kopfnicken hinunterdeutete. »Jedenfalls hat sie noch genug Zeit, um mit der Praktikantin zu plaudern.«

Jochen gelang es, einen leicht gelangweilten Ausdruck auf sein Gesicht zu zaubern. »Hast du nichts zu tun, mein Lieber? Wir müssen über die Speisepläne für die *Innocentia-Residenz* reden. Die Diabetiker mögen die gesunden Kuchen nicht.«

Doch Jan antwortete nicht. Fasziniert schien er das Geschehen auf dem Hof zu verfolgen.

»Es sieht so aus, als wenn die beiden sich streiten«, sagte er. »Geht es etwa um dich?«

Jochen sog die Luft ein. »Und wenn es so wäre?«, fragte er. »Bin ich kein Mann, um den sich zwei Frauen streiten könnten?«

Jan sah seinen Bruder an. »Du bist so ein Arschloch, ich fass es einfach nicht.«

»Du bist ja nur neidisch«, erwiderte Jochen.

»Dieser Schuss kann ganz schnell nach hinten losgehen«, erwiderte Jan und verkniff sich die scharfen Worte, die er schon auf den Lippen hatte. Denn plötzlich dachte er an ungeahnte Möglichkeiten, die sich unvermittelt vor ihm auftaten. Konnte es sein, dass seine Schwägerin bald sehr trostbedürftig sein würde und seine Chance gekommen war?

»Was ist nun mit den Speiseplänen?«, lenkte er deshalb friedfertig ein. »Vielleicht sollten wir mehr Honig in die Kuchen geben. Alte Menschen mögen es gern süß.«

*

»Oh, ist das etwa zufällig Ihr Fahrrad?« Angie war froh, dass sie sich an diesem Tag für High Heels entschieden hatte. Sie ging kerzengerade auf Gesa zu, die fluchend über das gebeugt war, was Angies Auto von ihrem Rad übrig gelassen hatte.

»Ja, zufällig ist das meins«, sagte Gesa ärgerlich. »Irgendein Idiot hat es einfach plattgewalzt.«

»Dieser Idiot war ich«, sagte Angie entspannt, denn Rache hatte, wie sie feststellte, etwas Beflügelndes. »Ich komme selbstverständlich für den Schaden auf.«

»Danke«, sagte Gesa und verstummte.

»Sie wollten mir etwas sagen«, brach Angie das Schweigen. »Ich höre.«

Sie wartete ein paar Augenblicke, ohne dass Gesa das Wort ergriff. »Sie haben offensichtlich Schwierigkeiten, die richtigen Worte zu finden«, sagte sie dann und fand sich immer noch ganz wunderbar locker. »Ich will Ihnen helfen. Also: Sie wollen mir sagen, dass es Ihnen leidtut und dass Sie in Zukunft die Finger von meinem Mann ...«

»Ich habe Herrn Winter noch nie berührt«, sagte Gesa, und sie sagte es sanft und so, als meinte sie »gestreichelt«.

»Das will ich hoffen, denn wenn Sie das tun, bleibt mir leider nichts anderes übrig, als über Ihr hübsches Gesicht einen Eimer Salzsäure zu kippen.« Angie fühlte, wie ihre Lockerheit sie verließ.

»Sie machen mir Angst«, sagte Gesa, aber es klang nicht ängstlich. »Ich möchte mich wirklich dafür entschuldigen, dass ich Ihnen diese blöden SMS geschickt habe.«

»Darf ich fragen, warum dann dieses ganze Theater«, fragte Angie, »wenn Sie doch gar keine Absichten auf meinen Mann haben?«

»*Das* habe ich nie gesagt.« Gesas Stimme war so leise geworden, dass Angie einen Schritt nähertreten musste.

»Was meinen Sie damit?«, fragte sie ungeduldig.

Gesa sah sie an, in ihren Augen funkelte es. »Ich habe nur gesagt, dass es mir leidtut, Ihnen die SMS geschickt zu haben. Aber was drinsteht, das meine ich ernst. Ich bin total verliebt in Ihren Mann.«

Angie sollte auch später nicht bereuen, was sie jetzt tat. Alles andere wäre ihr verlogen und feige vorgekommen. Sie trat einen weiteren Schritt vor und verpasste Gesa eine schallende Ohrfeige. Sie spürte für einen kurzen Moment ihre heiße Handfläche auf der kühlen Wange der jungen Praktikantin. Gern hätte sie laut gelacht. Aber sie verkniff es sich.

»Fühlen Sie sich besser?« Gesas Stimme zitterte leicht, aber sie blieb gefasst, der rote Abdruck auf ihrer blassen Haut verlieh ihr etwas Dramatisches.

»Ja, das tue ich«, sagte Angie und wandte sich zum Gehen. Die Vorboten eines drohenden Zusammenbruchs kündigten sich bereits an; die Euphorie, die sie eben noch verspürt hatte, begann sich aufzulösen. Angie wusste, dass sie ihre Rolle nicht mehr lange würde spielen können. Doch eine Frage hatte sie noch.

»Warum haben Sie mich gewarnt?«, fragte sie. »Warum haben Sie es nicht einfach getan?«

Die beiden Frauen sahen sich an. Zum ersten Mal direkt. Wären sie einander zufällig irgendwo begegnet, auf einer Bahnreise oder als Kollegen, vielleicht hätten sie sich gut verstanden, aber der Zufall wollte es, dass die eine begehrte, was die andere nicht hergeben wollte.

»Weil ich es fairer finde, wenn Sie wissen, was auf Sie zukommt«, sagte Gesa, und in diesem Augenblick glaubte sie selbst daran. »Ich spiele immer mit offenen Karten. Sie nicht?«

»Ich spiele überhaupt nicht«, meinte Angie und ahnte, dass sie ihrer Gegnerin unterlegen war. Weil sie nicht geschaffen war für solche Gewinnspiele. Und weil sie bisher geglaubt hatte, dass man Liebe geschenkt bekam und nicht um sie spielen musste. »Mein Mann liebt mich, Sie haben keine Chance. Außerdem ist er viel zu alt für Sie. Er könnte schließlich ...«

»... mein Vater sein?« Gesa grinste. »Das ist ja gerade der Reiz«, meinte sie, »schließlich habe ich noch nie einen richtigen Vater gehabt.«

Angie starrte sie fassungslos an. »Sie sind verrückt«, sagte sie, »und ich bin nur froh, dass mein Mann Sie rausgeschmissen hat und wir Ihr dummes, freches Gesicht nicht länger ertragen müssen.«

»Das ist leider ein Irrtum, Frau Winter.« Gesas Stimme klang seidenweich. »Ihr Mann hat mir versprochen, dass ich bleiben kann, wenn ich mich bei Ihnen entschuldige. Dies habe ich getan, und deswegen bleibe ich.«

Sie drehte sich um und ging. Ihr gerader Rücken, ihr kleiner, fester Po kamen Angie wie ein triumphierendes Ausrufungszeichen vor. Die Bessere hat gewonnen! Deiner ist bald meiner!

Zum Glück floss noch ein Restbestand von Adrenalin und Wut durch Angies Adern. Er reichte, um Gesa mit ein paar schnellen Schritten einzuholen und ihr genau den kleinen Schubs zu geben, der sie so ungeschickt stolpern ließ, dass sie der Länge nach auf den Asphalt knallte.

»Oh, das tut mir jetzt aber leid«, sagte Angie und nahm etwas Abstand. Aus dieser Perspektive sah die Gefallene wesentlich weniger beeindruckend aus. »Hoffentlich haben Sie sich nicht wehgetan.«

Angie drehte sich um und ging zu ihrem Auto. Als sie aufschloss, stand Gesa dicht neben ihr.

»Sie haben mir nicht wehgetan«, sagte sie, während sie ihren Blick tief in Angies versenkte, »aber ich werde Ihnen wehtun. Sehr sogar. Schönen Tag noch.«

*

Die Ampel war längst grün, und das Hupen der Autoschlange hinter ihr wurde immer lauter. Angie war das egal.

»Du hast es mir versprochen«, schrie sie in ihr Handy. »Ich will, dass sie verschwindet. Sonst passiert was!«

HUUP! HUUUUP!

Jochen setzte zu einer Erklärung an, aber Angie würgte ihn mit den Worten »Alles ist gesagt« ab und brauste los. Ehestreitigkeiten sollte man immer im Auto abwickeln, dachte sie, dann kann man hinterher seinen Ärger so schön beim Gasgeben ablassen! Nichts beruhigte sie mehr als eine ordentliche Geschwindigkeitsübertretung. Jetzt erst, so allein im Auto, überfielen sie die Ereignisse der letzte Stunde mit voller Wucht und quälender Klarheit. Sie konnte sich nichts mehr vormachen. *Gesa wollte Jochen!* Und Jochen war nicht abgeneigt. Es war zwar noch nichts Ernsthaftes passiert, aber die Weichen waren gestellt. Und auch das wusste sie plötzlich mit untrüglicher Sicherheit: Es gab nichts, was sie dagegen tun konnte. Absolut nichts. Sie war machtlos.

Wütend knallte Jochen den Hörer auf die Gabel. Der Tag war auch ohne Angies Hysterie anstrengend genug: ein Wasserrohrbruch in einem seiner Bistros, ein Magen-Darm-Virus im Kinderhort, der eine sofortige Menüumstellung erforderte, und Agnes war krank – reichte das nicht als Stressfaktoren für einen Vormittag? Verdammt, er hatte doch gar nichts getan! Nur weil eine Praktikantin, die zufällig sehr jung und sehr reizvoll war, ihr hübsches Auge auf ihn geworfen und ein paar alberne SMS verschickt hatte, musste Angie doch nicht völlig ausrasten. Die Ehe war doch schließlich kein Gefängnis!

»Darf ich kurz reinkommen?« Gesa war zurückgekommen und schloss die Bürotür hinter ihrem Rücken. Sie hielt den Kopf gesenkt auf diese scheue, mädchenhafte Weise, die trotzdem einen Blick auf ihr gerade noch bürokompatibles Dekolleté zuließ. Musste er sich schuldig fühlen für diese kleine, heiße Welle, die ihn bei ihrem Anblick für Sekunden auf geradezu primanerhafte Weise scharfmachte? Seine Gedanken waren schließlich frei, auch wenn er selbst es nicht war.

»Das Gespräch mit meiner Frau scheint nicht sehr produktiv verlaufen zu sein«, sagte Jochen. »Sie hat mich gerade angerufen. Ich denke, Sie haben sich bei ihr entschuldigt?« Er sah sie an und gab sich große Mühe, seine Mimik streng distanziert aussehen zu lassen. Er war es Angie einfach schuldig, die Praktikantin jetzt nicht, wie es ihm eigentlich zumute war, freundlich anzugrinsen. *Ihm* hatte sie ja schließlich nichts getan. Im Gegenteil.

»Haben Sie sich entschuldigt?«, fragte er noch einmal.

Jetzt, dachte sie. Jetzt ist der richtige Moment. Mehr als rausschmeißen kann er mich danach auch nicht.

»Das habe ich«, sagte sie und holte tief Luft, »aber es hat nichts genützt. Ihre Frau ist sehr eifersüchtig auf mich. Was ich leider gut verstehen kann, denn seit ich Sie zum ersten Mal gesehen habe, kann ich nicht mehr schlafen. Ich muss ständig an Sie denken. Wenn ich nachts wachliege, stelle ich mir vor, wie wir uns berühren, wie wir uns küssen, wie es sich anfühlt, wenn wir uns lieben. Eines kann ich Ihnen versprechen: Wenn Sie mit mir schlafen, werden Sie nie wieder Lust auf eine andere Frau haben.«

Nach dieser flammenden Rede ging sie mit unverwandt auf ihn gerichteten Blick auf ihn zu. Es knisterte so sehr, dass es ihm in den Ohren rauschte. Er konnte nicht mehr denken, nicht mehr reden, sein Körper tat ihm richtig weh vor Lust. Er fühlte sich an wie kurz vor einer Explosion.

Gesa sah, was sie mit ihren Worten angerichtet hatte. Jochen

Winter war genau da, wo sie ihn haben wollte. Die meisten Ehefrauen hatten wirklich keine Ahnung, wie ihre Männer tickten.

»Ich werde Sie jetzt küssen«, sagte Gesa, »und dann werde ich gehen und Sie nie wiedersehen. Das ist ein Versprechen.«

Der Kuss, den sie ihm gab und den er nach kurzem Zögern erwiderte, war so weich, so sinnlich, so über alle Maßen aufregend, dass Jochen einfach nicht aufhören konnte. Immer wieder zog er sie näher, suchte seine Zunge die ihre, hörte er sie leise seufzen. Es war, als wären alle Küsse seines Lebens nur ein Vorgeschmack gewesen auf diesen einen Kuss, den er jetzt mit Gesa erlebte. War es erlaubt, dass eine so junge Frau so gut küssen konnte? Hatte Angie je ... Nein, an Angie wollte er jetzt nicht denken.

»Wann hast du das letzte Mal so geküsst?«, flüsterte Gesa, als sie endlich voneinander ließen. »Hast du gemerkt, dass ich eben fast gekommen bin? Nur vom Küssen?«

Es klopfte an der Tür, und nur einen kurzen Moment später stand Jan bereits im Zimmer. Eine leichte Unart, die er sich als enges Familienmitglied schon immer erlaubt hatte. Was er nun zu seinem Befremden sah, waren zwei Menschen, die sich vergeblich darum bemühten, von der extrem unerlaubten Aktion, in die sie gerade verwickelt waren, abzulenken. So erhitzt und zerzaust sah kein Chef aus, der mit seiner Praktikantin gerade die Speisepläne für eine Seniorenresidenz besprach. So sah ein verheirateter Mann aus, der kurz davor war, die größte Dummheit seines Lebens zu begehen.

»Offensichtlich störe ich«, sagte Jan unverblümt und warf beiden einen strengen Blick zu. »Ich komme später wieder.«

»Bleib ruhig«, sagte Jochen, »Gesa wollte sowieso gerade gehen. Wir sind übereingekommen, dass es besser ist, wenn sie ihr Praktikum nicht weitermacht.«

So ist das also, dachte Jan.

Gesa warf lächelnd einen Blick in die Runde, bedankte sich für alles und ging.

»Bist du wahnsinnig geworden?«, rief Jan und betrachtete seinen Bruder kopfschüttelnd. »Hast du völlig den Verstand verloren?«

»Wovon sprichst du?« Es gelang Jochen nicht, den Unschuldigen zu mimen, seine beiden obersten Hemdknöpfe waren offen, auf seinem Gesicht blühten noch ein paar hektische rote Flecken. »Frau Dominic und ich …«

»Stell dich nicht so blöd«, sagte sein jüngerer Bruder mit kalter und vorwurfsvoller Stimme. »Du weißt, was passiert, wenn du Angie hintergehst und ihr damit wehtust.«

Jochen schluckte. »Dann brichst du mir vermutlich alle Knochen«, sagte er schließlich.

»Das auch«, meinte Jan im Hinausgehen, »und danach nehme ich sie dir weg. Und zwar für immer.« Mit diesen Worten knallte er die Tür zu. So laut, dass die Fenster schepperten.

Ich bin ein gottverdammter Trottel, dachte Jochen. Ohne eine Sekunde zu zögern, griff er zum Telefon, atmete ein paarmal tief durch, um seiner Stimme einen normalen Klang zu verleihen, und wählte Angies Nummer.

»Hallo, Schatz, ich bin's. Ich wollte dir nur sagen, dass ich alles geregelt habe. Also mach dir keine Sorgen mehr. Warte bitte nicht mit dem Essen auf mich, ich bleib heute länger im Büro. Ist 'ne Menge liegengeblieben.« Er legte auf.

Erledigt, dachte er, das war knapp.

In der Männertoilette starrte er beim Händewaschen in den Spiegel. Lag es am schlechten Licht, oder sah er wirklich so alt und ausgebrannt aus, wie er sich im Moment fühlte? Bald bin ich fünfzig, dachte er, und so was wie vorhin kommt dann nie wieder.

Keine heißen Überraschungen mehr, kein Fieber. Nur noch das ganz normale Leben. Aufstehen, frühstücken, arbeiten, nach Hause kommen, essen, schlafen, gelegentlich eine Runde Ehepaarsex.

Die beste Zeit lag hinter ihm. Was jetzt noch kam, war Älterwerden und schließlich der Tod. Er seufzte tief. Fühlte sich beschissen. Und wurde trotzig. Wie früher, wenn seine Mutter ihn zum Abendessen rief und er gerade so schön gespielt hatte. Denn mehr war es ja nicht. Nur ein sehr aufregendes Spiel.

Angie hörte die Nachricht ab. Merkwürdig, dachte sie, warum bin ich nicht zufriedener? Sie hatte schließlich erreicht, was sie wollte. Dieses Hohlhühnchen, das sich an ihren Mann herangepirscht hatte, war weg vom Fenster. Heulte sich vermutlich gerade bei Mami aus, die sicherlich genervt war, dass es schon wieder mit dem Praktikum nicht geklappt hatte. Angie verspürte einen Hauch von mütterlicher Solidarität mit Marianne, den sie jedoch schnell wieder verdrängte. Das klitzekleine Problem war nur, dass die Göre, die es so faustdick hinter den Ohren hatte, nicht weg war, weil Jochen es so wollte, sondern weil sie, die zickige, eifersüchtige Ehefrau, ihn dazu gedrängt hatte. Genauso wie zum Sitzpinkeln, wo er es lieber im Stehen tat, oder zum Lutschen an der Lakritzstange statt an einer fetten Zigarre. Ich hab ihm den Spaß verdorben, dachte sie, jetzt ist er zwar brav, aber insgeheim sauer auf mich. Weil ich ihm die Kicks, die ihm das Junghuhn verschafft, leider nicht mehr bieten kann.

Angie griff erneut zum Telefon und wählte. Die Stimme ihrer besten Freundin meldete sich. Sie klang genervt, offenbar hatte sie nicht gestört werden wollen. Egal. Ausnahmsweise war sie jetzt mal wichtiger als Ninas heilige Mittagspause.

»Nina, ich brauch dich«, sagte Angie und fühlte sich schon besser. »In zehn Minuten beim Italiener? Was? Wie? Wo bist du gerade? Ich fass es einfach nicht!«

*

Meine Güte, was mir bisher entgangen ist, dachte Angie eine halbe Stunde später, als sie in der Lobby des etwas heruntergekommenen Bahnhofhotels *Metropolis* saß und auf Nina wartete, die noch mit ihrer kleinen Mittagspausennummer beschäftigt war. Das tat sie gern, weil es ihren Kreislauf in Schwung brachte und sie deshalb mit gutem Gewissen auf regelmäßigen Sport im Fitnessstudio verzichten konnte. »Nach einer Runde Sex sehe ich zehn Jahre jünger aus«, sagte sie oftmals, »und es macht deutlich mehr Spaß als diese blöde Strampelei auf dem Crosstrainer.«

Das Handy klingelte.

»Hallo, Marianne«, sagte Angie und wusste, dass ihre Stimme sehr kühl klang. »Tut mir leid, es geht grad nicht. Nein, ich kann jetzt nicht reden. Frag deine Tochter nach dem Grund. Ich melde mich.« Gespräch beendet.

Da Nina offensichtlich noch etwas länger brauchte, sah sie sich diskret ein bisschen um, schließlich saß sie nicht alle Tage in einem Etablissement am Hauptbahnhof, deren Kundschaft stundenweise bezahlte. Denn dass dieses Haus nicht von soliden Geschäftsleuten mit ihren Gattinnen frequentiert wurde, merkte selbst eine so unschuldige Ehefrau wie Angie. Erstens kamen die sogenannten Reisenden ohne Koffer oder Reisetaschen, zweitens als Pärchen eng umschlungen an die Rezeption, drittens bezahlten sie immer in bar.

Gerade betrat eine Frau das *Metropolis*, die Angie auf Anhieb als »Ehefrau auf Abwegen« ausmachte. Sie trug einen etwas zu engen Hosenanzug, der bei ihr leider nicht »schlampensexy«, sondern nach »Mutti hat sich schick gemacht« aussah. Wie groß mochte ihre Sehnsucht nach ein bisschen Liebe und Zärtlichkeit sein, dass sie sich auf dieses Abenteuer einließ? Wer mochte sie im Alltag sein? Vermutlich eine graue Maus, stellte sich Angie vor, mit einem Mann, der sie betrog, die Kinder aus dem Haus oder kurz davor ... O Gott, genau wie bei mir!

In diesem Moment stieß die Frau einen kleinen Freudenschrei aus. Ein kleiner, dicker Mann mit Vollglatze hatte das Hotel betreten.

»Du hast es geschafft«, rief sie ihm entgegen, »wie viel Zeit haben wir?«

»Eine ganze Stunde«, sagte er und strahlte. »Komm her, mein Schatz, lass dich umarmen.«

Und dann folgte ein Kuss, der lang und feucht war und drei Tage lang zu dauern schien und auf den der Mann an der Rezeption, der gelangweilt an einem alten Gameboy herumdrückte, keinen Blick verschwendete. Als die beiden eng umschlungen zum Fahrstuhl gingen, konnte Angie ihre Neugier nicht länger bezähmen und ging zur Rezeption.

»Sind das Stammgäste?«, fragte sie.

»Geht Sie das was an?«, fragte der Mann zurück.

»Natürlich nicht, aber ich hab mich nur gewundert, wie entspannt die beiden in aller Öffentlichkeit ...«

»... rumknutschen, meinen Sie?«, fragte er belustigt, während er ohne aufzublicken weiterklickte. »Die beiden kommen schon seit Jahren her. Jeden ersten Mittwoch im Monat. Immer eine Stunde. Niedlich, oder?«

»Und ihre Partner haben keine Ahnung?«, fragte Angie.

»Ganz schön neugierig, junge Frau«, sagte der Mann und legte seinen Gameboy zur Seite. »Warum wollen Sie das alles wissen? Warten Sie auch auf jemanden?«

Angies Antwort »Ich warte auf meine Freundin« erzeugte ein Grinsen in seinem Gesicht. Sie ließ ihm seine Fantasie.

»Übrigens, das Paar, das eben so heftig geknutscht hat, ist seit sechsundzwanzig Jahren verheiratet. *Miteinander*. Sie wohnen in einer kleinen Dreizimmerwohnung und fahren jedes Wochenende mit ihrem Wohnwagen an die Ostsee. Aber einmal im Monat leisten sie sich eine heiße Stunde in meinem Hotel. Das hält die Ehe frisch, sagen sie.«

»Und woher wissen Sie das alles so genau?«, wollte Angie wissen und spürte fast so etwas wie Neid in sich hochsteigen. Wann war sie mal mit Jochen in einem Stundenhotel gewesen? Noch nie!

»Weil sie mich vor einem Jahr zu ihrer Silberhochzeit eingeladen haben«, sagte er. »Außerdem mag ich die beiden. Und deshalb hab ich ihnen auch versprochen, mit dem Zimmerpreis runterzugehen, wenn der Mann in Rente geht.«

»Sie haben ein gutes Herz«, sagte Angie und lächelte ihn an. »Sind Sie auch verheiratet?«

»Ich, verheiratet?« Der Mann lachte. »Ein ganz schlechter Scherz. Übrigens, kennen Sie den? Arzt und Ehemann stehen am Krankenbett der Ehefrau. Sagt der Arzt: ›Also, Ihre Frau gefällt mir gar nicht.‹ Sagt der Ehemann: ›Mir auch nicht, aber es wird ja jetzt nicht mehr so lange dauern, oder?‹«

Wie immer, wenn ihr ein Mann einen blöden, frauenfeindlichen Witz erzählte, grinste Angie. »Sehr komisch«, sagte sie. »Ich hab auch einen: Ein Mann steht nackt vor dem Spiegel, schaut an sich herunter und sagt: ›Na, wir beiden stolzen Krieger haben ja wirklich schon allerhand miteinander erlebt. Dafür solltest du mir dankbar sein.‹ Seine Frau, die ihn belauscht hat, sagt: ›Du weißt doch, wie dankbar er dir ist. So, wie er an dir hängt.‹«

»Versteh ich nicht«, sagte der Mann an der Rezeption, ohne eine Miene zu verziehen.

»Macht nichts«, meinte Angie und dachte, dass ein dummes Männergesicht anzulachen die beste Therapie für Eheprobleme war.

»'tschuldigung, hat etwas länger gedauert.« In diesem Moment kam Nina die Treppe herunter; sie wirkte etwas derangiert, sah insgesamt aber sehr zufrieden aus. Hinter ihr ging ein Mann, pechschwarz, riesengroß mit Rastalocken bis zum Po, der so stramm war, dass er sicher ein Pfund Nüsse damit knacken konnte. Wow, dachte Angie, mein lieber Schwan! Als beide vor ihr standen, sah sie, dass Nina ihm nur knapp über den Bauchnabel reichte. Was die sich traut, dachte sie, und ich immer nur mit Jochen ...

»Ciao, bello«, sagte Nina zu ihm. »Man sieht sich.«

Der grinste und verschwand. Nina ging zum Tresen.

»Was bekommen Sie?«, fragte sie so lässig wie an der Supermarktkasse.

»Zwei Stunden, das sind achtzig Euro«, meinte der Mann. »Das Extrahandtuch geht aufs Haus.«

»So, und jetzt zu dir«, sagte Nina eine Viertelstunde später im *La Piccola Grotta*, nachdem sie Angie kurz in die Freuden ihrer Mittagspause eingeweiht hatte und diese jetzt wusste, dass Stedman aus Jamaika beschnitten, sehr beeindruckend bestückt und mit Lippen ausgestattet war, die so weich wie Federkissen waren. Und dass Luigi, der die ganze Zeit um sie herumschlich und die Krümel von der Tischdecke fegte, bei Angies Ausruf »Er hat dich in den Nippel gebissen, autsch!« so zusammengezuckt war, konnte nur an seinen inzwischen sehr guten Deutschkenntnissen liegen.

»Normalerweise gehe ich natürlich nicht in solche Läusebuden, aber Steddie kommt aus armen Verhältnissen. In seiner Heimat schläft er auf dem Fußboden, da wollte ich ihn nicht gleich beim ersten Mal mit zu viel Luxus verunsichern.« Nina hatte den Nachmittag freigenommen und sich deshalb einen Rotwein gegönnt, Angie hatte sich angeschlossen; sie hatte das Gefühl, dass etwas Alkohol am Mittag ausgezeichnet zu ihrer momentanen Verfassung passte. »Jetzt aber zu dir. Also, was macht die eheliche Trübsal?«

Angie erzählte.

»Und du glaubst ihm?«, fragte Nina fassungslos.

»Jochen hat mich noch nie angelogen«, sagte Angie und ärgerte sich, dass sie dies selbst nicht mehr glaubte.

»Einmal ist immer das erste Mal«, meinte Nina, und ihre Stimme klang fest. »Nach meiner Erfahrung mit Ehemännern, und die ist größer als deine, das musst du zugeben, ist es nur eine Frage der Zeit. Dein Mann hat angebissen. Die Frage ist nur, wie gehst du damit um?«

Schmeckte der Wein plötzlich sauer, oder woher kam dieser fiese Geschmack in ihrem Mund? Angie schob ihr Glas zur Seite. Gerade hatte sie ein Tiramisu bestellen wollen, doch jetzt war ihr der Appetit vergangen.

Nina, inzwischen beim dritten Glas Rotwein angelangt, aber zu ihrem Glück mit einer Leber gesegnet, die so schnell nichts erschüttern konnte, griff nach Angies Hand. »Schätzelchen, du kannst jetzt wählen zwischen Pest und Cholera.«

»Toll«, sagte Angie. »Was ist Pest?«

»Du tust einfach so, als merkst du nichts, und bist dabei ganz superlieb. Moment«, rief sie, als Angie empört ihre Hand wegzog, »hör doch erstmal zu. Während er sich amüsiert, hast du natürlich auch deinen Spaß. Du lässt seine Kreditkarte glühen, du suchst dir einen Lover, du machst, was du willst. Das wird ihn so verunsichern, dass er blitzschnell zu dir zurückkehrt. – Wenn du ihn dann noch haben willst.«

»Und was ist Cholera?«, fragte Angie schwach.

»Du machst ihm das Leben zur Hölle«, sagte Nina und grinste, »mit den üblichen Tricks. Enthaarungscreme ins Shampoo mischen, Rheumacreme auf die Klobrille schmieren, Eier in die Autolüftung stecken, Abführmittel in den Kaffee und so weiter.«

»Dann wähl ich grüne Pickel«, sagte Angie. Und dann lachte sie, bis ihr die Tränen kamen.

Kapitel 15

»So früh schon Feierabend?«, rief Marianne aus der Küche, wo sie sich in letzter Zeit gern einen Kakao mit Eierlikör und Schlagsahne genehmigte, dafür verzichtete sie auch aufs Mittagessen. »Komm her, mein Schatz, und berichte mir von deinen Schandtaten.« Sie hatte beschlossen, es locker zu nehmen. Probleme gab es schließlich in den besten Familien, und Gesa hatte ihr versprochen, dieses Praktikum ernst zu nehmen.

Deshalb klang ihre Stimme so fröhlich, dass sich Gesa für einen kurzen Moment richtig mies fühlte. Ich kann sie doch nicht schon wieder enttäuschen, dachte sie, ich hatte es mir doch fest vorgenommen.

»Heute war nicht so viel los«, sagte sie und setzte sich zu ihr an den Tisch, obwohl sie sich nach all den Anstrengungen dieses Tages viel lieber in ihr Bett verkrochen hätte, dazu geraucht und ein paar prollige Talkshows geguckt.

»Erzähl trotzdem«, Marianne nahm einen tiefen, genüsslichen Schluck von ihrem Tausend-Kalorien-Nachmittagsgetränk und sah ihre Tochter erwartungsvoll an. »Was hast du gemacht? Warst du in der Küche oder auf dem Großmarkt? Hast du gekocht oder alte Leute bedient? Was macht der Opi, der dir immer so gern den Po tätschelt?«

Gesa sah ihre Mutter an und hätte ihr sehr gern die Wahrheit gesagt. Mami, ich weiß, dass du dagegen bist, aber ich liebe Jochen Winter. Und es ist mir scheißegal, dass er verheiratet ist, so alt wie du und eigentlich mein Chef. Wenn ich mit ihm zusammen bin, fühle ich mich einfach unbeschreiblich. Und klar, ich will mit ihm schlafen, aber eben nicht nur das. Ich will ihn ganz. Jeden Tag. Das hab ich ihm gesagt, und jetzt hat er mich rausgeschmissen. Aber ich gebe die Hoffnung nicht auf.

»Ich hab den Hof gefegt«, sagte sie stattdessen, weil es ihr zuerst einfiel. »Da sind jetzt so viele Blätter, weißt du.«

»Blätter? Jetzt im Sommer?«, sagte Marianne kopfschüttelnd. »Also das grenzt ja an Ausbeute. Soll ich mal mit deinen Chefs …«

»Auf keinen Fall«, fiel ihr Gesa ins Wort, »das regle ich schon allein. Außerdem bin ich volljährig, da hast du sowieso nichts mehr zu melden.« Sie stand auf und verließ die Küche.

Marianne griff zum Telefon. »Nina? Hast du mal ’ne Minute? Nur ’ne Sekunde? Okay, reicht auch. Sag mal, ist es normal, wenn Praktikanten heutzutage den Hof fegen? Ja? Dann bin ich beruhigt. Ciao, bis bald.«

Hof fegen?, dachte Nina, das ist wirklich unglaublich. Sie tippte rasch eine Nummer. »Jan? Ich bin’s, die Frau, die vor einiger Zeit deine Erektionsstörungen nachhaltig … Okay, ich komm zur Sache. Ich weiß, es geht mich nichts an, aber schließlich habe ich euch die Praktikantin vermittelt. Was meinst du mit ›einen Bärendienst erwiesen‹? Also, dazu gehören ja wohl immer zwei, in diesem Fall dein heiliger Bruder. Ich will gar nicht mit dir streiten, aber vielleicht gibt es in eurem Betrieb ja noch sinnvollere Aufgaben, als den Hof zu fegen ... Was, sie ist gar nicht mehr bei euch? Seit wann? Und warum? Danke für die Auskunft. Und falls du mal wieder Lust auf eine richtige Frau hast ...«

»... ruf ich dich an«, sagte er und legte auf. Du bist so blöd, dachte Nina, du merkst gar nichts, und irgendwann ist es zu spät.

Dann rief sie Marianne zurück.

Es dauerte nur eine Stunde, sechs Minuten und einundzwanzig Sekunden, bis Gesa mit zwei gepackten Koffern auf der Straße stand. Wie eine Furie war Marianne nach Ninas Anruf in das Zimmer ihrer Tochter gefegt, die sich gerade zu einem kleinen Schläfchen zusammenrollen wollte, und hatte ihr die Decke weggerissen.

»Es reicht«, hatte sie geschrien und die Koffer vor dem Bett abgestellt. »Pack deinen Krempel ein und verlass die Wohnung. Wenn ich wiederkomme, bist du weg.« Damit war sie aus dem Haus gerauscht.

Hinter Mariannes Stirn pochte eine dunkelrote Wolke aus Wut und Enttäuschung. Was habe ich falsch gemacht?, fragte sie sich, als sie ohne nach rechts oder links zu blicken durch die Straßen lief und ihr Herz schlug wie ein Presslufthammer. Unwillkürlich hielt sie sich die Hand vor die Brust, weil es sich so anfühlte, als würde dieses wild klopfende Herz einfach aus ihr herausspringen. Ist sie so geworden, weil sie keinen Vater hat? Weil ich versagt habe? Weil ich so oft erschöpft und traurig war? Weil ich Trost und Zuneigung bei so vielen Männern gesucht habe?

Auf einmal fiel ihr eine unangenehme Szene wieder ein. Sie war mit Gesa in der Stadt beim Einkaufen gewesen. So sieben, acht Jahre mochte sie damals gewesen sein. Gerade wollten sie das Schuhgeschäft betreten, in dessen Schaufenster Gesa quietschrosarote Gummistiefel bestaunt hatte, als sich ihnen eine Frau in den Weg stellte; Typ gut versorgte Gattin mit Blondsträhnchen und Designerfummel.

»Sind Sie Marianne Dominic?«, rief sie so laut, dass die Passanten sich neugierig umdrehten und Gesa erschreckt nach ihrer Hand griff. Marianne nickte. »Dann lassen Sie bitte endlich meinen Mann in Ruhe«, schrie die Betrogene und gab ihr eine schallende Backpfeife. Nie würde sie die Scham vergessen, die ihr Gesicht heiß erglühen ließ, und nie die vor Schreck geweiteten Augen ihrer kleinen Tochter. »Mami, was hast du denn getan?«, hatte sie gefragt. »Warst du böse?«

Ja, sie war böse gewesen, und jetzt hatte sie eine böse Tochter. Das war ihre Strafe. Konnte Gesa etwas dafür, dass der Apfel nicht weit vom Stamm fiel?

Marianne drehte sich um und raste nach Hause. Ich bin zu weit gegangen, dachte sie, wir müssen die Probleme anders lösen. Familienaufstellung, Bachblüten, Mutter-Tochter-Therapie, was weiß ich.

»Gesa, lass uns reden«, rief sie, als sie die Tür aufschloss, doch sie sah sofort, dass die Wohnung leer war. Gesas Zimmertür stand offen und gab den Blick frei auf ihr Bett, das unter Bergen von schmutziger Wäsche, vollen Aschenbechern, Zeitschriften und noch mehr Müll nicht mehr zu erkennen war. Trotzdem sah Marianne mit einem Blick, dass sich ihre Tochter nicht unter dem Messie-Kompost versteckt hatte. Sie war weg. Und hatte ihr Handy ausgeschaltet.

Mariannes Hände zitterten. Warum fühlte sie sich so schlecht?

War es nicht richtig gewesen, Gesa drastisch klarzumachen, dass es so nicht weiterging? Und dann fiel ihr Blick auf ihre Handtasche. Sie war offen. Und noch bevor sie hineingriff, wusste sie, dass sie in ihrem Portemonnaie nur Kleingeld finden würde. Die Scheine, insgesamt dreihundert Euro, hatte ihre Tochter mitgenommen.

*

Jan ging über den Hof zu seinem Auto und warf einen Blick hinauf zu dem einzigen um diese Zeit noch hell erleuchteten Fenster im ersten Stock. Jochen arbeitete noch. Das tat er zwar öfter, aber heute waren es nicht nur liegengebliebene Vorgänge und Rechnungen, die ihn am Schreibtisch festhielten, heute, das war ihm klar, war es Angie, der er lieber fernblieb. Ihn stach wohl der Hafer, und in diesem Zustand wollte er nicht nach Hause. Wollte mit seinen unruhigen Gedanken lieber nicht bei seiner Ehefrau am Esstisch sitzen.

Wie leicht einzuschätzen wir Männer doch sind, dachte Jan, als er auf dem Weg zu seiner schicken, von einem schwulen Designer eingerichteten Loftwohnung kurz an der Tankstelle stoppte, eine Flasche Rotwein kaufte, umdrehte und zu Angie fuhr. Wenn Stress ist, verkrümeln wir uns und lassen unsere Frauen schmoren. Nichts auf der Welt ist uns verhasster als tränenreiche Beziehungsgespräche. Er selbst war das beste Beispiel dafür. Hatte er je auf die Frage einer Frau: »Sag mal, liebst du mich eigentlich?« mit einem lauten, überzeugenden »Ja, ich liebe dich, mein Schatz« geantwortet? Nein, hatte er nicht. Das Gefühligste, an das er sich erinnern konnte, war ein »Aber klar doch« gewesen, das er mühsam aus dem Mundwinkel gequetscht hatte. Aber im Gegensatz zu Jochen hatte er ja auch die Quittung für sein stacheliges Machoverhalten bekommen – er war allein, weil sich die guten Frauen in seinem Leben gegen ihn entschieden hatten.

Bei Nina wäre er fast so weit gewesen. Sie gefiel ihm, im Bett und auch außerhalb. Ihre freche Schnauze, ihre Selbstironie, ihre absolute Furchtlosigkeit. »Als Lover bist du gut, aber deine Zungentechnik ist noch ausbaufähig. Ich zeig's dir mal«, hatte sie zu ihm gesagt und war dann, nachdem sie ihm sehr gekonnt den Himmel gezeigt hatte, mit den Worten »Siehst du, es geht doch« wieder nach Hause gefahren. Als er sich ein Herz fasste und sie nach drei Tagen anrief, hatte ein Mann den Hörer abgenommen. Und er hatte den Ring, den er schon in der Tasche hatte, wieder zum Juwelier zurückgebracht.

Er hatte einfach kein Glück mit den Frauen. Auch Angie hatte ihn nicht gewollt. Und er hatte sich damit abgefunden, dass sie für ihn als seine Schwägerin für immer unerreichbar blieb. Bis jetzt. Er war auf dem Weg zu Angie, während Jochen eine kleine Nachtschicht einlegte. Das waren auf einmal völlig neue Perspektiven! Wie hieß es noch: Weggegangen, Platz vergangen! Jan grinste und gab Gas.

Mist, dachte Angie, als es an der Haustür klingelte. Wer konnte das sein? Jochen hatte einen Schlüssel, Julius machte Hausaufgaben in seinem Zimmer, zumindest hoffte sie das. Beim letzten Nachsehen glaubte sie, auf dem Computerschirm einen nackten Po gesehen zu haben, den er blitzschnell wegdrückte – hoffentlich war das kein Männerhinterteil. Erschöpft von den Geschehnissen dieses Tages hatte sie sich eine Frage diesbezüglich mühsam verkniffen. Es reichte, wenn sein Vater sexuell über die Stränge schlug.

»Jan!«, rief sie erfreut, als sie ihren Schwager in der Tür stehen sah. »Komm rein. Wie ich sehe, hast du Wein mitgebracht, ich wärm dir das restliche Essen auf, falls du Hunger hast.«

»Na, das nenne ich einen netten Empfang«, sagte er lächelnd. »Ich war zufällig in der Nähe, und da dachte ich ...«

»... da dachtest du, schaust du doch mal bei deiner Schwägerin vorbei.« Angie schob ihn in die Küche, sichtlich froh darüber, an diesem Abend Gesellschaft zu haben. Ob Jochen wirklich noch im Büro war? Um diese Zeit erreichte sie unter der Firmennummer nur den Anrufbeantworter, und dass er sie angerufen hatte, musste gar nichts bedeuten. Sie verbot sich, ständig an ihn zu denken, und tat es natürlich trotzdem. Dieses Luder hat mich zu einer Frau gemacht, die ich nie sein wollte, dachte sie erneut, zu einer zickigen, eifersüchtigen Ehefrau.

»Alles klar, Angie?«, fragte Jochen. Sie sieht schrecklich aus, dachte er mitfühlend.

»Ja, alles wunderbar«, meinte Angie. »Warum fragst du?«

»Weil ich längst Bescheid weiß«, sagte Jan, als er sich an den Küchentisch setzte. Er hatte beschlossen, mit seinem Wissen nicht hinterm Berg zu halten. »Vor mir musst du nicht die glückliche Ehefrau spielen.«

»Was weißt du?«, fragte sie immer noch ein wenig misstrauisch, während sie den restlichen Braten in den Backofen schob.

»Dass die neue Praktikantin scharf auf meinen Bruder ist und er sich im Moment ausgesprochen idiotisch verhält.«

»Komm, schäl dir welche«, sagte sie und schob ihm eine Schüssel mit Pellkartoffeln hin, »und gib mir deinen Rat. Soll ich die Sache ernst nehmen?«

Jan pellte flink mit geschickten Fingern drei Kartoffeln und schnitt sie in Scheiben. Dann hielt er inne, als er ihren Blick unnachgiebig auf sich ruhen spürte. Er wusste, dass sie ihm vertraute.

»Ist er noch im Büro?«, fragte sie.

»Ja, das ist er, und zwar allein und an seinem Schreibtisch«, erwiderte Jan froh darüber, sie nicht anlügen zu müssen. »Wann hat er dir eigentlich zum letzten Mal gesagt, was für wunderschöne Augen du hast?«

Angie lächelte. »Warum hab ich eigentlich nicht dich geheiratet?«

»Weil du ein dummes Mädchen bist«, sagte er.

Julius betrachtete tatsächlich nackte Männerkörper im Internet, doch es war ein Anblick, der ihn zutiefst deprimierte. Nie würde er so aussehen, das wusste er, so makellos und muskulös zugleich, wie in Stein gemeißelt. Er war ein dicker Klops mit Mädchentitten, der nie Sex haben würde. Aus der Küche drang lautes Lachen, sein Onkel hatte offensichtlich einen guten Witz gemacht. Ob der noch eine abkriegte? Julius glaubte nicht, dass die Frauen bei ihm Schlange standen.

»Julius, kommst du zum Essen?«, hört er seine Mutter. Er schob sein T-Shirt hoch und kniff sich in den Bauch. Einfach zu viel Speck in der Hand. Voller Wut kniff er noch einmal zu, ganz fest. Trotzdem tat nichts weh, ein schlechtes Zeichen.

»Ich hab keinen Hunger«, rief er nach unten. Ein leckerer Bratenduft stieg ihm in die Nase, doch er blieb hart. Hart, wie sein Leben im Moment war.

»Hat dein Sohn eigentlich schon Sex?«, fragte Jan und wischte sich die Bratensauce aus den Mundwinkeln. »Langsam kommt er ja ins geschlechtsfähige Alter, oder?«

Angie trank ihr drittes Rotweinglas leer. Wo war Jochen, ging ihr ganz kurz durch ihren etwas umnebelten Kopf, egal, ich kann es ja nicht ändern.

»Ich fürchte nicht«, antwortete sie, »und weißt du auch, warum?«

»Nein«, meinte Jan, der seine Schwägerin in ihrem leicht aufgelösten Zustand ganz unwiderstehlich fand, »sag's mir.«

»Weil er noch so viele Pickel hat. Angeblich gehen die danach weg, sagt Nina.«

Sie lachten.

»Ich hatte mit fünfzehn zum ersten Mal Sex«, sagte Jan, griff zur Rotweinflasche und schenkte sich und Angie großzügig nach. »Es war im Schlafzimmer ihrer Eltern, die gerade verreist waren, vor der Schrankwand stand ein Bügelbrett, darauf lagen die zeltartigen Schlüpfer ihrer Mutter, die sahen genauso aus wie die meiner Mutter, was mich total abturnte.«

Angie betrachtete ihren Schwager über den Rand ihres Rotweinglases hinweg und lächelte ihm zu. »Ich bin froh, dass du heute Abend bei mir bist«, sagte sie, »weil ich mich sonst vermutlich zum Affen gemacht und Jochen entweder ständig angerufen hätte oder gar in die Firma gefahren wäre. Wie spät ist es eigentlich schon?«

»Gleich Mitternacht«, antwortete Jan.

»Die Zeit ist geradezu verflogen«, sagte Angie. »Meinst du, dass …« Sie brach ab und ließ ihre plötzlich wiedergekehrte Angst unausgesprochen.

»Er wäre ein Idiot, wenn er dich betrügt«, sagte Jan und nahm ihre Hand, die eiskalt war und sich vertrauensvoll in seine schmiegte.

»Du hältst es also für möglich?« Ihre Stimme war kleinlaut.

»Er wäre ein Idiot, Angie«, wiederholte er eindringlich. »Außerdem bin ich ja auch noch da.«

*

Er wusste noch, in welchem Stockwerk sie wohnte. Dritter Stock links. Es war noch Licht bei ihr. Nur ein einziger Kuss. Es war schon so lange her. Würde sie ihn auslachen? August Winter nahm seinen ganzen Mut zusammen und klingelte.

»Hallo, wer ist denn da?«, fragte sie.

Er räusperte sich. War es wirklich eine gute Idee zu kommen?

»Hallo?« Ihre Stimme klang ungeduldig. »Nicht schon wieder ein Klingelstreich.«

Er drückte noch einmal auf die Klingel. Jetzt etwas länger.

»Jetzt sag, wer du bist, oder ich rufe die Polizei.«

Wie energisch sie sein konnte! Das hatte er immer an ihr geschätzt.

»Hallo, Johanna«, sagte er schließlich. »Ich bin's, August.«

»Na endlich. Komm rein«, sagte sie und drückte auf den Summer.

*

»Na, das ist aber eine Überraschung!« Claus Ludwig freute sich aufrichtig, seine Exgeliebte wiederzusehen. Gelegentlich war er in den letzten Wochen kurz davor gewesen, sie anzurufen, weil sie im Bett wirklich die Beste war: wild, unersättlich, schamlos. Er hatte sie vermisst, als andere Frauen mit unecht gestöhnten Orgasmen seine Intelligenz als Liebhaber beleidigt hatten. Gesa hatte nie einen Höhepunkt vorgetäuscht, da war er sicher. Wer dabei so schrie und ihm den Rücken so zerkratzte wie sie, der hatte einen echten Höhepunkt. Hinter ihm lag ein langer Tag mit zwei Fettabsaugungen, die immer sehr ins Handgelenk gingen, zwei Brustimplantaten und einem komplizierten Kinnlifting, eine heiße Einlage zum Einschlafen kam ihm da gerade recht.

»Ich war grad bei dir in der Nähe«, sagte Gesa. Sie sah sofort, dass er es auch wollte. Und auf das, worauf sie sonst noch scharf war, würde sie später zurückkommen.

»Kann ich heute bei dir schlafen?«, fragte sie.

»Komm«, sagte er nur und zog sie ins Schlafzimmer, »lass uns keine Zeit verschwenden.«

»Warst du wirklich bis eben im Büro?«

Jochen hatte die Bratkartoffeln bis zum letzten Krümel verputzt, während sie sich gefragt hatte, ob sein Appetit ein gutes Zeichen war, weil er viel gearbeitet hatte, oder ein schlechtes, weil er ... Jetzt lag sie im Bett, beobachtete ihren Mann beim Ausziehen und stellte wieder einmal fest, dass er leider auch in dieser Kombination, Boxershorts und Socken, verdammt sexy aussah. Im Augenblick nahm sie es ihm fast übel, dass es nichts gab – keinen Ehestress, keine Krankheit, keine störende Falte und keinen Pickel –, was seine Schönheit hätte dimmen können.

»Ja, ich hatte zu tun, wie ich es schon gesagt habe«, meinte Jochen und sah sie an. »Du hast doch nicht etwa geglaubt, ich würde ...«

»Nein, hab ich nicht«, sagte sie zögernd. »Höchstens ein klein bisschen. Diese blöde Tussi hat mich einfach verunsichert.«

»Seit wann lässt du dich denn von blöden Tussis verunsichern?«

Jochen war zu ihr ins Bett geschlüpft, und Angie seufzte tief. Es war schön, seinen warmen Körper zu fühlen, es war so ... so wunderbar normal. So wie immer. Und plötzlich merkte sie, wie unendlich erschöpft sie war.

»Schatz, ich bin so müde«, murmelte Jochen, so dicht an ihrem Ohr, dass es kitzelte. »Können wir unsere Versöhnungsnummer auf morgen verschieben, oder nimmst du mir das krumm?«

»Mir geht's doch genauso«, murmelte sie zurück und drückte sich an ihn.

Und schwupp, war Jochen eingeschlafen. Vier Sekunden später fing er an zu schnarchen. Ein Geräusch, das Angie, während sie ins Traumland wegdämmerte, mehr beruhigte als alles andere. Ein Mann, der schnarchte, ging nicht fremd. Genauso wenig wie ein Mann, der zu Hause weiche Pantoffeln trug. Auch das tat Jochen. Und wenn sie ihm jetzt noch öfter als sonst frischen Knoblauch im Essen servierte, dann konnte ihnen nichts mehr passieren.

»So, jetzt hast du mir drei Stunden das Ohr abgekaut, liebe Marianne, ich muss jetzt wirklich ins Bett. Also, schlaf gut.« Nina legte auf und ging zu ihrer Hausbar. Die war immer gut bestückt, Männer liebten prä- oder postkoital etwas Hochprozentiges, und sie selbst griff auch gern zu einem guten Malt-Whisky, wenn sie nach Hause kam.

Sie hatte Mariannes verzweifelte Selbstvorwürfe etwas anstrengend gefunden, aber als gute Freundin hatte sie ihr zugehört und dabei die entsprechenden Kommentare gemacht: »Ehrlich? Ja, das kann ich gut verstehen. Mensch, das gibt's doch nicht.« Und dabei hatte sie auf halber Lautstärke einen Liebesfilm auf *SAT 1* angeschaut, was Marianne zum Glück nicht aufgefallen war. Nina war heilfroh, dass Gesa erst einmal abgetaucht war, so konnte sie wenigstens kein Unheil mehr anrichten.

»Vielleicht schläft sie gerade auf der Straße oder hat sich in einem Puff beworben«, sagte Marianne mit kleiner Stimme. »Und es ist alles meine Schuld, weil ich sie rausgeschmissen habe.«

»Es war überfällig, Marianne«, versuchte Nina sie zu trösten, »und außerdem ist sie aus hartem Holz geschnitzt, sie wird schon nicht untergehen. Ich bin sicher, dass sie bereits ein warmes Plätzchen zum Schlafen gefunden hat.«

Kapitel 16

Gesa stand bereits unter der Dusche, als Claus am nächsten Morgen aufwachte. Das Geräusch irritierte ihn, denn in der Früh wollte er allein sein. Auch wenn die Nacht mit ihr so heiß gewesen war, wie er es von ihr erwartete. Sie ist der Hammer im Bett, dachte er und war froh, dass sie diesmal nicht, wie er es vorzog, direkt nach dem Koitus gegangen war. Außerdem war ihr junger, gut geformter Körper, an dem er weder beruflich noch privat etwas auszusetzen hatte, so früh am Morgen ja durchaus eine Augenweide.

»Na, gut geschlafen?«, fragte sie, als er zu ihr unter die Dusche stieg.

»Wie immer«, sagte er und küsste sie.

»Lust auf mich?« Sie schäumte ihn bereits ein.

»Wie immer«, sagte er.

Was ist bloß los mit mir, dachte Angie, es ist doch alles wieder gut! Jochen hatte sich zärtlich von ihr verabschiedet, Julius war ausnahmsweise von allein aufgestanden und hatte sogar seine Sportsachen nicht vergessen, ihr Gesicht hing nicht mehr schief, bei günstiger Beleuchtung hatte es sogar durchaus etwas Ähnlichkeit mit einem Babypopo, ihr Schwiegervater hatte sich zum Mittagessen angemeldet und sich Königsberger Klopse gewünscht, alles friedlich, alles schön, und trotzdem …

Angie fühlte sich wie unter einer großen, grauen Wolke, die immer tiefer rutschte und sie in einen dichten, kalten Nebel hüllte. Obwohl sie seit Tagen nicht mehr im Fitnessstudio gewesen war, klopfte ihr Herz schneller als sonst. Und immer, wenn sie gerade nicht damit rechnete, tauchten plötzlich unangenehme Bilder vor ihrem inneren Auge auf. Bilder, auf denen immer dieselben Personen zu sehen waren: Jochen und Gesa. Sie küssten sich, sie streichelten sich und sie liebten sich.

Sie ist weg, hatte Jochen gesagt, aber das stimmte nicht. Denn sie war die große, dunkelgraue Wolke, die ihr Leben verdüsterte. Sie war noch immer da und weigerte sich zu gehen.

Ich brauche Hilfe, dachte Angie, sonst dreh ich durch.

»Angie, meine Liebe.« Jan hörte sich so erfreut an, dass es ihr gleich besser ging. »Schön, deine Stimme zu hören. Was kann ich für dich tun?«

»Bist du allein?«, fragte sie und kam sich lächerlich konspirativ dabei vor.

»Das klingt vielversprechend«, meinte Jan, »was es vermutlich nicht ist. Ja, ich bin allein. Was ist los?«

»Ich möchte, dass du Jochen ...« Es war doch schwieriger, als sie dachte. Sie wollte ihren Schwager darum bitten, den Detektiv zu spielen und ihren Ehemann auszuspionieren. Und Jochen durfte unter keinen Umständen etwas davon erfahren! Er wäre unglaublich verletzt und würde sehr wütend werden, das wusste Angie.

»Was soll ich tun, Angie?«, fragte Jan.

»Ach, nichts.« Sie klang so mutlos, dass er am liebsten zu ihr gefahren und sie in die Arme genommen hätte.

»Möchtest du, dass ich mein kleines, wachsames Bruderauge auf ihn werfe?«, fragte er nur und hörte an ihrem erleichterten Ausatmen, dass er damit genau richtig lag.

»Würdest du das für mich tun?«, fragte sie, und er sah sie genau vor sich, wie sie am Telefon stand, eine kleine Falte zwischen den Augenbrauen, vermutlich kaute sie nervös auf ihrem Daumen. Ach, Angie, dachte er, warum spüre ich nach all den Jahren noch immer einen Herzschmerz, wenn ich an dich denke!

»Für dich tue ich doch alles. Fast alles …«, schränkte er schnell ein, bevor es zu pathetisch klang.

»Und du sagst mir dann sofort Bescheid, wenn es etwas gibt?«

»Sofort«, versprach er ihr. »Und jetzt müssen wir Schluss machen, dein Mann kommt gerade ins Büro.«

»Sag ihm nichts«, wollte Angie noch sagen, aber er hatte bereits aufgelegt.

Jan lächelte seinen Bruder an. »Schlecht geschlafen?«, fragte er ihn dann.

»Hier, lies mal«, sagte Jochen statt einer Antwort und warf einen Brief auf seinen Schreibtisch. »Jetzt verklagt sie uns doch.«

»Die Oma mit dem Pudding?«, fragte Jan. »Wieso das denn? Hat Gesa die Sache nicht mit ihrem Enkel geregelt?«

»Offensichtlich nicht zu seiner Zufriedenheit«, murmelte Jochen. »Was schlägst du vor? Geld oder Anwalt?«

Jan überlegte. »Ich würde ihm Geld anbieten«, sagte er dann, »das will der Kerl doch.«

Jochen ging zum Fenster und sah hinaus.

»Sonst noch was?«

»Nein«, sagte er.

»Bist du sicher?«, fragte sein Bruder.

Jochen zögerte.

»Bist du tatsächlich gerade dabei, deine Ehe aufs Spiel zu setzen?«, fragte Jan.

Jochen lachte. »Ich bin doch nicht blöd.«

»Doch, offensichtlich bist du das«, sagte Jan.

»Zum Bahnhof, bitte«, sagte Gesa und lehnte sich zufrieden zurück. Alles hatte geklappt, ihr Plan war aufgegangen. War schließlich nicht ihr Pech, dass Claus ein Bündel Euroscheine offen herumliegen ließ. Wahrscheinlich von irgendwelchen Oligarchen-Tussis aus Russland, an denen er ohne Rechnung herumgeschnippelt hatte, vermutete sie und zupfte sich ein paar Scheine heraus. Den Verlust würde er wahrscheinlich gar nicht merken, und wenn, dann hatte sie ihm ja auch einiges dafür geboten letzte Nacht. Es hatte sich also für beide gelohnt.

Jetzt hatte sie noch etwas zu erledigen. Sie griff zum Handy.

»Ich bin's, Gesa«, sagte sie leise. »Ich würde mich gern noch von dir verabschieden. Wir haben eine Stunde. Kennst du das *Metropolis* am Hauptbahnhof?«

Später hätte Jochen beim allerbesten Willen nicht erklären können, welche Synapsen nach Gesas Anruf in seinem Männerhirn explodiert waren, was er nur einzig und unnachgiebig spürte, war das Blut, das in seine Lenden schoss. In ihm war ein Drängen, das so heiß und rücksichtslos durch seinen Körper pulsierte, nichts und niemand hätte ihn davon abbringen können, dem Lockruf dieser blutjungen Sirene zu folgen. Ob in die Verdammnis oder ins Paradies, war ihm im Moment völlig egal.

»Wo willst du hin?«, rief ihm Jan hinterher, als er an seinem Büro vorbeistürmte.

»Ins Anna-Louisen-Heim, da ist eine Panne mit dem Herd passiert!« Jochen nahm zwei Stufen auf einmal, und sein Bruder sah mit Befremden vom Fenster aus, wie er in seinen Wagen stieg und mit quietschenden Reifen vom Hof fuhr. Dann griff er zum Telefon.

»Ja, Winter hier. Ich wollte Ihnen nur mitteilen, dass mein Bruder auf dem Weg zu Ihnen ist. Was genau ist denn das Problem mit dem Herd? Okay, dann hab ich ihn wohl missverstanden.« Er legte auf.

Jan wusste, was sein Bruder vorhatte. Und dass er es niemals übers Herz bringen würde, Angie davon zu erzählen.

Ich muss wahnsinnig geworden sein, dachte Jochen, als er im Halteverbot direkt vor dem Hotel parkte; ein geringes Risiko, wie er sich einredete, denn schließlich war er in einer Stunde ja wieder auf dem Rückweg ins Büro. Sechzig Minuten nur, dachte er, die gönne ich mir, und dann ist dieses Kapitel für immer beendet. Und niemand wird je davon erfahren. Ein kleiner Ausrutscher, der zweite und letzte in seiner Ehe, mehr nicht.

»Sie werden bereits erwartet«, sagte der Mann. »Zimmer vierundzwanzig, Treppe hoch, Fahrstuhl gibt's nicht.«

Jochen nickte wortlos und wandte sich dem Treppenhaus zu. Noch kannst du zurück, raunte eine innere Stimme ihm zu. Dreh um, steig in dein Auto, und niemand wird je ahnen, was du vorgehabt hast. Er ging den Flur entlang. Zimmernummer vierzehn, sechzehn, achtzehn, zwanzig, zweiundzwanzig. Er blieb stehen und holte tief Luft. Und dann klopfte er an.

*

Eigentlich hatte Nina seit langer Zeit mal wieder eine solide Mittagspause machen wollen. Ein kleiner Imbiss mit Angie, ein Spaziergang im Park, eine Fitnessrunde im Club. Was andere eben so machten, die nicht so oft der Hafer stach wie sie. Aber dann stand plötzlich ohne Ankündigung die Fleisch gewordene Versuchung namens Stedman in ihrem Wartezimmer: groß, schwarz wie Kakao und erotisch äußerst ansprechend. Sie sagte sich: Man bereut im Leben nur, was man nicht gemacht hat, und stieg mit ihm ins Taxi.

Nina wusste, es würde schnell und unkompliziert zur Sache gehen, unangenehme Überraschungen waren bei ihm nicht zu erwarten. »Hast du inzwischen Arbeit gefunden, Steddie?«, fragte sie, um sich und ihm das Gefühl zu geben, es verbinde sie noch etwas mehr als wortloser Sex, ein Hauch von Kommunikationsbedürfnis, ein Hauch von Interesse. Er schüttelte den Kopf und legte ihre Hand auf seine jamaikanische Wölbung, Nina fühlte sie unter seiner engen Hose vorfreudig pochen.

Wirklich ein kleines Wunder, dass ich bei meinem Beruf immer noch so viel Spaß am Sex habe, dachte Nina, als sie ihre Hand geschickt auf seiner Schwellung hin- und herbewegte. Was sie im Übrigen auch aus praktischen Überlegungen tat. Es würde schneller gehen, und dann bliebe noch Zeit, sich diese obergeilen Stiefeletten zu kaufen, die sie im Schaufenster ihres Lieblingsschuhladens entdeckt hatte.

»Zwölf Euro zwanzig«, sagte der Fahrer, der sie die ganze Zeit im Rückspiegel beobachtet hatte, und stoppte mit Schwung direkt vor dem *Metropolis*. »Und viel Spaß noch«, setzte er hinzu und warf dem schwarzen Hünen einen neiderfüllten Männerblick zu. Er hätte jetzt auch gern mit dieser scharfen Tante eine kleine Mittagspause eingelegt. Aber die zog ja offensichtlich Exotischeres vor. Als wenn der Charme der norddeutschen Tiefebene, mit leichtem Bauchansatz, Haarkranz und spitzen Knorpelknien, nicht auch seine Reize gehabt hätte ...

»Stimmt so«, sagte Nina und gab ihm fünfzehn Euro, während sie mit ihren Gedanken bereits im Hotelzimmer war. Und dann sah sie es.

Jochens Auto. Direkt vor dem Hotel im absoluten Halteverbot.

»Ich muss los«, sagte Jochen hektisch, sprang vom Bett auf und griff nach seiner Hose.

Gesa lag auf dem Bett und beobachtete ihn mit dem Ausdruck einer satten, zufriedenen Katze.

»Keine Lust auf einen Nachschlag?« Sie erhob sich und hatte

mit einem geübten Griff seinen Reißverschluss schon wieder so weit geöffnet, dass dieses süße, ihn völlig willenlos machende Gefühl wieder Besitz von ihm ergriff.

»Ich kann wirklich nicht mehr«, murmelte er.

»Und ob du kannst«, flüsterte sie. »Bleib doch noch bei mir. Nur noch ein paar Minuten. Ich will dich noch einmal kurz spüren, und dann gehen wir und sehen uns nie wieder.«

Er schloss die Augen. Zwei absolut widersprüchliche Gedanken schwirrten in seinem Hirn herum. *Ich muss ganz schnell raus hier!* und *So könnte ich sterben!*

»ICH ... MUSS ... GEHEN«, sagte er mit letzter Kraft. Sie umschloss ihn, führte ihn, bis sie ihn wieder in sich pochen fühlte.

»Noch eine Minute, eine einzige.«

»Eine Frage«, sagte Nina, während sie einen Fünfzigeuroschein über den Tresen schob. »In welchem Zimmer halten sich gerade ein sehr junges Mädchen und ein Mann auf, der ihr Vater sein könnte?«

»Darf ich Ihnen leider nicht sagen.« Der Mann steckte den Schein ein und lächelte sie auffordernd an. »Diskretion, Diskretion.«

Nina lächelte zurück, während sie sich weit über den Tresen beugte. »Ich suche den Ehemann meiner besten Freundin, die gerade mit einem Schlaganfall ins Krankenhaus gekommen ist. Wenn Sie also nicht sofort ...«

»Vierundzwanzig«, rückte der Mann heraus.

»Warte hier auf mich«, sagte sie zu Stedman, der sie verständnislos ansah, »ich bin gleich wieder da.«

Nina spürte, wie ihre Wut mit jeder Treppenstufe zunahm. Gleichzeitig wuchs ihr Schuldgefühl, schließlich hatte sie Gesa durch ihre Praktikumsvermittlung geradezu in diese Situation hineingezwungen. Wenn sie selbst nicht so hartnäckig gewesen wäre, würde dieses kleine Miststück jetzt friedlich und arbeitslos in ihrem Bett herumliegen, statt sich ehebrecherisch mit dem Mann ihrer besten Freundin in einem Stundenhotel zu vergnügen!

Keuchend stand sie vor Zimmer vierundzwanzig und wartete, bis ihr Puls sich wieder normalisiert hatte. Dann rief sie: »Housekeeping, bitte sofort die Tür öffnen, sonst rufe ich die Polizei.«

Nichts passierte. Nina glaubte, hinter der Tür Geraschel und Stimmengemurmel zu hören. Sie klopfte noch einmal.

»Aufmachen!«, sagte sie scharf mit lauter Stimme.

Die Tür wurde einen Spaltbreit geöffnet, den Nina sofort mit einem Fußtritt so weit verbreiterte, dass sie eintreten konnte.

»Nina?«, rief Gesa, aber es klang nicht erschrocken, sondern eher belustigt. »Was machst *du* denn hier?«

»Wo ist Jochen?«

»Welcher Jochen?«

»Tu nicht so blöd, sonst dreh ich dir den Hals um, du kleines Monster.«

»Ich hab keine Ahnung, von wem du sprichst.«

Nina schob sie zur Seite, trat ins Zimmer und hob die Bettdecke hoch. Nichts. Hinter den Vorhängen, auch nichts. In der kleinen, schmuddelbraun gekachelten Dusche genauso wenig.

»Ich bin allein hier«, sagte Gesa, die sich inzwischen aufs Bett gelegt hatte und Ninas aufgebrachte Zimmerdurchsuchung mit einem kleinen Lächeln auf den Lippen verfolgte. »Mami hat mich rausgeschmissen, wie sie dir sicher erzählt hat, und hier ist es billig.«

Und dann sah Nina die Verbindungstür zum Nebenzimmer. Sie war so in die Tapete eingelassen, dass man sie auf den ersten

Blick nicht erkennen konnte. Aber die Wand war so dünn, dass Nina sie mit dem Fuß auftreten konnte. Im Zimmer nebenan war niemand, nur die Tür zum Flur stand weit offen.

Nina wusste jetzt, wie es sich anfühlte, wenn man total verarscht wurde. Sie drängte Gesa zur Seite, die ihr nachgekommen war, und lief die Treppen hinunter. Schnaufend stand sie auf der Straße. Da, wo gerade noch Jochens Auto geparkt hatte, lag jetzt ein zerknüllter Strafzettel auf dem Boden.

Das war wirklich knapp, dachte Jochen, als er zwanzig Minuten später schweißnass wieder in seinem Büro saß. Und er war ganz sicher, dass er so etwas nie wieder machen würde. Er war nicht der Typ für solche Abenteuer, er war ein Mann, der seine Frau liebte und der *einmal* schwach geworden war. Ein einziges und letztes Mal.

Auf seiner Flucht vorhin war ihm schwarz vor Augen geworden, kurz hatte er gefürchtet, in einem Kreislaufkollaps auf der Straße zusammenzubrechen. Gerade noch rechtzeitig hatte er es ins Auto geschafft und im Rückspiegel gesehen, wie Nina vor dem Hotel wütend mit dem Fuß aufgestampft hatte. Ob sie ausnahmsweise den Mund halten konnte? Er bezweifelte es.

»Na, hat alles geklappt?« Jan stand vor seinem Schreibtisch und wartete auf eine Antwort. Es dauerte ein paar quälend lange Augenblicke, bis Jochen einfiel, wo er vorgegeben hatte, gewesen zu sein.

»Alles paletti«, sagte er und wandte sich betont geschäftig seinem Computer zu. »War zum Glück nur eine Kleinigkeit.«

»Aha«, meinte Jan. »Ärgerlich, dass dich das Seniorenheim wegen einer Kleinigkeit herbeizitiert.«

»Ach, ich komm ja gern mal raus«, murmelte Jochen, während er seine Maus sinnlos hin und her bewegte.

»Wer tut das nicht?«, sagte Jan und blieb mit diesem merkwürdigen Gesichtsausdruck, der seinen Bruder zunehmend irritierte, im Zimmer stehen.

Ahnte er etwas? Ach was, er sah Gespenster. Jochen griff zum Telefon.

»Hallo, Schatz«, sagte er und lächelte seinen Bruder dabei an, »ich wollte dir nur sagen, dass ich heute mal früher heimkomme. Rouladen? Wunderbar. Bis später.« Er legte auf, Jan machte keine Anstalten zu gehen.

»Ist noch was?«, fragte er. »Sonst würde ich nämlich gern weiterarbeiten.«

Jan warf ihm einen langen Blick zu und sagte dann: »Kleiner Tipp: Mach deine Hemdknöpfe richtig zu, bevor du nach Hause gehst. So siehst du nämlich verdächtig nach Mittagspause im Stundenhotel aus.«

»Bitte schnallen Sie sich jetzt an, bis die Warnlampen über Ihnen erloschen sind«, sagte die Flugbegleiterin. »Ich wünsche Ihnen einen guten Flug nach Palma.«

Gesa lehnte sich zurück und schloss die Augen. Eine herrliche Zeit in einem kleinen Hotel am Meer lagen vor ihr. Jochen hatte sich nicht lumpen lassen und ihr, kurz bevor er geflüchtet war, freundlicherweise noch ein paar Scheinchen zugesteckt. Das würde reichen, um es sich ein paar Wochen lang unter Palmen so richtig gutgehen zu lassen. Und falls sie dort netten Besuch bekam, womit sie fest rechnete, würde sie gern auch länger bleiben. Orangenhaine, Mandelbäume, blaues Meer! Sie schaute aus dem Fenster. In diesem Moment stieß der Flieger durch die Wolken, mitten hinein in einen Himmel, der geradezu unverschämt blau in ihr kleines Fenster leuchtete. Kleine, blitzweiße Schäfchenwolken flatterten vorbei, als wollten sie ihr zuwinken.

Mich seht ihr nie wieder, dachte Gesa, ich fange jetzt ein neues Leben an.

Und irgendwann würde Jochen nachkommen, da war sie ganz sicher.

*

»Schatz, ich bin noch wach«, rief Angie, als sie Jochen auf der Treppe hörte. Das totale Verwöhnprogramm lag hinter ihr. Nach dem Abendessen hatte sie sich geduscht, einbalsamiert und parfümiert. Selbst ihre Fußnägel hatte sie frisch lackiert, bunt wie ein Regenbogen leuchteten sie unter der Bettdecke hervor. Sie war bereit. Merkwürdig nur, dass sich Jochens Schritt auf einmal verlangsamte. Fast schien es, als würde er zögern, bevor er eintrat.

»Jochen«, rief sie, »komm zu deiner Frau. Sie duftet wie ein türkischer Puff und möchte, dass du auch etwas davon hast.«

Ich kann nicht, dachte Jochen. Am liebsten wäre er auf dem Absatz umgedreht und hätte die Flucht ergriffen. Er fühlte sich wie ein mieses, fieses, jämmerliches Schwein. Er war ein mieses, fieses, jämmerliches Schwein.

Ich werde dich nie wieder betrügen, Angie, schwor er sich, von jetzt an werde ich der beste Ehemann aller Zeiten sein. Er straffte seinen Rücken, drückte das Kreuz durch und betrat sein Schlafzimmer.

»Da bist du ja«, rief Angie und breitete die Arme aus. »Wo warst du denn so lange?«

Ich war ganz weit weg, lag es ihm auf der Zunge zu sagen, bevor er jede Erinnerung daran mit aller Kraft wegdrückte, aber jetzt bin ich wieder da. Jetzt und für immer.

»Alles für dich«, meinte Angie und schlug die Bettdecke zurück.

Sie war splitterfasernackt. Und sah zum Anbeißen aus. Die meisten Männer hätten sich nach einer kleinen Kuschelrunde mit ihr die Finger geleckt. Und an jedem anderen Tag hätte er dies vermutlich auch getan. Nur gerade heute nicht. Er war knochentief erschöpft. Sein Gewissen pochte. Er liebte Angie, das wusste er jetzt, inniger denn je. Aber er hatte einfach keine Kraft mehr.

»Du siehst wunderschön aus«, flüsterte er und legte sich neben sie, »und ich hab dich überhaupt nicht verdient.«

»Doch, hast du«, flüsterte sie zurück und beugte sich über ihn. »Mach die Augen zu und lass dich verwöhnen.«

Er schloss die Augen und wäre am liebsten eingeschlafen. Aber er spürte ihre warmen Finger an seiner Hose, an seinem Reißverschluss.

»Ist es normal, dass man seinen Mann nach so langer Zeit noch so sexy findet?«, fragte sie an seinem Ohr.

Ruckartig setzte er sich auf. Siedend heiß war ihm eingefallen, dass er seine Boxershorts in diesem billigen Hotel liegen gelassen hatte.

»Ich hab solche Lust auf dich,« murmelte Angie und zog am Reißverschluss.

»Du, ich muss mal ganz kurz für kleine Jungs«, rief er, sprang aus dem Bett und lief ins Badezimmer. Blitzschnell zog er Hose und Hemd aus, ließ zweimal die Spülung rauschen, gurgelte mit Mundwasser und kam zurück. Gott sei Dank, dachte er und schaute an sich herunter, wo sich zu seiner großen Erleichterung etwas regte. Nicht viel, aber es würde reichen. Hoffentlich.

Auf in den Kampf, bevor du wieder schlappmachst, befahl sich Jochen, beugte sich über seine Frau und küsste sie. Ihre Lippen waren weich und warm, ganz kurz dachte er an andere Lippen, die ihn heiß und fordernd liebkost hatten. Panisch spürte er, wie er nachließ, wie die Spannung wieder wich ... Konzentrier dich, du Arschloch! Er versuchte es krampfhaft, küsste seine Frau. Die Frau, die er liebte. Für die er, wenn ihr Leben auf dem Spiel stehen würde, seine Niere opfern würde. Ein Stück seiner Leber. Sein Herz! Die Frau, mit der er jetzt Sex haben würde. Haben musste!

»Du wirkst ein bisschen unkonzentriert«, sagte Angie, nachdem sich seine rechte Hand auf ihrer Brust wie eine tote Flunder anfühlte, und sie konnte nicht verhindern, dass ihre Stimme misstrauisch klang. »So, als wenn du an etwas ganz anderes denkst.«

»Ich bin nur etwas müde, war ein anstrengender Tag.« Verzweifelt bemühte sich Jochen um einen Rest von Lust, aber er fühlte sich wie jemand, der nach einem opulenten Sechs-Gänge-Menü noch Begeisterung für ein Bauernomelette aufbringen sollte. Nein, stopp, falscher Vergleich! Angie war was Besseres als Hausmannskost, sie war ... sie war ... seine Gedanken verschwommen ... streiften kurz ein Hotelzimmer, das er nie wieder betreten würde, ein junges Mädchen, das er nie wieder berühren würde ...

Das Telefon klingelte unten im Wohnzimmer.

»Ich geh nicht ran«, murmelte Angie. »Ist sowieso nur Nina, das kann ich mir auch morgen anhören.«

NINA? Schlagartig fühlte sich Jochen auf sehr unangenehme Weise wachgerüttelt. »Vielleicht ist es was Wichtiges«, murmelte er und musste sich sehr zusammenreißen, um nicht aus dem Bett zu springen und das Kabel in seiner Hast aus der Wand zu reißen, sondern in normalem Tempo zum Telefon hinunterzugehen. Ich fühle mich wie ein Idiot, dachte er, mein Herz rast, meine Haut stinkt nach Angst, nur weil die beste Freundin meiner Frau anruft. Die mich allerdings fast erwischt hätte. Aber nur fast. Sie hat keine Beweise. Nur mein Auto vor dem Hotel ...

»Hallo?«, knurrte er so unfreundlich wie möglich in den Hörer.

»Hallo, Jochen«, Ninas Stimme schnurrte dagegen wie eine rollige Katze, »wieso gehst du ans Telefon? Angst, dass ich Angie etwas von deinem mittäglichen Besuch im *Metropolis* erzählen könnte?«

»Wenn es Nina ist, gib sie mir mal kurz«, rief Angie aus dem Schlafzimmer.

Im nächsten Leben bin ich schwul, dachte Jochen. Schwule Männer, das hatte er jedenfalls gehört, legten im Allgemeinen keinen großen Wert auf sexuelle Treue. Sich ein Häppchen gönnen, nannten sie es, wenn sie sich im Park oder Darkroom ein bisschen vergnügten. Aber Männer wie er waren zur Monogamie verdammt, und wenn sie sich mal ein Häppchen gönnten, war gleich die Hölle los.

»Ich weiß nicht, wovon du sprichst«, flüsterte Jochen in den Hörer, »und selbst wenn ich es wüsste, was willst du von mir?«

»Du gibst es also zu«, sagte Nina und ihre Stimme klang so triumphierend, dass er sie gern ein wenig gewürgt hätte. »Du gibst zu, dass du dich mit Gesa in einem billigen Stundenhotel …«

»Dass dir ja offensichtlich gut bekannt ist«, unterbrach er sie.

»Was dich nichts angeht«, fuhr sie auf, »ich stehe schließlich nicht kurz vor der Silberhoch…«

»Jochen, was ist denn? Gib mir mal kurz den Hörer!« Angie war aufgestanden und kam die Treppe herunter.

»Es war das erste und das letzte Mal«, flüsterte er flehentlich, fast weinerlich, und verachtete sich in dem Moment genauso, wie ihn Nina verachten musste. »Es wird nie wieder vorkommen.«

Nina schwieg. Er schwitzte.

»Gib her«, forderte ihn Angie auf, die nun neben ihm stand und ihm den Hörer aus der Hand riss. »Mach die Fliege, Schatz, ich komm gleich nach.«

So musste sich ein zum Tode Verurteilter fühlen, der zum Schafott hochstieg, dachte Jochen, als er Schritt für Schritt die Treppe zum Schlafzimmer nahm.

»Was ist denn los, warum rufst du so spät an, Nina?«, hörte er noch, dann zwang er sich, die Tür zu schließen und sich ins Bett zu legen. Summmmmmm. Wie von der Tarantel gestochen fuhr er hoch und stürmte ins Bad. Sein Handy vibrierte in seiner Hosentasche. Hastig griff er danach. Eine SMS. Er wusste sofort, von wem sie war, wollte es aber nicht wissen. Trotzdem las er.

Bin auf Mallorca. Habe Sehnsucht nach dir. Besuch mich mal. Deine Gesa.

Er löschte die Nachricht und hätte gern alles andere, was mit ihr zusammenhing, durch einen einzigen Tastendruck genauso gelöscht.

»Schläfst du schon?«

Jochen, der sich zur Seite gerollt und die Augen geschlossen hatte, überlegte kurz, ob er sich schlafend stellen sollte. Angies Stimme klang wie immer, das war ein gutes Zeichen, also gähnte er und drehte sich zu ihr.

»War was?«, fragte er.

»Nichts Besonderes«, sagte sie. »Warum interessiert dich das auf einmal?«

Eine Falle? Was war jetzt die beste Strategie für ihn? Sein übermüdetes, überreiztes Hirn gab ihm keine Antwort.

»Hätte ja was sein können«, murmelte er deshalb so nonchalant wie möglich. Er war sich sicher, dass sie mitkriegen musste, wie ihm ein riesiger Stein vom Herzen fiel.

»Sie bittet dich übrigens, ihr beim Kellerausmisten zu helfen«, sagte Angie. »Du weißt ja, sie hat bergeweise Gerümpel aus drei Jahrhunderten dort gelagert, und der Keller ist feucht ...«

Jochen lauschte stumm. Die Todesstrafe hatte er nicht bekommen, lebenslänglich auch nicht, aber diese Strafe auf Bewährung hatte es genauso in sich.

»Ich mach's«, sagte er umgehend, »kein Problem.«

An Angies Schweigen hörte er, dass seine schnelle Zusage ein taktischer Fehler war. Er hätte zögern, ein bisschen maulen müssen. So jedenfalls hätte der alte Jochen reagiert, der, der nichts zu verbergen hatte. Übereifer war ein Schuldeingeständnis. Schnell schob er deshalb leicht genervt nach: »Hat sie denn keine Hilfsarbeiter für so etwas?«

»Sie möchte ausdrücklich dich«, meinte Angie. »Gibt es einen speziellen Grund dafür?«

»Woher soll ich das wissen, Schatz?« Jochen legte sich auf den Rücken und schloss die Augen. »Ich habe längst aufgehört, das Rätsel Frau entschlüsseln zu wollen. Gute Nacht!«

Angie zog ihre Decke bis zur Nasenspitze, löschte das Licht und überlegte. War wirklich alles in Ordnung? Sanfte Schnarchtöne verrieten, dass Jochen eingeschlafen war. Würde er das können, wenn er etwas zu verbergen hatte? Ja, er würde. Er war ein Mann.

Kapitel 17

Sechs Wochen später

»Du hast was?«, rief Angie und hätte sich fast an der Riesengarnele verschluckt, von der sie gerade abbeißen wollte.

»Ich habe eine Sexpause eingelegt«, verkündete Nina und blies genüsslich einen Rauchkringel in die Luft, denn bei Angie durfte sie zum Glück sogar in der Küche rauchen, »und es geht mir supergut dabei. Wie innerlich und äußerlich von allen Schlacken befreit. So ähnlich muss sich Heilfasten anfühlen.«

Angie lächelte und tunkte die Garnele in ihren selbst gemachten Tomaten-Aioli-Dip. Sie war froh, dass Jochen und sie keine Lust auf Heilfasten hatten. Ganz im Gegenteil! Seit jenem »Zwischenfall«, wie Angie die Geschichte mit Gesa mittlerweile nannte, schlemmten sie fast jede Nacht. Unglaublich, wie gut es sich anfühlte, wieder regelmäßig Sex zu haben. Wie in den Flitterwochen. Jochen war nur noch gut gelaunt, ihre Haut rosig durchblutet, sogar mindestens ein Pfund abgenommen hatte sie.

»Hast du eigentlich mal was von dieser, na wie hieß sie noch, du weißt schon, gehört?« Die Frage war ihr gegen ihren Willen entschlüpft, und Angie ärgerte sich, dass ihr Herz dabei schneller klopfte, aber ein Restbestand aus Unsicherheit und Zweifeln war leider hartnäckig geblieben.

»Die ist nach wie vor auf Mallorca und kellnert dort irgendwo«, erwiderte Nina. »Marianne ist heilfroh darüber, das kannst du mir glauben.«

Das war Angie auch. Jochen gegenüber hatte sie den Namen Gesa Dominic nie wieder erwähnt, und auch er schien keinen Gesprächsbedarf mehr zu haben, was dieses Thema anging. Sie waren zur Tagesordnung übergegangen, nur die Nächte waren anders geworden, heißer und aufregender. So als hätte Gesa einen Tauchsieder zwischen ihre erkalteten Laken gesteckt.

»Denkst du noch oft an sie?« Nur Nina durfte ihr diese Frage stellen, und nur sie bekam eine ehrliche Antwort darauf.

»Am Anfang ständig, dann nur noch jede zweite Minute und jetzt kaum noch.«

Sie lächelten sich an. »Eigentlich kannst du ihr sogar dankbar sein«, sagte Nina und schleckte genüsslich den Dip von ihrer Garnele, »denn im Grunde hat sie ja eure Ehe wiederbelebt, oder?«

»Im Grunde ja«, gab Angie zu. »Trotzdem will ich diesen Namen nie wieder von dir hören.«

»Großes Indianerinnenehrenwort«, sagte Nina. »Gib mir noch einen Prosecco. Ich will mir ja nicht alle Sünden auf einmal abgewöhnen.«

Angie schenkte nach und sie stießen an.

»Worauf trinken wir?«, fragte Angie.

»Auf unsere Freundschaft«, sagte Nina. »Und auf Frauen, auf die man sich immer verlassen kann!«

»Vielleicht sollte ich mal wieder zum Sport gehen. Im Grunde albern, dass ich den Club meide, nur um Marianne nicht über den Weg zu laufen.«

»Die ja nun wirklich überhaupt nichts dafür kann«, bestätigte Nina. »Und Sippenhaft sollte doch in unserem Jahrtausend langsam ausgestorben sein, oder?«

»Pst, meine Mutter und ihre Freundin sind da, wir müssen leise sein«, flüsterte Julius und zog ein junges Mädchen hinter sich die Treppe hoch. Sie kicherte, und er legte warnend seinen Zeigefinger an die Lippen.

Aus der Küche war nun lautes Gelächter zu hören, dann ertönte Ninas Stimme: »Sag mal, was ist eigentlich mit Julius? Hat sich die Frage jetzt endlich geklärt, ob er schwul ist oder nicht?«

Julius erstarrte, das junge Mädchen an seiner Seite grinste.

»Ich fürchte, dass er schwul ist«, sagte nun seine Mutter, die keine Ahnung hatte, dass ihr Sohn gerade den grausamen Tod der Peinlichkeit starb.

»Du meinst, weil er sich nackte Männer im Internet angeguckt hat? Vielleicht ist er ja einfach nur bi, das darf man in dem Alter nicht allzu ernst nehmen.«

Julius machte auf dem Absatz kehrt und zog das Mädchen zur Haustür. Weg, bloß weg von hier, dachte er, bevor es noch schlimmer wurde.

»Bleib hier«, sagte sie leise und zog ihn zurück, »und reg dich bloß nicht auf. Sind doch nur Erwachsene.«

Und schon holte sie auf der nächsten Treppenstufe Angies Stimme wieder ein. »Sein Schulleiter hat mir diesen Floh ins Ohr gesetzt«, sagte sie. »Ich hab mir ja eigentlich nur Sorgen um ihn gemacht, weil er so moppelig ist ...«

Ich bring dich um, dachte Julius wütend, und dann verscharr ich dich im Garten neben meinen Goldhamstern.

»Er schwärmt übrigens noch immer von einem Mitschüler, der Miro heißt«, fuhr sie fort. »Insofern hat Dr. Glitsch wahrscheinlich doch Recht. Obwohl die Vorstellung, dass er schwulen Sex hat in seinem Jugendzimmer, aus dem ich gerade erst die alten Barbapapa-Plakate entfernt habe ...«

Das junge Mädchen sah Julius mitfühlend an. »Komm«, flüsterte sie, »wir gehen zu mir nach Hause, da haben wir sturmfrei und können richtig guten, schwulen Sex haben.«

Er lächelte sie an. »Weißt du eigentlich, dass ich total verknallt in dich bin, Miro?«

Sie erwiderte sein Lächeln. »Obwohl ich ein Mädchen bin?«

Vorsichtig tapsten sie die Treppe wieder hinunter. Mit einem leisen Schnappen fiel die Haustür ins Schloss.

Als Nina gegangen war, ging Angie zum Telefon und wählte eine Nummer, was sie ein wenig Überwindung kostete.

»Dominic«, sagte eine Frauenstimme, und Angie musste unwillkürlich schlucken.

»Ich bin's, Angie«, sagte sie. »Wollte nur mal hören, wie es dir so geht.«

»Danke«, sagte Marianne, während ihr ein Stein vom Herzen plumpste, »ich freu mich sehr, von dir zu hören.«

»Das weiß ich …« Plötzlich blieb Angie die Stimme weg, und sie musste sich räuspern. »Gehst du noch ins Studio?«

»Dreimal die Woche«, sagte Marianne stolz. »Dich hab ich dort lange nicht mehr gesehen.«

»Ich hatte eine schlaffe Phase«, erwiderte Angie.

»Das kenne ich gut«, meinte Marianne solidarisch. »Kommst du bald mal wieder? Wir könnten danach einen Kaffee zusammen trinken.«

»Eine gute Idee«, sagte Angie.

*

Mallorca im Spätherbst konnte sich anfühlen wie eine ungeheizte Wohnung, fand Gesa. Man wusste, dass es warm und gemütlich sein konnte, aber im Moment war es das nicht. Aber jetzt, wo bis auf die Dauerrentner alle Touristen weg waren, wo alles grau und braun statt bunt und grün war und die meisten Restaurants und Hotels in die Winterpause gingen, war die Insel ein unbehaglicher Ort. Der Kellnerjob stank ihr längst, nur leider war sie direkt nach ihrer Ankunft bereits am Flughafen beklaut worden, so dass ihr nichts anderes übriggeblieben war, als sich gleich einen Job zu suchen.

Der kleine Ort in der Nähe von Cala Serena war jetzt wie ausgestorben, und auch vorher schon hatten die Gäste, vorwiegend Familien mit kleinen Kindern, fast durch die Bank mit Trinkgeldern gegeizt und sie dafür mit ständigen Extrawünschen bis ganz dicht vor den Amoklauf getrieben: »Kann ich noch ein bisschen warme Milch für meine Latte haben? Der Schinken auf dem Toast ist kalt! Draußen zieht es so! Mein Hund hätte gern eine Wurst, aber nur Geflügel, er ist nämlich Vegetarier ...«

Abends war sie oft so erschöpft gewesen, dass sie fast immer sofort auf dem durchgelegenen Sofa, das einzige Möbel in ihrem Miniappartement, eingeschlafen war. Nein, Mallorca war nicht das Paradies für junge, abenteuerlustige Aussteiger, im Gegenteil, es war die Vorhölle.

Morgens war ihr in letzter Zeit oft übel, zu viel Alkohol konnte nicht der Grund sein, denn aus irgendeinem Grund schmeckte er ihr nicht mehr. Sehr ungewöhnlich für sie. Warum bin ich so scheiße drauf?, dachte Gesa, wenn sie sich nach Feierabend Parmesan aus der Tüte über ihre Spaghetti mit Tomatensauce streute und appetitlos darin herumstocherte.

Gesa war kein Mädchen, das unter Heimweh litt, auf Klassenreisen hatte sie sich über ihre Mitschülerinnen, die nachts ins Jugendherbergskissen schluchzten, lustig gemacht. Was aber vielleicht auch daran lag, dass es bei ihr zu Hause oft so ungemütlich war. Eine Mutter, die selten daheim war und trotzdem immer Geldsorgen hatte, eine Wohnung, die klein und dunkel und im Winter wegen der hohen Heizungskosten nie wärmer als achtzehn Grad war. Gesa war als Kind einfach immer lieber bei anderen Leuten gewesen. Und hatte sich manchmal vorgestellt, wie es wohl wäre, wenn sie bei der Geburt vertauscht worden wäre und auf einmal an der Haustür coole, reiche Eltern klingeln und sie abholen würden. Aber meistens hatte sie sich diese Gedanken verboten, weil sie ihre Mutter trotz allem sehr liebte. Nur das, was diese selbst aus ihrem Leben gemacht hatte, war Horror pur für ihre Tochter gewesen.

Doch leider fehlten Gesa Dominic die Power und der Ehrgeiz, aus eigener Kraft Reichtum und Berühmtheit zu erlangen, da war sie ganz Teil derjenigen Frauen, die sich genau dies von einem Mann erhofften. Und von Mallorca hatte sie geglaubt, dass es ihr in dieser Richtung gute Dienste leisten würde. War die Insel nicht voller wohlhabender Männer, die auf schick restaurierten Fincas lebten, und dort nur auf ein heißes Girl wie sie warteten?

Ein schöner Traum. Leider lernte sie nur Touristen kennen, die ihren Spaß wollten und Sangria aus Eimern tranken. Die männlichen Einheimischen unter dreißig wohnten noch bei Mama und wurden außerdem von ihren Freundinnen namens Carmen und Maria so eifersüchtig bewacht, dass Gesa nach einem ganz harmlosen Flirt mit einem Aushilfskellner, der mit einer Prügelei zwischen ihr und seiner Verlobten endete, jeglichen Kontaktversuch zukünftig unterließ.

Ich hab genug von der Insel, dachte Gesa, es reicht. In den letzten Wochen hatte sie sich nur einmal ganz kurz bei ihrer Mutter gemeldet, »Mami, mir geht's gut, mach dir keine Sorgen« in den Hörer gerufen und schnell wieder aufgelegt. Sie wusste, dass sie zu Hause im Moment kein Mensch vermisste.

Aber sie vermisste einen ganz bestimmten Menschen. Und zwar sehr sogar. Sie dachte oft an seinen überstürzten Abschied im Hotel. Leider hatte ihre Verliebtheit nicht nachgelassen, im Gegenteil, sie hatte sich noch gesteigert. Ständig dachte sie an ihn, träumte von ihm wilde, heiße Träume, aus denen sie nachts schweißgebadet aufwachte und unglücklich ins Dunkle starrte. Noch nie hatte sie sich so einsam und verlassen gefühlt.

Aber er hatte nicht auf ihre Kontaktversuche reagiert, sondern die Handynummer gewechselt und war auf Tauchstation gegangen. Ob er sie vergessen hatte? Oder den Gedanken an sie einfach verdrängte? Vielleicht sogar froh war, dass sie sein Leben nicht mehr störte?

Da war sie wieder, diese Welle aus Schwäche und Übelkeit, die sie in den letzten Wochen immer wieder ohne Vorankündigung überrollte. Und so stark war, dass sie nur noch zur Toilette stürzen und sich die Seele aus dem Leib kotzen konnte. Danach krümmte sie sich auf den kalten, abgesplitterten Fliesen des dunklen Badezimmers. Ich sterbe, dachte sie, ich muss sofort ins Krankenhaus. Mit letzter Kraft griff sie zum Telefon.

*

»Kannst du für heute Schluss machen?« Jan steckte den Kopf ins Zimmer und sah seinen Bruder an, der nur kurz von seinem Computer hochschaute. »Angie hat mich nämlich zu Lammbraten und Kartoffelgratin eingeladen, wir können also zusammen fahren.«

»Ich komme nach«, sagte Jochen. »Fahr du schon mal vor, ich hab hier noch ein Problem mit dem Fleischlieferanten, aber das krieg ich hin. Bis gleich.« Er komplimentierte ihn hinaus, tief in Gedanken versunken.

Weiß dieser Mann eigentlich, wie gut er es hat?, ging es Jan wieder mal durch den Kopf, als er durch die nächtliche Stadt zu seiner Schwägerin fuhr. Angie sieht gut aus, kocht fantastisch, und dass es ihm Spaß mit ihr im Bett machte, besser gesagt, wieder machte, wurde ihm klar, seit Jochen jeden Morgen pfeifend ins Büro kam. Es hatte ein bisschen wehgetan, ihn so fröhlich und fast wie frisch verliebt zu erleben, den kleinen Rest von Hoffnung, der wieder in ihm aufgeblüht war, ersticken zu spüren. Aber er hatte sich nichts anmerken lassen, auch Angie gegenüber nicht, die, wie er melancholisch feststellte, immer jünger und schöner wurde.

Es hatte ihm viel an Selbstdisziplin abverlangt, den freundlichen, aber ironisch distanzierten Schwager zu spielen, wo er doch jedes Mal, wenn er Angie gegenüberstand, dieses sehnsüchtige, ohnmächtige Ziehen spürte, das sie noch immer in ihm auslöste. Ich hasse es, unglücklich verliebt zu sein, ich hasse, hasse, HASSE es!, dachte er, während er die dritte Runde durch ihre gut situierte Nachbarschaft drehte und einen Parkplatz suchte; um diese Zeit waren in dieser Villengegend Stellplätze so selten wie sechsblättrige Kleeblätter. Als es ihm endlich gelang, den Wagen ordnungsgemäß abzustellen, versuchte er, sich wieder in den Griff zu bekommen. Er ging über das teure Kopfsteinpflaster und klingelte an der Wohnungstür.

»Schön, dass du da bist!«, rief ihm Angie zu und eilte gleich wieder in die Küche, aus der wie immer, wenn sie kochte, die köstlichsten Düfte wehten. An diesem Abend eine Mischung aus Rosmarin, gerösteten Kartoffeln und Bratenkruste. Nie, das wusste er, würde er jemals ein Haus betreten, das gleichzeitig so gemütlich und geschmackvoll war wie dieses. In dem es immer gut roch, in dem immer frische Blumen standen. Und in dem immer eine Frau wie Angie auf den Mann des Hauses wartete.

»Schmeiß deinen Mantel irgendwohin und komm in die Küche«, rief sie ihm zu. »Ich versuche gerade, die Sauce zu retten, sie ist mir nämlich leider zu dünn geraten.«

Mit einem Lächeln der Vorfreude betrat er die Küche. Angie stand leicht erhitzt am Herd und hatte ihre Haare zu einem Pferdeschwanz gebunden, aus dem sich ein paar vorwitzige Locken befreit hatten. Sie trug eine superschmale Jeans, die Jan noch nie an ihr gesehen hatte.

»Wow«, sagte er bewundernd, »du siehst einfach fantastisch aus! Hast du abgenommen? Jochen kommt übrigens etwas später.«

Sie drehte sich zu ihm um, einen Löffel mit Sauce in der rechten Hand. »Ja, hab ich«, sagte sie. »Ich bin eine Frustesserin, das weißt du doch. Wenn's mir gutgeht, nehm ich ab. Hier, probier mal.« Sie hielt ihm den Löffel hin. »Gut so?«

Er probierte. »Wunderbar, wie immer«, sagte er. »Jochen ist zu beneiden.«

»Weil ich gut koche?«, fragte sie. »Im Grunde ein bisschen wenig, oder?«

»Finde ich überhaupt nicht«, sagte er. »Du bist einfach perfekt.« Sie hatte sich wieder dem Herd zugewandt, und er konnte ihr Gesicht nicht mehr sehen.

»Wie geht's eigentlich in der Firma?«, fragte sie. »Ich hab neulich irgendwo gelesen, dass Biokost immer angesagter ist, und da hab ich mir gedacht …«

»Lieb von dir«, unterbrach sie Jan, »aber im Augenblick haben wir einfach kein Kontingent für Expansion.«

»Aber für Verbesserungen schon, oder?«, sagte Angie und sah ihn an. »Warum reagiert ihr beide immer so abwehrend, wenn ich mal einen Vorschlag mache?«

Jan lachte. »Weil wir alte, unverbesserliche Machos sind?«, schlug er vor.

»Eher, weil ihr mir beide nichts zutraut«, meinte Angie, hackte eine Knoblauchzehe klein und streute sie über die Kartoffeln. »Aber irgendwann werdet ihr begreifen, dass das ein großer Fehler war. Gehst du eigentlich fremd, wenn du eine Beziehung hast?«

Das kam so unvermittelt, dass Jan seine Schwägerin nur mit großen Augen anstarrte. »Ich hab ja nie eine richtige«, sagte er dann ausweichend. »Nächste Frage bitte.«

»Hättest du mich betrogen?«

Jetzt bloß kein falsches Wort, dachte er. »Ich bin ja nicht Jochen.« O Gott, wie lahm.

»Was soll das heißen?«, wollte sie wissen.

Seine Worte hatten ihr die Stimmung verhagelt, das war eindeutig. Jan stand auf, um das Geschirr aus dem Schrank zu holen und den Tisch zu decken, das tat er immer, wenn er Gast im Hause war. Jetzt gab es ihm eine kleine Frist, um sich wieder rauszureden, an Angies Tonfall hatte er gehört, dass er sich, ganz ungewollt, auf sehr dünnes Eis begeben hatte.

»Na ja«, begann er vorsichtig, »Jochen hat eben einfach vor mir in den Genpool gegriffen und sich die besten Brocken rausgesucht. Er ist größer als ich, sieht besser aus, und wenn er ein Restaurant betritt, hat er die ungeteilte Aufmerksamkeit der Kellner, während ich mir die Finger für die Bestellung wundschnipse ...«

»Man schnipst ja auch nicht nach Kellnern«, unterbrach sie ihn lächelnd, »sondern man ruft sie. Und du meinst also, weil Jochen gut aussieht, muss ich im Prinzip damit rechnen, dass er fremdgeht?«

Plötzlich wusste er, wie er das unliebsame Thema ein für alle Mal beenden konnte. »Weißt du, nicht nur schöne Männer gehen fremd«, sagte er, während er auf sie zuging und sie nicht aus den Augen ließ, »auch schöne Frauen.« Und dann küsste er sie. Ganz zart, nur ein Hauch auf ihren überraschten Lippen. Schon war es vorbei. »Siehst du, so schnell geht das«, sagte er grinsend. »Gibt's jetzt endlich was zu essen?«

*

»Sehr geehrte Fluggäste, ich begrüße Sie hier in Hamburg, wo das Wetter kalt, scheußlich und ungemütlich ist«, die Stimme des männlichen Flugbegleiters riss Gesa aus ihrem Dämmerschlaf. »Bitte bleiben Sie noch angeschnallt sitzen, bis wir die endgültige Parkposition erreicht haben und die Anschnallzeichen erloschen sind, dann können Sie wieder drängeln und schubsen wie gewohnt.«

Die Passagiere lachten, Gesa kotzte in eine Tüte.

»Harte Nacht gehabt?«, fragte ihr Nebenmann.

»Nee, nur 'n hartes Leben«, sagte sie.

»Das geht wieder weg«, meinte er, »so jung und hübsch, wie du bist.«

Das will ich hoffen, dachte sie und wischte sich den Mund mit dem Taschentuch ab, das er ihr mit einem Grinsen gereicht hatte.

»Lust auf ein Bier heute Abend?«, fragte er.

»Nein danke, ich bin Antialkoholikerin«, erwiderte sie.

Gesa verließ den Flughafen und stieg in ein Taxi, dafür reichte das Geld gerade noch. Ihre Heimatstadt hielt ein so ungemütliches Begrüßungswetter für sie parat, dass sie am liebsten sofort wieder umgedreht und ans Ende der Welt geflogen wäre. Es war kalt, Nieselregen fiel in die Pfützen, die Welt war unfreundlich und hatte nicht auf sie gewartet. Und ihre Mutter sicher auch nicht. Gesa zog die Schultern hoch. Ihr war kalt, die Zukunft sah düster aus. Keiner liebte und wartete auf sie.

»Liebeskummer?«, fragte Taxifahrer, der das junge, traurige Mädchen im Rückspiegel beobachtet hatte. »Wissen Sie, was da hilft?«

Lasst mich doch in Ruhe, dachte Gesa, textet mich doch nicht alle mit euren guten Ratschlägen zu. »Was denn?«, fragte sie trotzdem einigermaßen freundlich.

»Ein Besuch im Krankenhaus«, sagte der Mann, »am besten in der Onkologie. Ich habe dort gerade meine Frau besucht, mit der ich fast dreißig Jahre verheiratet bin. Sie hat Krebs im Endstadium. Die Metastasen sind schon überall. Sie kann nicht mehr sehen, nicht mehr schlucken, nicht mehr allein atmen. Die Ärzte sagen, dass es höchstens noch einen Monat dauert, bis sie stirbt. Bis dahin werde ich sie jeden Tag besuchen, und wenn es so weit ist, werde ich alles stehen und liegen lassen, damit ich bei ihr bin und ihre Hand halten kann, wenn es zu Ende geht. Das, was ich gerade durchmache, *das* ist Liebeskummer. So, wir sind da.«

Gesa nahm ihre Taschen und stieg aus; ihr Gepäck war überschaubar, bei ihrem überstürzten Aufbruch vor einigen Wochen hatte sie nur das Nötigste mitgenommen. Als sie bezahlte, sah sie das aufs Armaturenbrett geklebte Foto. Es war ein Hochzeitsfoto. Die Frau sah sehr jung und sehr glücklich aus. »Ist sie das?«, fragte Gesa.

Der Taxifahrer nickte. »Sie kämpft bis zum Schluss«, sagte er leise, »und dafür liebe ich sie am meisten.«

Kämpfen mit vollem Einsatz, dachte Gesa, als sie vor der Haustür stand und den Klingelknopf drückte, warum ist mir das nicht früher eingefallen? Warum habe ich so schnell aufgegeben? Das ist es! Ich werde um ihn kämpfen. Das bin ich mir schuldig.

*

Jochen arbeitete gern bis spätabends. Da war es ruhig, es klingelten keine Telefone, er musste keine Streitigkeiten schlichten und Konflikte lösen. Dafür konnte er in Ruhe seine Mails beantworten und sich Gedanken über anfallende Aufgaben machen. Nun musste er seinen Vortrag für die Lebensmittelmesse vorbereiten. Nachdem er seinen anfänglichen Widerwillen gegen dieses Thema überwunden hatte, galt er in Gastronomiekreisen inzwischen als Vorreiter und Spezialist für altersgerechtes und trotzdem schmackhaftes Essen.

»Gut so, mein Junge«, hatte August Winter Jochens Unternehmungen damals gelobt, seinen Kunden in den Seniorenheimen statt fadem Einheitsbrei schmackhafte und optisch ansprechende Menüs anzubieten. »Da kommen wir schließlich alle mal hin.«

»Frühstück, Vollkornmüsli mit fettarmer Milch, wahlweise Soja- oder Ziegenmil...« tippte er gerade in seine Computertastatur, als er ein Geräusch an der Tür hörte. Er hob den Kopf und erstarrte.

»Hallo, Jochen«, sagte Gesa und trat näher, »da bin ich wieder. Hast du mich vermisst?«

»Nein«, sagte er kurz, während sein Herz zu rasen begann. »Was willst du hier?«

»Ich hatte Sehnsucht nach dir«, sagte sie, »und Mallorca war nicht gerade der Knaller. Freust du dich denn gar nicht?

»Nein«, sagte er scharf, »das Thema zwischen uns ist durch, und jetzt tu uns beiden einen Gefallen und verschwinde, bevor dich jemand sieht.«

»Wer sollte uns denn sehen?«, fragte sie und sah sich amüsiert um. »Die Putzkolonne kommt erst morgen früh, dein Bruder und dein Vater sind nicht mehr da, wir sind also ganz allein.«

Jochen hasste, hasste, HASSTE sich für die süße Schwäche, die bei Gesas Worten in ihm hochkroch, die aus ihm, dem doch sonst so souveränen und verantwortungsbewussten Mann, dieses willenlose Bündel aus Nerven und Lust machte.

»Du bist nicht älter und hässlicher geworden, während ich weg war, ganz im Gegenteil«, sagte sie, während sie sich auf den Schreibtisch setzte und ihre langen Beine vor seinen Augen übereinanderschlug. »Ich könnte jetzt und hier, die ganze Nacht lang. Geht es dir genauso?«

Ja, dachte er und verachtete sich dafür. »Nein, das war ein einmaliger Ausrutscher«, sagte er und gab sich Mühe, nicht auf ihre übereinandergeschlagenen Schenkel zu sehen. »Du weißt ja, wo die Tür ist.«

Betont gleichgültig wandte er sich wieder seinem Computer zu und murmelte die Worte mit, die er gerade tippte: »Bananen und gemahlene Nüsse sorgen für eine ausgewo...«

»Es war tatsächlich einmalig«, meinte Gesa und ging um den Schreibtisch herum, so dass sie jetzt direkt vor ihm stand. »So einmalig, dass ich nach dir keinen anderen Mann mehr hatte.«

Er wusste, dass er verloren war. Ihre Jugend, ihr Geruch, ihre langen Haare, die sein Gesicht streiften, als sie sich zu ihm herabbeugte, und ihre spitze, heiße Zunge, die sein Ohr suchte – es ist stärker als ich, dachte er, ich kann mich nicht dagegen wehren. Er schluckte. Einmal noch, nur ein einziges Mal noch.

»Warum bist du wiedergekommen?«, fragte er. »Du weißt doch genau, dass ich mich nie von meiner Frau trennen werde. Ich bin sehr glücklich mit ihr.«

Sie schwieg und sah ihn an. Nicht mehr lange, dachte sie und fühlte sich wie früher vor einer Theateraufführung in der Schule, wenn sie hinter dem Vorhang in der Aula saß und darauf wartete, dass er sich öffnete. Dieses Gefühl von Herzklopfen und Panik hatte sie jetzt wieder, auch wenn sie es gut verbarg. Es durfte ihr kein Fehler mehr unterlaufen. Für das, was sie ihm sagen würde, brauchte sie ihn schwach. Sehr schwach.

»Ich habe jede Nacht von dir geträumt«, sagte sie und ließ ihre Stimme leise und verheißungsvoll klingen, »und dann war ich wach und so heiß und so unglaublich scharf auf dich, dass ich nicht wieder einschlafen konnte.«

Sein Handy klingelte. Er wusste, dass es Angie war. Sie würde bereits im Bett sein und von ihm wissen wollen, ob sie auf ihn warten sollte. Er ließ es klingeln.

»Mensch, Gesa«, sagte er und lockerte seine Krawatte, ihm war jetzt sehr heiß geworden, »nun sei doch bitte vernünftig ...« Doch da saß sie schon auf seinem Schoß und hielt mit kundigen Fingern den Teil seines Körpers in der Hand, dessen Berührung ihn absolut willenlos machte.

Es dauerte nur eine Minute und vierzehn Sekunden, bis er in Gesas Hand erschlaffte. Sie unterdrückte das Bedürfnis, von seinem Schoß aufzustehen, um sich in der Damentoilette ihre verklebte Hand zu waschen. Denn genau das würde vermutlich Angie tun, die gute deutsche Haus- und Ehefrau – sich schnell nach dem Sex säubern. Nein, das war nicht ihre Rolle, sie war die unersättliche Geliebte, die das Tier im Ehemann hervorlockte. Deshalb ließ sie ihre Hand auf seiner kleinen, feuchten Schnecke und massierte sie zärtlich.

»Ich muss dir etwas sagen«, flüsterte sie, »etwas sehr, sehr Schönes.«

Jochen schaffte es nicht, mit Angie zu sprechen. Nicht an diesem Abend, als er spät nach Hause kam und sie in der Küche auf ihn wartete. Sie war nicht im Bett, wie er geglaubt hatte, sondern saß in ihrem flauschigen rosa Bademantel am Küchentisch und löste ein Kreuzworträtsel. Als er hereinkam, blickte sie kurz auf.

»Häufigster Scheidungsgrund mit acht Buchstaben? Ich hab noch ein Stück Braten im Ofen, hast du Hunger?«

»Ehebruch«, murmelte er und hoffte, dass er sich nie mieser fühlen würde als in diesem Moment.

»Genau«, rief sie und lächelte ihn an, mit einer Liebe und Arglosigkeit, die ihn wie ein Tritt in die Magengrube traf. »Da kennst du dich ein bisschen aus, nicht wahr?«

»Wie meinst du das?« Er hätte sich am liebsten auf die Zunge gebissen, wie absolut hirnrissig von ihm, ihr ausgerechnet jetzt diese Gegenfrage zu stellen! Sie stand auf und ging auf ihn zu, und er brauchte jedes letzte Quäntchen Selbstbeherrschung, um stehen zu bleiben und nicht davonzulaufen. Sein Herz klopfte so laut und auffällig, dass sie es einfach hören musste, aber sie lächelte nur und umarmte ihn.

»Ich freu mich so, dass alles wieder gut ist zwischen uns«, sagte Angie und umschlang ihn so fest, dass ihm fast die Luft wegblieb, »und dass dein Herz so wummert, wenn ich dich umarme, ist doch der beste Beweis. Ach, Jochen!« Angie hob den Kopf und sah ihn an, in ihren Augen glänzte es. »Ich lieb dich einfach so sehr, dass ich es nicht ertragen könnte, wenn du mich verlässt.« Sie lachte, als sie sein Gesicht sah. »Tut mir leid, das musste einfach mal raus.«

Sie konnte ihn nicht ahnen, den kleinen Tod, den er bei ihren Worten starb.

Sie fühlte ihn nur zittern und umschlang ihn noch fester. »Komm, lass uns nach oben gehen«, flüsterte sie, »den Braten kannst du morgen kalt zum Frühstück essen. Mit Senf drauf, so schmeckt er am besten.«

Sie nahm seine Hand und war gerührt, wie nassgeschwitzt sie war. In dieser Sekunde liebte sie ihn so sehr, dass es richtig wehtat.

Kapitel 18

»Sie ist wieder da?«, fragte Nina fassungslos am nächsten Morgen, während sie sich mit eingeklemmtem Telefon mit der rechten Hand die Wimpern tuschte und mit dem linken Handballen am Lenkrad drehte. »Wie kann das sein? Sie wollte doch auf Mallorca bleiben, sich ein eigenes Leben aufbauen! Was ist denn jetzt wieder passiert?«

Marianne kippte den am Vorabend gefüllten Aschenbecher in den Mülleimer, wobei sie sich insgeheim wünschte, genauso mit ihrem verkorksten Leben umgehen zu können. Einfach den Dreck in den Müll schmeißen, alles sauber wischen und dann – Simsalabim, dreimal schwarzer Kater! – wieder von vorn anfangen. So, als wäre nichts passiert. Leider weigerte sich das Leben, ihr diesen Gefallen zu tun. Sie seufzte tief.

Wie erleichtert war sie gewesen, knapp drei Flugstunden zwischen sich und Gesa zu wissen. So erleichtert, die Wohnung endlich wieder für sich zu haben, dass sie sich zum ersten Mal seit langer Zeit wieder einen Übernachtungsbesucher gestattete. Zehn Jahre jünger als sie und als Vater von gerade erst geschlüpften Drillingen eigentlich tabu für ihre Moralvorsätze, aber sie war schwach geworden, zumal sie nicht damit rechnen musste, dass ihre Tochter, jünger und hübscher als sie, einfach in ihr Schlafzimmer platzen und nach einem »Sorry, ich wollte nur wissen, ob du noch Abschminktücher hast, Mami« lautstark im Badezimmer rumoren würde. Es war so himmlisch gewesen, ihre Bude endlich wieder sturmfrei zu haben.

Und dann klingelte es plötzlich gestern Abend an der Tür, und Gesa war wieder da. Sie sah zerrupft aus und hatte einen Koffer dabei, der bereits aus den Nähten geplatzt war. »Mami, hast du was zu essen da? Ich hab tierischen Hunger!«, hatte sie gesagt, und eigentlich wollte Marianne diese Frage nie wieder aus ihrem Mund hören. Doch am schlimmsten fand sie, dass niemand sie bedauerte. Der nette, sexuell ausgehungerte Drillingsvater nicht, dem sie für den nächsten Abend absagen musste. Der war nur genervt, dass er sich jetzt nicht für ein kleines Entspannungsstündchen aus seinen häuslichen Stressgefilden schleichen konnte. Auch Nina, die sich gerade fluchend durch den Verkehr kämpfte, konnte kein Mitgefühl für sie aufbringen.

»Also, was hat die anstrengende Frucht deiner Lenden jetzt schon wieder angerichtet?«

»Ich habe keine Ahnung«, gab Marianne zu. »Vermutlich ist ihr das Geld ausgegangen. Sie schläft noch.«

Obwohl es hinter Nina laut hupte, hörte Marianne, wie sie ungeduldig seufzte.

»Dann weck sie halt und frag sie«, rief sie. »Verdammtes Arschloch, mach die Fliege, sonst schramm ich dir deine Scheißangeberkarre ... Sorry, Marianne, du bist natürlich nicht gemeint, aber ich kann dir wirklich nur raten, dich als Mutter und gerade in diesem Trauerfall als Erziehungsverpflichtete endlich einmal durchzusetzen.«

»Danke und mach's gut«, sagte Marianne entmutigt.

»Machs besser«, kam die prompte Antwort, »und lass dich nicht wieder einwickeln, sonst kündige ich dir die Freundschaft.«

Marianne atmete tief durch und öffnete die Tür zu Gesas Zimmer. Sie tat dies nicht besonders leise, aber ihre Tochter wachte trotzdem nicht auf. Sie trat ans Bett und sah sie an. Wie jung sie ist und wie unschuldig sie aussieht, dachte sie. Dabei möchte ich nicht wissen, was sie inzwischen alles auf dem Kerbholz hat. Es tat ihr weh, dass sie ihrem eigenen Fleisch und Blut so ziemlich alles zutraute. Dann trat sie ans Fenster und öffnete es. Der Schwall kalter Luft, der ins Zimmer wehte, würde Gesas schon immer sehr langsamen Aufwachprozess hoffentlich etwas beschleunigen. Draußen tobte bereits das Leben, Autos hupten, Kurierfahrer rasten durch die Einbahnstraße, junge Mütter mit doppelten Babykarren blockierten den Verkehr, und sie selbst wurde in einer halben Stunde in der Eisdiele erwartet. Alle waren wach, hatten eine Aufgabe, machten sich nützlich. Alle bis auf Gesa.

Marianne schaute in den blassblauen Himmel und dachte nach. Lieber Gott, bis jetzt hab ich wirklich nicht besonders viel Glück im Leben gehabt, das musst du zugeben. Ich gehe stramm auf die fünfzig zu, ich habe keinen Kerl, dafür jede Menge Cellulitis, woran vermutlich all das Eis schuld ist, das mich den ganzen Tag in Versuchung führt. Deswegen wünsche ich mir jetzt von dir, dass du Gesa einen Mann schickst, der sie liebt und bitte auch ernähren kann. Und der mir endlich die Verantwortung abnimmt. Das ist kein besonders emanzipierter Wunsch, aber er kommt aus einem absolut ratlosen Mutterherzen.

»Hallo, Mami«, Gesa hatte die Augen geöffnet und blinzelte ihre Mutter schläfrig an, »machst du mir bitte einen Milchkaffee? Ich möchte dir nämlich etwas Wichtiges sagen.«

*

Als Jochen am nächsten Morgen aufwachte, den warmen Körper seiner Frau dicht neben sich spürte und die gewohnte Vertrautheit wahrnahm, verließ ihn wieder jeglicher Mut. Alles fiel ihm sofort ein, noch hinter seinen geschlossenen Lidern entstanden die ersten Schreckensbilder, die seinen Blutdruck im gesamten Körper in Rekordhöhe trieben. Auf einem hatte er Angie wie auf Edvard Munchs Bild *Der Schrei* gesehen, davon war er schweißgebadet aufgewacht.

»Angie«, flüsterte er, als er sah, dass auch sie die Augen geöffnet hatte, »du, ich muss dir etwas …«

»Mist«, rief sie nach einem Blick auf den Wecker, »Julius hat ja heute Frühstunde, erzähl mir alles beim Frühstück, okay?«

Sie sprang aus dem Bett, und kurz darauf hörte er die gewohnten Morgengeräusche. Aus dem Zimmer seines Sohnes drang laute, testosterongeschwängerte House-Musik, es war ihm ein Rätsel, warum Julius' Trommelfell nicht längst geplatzt war. In der Küche hatte Angie ihren Lieblingssender *Oldie 95* dagegen auf rücksichtsvolle Zimmerlautstärke gestellt, Robbie Williams und Nicole Kidman sangen gerade: »*And then I go and spoil it all by saying something stupid like I love you.*« Der Duft von gebratenen Eiern mit Speck drang zu ihm hoch. Ein harmonisches, perfektes Leben. Das er im Begriff war, für immer zu zerstören.

»Frühstück ist fertig«, rief Angie die Treppe hinauf. »Wo willst du denn hin?«, fragte sie ihren Sohn, der mit einem Koffer in der Hand die Stufen herunterpolterte.

»Klassenreise, schon vergessen?« Seine Stimme klang vorwurfsvoll.

»Entschuldige, Schatz«, rief Angie erschrocken. In der Tat war es ihrem ansonsten sehr pflichtbewussten Mutterhirn entschlüpft, dass Julius für eine Woche mit seiner Klasse an den Bodensee fuhr. »Brauchst du noch was? Ein paar Brote, was zu trinken, Zahnpasta?«

»Taschengeld«, sagte er und grinste, »gern auch ein bisschen aufgerundet. Scheiße, ich hab meinen iPod vergessen …« Und während er die Treppe zu seinem Zimmer hochstapfte, griff Angie schnell in ihre Schnökelkiste, wie sie den Schuhkarton nannte, in dem sie alle Süßigkeiten aufbewahrte, und holte ein paar Schokoriegel heraus. Sie klappte seinen Koffer auf, um sie als

Überraschung unter seiner Wäsche zu verstauen, und erstarrte. Zwischen seinen Pullovern und T-Shirts lag mindestens eine Handvoll Kondome. O Gott, dachte Angie, er will es auf der Klassenreise tun! Schwulensex in der Jugendherberge! Ob sie Dr. Glitsch doch noch mal ... Nein, keine gute Idee. Sie hatte auf seine diversen Gesprächsangebote nicht reagiert, besser man ließ die Sache auf sich beruhen. Schnell klappte sie den Koffer wieder zu und griff in ihre Handtasche.

»Fährt Miro eigentlich auch mit an den Bodensee?«, fragte sie betont beiläufig, als Julius, iPod-verstöpselt, die Küche betrat. Sie sah sofort, dass ihn diese Frage unangenehm berührte.

»Klar, aber wieso interessiert dich das?«, fragte er.

»Einfach nur so«, sagte Angie und gab ihm seufzend einen Hunderteuroschein. »Reicht das?«

»Du bist die Beste«, rief Julius, ein schneller Kuss, ein kalter Windhauch von der Straße, als er die Haustür aufriss, dann war er verschwunden.

Ich bin eine tolerante Mutter, sagte sie sich selbst, Hauptsache, mein Sohn wird glücklich, egal mit wem. Außerdem bleibe ich dann die Liebe seines Lebens.

Wo war eigentlich Jochen? »Kommst du zum Frühstück?«, rief sie hoch.

»In fünf Minuten«, rief er, stellte sich unter die Dusche und wäre am liebsten für immer dort geblieben, unter den warmen Strahlen, die seine Haut aufweichten, Stunde um Stunde, bis er sich ganz aufgelöst hatte, einfach nicht mehr da war.

Als er sich nach dem Abtrocknen anzog, vibrierte es in seiner Hosentasche. Er holte sein Handy heraus, runzelte die Stirn und hob ab.

»Nein, noch nicht«, sagte er dann und legte auf.

»Wo bist du denn, Schatz?« Angies Stimme klang so unbeschwert und fröhlich, dass er sie wie einen Messerstich ins Herz empfand. Alles tat ihm weh.

»Wo bleibst du denn so lange?«

Angie drehte sich um und gab ihm einen Kuss auf die Wange, sie schmeckte nach Kaffee und Zahnpasta. Nie hatte er mehr für sie empfunden als in diesem Moment. Und nie hatte er größere Angst, sie zu verlieren. Er holte tief Luft. Plötzlich war ihm so schwindelig, dass er sich an der Küchenbank abstützen musste. Ihm wurde schwarz vor Augen, so musste es sich anfühlen, wenn man zur Ader gelassen wurde, dachte er. Eigentlich ein schönes Gefühl. Gern wäre er jetzt in eine lange Ohnmacht gefallen.

»Was ist denn los? Geht es dir nicht gut?« Angie sah ihn besorgt an. »Soll ich einen Arzt rufen, willst du dich hinlegen?«

Fast widerwillig öffnete er die Augen. »Nein«, murmelte er, »es geht schon.« Er setzte sich an den Küchentisch, und Angie stellte ihm einen Teller mit Joghurt und kleingeschnittenem Obst hin.

»Guten Appetit, mein Schatz, geht's jetzt wieder besser?«, sagte sie und biss herzhaft in ein Marmeladenbrötchen. Er beneidete sie darum, so mit sich im Reinen zu sein. Nie im Leben, das wusste er mit untrüglicher Sicherheit, würde sie ihm antun, was er ihr antun würde. Antun musste. Der Geruch nach brauner Butter und Speck bereitete ihm Übelkeit.

»Darf ich das Fenster aufmachen?«, fragte er. »Ich hab das Gefühl zu ersticken.«

»Bleib sitzen, ich mach das schon«, sagte sie, und er hörte ihrer Stimme an, dass sie nun ernsthaft um ihn besorgt war.

Jetzt, dachte er. Jetzt ist der Moment gekommen. Kein Aufschieben mehr. JETZT!

»Ich muss dir etwas sagen, Angie.« Der Kloß in seinem Hals

ging auch nach krampfhaftem Wegräuspern nicht weg. »Ich ... also ...« Ich kann nicht, Gott wie jämmerlich ich bin!, sagte er sich. Ich krieg's einfach nicht raus.

»Was ist denn los, Jochen?« Mit klopfendem Herzen setzte sich Angie neben ihn und ergriff seine Hand. Sie holte tief Luft, als sie sah, wie schlecht es ihm ging. Krebs, schoss es ihr wie ein glühender Pfeil durch die Brust, er hat Krebs. Mit Metastasen! Im Endstadium! »Das stehen wir gemeinsam durch«, flüsterte sie und streichelte seinen Arm. »Wir schaffen das, ich bin ja bei dir.«

»Wovon sprichst du?«, fragte er irritiert. »Mit mir ist alles in Ordnung.«

»Gott sei Dank«, sagte sie. »Hauptsache, du bist gesund, der Rest ist unwichtig.«

Er schöpfte Atem. »Angie«, sagte er, und seine Stimme zitterte, »ich hoffe du weißt, dass ich dich mehr liebe als alles andere auf der Welt.«

O Gott, dachte sie, jetzt kriegt er gleich einen Nervenzusammenbruch. Nina muss mir unbedingt einen Spezialisten nennen ...

Sie zuckten beide zusammen, als es an der Haustür klingelte.

»Das ist die neue Putzfrau«, rief Angie und eilte zur Tür. »Du bist früh, Jola ...«, sagte sie, doch dann gefror ihr das Lächeln auf den Lippen, und sie erstarrte. »Was wollen *Sie* denn hier?«

»Darf ich reinkommen?«, fragte Gesa.

»Nein«, sagte Angie scharf, »Sie dürfen einzig auf dem Absatz wieder umdrehen und endgültig aus unserem Leben verschwinden.«

Mit Schwung warf sie die Tür zu, doch Gesa hatte ihren Fuß dazwischengestellt.

»Das wird nicht möglich sein«, sagte sie.

»Und warum nicht?«, fragte Angie und hielt sich unwillkürlich an Jochens Arm fest, der hinter sie getreten war.

»Wissen Sie es wirklich nicht?«, fragte Gesa sanft, aber in ihren Augen glitzerte es so siegessicher, dass in Angie plötzlich eine namenlose Angst hochstieg. Ruckartig wandte sie sich Jochen zu, der ihrem Blick auswich.

»Bist du wieder mit ihr zusammen?« Hoch und hysterisch klang ihre Stimme, die nicht ihre eigene zu sein schien.

»Ich bin schwanger«, sagte Gesa, »und Jochen ist der Vater.« Mit diesen Worten drehte sie sich um und ging hoch erhobenen Hauptes davon. Selbst von hinten sah sie sehr zufrieden und von sich überzeugt aus.

»Angie, ich ...« Jochen war ein Bild des Jammers.

»Ist das wahr?«, fragte Angie ihn. »Hast du tatsächlich dieses kleine Flittchen geschwängert, das deine Tochter sein könnte?« Sie sah ihn an, doch sein Blick war zu Boden gerichtet. »Sieh mich an, du Waschlappen«, schrie sie jetzt, und es war fast wie eine Befreiung, »sieh mich an und sag mir ins Gesicht, ob du der Vater ihres Kindes bist.«

»Ich fürchte es«, sagte er leise.

»Wieso *fürchtest*? Hast du mit ihr geschlafen? Ja oder nein? Keine Lügen mehr!«

»Ja«, flüsterte er.

»Ja, was?«

»Ja, ich habe mit ihr geschlafen.«

»Sag das noch einmal! Sonst glaube ich es dir nicht.«

»Ich habe mit ihr geschlafen.«

»Ist sie schwanger?«

»Ja.«

»Von dir?«

Hilflos hob er die Schultern.

Angie hatte bisher nicht gewusst, wie sich Mordgelüste anfühlten. Jetzt wusste sie es.

»Raus«, schrie sie, »pack deine Koffer und verschwinde.«

»Aber Angie, lass uns doch in Ruhe darüber reden ...«

»RAUS!!!«

*

Angie brach nicht zusammen, als Jochen einen hastig gepackten Koffer in seinen Kofferraum schmiss, noch einen Blick zurück auf das Haus warf, in dem er fast ein Vierteljahrhundert glücklich gelebt hatte und das er jetzt wie auf der Flucht verlassen musste. Sie stand am Küchenfenster und sah ihm nach, ihr Herz war ein eisiger Klumpen, der jedes Gefühl betäubte. Jochen hatte sie belogen und betrogen und mit einer anderen Frau ein Kind gezeugt! Die Wucht dieser Erkenntnis war so gewaltig, dass Angie wie ferngesteuert ihre Küche aufräumte, das schmutzige Geschirr in die Maschine stellte, die Spüle trockenwischte und mit dem Staubsauger die Brotkrümel vom Teppich unter dem Küchentisch saugte. Dann blieb sie mit dem laut surrenden Gerät einfach stehen, unfähig, sich zu bewegen. *Jochen wurde wieder Vater!* Ihr Gehirn weigerte sich, diesen Satz zu begreifen, obwohl sie wusste, dass er die Wahrheit war.

Das Telefon klingelte. Sie ließ es klingeln. Sie konnte im Moment keine menschliche Stimme ertragen. Aber auch die Ruhe machte sie nervös. Sie warf sich eine Jacke über und verließ das Haus. Sie musste sich bewegen. Laufen, irgendwohin, egal in welche Richtung, einfach nur den Kopf frei kriegen.

Erst als sie vor dem großen, schmiedeeisernen Tor stand und

auf das Firmengebäude zuging, wurde ihr klar, was sie jetzt tun musste. Es mochte kindisch sein und unbeherrscht, aber sie war es sich schuldig. Stellvertretend für alle Frauen, denen es genauso gegangen war, genauso ging und genauso gehen würde wie ihr.

Sie war ganz ruhig, als sie die erstaunt dreinblickende Johanna Schwingel freundlich begrüßte, an ihr vorüberging und auf dem Weg zu ihrem Mann kurz den Kopf in Jans Büro steckte. Dann betrat sie ohne anzuklopfen Jochens Büro.

»Angie«, sagte er überrascht, und aus seinem Blick sprachen Hoffnung und Panik zugleich, »was kann ich für dich tun?« Eine absolut blöde Frage, das merkte er sofort, aber er hatte im Moment keine passenden Fragen.

»Du kannst gar nichts für mich tun«, sagte sie, ging schnurstracks auf ihn zu und verpasste ihm ein Paar Ohrfeigen, eine rechts und eine links, so heftig, dass ihre Handfläche brannte. Sie spürte den Schmerz so wenig wie die Tränen, die ihr plötzlich in die Augen schossen.

»Das hab ich verdient«, sagte Jochen.

»Ja, das hast du in der Tat«, meinte sie und verließ sein Büro.

»Angie, warte.« Jan war hinter ihr hergelaufen und hielt sie am Jackenärmel fest. »Sag mir sofort, was los ist.«

»Eure Praktikantin ist schwanger«, sagte sie mit emotionsloser, gleichgültiger Stimme. »Und dreimal darfst du raten, wer der glückliche Vater ist.«

Wortlos zog er sie in seine Arme, und dort, dicht vor seinem hart klopfenden Herzen, konnte sie endlich weinen.

»Dieses Schwein«, flüsterte Jan, »wie konnte er dir das bloß antun? Würdest du dich vielleicht besser fühlen, wenn ich ihn für dich verprügele?«

Trotz der Eisenklammer, die ihr Herz zusammenschnürte,

musste sie lächeln. »Ja, das würde ich«, gestand sie. »Ich habe ihm auch gerade eine gedonnert. Meine Hand tut immer noch weh.«

»Braves Mädchen«, lobte er sie. »Und jetzt gehen wir beide erst einmal einen Kaffee trinken. Und dann überlegen wir zusammen, wie es weitergeht.«

Zehn Minuten später trank Angie einen der pechschwärzesten Kaffees ihres Lebens und dachte dabei, genauso schwarz sieht meine Zukunft aus. Und fast hätte sie wieder zu heulen angefangen, denn die Kneipe nebenan war nicht der Ort, an den sie unter normalen Bedingungen auch nur einen Fuß gesetzt hätte. Er war dunkel, roch nach kaltem Schweiß und Schlimmerem, und die Wirtin, die Helga hieß, hielt ihre rechte Hand, während Jan die linke hielt.

»War ich zu hart mit ihm?«, wollte sie wissen. »Dass ein Mann, der in einer langen Ehe steckt, einmal fremdgeht, muss ja nicht unbedingt ein Drama sein. Das hätte ich ihm vielleicht sogar verziehen. Aber er betrügt mich nicht nur, er ist außerdem zu blöd, ein Kondom zu benutzen.« Kleine hektische Flecken röteten ihre Wangen, während sie sich langsam, aber sicher in Rage redete.

»Vielleicht ist es ja geplatzt«, wendete Jan ein, sich um einen Rest von brüderlicher Loyalität bemühend. »So was kann im Eifer des Gefechts schon mal passieren.«

»Sag mal, auf wessen Seite stehst du denn?«, fuhr Angie ihn an und zog ihre Hand zurück. »Wenn ich jetzt eines nicht gebrauchen kann, dann sind es lächerliche Erklärungsversuche von Männern.«

»Sorry, das war absolut blöd von mir«, meinte Jan zerknirscht, »aber die Situation ist ja auch für mich nicht ganz einfach.

Schließlich ist er mein Bruder, und wir führen eine Firma zusammen.«

»Sind Sie schon einmal von einem Mann betrogen worden, Helga?«, wandte sich Angie an die Wirtin.

Helga sah sie verständnislos an.

»Mein Mann hat nämlich gerade seine junge Praktikantin geschwängert, und ich wollte nur mal wissen, ob das die Ausnahme oder die Regel ist.«

Die Wirtin lachte so laut, dass die Tassen auf dem Tresen schepperten. »Mensch, Mädel«, sagte sie, »das ist wirklich die bescheuertste Frage, die ich je gehört habe. Männer gehen fremd, bis ihnen der Sargdeckel auf den Spargel fällt, das ist ein Naturgesetz. Solange sie das kleine Ding noch groß kriegen, sind sie auf der Suche nach einer Blöden, die ihnen sagt, dass ihrer aus Gold ist. Und da die Mutti, die sie geheiratet haben, längst keinen Bock mehr auf das Genudel hat, gehen sie fremd. Und, was lernen wir daraus?«, fragte sie. »Außer natürlich alterslesbisch zu werden, denn das können wir noch früh genug im Altenheim.«

Angie zuckte die Schultern. »Jede Nacht ›Schatz, deiner ist aus Gold‹ sagen?«, riet sie.

»Quatsch mit Hühnerbrühe«, erwiderte die Wirtin und lachte, »selber fremdgehen, das ist die Devise. Wir sind keine Opfer, wir erlegen das Wild, wenn es uns juckt. Wir nehmen uns die Kerle, auf die wir Bock haben. Vor allem jaulen wir nicht, wenn einer uns zur Idiotin macht. Wir *zertrampeln* ihn! Wir schneiden seinen jämmerlichen Schwanz in dünne Scheiben, und zwar mit einem stumpfen Kartoffelschälmesser! Das ist mein Rat. Und jetzt mach was damit!« Mit diesen Worten stapfte sie davon.

Jan und Angie sahen sich an.

»Autsch«, meinte er und machte eine Grimasse. »Und ihr wundert euch, wenn wir Angst vor euch haben.«

Aber bei Angie waren die Worte der Wirtin auf fruchtbaren Boden gefallen. Ich bin ein Weichei, dachte sie, aber das wird sich ändern.

»Lass uns gehen«, sagte sie und stand auf, »ich muss nach Hause und meine Küchenmesser schleifen.«

Fast hätte sie gelacht. Aber nur fast.

Als sie die Haustür aufschließen wollte, wäre sie fast über einen Blumenstrauß gestolpert, der auf der Fußmatte lag. Nützt dir gar nichts, du Schwein, murmelte sie und riss den Umschlag auf, der daran befestigt war.

»Liebe Angie«, las sie, »ich kann dir gar nicht sagen, wie leid mir die ganze Sache tut. Ich bin genauso entsetzt wie du, genauso fassungslos. Deshalb würde ich trotz allem gern einmal mit dir über alles reden. Ruf mich bitte an. Deine Marianne.«

Angie ging zur Mülltonne und warf kurz entschlossen Strauß und Karte hinein. Sie konnte es sich jetzt nicht erlauben, weich zu sein.

*

Als es abends an Angies Haustüre klingelte, stand eine sehr zerknirschte Nina davor. Und zum ersten Mal ließ Angie sie nur zögerlich herein.

»Du bist böse auf mich, weil ich Gesa als Praktikantin durchgeboxt habe«, sagte Nina kleinlaut und stellte die Flasche Champagner, die sie zur »Trauer des Tages«, wie sie es nannte, mitgebracht hatte, auf den Tisch.

»Ein bisschen«, gab Angie zu, die den leichten Glimmer zu

schätzen wusste, den eine Viertelflasche Baileys am Nachmittag und zwei Gläser Schaumwein bis jetzt in ihr ausgelöst hatten. »Aber ich weiß, dass es ungerecht ist.«

Julius kam zum Glück erst am Wochenende von seiner Klassenfahrt zurück, und so konnte sie sich, so viel musste erlaubt sein, etwas Zeit nehmen für einen Zusammenbruch. Der aber wiederum, auch das war Teil ihres Plans, nicht endlos lange dauern durfte. Sie gestattete sich drei Tage Heulen und Zähneklappern, und wenn Julius zurückkam, wollte sie ihm als gefasste, beherrschte Mutter gegenübertreten, die ihn über ihre gemeinsame neue Lebenssituation informieren würde. Insofern war es vielleicht ganz günstig, wenn er sexuell entspannt, durch wen auch immer, von der Reise zurückkehrte.

Aber heute war erst einmal der erste Tag vom Rest ihres neuen Singlelebens, und ein kräftiges Besäufnis war in diesem Fall erlaubt.

»Aber ich konnte doch nicht ahnen, dass sie sich an deinen Mann ranmacht«, protestierte Nina. »Außerdem gehören immer zwei dazu.«

Angie schwieg. Es war ein vorwurfsvolles Schweigen.

Scheiße, dachte Nina, das war jetzt genau die falsche Bemerkung, und sie wusste auch, warum sie ihr mit diesem leicht aggressiven Unterton herausgerutscht war. Ihre selbst verordnete Sexpause bekam ihr gar nicht. Sie war gereizt und immer hungrig, gestern war sie mit einem dicken Pickel am Kinn aufgewacht, ihre neue Waage hatte zwei Kilo mehr angezeigt, und als sie wie immer nach dem Duschen einen Bleistift unter ihren Busen klemmte, war der prompt nicht zu Boden gefallen. Alles, davon war sie überzeugt, ein Resultat ihrer Null-Sex-Diät. Die nämlich ließ sie vorzeitig altern und machte sie zur bösen, zänkischen Frau. Eine Frau, die sie gar nicht sein wollte. Aber die

Diät jetzt schon abzubrechen, wäre einfach zu peinlich. Ein bisschen musste sie noch durchhalten, das verlangte sie von sich.

»Wieso sagst du so einen Scheiß?«, fragte Angie. »Bist du meine oder seine Freundin?«

»Und wieso bedankst du dich nicht wenigstens für den Blumenstrauß von Marianne?« Nina legte genau den Grad von Empörung in ihre Stimme, der notwendig war, um vom Thema abzulenken. »Sie kann doch genauso wenig dafür wie ich.«

»Du hast Recht«, lenkte Angie ein. »Ich brauche nur einen Sündenbock, an dem ich meine Enttäuschung und meine Wut ablassen kann. Und an Jochen kann ich das nicht, weil ich sofort zur Meuchelmörderin werden würde.«

»Und ich würde dir dabei persönlich assistieren«, versprach Nina. »Würden wir seine Leiche anschließend zerstückeln oder als Ganzes ins Meer werfen?«

Noch während Angie trotz allem lachen konnte, fühlte sie den Zusammenbruch näher kommen. Wie ein fernes Gewitter rollte er heran, langsam, aber unausweichlich, bald würde es blitzen und donnern, dann Rotz und Wasser regnen, doch noch herrschte trügerische Stille. Und bevor es so weit war, würde sie sich noch ein bisschen mehr die Kante geben. Wo war der teure Rotwein, den Jochen von einem Geschäftsfreund bekommen hatte und den sie stets für eine besondere Gelegenheit aufbewahrt hatten? Dies war doch jetzt eine.

Das Telefon klingelte. Angie stand auf und schaute auf das Display. Es war Jochen. Ihr Herz klopfte lauter und drängender, als es bis jetzt für ihn gepocht hatte. Sehr merkwürdig, auf einmal Liebeskummer mit dem eigenen Mann zu haben. Innerhalb eines Tages war er ihr total fremd geworden. Der Mann, den sie so gut zu kennen glaubte wie sich selbst, dessen Geruch ihr so vertraut war wie ihr eigener, hatte ihr so wehgetan, wie ihr noch nie jemand wehgetan hatte. Jochen war vom Ehemann zum Phantomschmerz geworden. Es schmerzte höllisch, obwohl nichts mehr da war.

»*Dies ist der Anrufbeantworter von Jochen, Angela und Julius, besser gesagt von Familie Winter. Nachrichten bitte nach dem Pfeifton.*« Die unbeschwerten Worte trafen sie wie Nadelstiche. Sie waren keine Familie, sie war keine Ehefrau mehr.

»Hallo, Angie.« Es war Jochens Stimme.

»Na, der kriegt was zu hören«, sagte Nina und wollte schon nach dem Hörer greifen, doch Angie hielt sie zurück.

»Ich will jetzt nicht mit ihm reden.«

»Angie, ich weiß, dass ich den allergrößten Bockmist gebaut habe, den ich leider nicht mehr rückgängig machen kann. Nichts von dem, was jetzt gerade passiert, habe ich gewollt. Und ich habe auch keine Ahnung, wie es weitergehen soll, ich ...« Nina hielt es einfach nicht länger aus, machte sich los und nahm den Hörer ab.

»Hör mal zu, du Blödmann«, zischte sie, »lass deine Frau zufrieden mit deinem Verbaldünnschiss. Kümmere dich um Gesa und um euer Baby. Erstgebärende brauchen viel Zuspruch, wenigstens daran solltest du dich erinnern.« Sie knallte den Hörer auf, ohne auf seine Antwort zu warten.

Zufrieden griff sie zur Rotweinflasche und sagte: »So, das musste sein. Noch ein Gläschen für die neugeborene Singlefrau, für die es jetzt erst richtig losgeht!«

Ein ungewollter kleiner Lacher entschlüpfte Angies Kehle, obwohl ihr eher zum Heulen zumute war. Aber Lachen und Weinen lagen im Moment in ihrem strapazierten Herzen so dicht beieinander, dass es egal war, ob sie das eine oder das andere tat. Alles war ja sowieso ein absolutes Chaos. Sie war ein schwankendes Schiff, das ziellos durch die stürmische See schaukelte. Augen zu und durch. Jedenfalls im Moment.

»Also, prost!« Nina hatte beide Gläser gefüllt und reichte ihr nun eins davon. Ihre Augen funkelten, sie wirkte fröhlich und gelöst, ein Anblick, der Angie auf einmal irritierte. Konnte es sein, dass die Freundin ihre Ehekrise klammheimlich genoss? Weil sie als Dauersingle im Grunde ihres rabenschwarzen Freundinnenherzens ihr das Eheglück nie gegönnt hatte? Angie mochte das kleine, hartnäckige Gefühl des Zweifels nicht, das sich auf einmal in ihr festbiss. Sie brauchte ihre beste Freundin jetzt mehr denn je.

»Soll ich doch noch einmal mit Jochen reden?«, fragte sie unsicher und ärgerte sich, dass ihre Stimme so unentschlossen klang. Normalerweise wusste sie genau, was sie wollte, aber zu entscheiden, ob es Fisch oder Fleisch zum Abendessen geben oder die neuen Wohnzimmervorhänge eierschalenfarben oder zart apricot sein sollten, war natürlich einfacher, als mit einem Ehemann umzugehen, der sich gerade völlig ungeplant vermehrte. Oder war es gar nicht so ungeplant?

»Auf keinen Fall«, unterbrach Nina ihre Gedanken. »Ich glaube ja, dass dein Kerl eine saftige Midlife-Crisis hat«, fuhr sie fort, »und evolutionstechnisch ist das ganz normal. Männer haben schließlich bis zum Tod noch jede Menge quietschlebendiger Spermien, die sie bei ihren gleichaltrigen, längst ausgetrockneten Frauen nicht mehr loswerden können. Ist ja nun mal leider so«, meinte sie mit Blick auf Angies verzweifeltes Gesicht, »die Natur ist stutenbissig und bevorzugt Männer. Traurig, aber wahr.«

Leider hat sie Recht, dachte Angie. »Du meinst also, Jochen kann gar nichts dafür, weil er seinem männlichen Urtrieb nachgegeben und sein Genpotenzial verstreut hat? Ein Dienst am Vaterland, damit es nicht ausstirbt?«

»Im Grunde könnte man es tatsächlich ein bisschen so sehen«, sagte Nina. »Aber andererseits leben wir ja nicht mehr in der Steinzeit, sondern im 21. Jahrhundert. Und deshalb ist es leider eine elefantenhinterngroße Dummheit, seine Frau nicht nur mit einem jungen Mädel zu betrügen, sondern dieses auch noch dabei zu schwängern. In seinem Alter ist so was nämlich keine Verjüngungsspritze, sondern ein Alterungsschub. Wart's ab, in spätestens einem Jahr hat er einen Spitzbauch und keine Haare mehr. Marianne ist übrigens voll auf deiner Seite, ihr solltet euch mal treffen, die Ärmste ist ...«, versuchte es Nina noch einmal.

»Danke, wirklich kein Bedarf im Moment«, winkte Angie ab und spürte, wie ihre Kräfte nachließen, wie der Eisblock, der sie zusammenhielt, langsam zu tropfen begann.

»Ich möchte jetzt allein sein«, sagte sie deshalb und schob das Glas zurück. »Grüß Jochen, falls du ihn bei seiner neuen Schwiegermutter triffst.«

Ohne ein weiteres Wort ließ sie Nina am Küchentisch sitzen und ging die Treppe zu ihrem Schlafzimmer hinauf. Nina wusste, dass es keinen Zweck hatte, ihr hinterherzugehen. Auch sie war erschöpft, denn sie hatte sich große Mühe gegeben, Angie die witzige, coole Freundin vorzuspielen. Bloß kein großes Drama! Das würde das Ganze nur viel schlimmer machen. Dabei hätte sie ihre Freundin am liebsten in die Arme geschlossen und mit ihr zusammen Rotz und Wasser geheult. Ausgerechnet Jochen und Angie! Ihr Vorzeigeehepaar, das sie immer als gutes Beispiel herangezogen hatte, wenn um sie herum beziehungsmäßig alles zusammenkrachte.

»Es gibt auch glückliche Paare«, hatte sie oft gesagt, wenn Patienten oder Kollegen ihr ihr Eheelend um die Ohren knallten. »Meine besten Freunde zum Beispiel, die werden Hand in Hand sterben und gemeinsam in einem Doppelsarg liegen.«

Es war also doch nicht möglich, mit einem Mann glücklich zu werden. Es gab keine Liebe auf Dauer. Aber es gab Sex. Und auf den war in ihrem Leben bisher immer Verlass gewesen. Schluss mit dieser albernen Nulldiät.

Nina holte ihr Handy raus und wählte.

»Hi, Jannie, ich bin's«, sagte sie. »Hast du Zeit und Lust? Gut, dann geh schon mal unter die Dusche. Ich mag meine Männer gern frisch und appetitlich. Bis gleich.«

Sie stand auf und verließ das Haus, in dem noch vor kurzem eine glückliche Familie gewohnt hatte. Das Schlafzimmerfenster war erleuchtet. Angie war allein in ihrem Haus. Zum ersten Mal in ihrer langen Freundschaft fühlte Nina Mitleid mit ihrer Freundin. Sie wusste, dass es oft umgekehrt gewesen war. Angie, die ausgefüllte Familienmutter, hatte sie, die männerfressende und trotzdem einsame Physiotherapeutin oft bedauert. Sie hatten nie darüber geredet, aber es hatte sie insgeheim gewurmt, dass Angie sie nicht um ihre Freiheit und Unabhängigkeit beneidete. Deswegen war ihr klar, dass sie ihr jetzt heimliche Schadenfreude unterstellte und keine Ahnung hatte, wie sehr auch sie verunsichert war.

Nina stieg ins Auto und fuhr in die Nacht, wobei sie ganz bewusst alle roten Ampeln ignorierte. Diesen Hauch zivilen Ungehorsams hatte sie sich erhalten. Und gleich würde ein Hauch privaten Ungehorsams folgen. Die Diät war offiziell beendet.

*

»Nein, du kannst nicht bei mir schlafen!« Jans Stimme klang kühl und bestimmt durch die Gegensprechanlage. »Ich bin zwar dein Bruder, aber in dieser Angelegenheit ergreife ich eindeutig Partei gegen dich. Außerdem habe ich gerade Damenbesuch. Wir sehen uns dann morgen in der Firma. Gute Nacht.«

Jochen zog fröstelnd die Schultern hoch. Er kam sich wie ein Staubsaugervertreter vor, dem die Hausfrau die Tür vor der Nase zugeknallt hatte. Nach seinem Rausschmiss war er durch die Stadt gelaufen, ohne Ziel, ohne Sinn und Verstand, er wusste nicht mehr, wohin mit sich. Sein Handy hatte er ausgeschaltet, Angie würde ihn nicht anrufen, das wusste er, und *sie* war die Einzige, die er sprechen wollte.

Dass Gesa es alle zehn Minuten probierte, ignorierte er. War es Zorn, den er auf sie verspürte? Fühlte er sich hereingelegt von ihr? Zweimal Ja. Sie hätte doch ahnen können, dass ein langjähriger Ehemann wie er keine Kondome dabeihatte, schließlich war er kein junger Heißsporn mehr, der sich rechts und links durch die Gegend poppte. Ehrlicherweise musste er zugeben, dass er sich in ihrer Gegenwart leider nur allzu gern als Heißsporn gefühlt hatte. Aber doch bitte nur für eine heiße, schnelle Nummer zwischendurch! Doch nicht fürs ganze restliche Leben! Je mehr er darüber nachdachte, desto größer wurde die Wut, die in ihm aufstieg.

Er klingelte Sturm, ließ seine Faust auf dem Klingelknopf ruhen, bis er die Stimme seines Bruders erneut hörte: »Lass den Scheiß, du Vollidiot!« Es knackte und rumpelte in der Anlage, Jan musste ein Streichholz in die Klingel geklemmt haben.

»SCHEISSE«, brüllte Jochen in die dunkle Nacht, »SCHEISSE, SCHEISSE, SCHEISSE!«

Jan seufzte tief und ging zum Bett zurück.

»Gut gemacht«, lobte Nina, »bleib standhaft. In Zukunft ist dein Bruder Luft für dich.«

»Und wie stellst du dir das vor?« Er legte sich neben sie und starrte an die Decke. »Schließlich arbeiten wir zusammen.«

Nina hörte kurz in ihren Körper hinein, ob er noch etwas Sex brauchte. Normalerweise wurde sie nach der ersten Runde erst richtig warm, aber heute war sie nicht ganz bei der Sache, weil ihre Gedanken bei Angie waren. Und Jans auch, das wusste sie. Also kein Nachschlag.

»Bist du beruflich eigentlich zufrieden mit deinem Bruder?«, fragte sie und spielte mit dem weichen Flaum, der ihm vom Bauchnabel abwärts wuchs.

»Wieso fragst du?« Jan griff zur Bierflasche, die auf seinem Nachttisch stand.

»Weil Angie auch sehr gut ist«, meinte Nina und beschloss, ein bisschen an der Wahrheit zu drehen. »Wir reden oft über die Firma, und ich bin immer schwer beeindruckt, was für tolle Ideen sie hat.«

»Ja, die Rezeption rosa streichen zu lassen war wirklich toll«, sagte er lachend.

»Ich glaube, ihr unterschätzt sie alle.« Nina war zu männererfahren, um sich durch blöde Bemerkungen aus der Ruhe bringen zu lassen. »Sie liest regelmäßig den Wirtschaftsteil, obwohl sie eine Frau ist, stell dir vor. Frag sie einfach mal, wenn du ein Problem hast. Du wirst dich wundern.«

Kurz darauf klingelte Jochen an einem anderen Haus.

»Wer ist da?« August Winter klang unwirsch. Im Hintergrund war undeutlich eine Frauenstimme zu hören.

»Ich bin's, Jochen.«

»Ja, das höre ich. Was willst du?«, fragte sein Vater ungeduldig.

»Kann ich heute Nacht ausnahmsweise bei dir schlafen?«

Er wartete auf das Summgeräusch, drückte leicht gegen die Tür, doch es kam nicht. Jochen klingelte noch einmal.

»Wieso gehst du nicht heim?«, fragte August. »Bei mir geht es leider nicht, ich habe Besuch.«

Kapitel 19

»Das ist jetzt nicht dein Ernst, Mami«, sagte Gesa und schaute ungläubig von ihrer Müslischüssel hoch, deren Inhalt sie gerade genüsslich in sich hineingeschlabbert hatte. »Du hast übrigens vergessen, meine Lieblingstiefkühlpizza zu kaufen, die mit Thunfisch.«

Manchmal stand Marianne ihrer Tochter einfach nur fassungslos gegenüber. Dies war so ein Moment. »Ich meine es total ernst«, sagte sie und brauchte jedes Quäntchen Selbstbeherrschung, das sie in sich mobilisieren konnte, um nicht auszurasten. Ein Orkan aus wilden, anstrengenden Gefühlen tobte in ihr – Wut, Angst, Panik. Doch eine zarte innere Stimme hatte sich bemerkbar gemacht, der sie jetzt folgen wollte.

»Ich möchte, dass du endgültig ausziehst«, wiederholte sie und wunderte sich selbst, wie sicher sie sich diesmal in ihrer Entscheidung fühlte. »Ich werde dich nicht unterstützen, weder finanziell noch als Babysitter. Du wirst Mutter, also sieh zu, wie du dein Kind ernährst beziehungsweise ernähren lässt, der Kindsvater hat ja genug Geld, wie ich weiß. Und jetzt entschuldige mich bitte, ich brauche ganz dringend ein warmes Schaumbad zur Beruhigung. Und wenn ich aus dem Bad komme, will ich dich nicht mehr sehen. Ich habe sehr gehofft, dass du dich geändert hast. Leider habe ich mich getäuscht. Ruf mich an, damit ich weiß, wo ich dich im Notfall erreichen kann.« Sie verschwand im Bad.

Gesa schob ihre Müslischüssel von sich, der Appetit war ihr vergangen. Marianne hatte sich bisher als Mutter zwar nie durch besondere pädagogische Konsequenz ausgezeichnet, aber jetzt, das ahnte ihre Tochter, meinte sie es bitterernst. Hotel Mama war geschlossen. Bedauerlich, aber nicht das Ende der Welt, beruhigte sich Gesa nach kurzem Nachdenken, weil sie dem Kindsvater eigentlich noch ein paar Tage Zeit geben wollte, um sich an die neue Situation zu gewöhnen.

Jochen war nicht übertrieben fröhlich gewesen, als er von seiner Vaterschaft erfuhr, aber das würde sich ändern. Schließlich schenkte sie ihm ja ein völlig neues Leben! Und genau das erwartete sie auch von ihm. Ihr schwebte für den Anfang ein Penthouse am Stadtpark vor, mit Fahrstuhl natürlich, später dann, nach dem zweiten oder dritten Kind, könnte man vielleicht in seine Villa ziehen, bis dahin wäre sein verpickelter Sohn aus dem Haus, und seine Ex würde sich dann sicher auch verkleinern wollen. Passte doch alles ganz wunderbar.

Sie griff zum Handy, wählte und stieß einen Seufzer der Erleichterung aus, als er abnahm und sie seine Stimme hörte.

»Endlich erreiche ich dich«, rief sie, »wo bist du?«

Nach einigem Zögern sagte er es ihr.

»Wunderbar, ich muss nur noch meinen Koffer packen, in einer Viertelstunde bin ich bei dir. Sei so lieb und bestell mir was Leckeres, schließlich muss ich jetzt für zwei essen. Bis gleich.«

Gesa legte auf und ging in ihr Zimmer. Aufräumen würde sie nicht mehr, das war schon mal sicher, ein bisschen Strafe musste schließlich sein, wenn man so unbarmherzig vor die Tür gesetzt wurde.

Als ihre Tasche brechend vollgepackt war, steckte sie den Kopf ins Badezimmer. Marianne lag bis zum Hals in duftendem Lavendelschaum, sie hatte die Augen geschlossen und öffnete sie auch nicht, als Gesa sich über sie beugte und sie zum Abschied auf die feuchte Stirn küsste.

»Tschüss, Mami, ich melde mich«, sagte sie. »Und mach dir keine Sorgen, ich bin nicht böse auf dich.«

Die Haustür fiel ins Schloss und Marianne öffnete widerstrebend die Augen. Sie war allein und das fühlte sich trotz allem gut an. Unerwartet gut. Die Stille in der Wohnung war wie ein Streicheln. Marianne atmete tief durch.

Ja, es war richtig, was sie getan hatte. Gesa musste endlich erwachsen werden. Ob ihr der Mann dabei helfen konnte, den sie sich als Vater ihres Kindes ausgesucht hatte, konnte sie nur hoffen.

*

»Ich werde erwartet«, sagte Gesa und übersah geflissentlich die hochgezogenen Augenbrauen der mürrisch dreinblickenden Rezeptionistin. »Rufen Sie Herrn Winter an, Zimmer achtundfünfzig.«

Eine Nutte ist sie nicht mit diesem riesigen Koffer, dachte die Frau am Empfangstresen und griff zum Telefonhörer. »Eine Dame für Sie, Herr Winter«, sagte sie und wusste, dass man ihrer Stimme die Ironie nicht anhörte. »Gut, danke.«

»Ich bin seine Freundin«, sagte Gesa, um die Dinge von Anfang an klarzustellen, »und nicht, was Sie vielleicht denken.«

»Ich denke nie etwas über unsere Gäste«, erwiderte die Empfangsdame und machte drei Kreuze, dass sie vor einundzwanzig Jahren einen Mann ohne Kinderwunsch geheiratet hatte. Ein Albtraum, die Mutter eines solchen Geschöpfes zu sein ...

»Der Fahrstuhl ist geradeaus, dann links.«

Jochen lag auf dem Bett, neben ihm die vollständig geleerte Flaschenbatterie aus der Minibar. Er hatte immer wieder versucht, Angie zu erreichen, doch nur Anrufbeantworter oder Mailbox hatten sich eingeschaltet. Seine Angie, die seit einem Vierteljahrhundert Tisch, Bett und Leben mit ihm teilte, war ihm auf einmal so fern wie der Mond. Er spürte bereits jetzt einen so akuten Anfall von Heimweh, dass es ihm fast den Magen umdrehte.

Es klopfte. Als er sich vom Bett erhob, taten ihm alle Knochen weh. Ich bin zu alt für dieses Chaos, dachte er und öffnete die Tür.

»Da bin ich«, erklang fröhlich ihre Stimme, jung und unbeschwert! Sie hatte keine Ahnung, was sie angerichtet hatte, und wenn, dann war es ihr offensichtlich völlig egal.

»Komm rein«, sagte er. »Das Bett ist ziemlich schmal, sie hatten nur noch Einzelzimmer.«

»Schmal ist gut«, sagte sie und zwinkerte ihn an, »dann hab ich mehr von dir.«

Er betrachtete sie, und fast tat sie ihm leid. Sie wusste nicht, was auf sie zukam. Sie sah nur das Glück.

»Ich bin müde«, sagte er. »Es war ein langer Tag.«

»Und jetzt wird es eine lange Nacht.« Lächelnd ließ sie die Jeans an ihren langen Beinen hinuntergleiten. »Die erste Nacht deines neuen Lebens.«

»Angie hat mir gesagt, du wolltest eine Sexpause machen.« Erschöpft und zufrieden zog Jan an dem Joint, den Nina ihm reichte. »Lange hast du sie ja zum Glück nicht durchgehalten.«

Nina sah ihn an und lachte: »Ich habe gemerkt, dass ich unausstehlich bin, wenn ich keinen Sex habe, deswegen durftest du mir beim Streikbrechen helfen, mein Süßer, und du hast mich nicht enttäuscht.«

»Bleibst du heute Nacht hier?«, fragte er und hoffte, dass sie seiner Stimmung die leise Hoffnung, die er trotz seiner unerwiderten Schwärmerei für Angie noch immer für sie hegte, nicht anmerkte. Er mochte sie sehr, das wusste er. Wusste sie es auch? Sie konnte brutal sein, wenn Männer das waren, was sie »hoffnungslose Romantikkasper« nannte.

Er will mich loswerden, dachte sie und spürte eine gewisse Mutlosigkeit aufkommen, schade, ich wäre gern geblieben. Aber das wäre sicherlich ein Fehler.

»Keine Panik, bin schon im Abmarsch.« Nina stand bereits vor dem Bett und sah ihn lächelnd an. Er hatte nicht den Hauch einer Ahnung, dass seine kühl wirkende Frage sie doch etwas verletzt hatte, obwohl sie doch genauso bindungspanisch war wie er. Aber war es nicht besser so, wenn sie ihre Situation so beließen? Was nützte es denn, wenn man sein Herz verschenkte und einem Mann treu war wie Angie? Gar nichts nützte es. Besser man schützte sich. Das war viel besser. Aber manchmal auch ein bisschen traurig.

Angie war gerade eingeschlafen, als das Telefon klingelte. Halb betäubt griff sie zum Hörer. »Hallo?«

»Ich bin's, August, hab ich dich geweckt?«

»Ist alles in Ordnung?« Schlagartig war sie hellwach. »Ist was passiert?«

»Bei mir nicht, meine Süße«, sagte er, »aber Jan hat mir erzählt, was Jochen für einen Mist gebaut hat. Geht's dir denn so einigermaßen?«

»Nein«, sagte sie ehrlich, »mir geht's beschissen. Hättest du das von deinem Sohn gedacht?«

Es tat ihr sofort leid, die Frage so formuliert zu haben, sie hörte, wie ihr Schwiegervater am anderen Ende tief ein- und ausatmete.

»Ich bin auch sehr enttäuscht«, meinte er, »und ich wollte dir nur sagen, dass du dich auf mich verlassen kannst, und zwar hundertprozentig. Ruf mich an.«

Klack, aufgelegt.

*

»Ihr müsst reden«, sagte Nina eine Woche später und belegte sich ihr Vollkornbrötchen mit einem halben Pfund Leberpastete, »und zwar über die zweitschönste Sache der Welt.«

»Und die wäre?«, fragte Angie.

»Geld natürlich, was dachtest du denn?« Nina zog die Stirn kraus, während sie die Hälfte der fetten Paste wieder abkratzte. »Alte Scheidungsregel – klär die Geldangelegenheiten, solange er noch ein schlechtes Gewissen hat. Nur dann holst du das Maximum aus ihm heraus. Später, wenn sich die Wogen geglättet haben, sagt er sich: Wieso soll ich denn für eine Frau bezahlen, die weder mit mir schläft noch Rinderroulade für mich kocht?«

Der Gedanke, ihren »Ex« zu treffen und mit ihm über Geld zu reden, ließ Angie ihren Milchkaffee lustlos zur Seite schieben. Obwohl sie ja eigentlich eine Frustesserin war, hatte sie einfach keinen Appetit, und seit sie Jochen rausgeschmissen hatte, war Kaffee mit Milchschaum die einzige Kalorienzufuhr, die sie derzeit vertragen konnte. Und das auch nur in Maßen. Was gut für ihren Bauch, aber sehr ungünstig für ihr Gesicht war, wie sie im Badezimmerspiegel feststellen musste. Jeden Morgen entdeckte sie dort neue Falten, und dass faltige Menschen weniger Hautkrebs bekamen, wie sie kürzlich gelesen hatte, konnte sie jetzt auch nicht trösten.

»Du wieder brauchen eine Botox«, hatte Margarita kürzlich

bei ihrer letzten Gesichtsbehandlung festgestellt, aber auch dazu konnte sie sich nicht aufraffen.

»Du hast Recht«, gab Angie zu, zwang sich zu einem winzigen Brötchenbissen und warf einen flüchtigen Blick auf das Chaos in der Küche, die noch vor ein paar Tagen ein gemütlicher und vor allem aufgeräumter Aufenthaltsraum gewesen war. Aber seit ihrer Trennung von Jochen war ihr alles zu anstrengend geworden, es war, als sei mit seinem Auszug auch alle Kraft aus ihrem Körper geflossen.

Wenn sie morgens aufwachte, gab es diese eine trügerische Sekunde, in der das Leben noch vorgab, wie früher zu sein.

»Hallo Liebling, gut geschlafen?«, murmelte sie dann schlaftrunken und drehte sich um. Doch dann öffnete sie die Augen und sah, dass die Nachbarbetthälfte leer und unberührt war, und der Gedanke, dass er jetzt woanders aufwachte, schnürte ihr jeden Morgen die Luft zum Atmen ab. Die Vorstellung war einfach unerträglich – Jochen mit einer anderen Frau. Wobei die Tatsache, dass diese Frau nur halb so alt war wie er, das Ganze nicht verschlimmerte, sondern nur peinlicher machte.

Seitdem war alles, was früher leicht und sonnig gewesen war, auf einmal ein riesiges, unüberwindbares Hindernis. Aufstehen, Frühstückmachen, Duschen, Anziehen, Zähneputzen, alles.

»Ich hab immer Recht, mein Herz«, sagte Nina und lächelte sie an. »Und ich komm auch sehr gern mit zum Anwalt und steh dir bei, das weißt du.«

»Danke«, murmelte Angie. »Ich bin froh, dass es dich gibt.«

Fünf Minuten später war sie allein.

Zehn Minuten später saß sie noch immer vor dem Telefon.

Zwanzig Minuten später ging sie duschen.

Dreißig Minuten später saß sie wieder vor dem Telefon. Sie

war genauso aufgeregt wie ganz am Anfang ihrer Liebe. Aber es fühlte sich anders an. Ganz anders. Nicht wie der Anfang vom Glück, sondern wie sein Ende.

Das Telefon klingelte. Sie hasste sich für die Hast, mit der sie den Hörer von der Gabel riss.

»Hallo?« Sie lauschte der sanften Männerstimme, die nicht Jochens war, und zwang sich zu einem Lächeln. »Wie wäre es mit heute Abend? Acht Uhr? Ja, ich weiß, wo das ist. Bis dann.«

Als sie gegen dreiundzwanzig Uhr wieder im Bett lag, kamen ihr die letzten vier Stunden völlig unwirklich vor. Ja, das Restaurant, das Manfred Glitsch ausgewählt hatte, war eins der besten der Stadt, zum ersten Mal seit Tagen hatte sie wieder mit ein wenig Appetit gegessen. Dafür leider auch etwas zu viel getrunken, weil sie nicht auf den Kellner geachtet hatte, der ihnen immer wieder nachschenkte. Ja, es tat sehr gut, wenn sich in den Augen eines Mannes so viel unverhüllte Bewunderung spiegelte, wie in denen ihres Tischherrn. Zum ersten Mal hatte sie sich wenigstens wieder halbwegs begehrenswert gefühlt. Deshalb erinnerte sie sich auch nur noch ganz vage daran, worüber sie gesprochen hatten.

Anfangs ging es um Julius, aber nur kurz, irgendwie fanden sie beide das Thema an diesem Abend nicht besonders spannend, dann um ihn selbst und seine Scheidung, die ihn finanziell offensichtlich sehr gefordert hatte, und dann ging es um sie. Alles schien Manfred Glitsch brennend zu interessieren. Ihr Lieblingsfilm *Tatsächlich Liebe*, ihr Lieblingspolitiker Helmut Schmidt, ihr Lieblingsreiseziel Thailand. Als er vorsichtig nachgefragte, warum sie es war, die einen Abendtermin vorschlug, hatte sie kein Problem gehabt zu sagen: »Weil ich jetzt abends nicht mehr kochen muss, mein Mann ist nämlich ausgezogen.« Sie hatte sich dabei sogar richtig erleichtert gefühlt.

»Es wird noch einige dunkle Stunden geben«, hatte er daraufhin leise gesagt und sich getraut, nach ihrer Hand zu greifen, »aber irgendwann ist Licht am Ende des Tunnels. Ich weiß leider, wovon ich spreche.«

Sie hatte ihm in dem Moment nicht geglaubt, es aber trotzdem zugelassen, dass er sie mit seinen warmen, etwas steifen Fingern drückte. Einerseits war sie dankbar für seine Anteilnahme, andererseits dachte sie, jetzt gehöre auch ich zu den Verlassenen und Ausgemusterten! Die, die sich in Chatrooms tummelten und zwanzig Jahre alte Fotos ins Internet stellten. Und sich dann mit männlichen Trostpreisen begnügen mussten. Sie hatte geseufzt, und Dr. Glitsch hatte sie dabei angesehen.

Er hatte sich als angenehmer Gesprächspartner herausgestellt, war insgesamt netter, als sie gedacht hatte. Er mochte sie, das war klar, doch trotzdem machte sie die plötzliche, glasklare Erkenntnis auf einmal tieftraurig: Nie wieder würde sie einen Mann so lieben wie Jochen!

»Ich bin müde«, hatte sie gesagt, und plötzlich wollte sie nur noch ins Bett. Auf einmal war ihr alles zu viel. Sein trauriges Gesicht, seine enttäuschten Erwartungen, es war alles noch zu wund und zu frisch und zu früh.

»Es war ein schöner Abend, Manfred.« Sie hatte ihn, als sie ins Taxi gestiegen war, angelächelt, und er hatte dieses Lächeln nicht erwidert. Hätte sie nicht mit ihm ausgehen dürfen? Sie hoffte inständig, dass Julius diese Situation nicht ausbaden musste.

Egal, dachte sie dann. Sie hatte sich immer bemüht, auf andere Rücksicht zu nehmen, keine Gefühle zu verletzen, und jetzt war der Moment gekommen, nur noch an sich selbst zu denken. Als sie nach Hause kam, blinkte der Anrufbeantworter auf ihrem

Nachttisch. Dass ihr Herz sofort seinen Rhythmus beschleunigte, konnte sie nicht ändern. Sie drückte die Wiedergabetaste. Die Nachricht war von Nina.

»Hab gerade so was Ähnliches wie Liebesfrust. Hat mit einem Mann zu tun, den du auch kennst. Rufst du mich mal an?«

Früher, bevor ihr das Leben in all seiner Härte um die Ohren geknallt wurde, hätte Angie sofort zurückgerufen. Aus Neugier und aus Frauenfreundschaft. Aber im Moment hatte sie genug mit sich selbst zu tun.

Als sie die Johanniskrauttablette, die sie im Augenblick täglich nahm, mit einem Schluck Wasser hinunterspülte, dachte sie auf einmal: Jetzt hab ich die Chance, nicht mehr die alte Angie zu sein. Doch wie sieht die *neue* aus?

Kapitel 20

Ein paar Wochen später

»Wieso hast du mir nicht gesagt, dass die Frau uns jetzt doch verklagt?« Wütend knallte Jan eine Zeitung auf Jochens Schreibtisch. »Hier, lies und dann sag was dazu.«

Zögernd nahm Jochen das Blatt in die Hand.

»Seite fünf«, knurrte sein Bruder, »für die Titelseite sind wir zum Glück nicht wichtig genug.«

Jochen schlug die Seiten um. Der übliche Pressefrust – Rezession, Entlassungen, Franjo Pooth war noch immer pleite, Boris Becker noch immer nicht verheiratet –, und da stand es: »Glassplitter im Pudding – Omi verklagt Altenheim!« Darunter ein Foto der alten Dame, die mit ihrem anklagenden rechten Zeigefinger auf ein kleines Glasschälchen zeigte. Die Bildunterschrift dazu lautete: »Inge K.: ›Der Pudding hat mir immer gut geschmeckt. Aber seit ich mir mit einem Splitter die ganze Zunge zerfetzt habe, kann ich nur noch mit einem Strohhalm Breinahrung zu mir nehmen.‹«

Wütend riss ihm Jan die Zeitung aus der Hand. »Ich dachte, deine Tussi hätte die Sache längst geregelt! Außerdem wolltest du der Frau doch Geld anbieten. Hast du das etwa vergessen?«

Jochen schwieg.

Er sah seinen Vater über den Flur auf sie zukommen.

»Guten Morgen.« August trat ins Büro und schlug die Bürotür zu. »Schreit bitte nicht so, die Wände haben Ohren hier, das wisst ihr doch.«

Er setzte sich und sah von einem zum anderen. Wieder fiel ihm auf, wie verschieden seine Söhne waren. Der ältere war groß, dunkelhaarig, ein Frauentyp, er kam nach Trudi – Gott, wie er sie noch immer vermisste, auch wenn Johanna sich die allergrößte Mühe gab. Der jüngere sah aus wie er, vermutlich fühlte er sich ihm deshalb näher.

»Ich habe in dieser Sache eben mit dem Anwalt gesprochen, er verlangt dreißigtausend Euro Schmerzensgeld, sonst geht er vor Gericht, und was das an Negativpropaganda für unsere ohnehin angeschlagene Firma bedeutet, muss ich ja keinem von euch erklären. Also, was machen wir?«

»Lass uns endlich zahlen«, schlug Jan vor und sah seinen Bruder an, »oder hast du ausnahmsweise eine bessere Idee?«

Jochen räusperte sich. »Ich halte das Ganze für eine ganz miese Erpressung«, sagte er. »Wäre es nicht das Vernünftigste …«

Sein Handy erklang mit melodischem Klingelton; Leona Lewis' erste Takte von »Bleeding Love«.

»Neue Frau, neuer Klingelton«, kommentierte Jan mit einem Blick auf seinen Vater.

»Ja?«, sagte Jochen, während er sich von den beiden wegdrehte. »Jetzt ist es gerade ganz schlecht. Was habe ich vergessen? Okay, ich komme. Bis gleich.«

»Ich muss noch mal weg«, sagte Jochen entschuldigend und wusste, wie lahm es klang. Sein Vater und sein Bruder schauten ihn ungläubig an.

»Wohin gehst du?«, fragte August.

Jochen hätte jetzt so gern gelogen, aber er war ungeübt darin, und so fiel ihm nichts ein als die klägliche Wahrheit. »Zu Gesa«, sagte er leise, »sie fühlt sich einsam.«

»Die neue Chefin pfeift und du springst?«, fragte Jan und sah ihn missbilligend an.

»Ich muss mich um sie kümmern«, Jochen stand auf und ging zur Tür. »Schließlich bin ich ja für ihre Situation verantwortlich.«

»Angie war immer selbstständig«, sagte August ungehalten. »Für was für ein verdammtes Hühnchen hast du deine Ehe kaputtgemacht, du Hornochse?«

Jochen wollte nur noch raus. Sein Büro, sein Vater, sein Bruder, ihre Vorwürfe, alles erstickte ihn.

»Ich muss jetzt los«, sagte er und öffnete die Tür. »Wir sehen uns später.«

»Nein«, widersprach August plötzlich heftig, sprang auf und versperrte ihm den Weg. »Wenn du jetzt gehst, dann kannst du gleich wegbleiben und dir was Neues suchen. Mit Idioten arbeite ich nicht zusammen.«

»Was soll das denn heißen?«

»Das weißt du ganz genau, Jochen«, meinte August. »Wer so dämlich ist, sein Familienleben und die tollste Frau der Welt aufs

Spiel zu setzen, dem trau ich auch im Geschäftlichen kein gesundes Urteilsvermögen mehr zu. Nimm dir einen Anwalt, ich ruf unseren an, dann klären wir das Finanzielle. Aber dich will ich hier unter diesen Umständen nicht mehr sehen.«

»Und wer soll mich ersetzen?«, fragte Jochen entsetzt.

August sah seinen Ältesten durchdringend an. »Da wird uns schon jemand einfallen«, meinte er.

*

Wieder einer dieser Männer, die sich nach der Scheidung von ihrer Erstfrau mit ihrer neuen Beziehung um mindestens zwanzig Jahre verjüngen, dachte Dr. Irina Tornow gereizt, als sie Jochen und Gesa in ihrer Praxis begrüßte. Ihr eigener, zu besseren Zeiten über alles geliebter Ehemann hatte sich kurz vor ihrem achtzehnten Hochzeitstag mit einer dreiundzwanzigjährigen Polin nach Australien verkrümelt und ihr damit den schlimmsten Schmerz ihres Lebens zugefügt. Es machte die Situation auch nicht besser, dass das Mädchen ihre Putzfrau gewesen war. Die, wie sie inzwischen erfahren hatte, in Sydney Mutter von Zwillingen geworden war und nun hoffentlich ein gestresstes Leben führte.

Seit diesem Vorfall schnellte jedes Mal ihr Adrenalinspiegel in nicht messbare Höhen, wenn einer dieser Sugar-Daddys mit seiner jungen Trophäe in ihre Sprechstunde kam.

»In diesem Stadium sehen sie alle noch wie die Aliens aus«, sagte sie nun und ließ ihren dick eingecremten Ultraschallstab über Gesas nacktem Bauch kreisen. »Es ist doch immer wieder ein Wunder, wie aus solchen Zellhaufen in ein paar Monaten süße kleine Babys werden. Das findet der glückliche Opa doch sicher auch, oder?«

Mit Genugtuung registrierte sie, wie Jochen bei ihren Worten zusammengezuckt war.

»Das ist der Vater, nicht der Opa«, stellte Gesa sofort richtig und lächelte Jochen an. »Wir freuen uns beide riesig, nicht wahr, Süßer?«

»Das tun wir«, knurrte dieser und griff erleichtert in seine Hosentasche, aus der sein Handy summte.

»Hallo, Angie«, sagte er mit klopfendem Herzen und verließ den Untersuchungsraum, denn er hätte es unschicklich gefunden, dort mit ihr zu sprechen. »Alles in Ordnung bei euch? Keine Katastrophenmeldungen aus der Schule?« Er gab sich Mühe, seine Stimme unbekümmert und normal klingen zu lassen. Obwohl mittlerweile nichts mehr in seinem Leben normal lief, schließlich hatte er Ehefrau und Job in kürzester Zeit verloren. Doch immerhin konnte er nach den turbulenten vergangenen Wochen ruhig und einigermaßen harmonisch mit Angie reden. Hoffte er jedenfalls.

»Wir müssen reden«, meinte sie jetzt, »und zwar über Geld. Es ist sicher sinnvoll, wenn wir unsere Finanzen schon vor der Scheidung regeln. Da es hoffentlich freundschaftlich ablaufen wird, könnten wir uns später einen Anwalt teilen, wenn das für dich kein Problem ist. Passt es dir morgen Abend?«

Ein beengendes Gefühl machte sich in seiner Brust breit. Ein sehr beengendes.

»Okay, morgen Abend. Soll ich nach Hause kommen?«

Nach Hause, dachte Angie. Was für ein absolut unpassendes Wort. Obwohl es diesen Sekundenbruchteil gegeben hatte, wo sie am liebsten einfach Ja gesagt hätte. Ja, komm nach Hause, lass uns den ganzen Scheiß vergessen, schick sie in die Wüste, das Baby kann sie uns ja auf die Fußmatte legen, das zieh ich dann auch noch groß …

»Nein, nicht zu mir«, sagte sie stattdessen, »lieber an einen neutralen Ort. Komm in mein Büro.«

Er stutzte. »Seit wann hast du denn ein Büro?« Aus den Augenwinkeln sah er, wie sich Gesa von der Untersuchungsliege rollte, ächzend, als wäre sie nicht im dritten, sondern im neunten Monat.

»Ich habe dein altes bezogen«, sagte Angie ruhig. »Allerdings hab ich es erstmal neu tapezieren lassen. Die Möbel hab ich behalten.«

»Du hast meinen Job?«, rief er ungläubig. »Aber du hast doch keine Ahnung davon!«

Sie hielt eine kleine Pause aus, hörte ihn am anderen Ende der Leitung schwer atmen. Tja, dachte sie, damit hast du wohl nicht gerechnet.

»Ich bin zwar über vierzig, aber immer noch lernfähig«, sagte sie dann kühl, »und dein Job verlangt ja keine Ausbildung in Gehirnchirurgie. Falls deine Freundin dich also für ein paar Stunden entbehren kann, sehe ich dich morgen.«

Ihr abruptes Auflegen traf ihn wie eine Ohrfeige. Wie schnell man doch ersetzt wird, dachte er. Vom eigenen Vater, mit der eigenen Frau.

»Was war denn los?«, sagte Gesa und sah ihn vorwurfsvoll an. »Wieso lässt du mich bei einer so wichtigen Untersuchung einfach allein?«

Ein Spruch seiner verstorbenen Mutter fiel ihm ein. Wie man sich bettet, so lügt man. Und ein saudummer Witz, den er kürzlich gelesen hatte. »Zieh dich doch bitte nicht immer vor dem offenen Fenster aus«, sagt die frisch verheiratete Ehefrau. »Wieso denn nicht, Schatz?«, fragt er Ehemann. »Weil sonst die Nachbarn denken, dass ich dich nur deines Geldes wegen geheiratet habe.«

»Das war Angie«, meinte Jochen.

»Was will sie denn?«, fragte Gesa misstrauisch.

»Das ist privat«, wehrte er ab.

»Wir sind jetzt privat«, sagte Gesa, »alles andere ist Vergangenheit.«

Dr. Tornow hatte die letzten Sätze gehört und sich zu ihrer Menschenkenntnis beglückwünscht. Wie lange gebe ich den beiden, dachte sie, als sie die beiden freundlich verabschiedete und in ihr Sprechzimmer ging: sechs oder sieben Monate? Wenn überhaupt.

Jochen war sehr froh, dass Angie ihren Termin nach Feierabend verlegt hatte, so blieben ihm die neugierigen und vorwurfsvollen Blicke seiner ehemaligen Mitarbeiter erspart. Alles war wie immer, das Gebäude, die rosa gestrichene Rezeption, die verblichene blaue Auslegeware in den Fluren, und trotzdem fühlte sich alles fremd an. Er war kein Chef mehr, er war ein Eindringling, der zu viel von der Firma wusste.

»Willst du Geld?«, fragte er und fühlte sich sehr ungewohnt auf dem Besucherstuhl vor seinem Schreibtisch, während Angie ihn von der anderen, der ihm bekannten Seite aus betrachtete. Sie hatte abgenommen, das sah er sofort, und es stand ihr besser, als ihm lieb war. Richtig sexy und jung sah sie aus, gar nicht wie eine verlassene Ehefrau. Er ahnte, dass ihre visuelle Bestandsaufnahme deutlich ungünstiger ausfallen würde.

»Ja«, erwiderte sie, »natürlich will ich Geld, aber vor allem will ich klare Verhältnisse. Unser Haus habe ich übrigens einem Makler gegeben, der Erlös wird fifty-fifty geteilt.«

»Du willst unser Haus verkaufen?«, rief er empört. »Unsere Heimat, das Elternhaus unseres Sohnes? Hat der nicht schon genug durchgemacht in der letzten Zeit?«

»Du weißt sicher selbst, wie schwachsinnig und ungerecht du argumentierst, deshalb will ich dich auch gar nicht darauf hinweisen«, sagte sie so gelassen, dass es ihm richtig wehtat.

Wo war die alte Angie geblieben? Die bei einem Ehekrach immer laut wurde und emotional reagierte und auch vor ein paar Erpressertränchen nicht zurückscheute? Es war so angenehm und beruhigend gewesen, dieses für selbstverständlich gehaltene Gefühl von männlicher Überlegenheit. Wie gern hätte er ihn jetzt gesagt, den alten Satz, der sie immer so zuverlässig auf die Palme gebracht hatte: »Schatz, kannst du das bitte noch einmal wiederholen, ich hab dich nämlich akustisch nicht verstanden!« Meist hatte er dabei gegrinst, sie hatte zurückgegrinst und gesagt: »Ich hasse es, wenn du mich bei einem Streit zum Lachen bringst.«

»Hast du denn schon einen Käufer?«, fragte er, um Zeit zu gewinnen, denn es waren schlechte Nachrichten, die er ihr gleich beibringen musste. Ihm graute davor.

»Zwei Interessenten«, sagte sie, »einer davon ruft mich jeden Tag dreimal an.«

»Tut es dir gar nicht leid, das Haus zu verkaufen? Du hast es schließlich renoviert und dekoriert«, sagte Jochen und merkte, dass er den Gedanken an einen Verkauf unerträglich fand.

»Das Haus ist viel zu groß für zwei«, erwiderte sie. »Und jetzt lass uns über unsere Finanzen reden. Hast du alle Unterlagen mitgebracht?«

Es war so weit. Jochen räusperte sich. »Bevor wir anfangen, Angie, gibt es etwas, das ich dir erklären muss.«

»Dann erkläre«, sagte sie, »ich habe Zeit.«

Er fühlte sich wie jemand, der gezwungen wird, von einem Fünfmeterbrett in einen Pool mit zu wenig Wasser zu springen.

»Wir sind pleite«, sagte er schließlich. »Ich habe unser Privatvermögen in die Firma gesteckt und unser Haus beliehen.«

Angie war fassungslos. »Wie hoch?«, fragte sie und schluckte.

»Etwas über eine Million«, erwiderte er.

»Ohne mich zu fragen?«

»Du stehst nicht im Grundbuch, Angie«, sagte er. »Es war nicht nötig.«

»Wir verkaufen trotzdem.« Irgendwie gelang es ihr, in dieser Situation ruhig zu bleiben. »Es sei denn, du willst das Haus und zahlst mich aus.«

»Das kann ich mir nicht leisten«, sagte er, und seine Stimme klang bitter, »schließlich hast du mir meinen Arbeitsplatz weggenommen.«

»August wird dich auszahlen«, erwiderte sie, »und ganz sicher wird er fair sein.«

»Es wird nicht reichen«, erwiderte er, »mein Leben ist ja nicht gerade billiger geworden.« Um Verständnis heischend sah er sie an. »Ich weiß manchmal gar nicht, wo mir der Kopf steht, Angie. Dass ein klitzekleiner Fehler so riesengroße Folgen haben kann, das finde ich einfach ...«

»Wie findest du das?«, schrie Angie. »Ungerecht, gemein, unfair?«

»Ich bin da einfach so reingerutscht«, sagte er leise, »und es tut mir so unendlich leid. Angie, bitte verzeih mir.«

Aber das konnte sie nicht. Weil sein klitzekleiner Fehler, wie er ihn nannte, ihr Leben zerstört hatte. Sie holte tief Luft. Sie wollte ihm bewusst wehtun.

»Du benimmst dich wie ein Baby«, sagte sie. »Bei mir warst du noch ein Mann.«

Sie verließ das Büro, ohne seine Antwort abzuwarten.

*

»Brauchst du noch lange im Bad?«, rief Jochen, nachdem er sich bereits den Fingerknöchel wundgeklopft hatte. Er seufzte ungeduldig. In einer Stunde hatte er einen Termin bei einem Headhunter, da wollte er geduscht, frisiert und angezogen sein. Nicht wie bei seinem letzten Vorstellungsgespräch, als er sein Missgeschick erst bemerkte, als ihn die junge, schicke Sachbearbeiterin mit einem dezenten Kopfnicken auf seinen offenen Hosenstall aufmerksam gemacht hatte.

»Hier, putz dir die Zähne in der Küche.« Gesa reichte ihm durch die einen Spalt weit geöffnete Badezimmertür Zahnpasta und Zahnbürste heraus; das, was er von ihrem Gesicht erblicken konnte, sah blass und erschöpft aus. Dass ihre Schwangerschaft so anstrengend war, hatte sie beide sehr unangenehm überrascht, Angie hatte damals Julius so locker und lässig ausgetragen, dass Jochen dies für normal gehalten hatte. Doch Gesa kotzte sich noch immer zuverlässig jeden Morgen nach dem Aufstehen die Seele aus dem Leib. Und von da an ging die Stimmung im Verlauf des Tages zuverlässig bergab.

Was ist bloß aus meinem Leben geworden?, dachte Jochen, als er nach dem Zähneputzen den Schaum in die Küchenspüle spuckte und überlegte, ob er sich auf sein neues Kind eigentlich freute. Ja, wenn es Angies wäre, wusste er plötzlich mit einer Klarheit, die er nur selten zuließ. Weil es ihn einfach kaputtmachte, auf ein Leben zurückzublicken, das im Vergleich zu seinem jetzigen so perfekt gewesen war. Und das er so mutwillig zerstört hatte. Warum war er damals bloß schwach geworden? Seit der Trennung fühlte sich sein Leben wie ein zu enger, kratziger Pullover an.

»Du kannst jetzt ins Bad«, sagte Gesa und ließ sich im Wohnzimmer aufs Sofa plumpsen. »Wieso werden Männer eigentlich nicht schwanger?«, fragte sie und funkelte Jochen böse an. »Ich find das total ungerecht.«

Als er sich anzog, klingelte sein Handy. Es war Julius. Endlich einmal wieder ein Lebenszeichen von seinem Sohn, dachte er erfreut, denn dieser hatte nach einem »Scheiße, Papa, ich bin so was von enttäuscht von dir« die Verbindung gekappt. Sein Herz klopfte schneller, als er abnahm.

»Hallo, mein Schatz«, sagte er leise, damit Gesa ihn nicht hörte. Sie hatte es nicht gern, wenn er zu viel Kontakt zu seiner alten Familie hatte. »Wir sind doch jetzt deine Familie«, sagte sie dann, »und ich brauche dich viel mehr als die.« Womit sie leider Recht hatte. Angie und Julius schienen sich zu zweit sehr wohlzufühlen, das jedenfalls hatte ihm Jan kürzlich erzählt. »Mach dir keine Sorgen, sie haben beide die Trennung gut verkraftet.«

Es hatte ihn nicht gefreut. Im Gegenteil. Wie schnell man doch vergessen wurde!

»Hallo, Papa«, sagte Julius, »geht's gut? Was macht Gesas Brötchen?«

»Welches Brötchen?«, fragte er verständnislos.

»Na, das sie im Bauch hat.« Julius lachte, aber es klang nicht fröhlich. »Oder hat sie inzwischen einen anderen Dummen für das Baby gefunden?«

Jochen schwieg. Er hasst mich, dachte er.

»Papa, ich brauche Geld.« Er merkte, wie schwer es seinem Sohn fiel, ihn um etwas zu bitten, und der Stress, ihm diese Bitte abschlagen zu müssen, drückte ihm die Luft ab. »Mama will mir nichts geben, und ich muss unbedingt das Geld für die Fußballdauerkarte überweisen.«

Jochen holte tief Luft, und sein Bauch fühlte sich selbst wie ein harter Ball an. »Wie viel ist es denn?«, fragte er.

»Vierhundertfünfundzwanzig Euro, aber das sind dann auch richtig gute Plätze«, meinte Julius, und seine Stimme klang hoffnungsvoll, »wir könnten zusammen gehen, so wie früher.«

»So viel kann ich dir leider nicht geben«, sagte Jochen leise und sah aus den Augenwinkeln, wie sich Gesa vom Sofa erhob und in die Küche ging. »Opa und ich streiten uns noch ein bisschen um meinen Anteil, weißt du, außerdem habe ich noch keinen neuen Job ...«

»Okay, Papa«, wiegelte Julius ab. »Ich weiß ja, dass ich dir nicht mehr wichtig bin. Mach's gut.«

»Julius«, rief Jochen, »nun warte doch, so stimmt das ja überhaupt nicht!«

Doch sein Sohn hatte bereits aufgelegt.

»Wo ist denn der Kakao, den du mir machen wolltest?«, rief Gesa aus der Küche, und ihre Stimme hatte jetzt diesen leichten Quengelton angenommen, der ihm ganz dringend riet, noch in dieser Minute das Haus zu verlassen, weil er sonst am nächsten Morgen auf der Titelseite der *BILD* gelandet wäre: »Deutschlands dümmster Fremdgeher läuft Amok!«

*

»Deine Eier sind wirklich die besten, mein Schatz, du hast dich zu einem Superkoch entwickelt, ich bin stolz auf dich.« Angie lächelte, als Julius ihr einen Teller mit seinem selbst komponierten Frühstücksomelett aus Eiern, Tomaten, Zwiebeln, Speck und Käse hinschob. Seit Jochens Auszug, den er zunächst achselzuckend zur Kenntnis genommen hatte, hatten sie es sich angewöhnt, eine halbe Stunde früher aufzustehen und gemeinsam zu frühstücken; ein Ritual, das inzwischen keiner von ihnen mehr missen mochte. Sie waren sich sehr nah im Moment, fast so wie früher, als er jeden Morgen in ihr Bett gekrabbelt war und sie ihm eine halbe Stunde aus *Harry Potter* vorgelesen hatte.

Als Angie ihm die Neuigkeit eröffnet hatte, war kurz nach seiner spontanen Bemerkung »Na und? Ist mir doch egal!« leises Schluchzen hinter seiner verschlossenen Tür ertönt, und sie hatte ihn in Ruhe gelassen. Sie kannte ihren Sohn gut genug, um zu wissen, dass er sich jetzt keinen Zusammenbruch an ihrem weichen Mutterbusen gestattete. Also hatte sie es ausgehalten, ihn nicht zu trösten. Hatte ihm aber signalisiert, dass sie jederzeit gesprächsbereit war. Und ein paar Tage später, als sie am Küchentisch vor einer kalt gewordenen Tomatensuppe saß, hatte er sich ohne Worte dazugesetzt. Eine Weile schwiegen sie gemeinsam, dann hatte er seine Hand auf ihre gelegt und gesagt: »Wir schaffen das schon, Mama.«

Die eine Tür fällt ins Schloss, die andere geht wieder auf, hatte Angie gedacht und sich verstohlen mit einem Taschentuch die Augen getupft. Sie hatte förmlich körperlich spüren können, wie ihr vereistes Herz anfing, wieder aufzutauen. Es gab ein Leben nach Jochen, und das zu wissen, war einfach wunderbar.

»Ich bin auch ganz begeistert von mir«, sagte Julius jetzt und schob sich gerade eine Gabel voll Omelett in den Mund, als sein Handy klingelte. Er warf einen Blick auf das Display und aß weiter.

»Papa?«, fragte Angie nur.

Julius nickte.

»Willst du nicht rangehen?«

Er schüttelte den Kopf.

»Immer noch wütend, weil er dir das Geld für die Dauerkarte nicht gegeben hat?«

Julius zuckte die Schultern.

»Papa hat im Moment wirklich kein Geld.« Warum verteidige ich ihn eigentlich?, dachte Angie entsetzt. »Außerdem hat Opa dir ja das Geld gegeben.« Sie sah Julius an. Irgendwas ist anders an meinem Kind, überlegte Angie, aber was?

»Nimm's mir nicht übel, Mama«, sagte er, »aber ich brauch einfach im Moment 'ne Papapause. Ist das okay?«

»Ja, klar«, meinte Angie. Hatte er eine andere Frisur? Nein, das war es nicht.

»Mama«, kam es da ganz unverblümt aus seinem Mund, »wann hattest du eigentlich das erste Mal Sex?«

Angie verschluckte sich. »Wieso willst du das wissen?«

»Nur so«, murmelte Julius und vertiefte sich in den Sportteil der Zeitung.

Angie betrachtete ihren Sohn nachdenklich, und plötzlich wusste sie, was sich verändert hatte. Die Pickel waren weg! Er hatte Sex gehabt oder stand jedenfalls kurz davor!

Ein fast feierliches Gefühl stieg in ihr auf, das sie sich auf gar keinen Fall anmerken lassen wollte. Cool bleiben, sagte sie sich, jetzt bloß keine falschen Worte.

»Meinst du mit Papa oder überhaupt?«, fragte sie deshalb.

»Wieso, lief da schon mal was, bevor du Papa kennengelernt hast?«

Es war fast niedlich, wie empört seine Stimme klang, fand Angie und beschloss, ihn nicht zu enttäuschen. »Nur ein bisschen rumgeknutscht«, beruhigte sie ihn deshalb, »und ich war fast achtzehn, als Papa und ich ...« Plötzlich war da ein Kloß in ihrem Hals, den sie energisch wegräuspern musste.

»Mama, träumst du?« Julius wedelte mit seiner Hand vor ihrem Gesicht auf und ab. »Ich hab dich gefragt ...«

»Es war schön, wenn du das wissen willst, und wenn du selbst mal so weit bist, dann ...«

»Mama, hör auf, jetzt wirst du peinlich«, unterbrach er sie. »Keine Sextipps bitte.«

»Nur eins noch«, meinte Angie und zwang ihren Sohn zum Blickkontakt. »Falls du in absehbarer Zeit ...«

»Mama, ich will nichts mehr hören, vergiss, dass ich dich gefragt habe!«

»... in absehbarer Zeit Sex haben wirst«, Angie ließ sich nicht beirren, »dann gibt es eine wichtige Regel, die du beherzigen solltest. Tu nichts, was dir keinen Spaß macht, aber achte genauso darauf, dass das Mädchen ... oder der Junge ...«

»Igitt, Mama, jetzt hör sofort auf«, protestierte Julius.

Sie schwiegen und tranken weiter Caffè Latte, bis Julius den Faden wieder aufgriff.

»Falls du dir tatsächlich Sorgen um mein Sexualleben machst«, sagte er grinsend, »kann ich dich beruhigen, denn das musst du nicht.«

»Ist es Miro?«, platzte es aus ihr heraus.

Er nickte. »Es geht dich zwar nichts an, aber du hast richtig geraten. Mit Miro. Und falls es dich interessiert: Es hat richtig Spaß gemacht.«

*

»Lieber Herr Winter, schön, dass wir beide uns endlich einmal persönlich kennenlernen, nehmen Sie bitte Platz.« Max von Schaffhausen-Meyer, der sich vor einem Jahr als Headhunter selbstständig gemacht hatte, strahlte über sein ganzes großflächiges Gesicht. Er hatte Erkundigungen über seinen neuen Klienten eingeholt und nach einem langen Gespräch mit Johanna Schwingel, dem er einen üppigen Blumenstrauß folgen ließ, wusste er Bescheid. Er hatte es hier mit einem Juniorchef zu tun, der vom eigenen Vater vor die Tür gesetzt wurde, der zu Visionen und großen Ideen neigte, weniger zu Fakten und Zahlen. Er würde, wenn ihn sein Bauchgefühl nicht täuschte, und das tat es selten, nicht leicht vermittelbar sein.

»Ja, ich freue mich auch«, sagte Jochen und setzte sich auf eine Sitzgelegenheit aus Chrom und Stahl, die genauso ungemütlich war, wie sie aussah. Er beschloss, auf Smalltalk zu verzichten und gleich zur Sache zu kommen. »Wie ich Ihnen ja bereits telefonisch mitgeteilt habe, bin ich vor kurzem aus dem väterlichen Betrieb ausgestiegen, um mich mal wieder neu zu positionieren …«

Und ich heiße Brad Pitt, dachte Max von Schaffhausen-Meyer, während er freundlich lächelte und nicht mit einem Augenbrauenzucken verriet, dass er genauestens informiert war und die sogenannten Positionierungsversuche des Herrn Winter für Humbug hielt. Auch er hatte vor nicht allzu langer Zeit den Reizen einer jungen Lettin nicht widerstehen können, eine Erfahrung, die ihn um einen fünfstelligen Betrag erleichtert und um seine langjährige Freundin gebracht hatte.

»Neupositionierungen sind immer gut«, sagte er, ohne im Geringsten anzüglich zu klingen, und dachte kurz an seine erste Ex, die das *von Schaffhausen* mit in die Ehe gebracht hatte und ihn seit der Scheidung vor elf Jahren mindestens einmal pro Woche anrief, um zu fragen, wann er endlich ihren Namen zurückgeben würde. »Wenn unsere beiden Kinder Meyer heißen«, hatte er beim letzten Mal gesagt, woraufhin erst einmal Ruhe in sein Leben eingekehrt war.

Der Anblick seines neuen Klienten hatte bereits beim Eintreten in sein Büro seine eigentlich recht gute Laune merklich getrübt. Mann, sieht der gut aus, hatte er gedacht, als Jochen zur Tür hereinkam, noch so einer, dem alles in den verdammten Schoß fällt. Aber sein Lächeln, das seine zweite Ex bereits vor der Scheidung mit dem »Zähnefletschen einer kastrierten Bulldogge« verglichen hatte, verriet nichts von seinen Gefühlen.

»In welche Richtung wollen Sie denn gehen, Herr Winter?«,

fragte er und bemühte sich, seinen neiderfüllten Blick nicht länger als unbedingt nötig auf dessen Oberkörper ruhen zu lassen, der unter einem eng anliegenden weißen Hemd so anstrengungslos sexy wirkte, dass Max unwillkürlich wie schützend die Hand auf seine weiche Männerbrust legte.

»Ich würde gern wieder als Geschäftsführer oder Manager arbeiten«, sagte Jochen. »Meine Vita, der Sie meine beruflichen Schwerpunkte entnehmen können, habe ich Ihnen ja gemailt. Natürlich wäre ich auch bereit, als Stellvertreter in einem kleineren Betrieb …«

Hätte der Headhunter, der angestrengt seine kleine Genießerwampe einzog, weil ihn die konkave Bauchsilhouette seines Gegenübers so irritierte, gewusst, wie unwohl und unsicher sich sein neuer Klient eigentlich fühlte, wäre er bestimmt zuvorkommender gewesen. Aber er sah nur einen attraktiven Mittvierziger mit grauen Schläfen, der ihn leicht ironisch zu mustern schien. Das kann ich auch, dachte sich Max von Schaffhausen-Meyer, während er seine buschigen Augenbrauen hochzog.

»Flexibilität ist in Ihrer Lage sehr empfehlenswert, aber ich muss Ihnen ja sicher nicht sagen, dass es trotzdem schwierig sein wird, eine geeignete Position für Sie zu finden. Was natürlich nicht bedeutet, dass ich nicht mein Allerbestes gebe.«

O Gott, was für ein Wichtigtuer, dachte Jochen entmutigt, aber Schaffhausen-Meyer war ihm als Spezialist für den Gastronomiebereich von der netten Sachbearbeiterin der Agentur für Arbeit wärmstens ans Herz gelegt worden.

»Davon bin ich überzeugt. Haben Sie denn trotzdem etwas für mich?« Jochen bemühte sich um ein freundliches Gesicht, was ihm zunehmend schwerfiel. Er hasste, hasste, HASSTE es, in dieser Situation zu sein. Ein Jobsucher. Ein Bittsteller. Einer, der es nötig hatte. Fast noch mehr als nach seiner Familie und seinem alten Leben sehnte er sich nach seinem Beruf zurück. Nach seinem Büro, in dem jetzt Angie saß, nach seinen Aufgaben, nach dem Gefühl von Wichtigkeit und Bedeutung. Auch den Kontakt zu seinem Vater und zu Jan vermisste er, im Moment verkehrten sie ausschließlich über ihre Anwälte miteinander.

»Haben Sie nun etwas für mich?«, wiederholte Jochen seine Frage, und Max von Schaffhausen-Meyer fiel tatsächlich noch etwas ein, denn schließlich verdiente er ja im Erfolgsfall ein ganzes Monatsgehalt des Klienten.

»Ich glaube ja«, sagte er. »Es ist zwar nicht ganz das, was Sie gewohnt sind, aber Sie sagten ja, Sie seien flexibel.«

Die Vorstellung, ohne neuen Job in der Tasche in die kürzlich angemietete kleine Dreizimmerwohnung zurückzukehren, in der Gesa vermutlich mit einem neuen Schwangerschaftsleiden auf ihn wartete, war so zum Verzweifeln, dass Jochen ein Lächeln in seine Mundwinkel zwang und einen Satz sagte, der ihm vor einer gefühlten Ewigkeit nicht über die Lippen gekommen wäre.

»Ich nehme alles«, sagte er.

Eine Stunde später stand Jochen vor einem Etablissement, das sich, wenig verheißungsvoll, *Fette Ecke* nannte. Da sein neuer Gebrauchtwagen keinen Navigator mehr hatte, dauerte es lange, bis er es in dem trostlosen Gewerbegebiet im Süden der Stadt gefunden hatte. Ich brauche das Geld, sagte er sich, während er ausstieg und auf das kleine, schmutzig gelb gestrichene Haus zuging. Ich darf nicht wählerisch sein, ich muss eine Familie ernähren. Eigentlich sogar zwei, wenn Angie nicht so großzügig gewesen wäre, ihm sämtliche Unterhaltszahlungen zu erlassen. Ach, Angie.

»He, Alter, mach die Tür zu, sonst frier'n wir uns hier noch 'n Arsch ab«, rief eine Frau mit tiefer Stimme vom Tresen her, deren

Gesicht er zunächst im Halbdunkel nicht erkennen konnte. »Was kann ich für dich tun? Was willst du, Kaffee, Tee oder gleich mich?« Sie lachte.

Zögernd trat Jochen näher. Eine rothaarige Frau unbestimmbaren Alters stand hinter einem vollen Aschenbecher, in den sie gerade eine Kippe drückte.

»Ist die Stelle als ...«, er zögerte, »Geschäftsführer noch frei?«

»Als Geschäftsführer, na das ist ja mal ein schönes Wort!« Sie kam hinter dem Tresen hervor und musterte ihn ausgiebig. »Hast du denn Bock auf den Job, mein Hase? Ich bin übrigens die Gertie.«

Jochen schluckte. »Hallo Gertie, ich bin der Jochen«, sagte er. »Wie sieht der Job denn aus?«

»Na ganz einfach«, sagte sie lächelnd, »du schmeißt den Laden hier. Bei uns gibt's reichlich was zu saufen und 'n bisschen was Heißes und Fettiges als Grundlage. Ich hab nämlich die Nase voll und mach demnächst die Düse nach Malle. Und, hast du Bock?«

Er holte tief Luft. Hatte er eine Alternative?

»Stell die Nudeln in die Mikrowelle, ich komme später, mein Schatz.« Angie lächelte, als sie den Hörer auflegte und sich wieder ihrem Computer zuwandte. Endlich war ihr Restaurantkonzept fertig. Nächtelang hatte sie daran gearbeitet und gefeilt, hatte Ideen gewälzt und wieder verworfen, hatte gejubelt und sich die Haare gerauft. Aber das Beste war, während sie sich darum kümmerte, hatte sie nicht an Jochen gedacht. Nur ein bisschen davor und danach. Aber nicht mehr bei jedem Atemzug. Das war ein Fortschritt, und sie war sehr zufrieden mit sich.

»Hast du mal eine Minute?«, rief sie ins Nachbarbüro. »Und sag August Bescheid.« Ihre Tür stand immer offen, ein Führungsstil, an den sich Johanna Schwingel erst gewöhnen musste, denn früher wurde niemand zu den Chefs vorgelassen, der sich nicht vorher einen Termin bei ihr beschafft hatte. Aber seit Angie auf Jochens Stuhl saß, herrschte in ihrem Büro ein ständiges, von ihr leider völlig unkontrolliertes Kommen und Gehen. Die Sekretärin fühlte sich ein bisschen ausgeschlossen, aber August, dem sie ihr Leid geklagt hatte, hatte sie in die Arme genommen und ihr ins Ohr geflüstert: »Da stehst du doch drüber, mein Täubchen, neue Besen kehren eben anders.«

Und so versuchte sie, sich auf die neue Situation einzulassen, zumal sie es insgeheim ja sehr freute, eine Frau als Chefin zu haben. Noch dazu eine wie Angie, die für jeden ein freundliches Wort hatte, die ihr das Du angeboten hatte und ihr jeden Morgen einen Cappuccino vom Kaffeeautomaten mitbrachte. Eine Geste, die sie zu schätzen wusste und auf die ihre drei männlichen Chefs noch nie gekommen waren.

»Du rufst, und ich komme«, sagte Jan und stellte zwei dampfende Kaffeebecher vor sie hin. »Bist du tatsächlich fertig geworden?«

»Ja, das bin ich«, sagte Angie. »Und bitte keine Vorschusslorbeeren. Wo bleibt denn August?«

»Hier bin ich, und ich habe meine Fachfrau gleich mitgebracht.« August betrat lächelnd das Büro, hinter ihm tauchte eine etwas verlegen dreinblickende Johanna Schwingel auf.

»Wenn ich nicht störe?«, fragte sie.

»Du störst doch nie, Johanna«, sagte Angie und lachte. »Setzt euch.«

Sie hatte einen Beamer aufstellen lassen, der ihre PowerPoint-Präsentation auf eine große Leinwand warf. »Und jetzt darf ich um Ruhe bitten.«

Auf der Leinwand erschienen Buchstaben, die fröhlich zu einer melodischen Musik umhertanzten und sich schließlich zu dem Namen *Paradies* formierten.

»Ich möchte unsere Firma um eine Restaurantkette erweitern, die *Paradies* heißen wird«, sagte Angie, während ein Schild vor ihren Augen sichtbar wurde, das an einer hellen, freundlichen Restaurantfassade prangte. »Unsere Kunden werden Familien mit kleinen Kindern sein.«

»Um Gottes willen«, rief August, »damit vergraulst du doch alle anderen Gäste. Kinder sind laut, machen alles kaputt und essen nur Pommes.«

»Und genau diese Klientel bedienen wir im *Paradies*«, sagte Angie. »Erschöpfte Eltern mit lebhaften und anstrengenden Kindern, die in keinem anderen Lokal willkommen sind. Doch im Unterschied zu McDonald's servieren wir kein Fastfood, sondern Slowfood, damit sich die Eltern endlich auch mal entspannen können. Schaut her, so soll es aussehen ...«

Auf der Leinwand erschien ein in sanften Gelb- und Apricottönen gestrichener Raum, mit Blumen geschmückt, dazu perlte brasilianische Loungemusik aus den Lautsprechern.

»Sehr gemütlich«, sagte August. »Doch es fehlen noch die Gören.«

Angie lächelte. Jetzt kam der Moment, auf den sie sich am meisten gefreut hatte. »Für die Kinder ist natürlich auch gesorgt«, sagte sie, und ein paar Mausklicks später war der Raum durch eine Glaswand geteilt. »Sie essen nämlich getrennt von ihren Eltern, sichtbar, aber nicht mehr hörbar für sie. In der sogenannten Kinderabteilung werden diese von netten Studentinnen betreut, während ihre Eltern in aller Ruhe ihr Essen genießen können, ohne sich einen Babysitter extra leisten zu müssen. Das Konzept stammt übrigens aus Denver, Colorado, und ist dort ein

Riesenerfolg.« Sie warf einen letzten Blick auf die Leinwand, auf der fröhliche Kinder und glücklich aussehende Eltern das *Paradies* verließen.

»Na, was sagt ihr?«, fragte Angie. »Könnte das ein Erfolg werden?«

Die Männer sahen sich an.

»Wann fangen wir an?«, fragte Jan enthusiastisch.

»Gestern«, sagte August, stand auf und umarmte Angie. »Du bist die Beste«, flüsterte er ihr ins Ohr. »Ich hoffe, das weißt du.«

»Danke, August.« Angie war gerührt. »Und was sagt die Seele des Hauses dazu?«, wandte sie sich an Johanna.

»Wer, ich?«, fragte Johanna Schwingel ungläubig, während ihr das Herz ganz weit wurde. *Seele des Hauses.* Sie sah lächelnd in die Runde. August und sie hatten sich noch nicht als Liebespaar geoutet, aber die Stufe davor war ja auch ganz aufregend. Beziehungsweise sehr aufregend. Obwohl die krausen, grauen Haare, die sie ihm jetzt regelmäßig aus Nasenlöchern und Ohrmuscheln schnitt und anschließend aus ihrem Badezimmerwaschbecken spülen musste, durchaus gewohnungsbedürftig waren.

»Ich finde die Idee ganz großartig«, sagte sie. »So ein Trend liegt doch in der Luft. Ein bisschen peinlich, dass keiner von euch Männern draufgekommen ist.«

Kapitel 21

Drei Monate später

»Und, bist du jetzt glücklich?«, fragte Marianne und schob den Berg aus Zeitschriften und Essensresten zur Seite, der den kleinen Couchtisch im Wohnzimmer in einen Komposthaufen verwandelt hatte. »Ist es das, was du wolltest, ein Kind von einem Mann, der keinen guten Posten hat, dafür aber eine Exfamilie?«

Sie konnte einfach nicht verhindern, dass ihre Stimme sarkastisch klang, obwohl sie sich die allergrößte Mühe gab, bei ihrem Versöhnungsbesuch, dem ersten in Gesas neuer Wohnung, entspannt und friedlich zu bleiben. Aber sie fand die Situation einfach nur schrecklich, und das sah man ihr deutlich an.

Es war deshalb kein Wunder, dass Gesa genervt aufseufzte. »Freust du dich eigentlich gar nicht, dass du Großmutter wirst?«, fragte sie.

Ein wunder Punkt, denn ehrlich in sich hineingehorcht, freute Marianne sich überhaupt nicht. Oma zu werden im zarten Alter von achtundvierzig Jahren stand wahrlich nicht auf ihrer Prioritätenliste. Sie fühlte sich viel zu jung dafür, auch wenn Gesa ständig Andeutungen machte, dass sie die bald anstehende Babysitterfrage am liebsten interfamiliär geklärt hätte.

»So zwei-, dreimal pro Woche nach der Arbeit, das kriegst du doch hin, Mami, oder?«, hatte sie sie erst kürzlich gefragt. »Soo anstrengend ist Eisverkaufen doch wirklich auch wieder nicht.«

Kommt nicht in die Tüte, hatte Marianne gedacht und schnell das Thema gewechselt, bevor ihre hypersensible, auf nervtötende Weise schwangere Tochter wieder einen ihrer melodramatischen Tränenausbrüche bekam.

»Ich freue mich, wenn es so weit ist«, sagte Marianne deshalb und ging in Küche, um sich einen Kaffee zu kochen. Auch hier herrschte das reinste Chaos; der ihr bislang unbekannte Jochen Winter hatte es ganz offensichtlich auch nicht geschafft, ihrer Tochter auch nur einen Hauch von Ordnungsliebe zu vermitteln.

Mit einer Mischung aus Wut und dem, was von ihrem mütterlichen Verantwortungsgefühl trotz Überbeanspruchung übrig geblieben war, griff Marianne zu Küchenrolle und Essigreiniger und fing an, die Küche wieder auf Vordermann zu bringen. »Ich mach ein bisschen sauber«, rief sie in Richtung Sofa, auf dem ihre Tochter mit einer Wärmflasche lag. Seit ein paar Tagen klagte sie über diffuse Krämpfe, Dr. Tornow hatte ihr daraufhin Fencheltee und Wärmeauflagen verschrieben. »Und wenn du es körperlich schaffst, kannst du mir dabei ein bisschen helfen.«

»Ich kann es ja mal probieren«, ertönte eine schwache Stimme zu ihr in die Küche hinein, »aber es geht mir heute gar nicht gut.«

Warum sind Mütter eigentlich so blöd?, dachte Marianne, während sie mit einer kratzigen Bürste etwas schrubbte, das zu besseren Zeiten vermutlich eine Herdplatte gewesen war. Sie ist jung, ich werde älter, wäre es da nicht langsam mal angebracht, wenn sie mir die Bude putzte und nicht umgekehrt? Schöne Träume ...

»Störe ich?«, hörte sie wenig später in ihrem Rücken eine tiefe, sehr angenehm klingende Männerstimme, als sie sich gerade über den Wischeimer beugte. Sie fuhr hoch und sah einen Mann an, den sie überall vermutet hatte, an der Börse, im OP, in einem Katalog für Männermode, nur nicht in der kleinen, hässlich mittelgrau gekachelten Küche ihrer Tochter.

Marianne starrte ihn an, weil sie trotz Ninas Beschreibung – »er sieht so gut aus, dass sich jede normale Frau neben ihm wie ein Putzlappen fühlt« – nicht mit einem Mann gerechnet hatte, der auch mit tiefen Augenringen und einer Jeans, die bessere Tage erlebt hatte, einfach sensationell sexy aussah. Zum ersten Mal konnte sie ihre Tochter verstehen. Und Angie.

»Ich bin Jochen Winter«, sagte er und reichte ihr die rechte Hand, an der, wie sie sofort bemerkte, noch ein dicker, goldener Ehering am Ringfinger steckte. Innere Warnsignale blinkten.

»Und ich bin Marianne Dominic, Ihre ... na ja, so was Ähnliches wie Ihre Schwiegermutter«, sagte sie und musste plötzlich sehr lachen, weil die Situation so absurd war. »Zugegebenermaßen fällt mir diese Bezeichnung etwas schwer, schließlich sind wir beide ja ungefähr im gleichen Alter.«

Jochen fiel in das Gelächter ein. »Vielleicht ist es auch noch ein bisschen früh«, sagte er dann, »ich bin ja noch nicht einmal geschieden.« Jochen sah sofort, dass dies die falsche Bemerkung gewesen war, denn Mariannes Mund wurde augenblicklich schmal.

»Tja, vermutlich nicht ganz einfach, wenn man so ein ungeordnetes Privatleben hat, oder? Da beneide ich Sie wirklich nicht, Herr Winter.«

»Jochen«, sagte er, »ich heiße Jochen.«

»Okay, Jochen, und ich heiße Marianne, und da meine Tochter, beziehungsweise deine neue Lebensgefährtin, vermutlich den tiefen Schlaf der Faultiere schläft, reiche ich dir hiermit Lappen und Putzmittel. Oder hast du was Besseres zu tun?«

Bevor er protestieren konnte, hatte sie ihm bereits beides in die Hand gedrückt.

»Los geht's«, sagte Marianne, »ich schrubb den Herd weiter und du den Kühlschrank. In dem übrigens gähnende Leere herrscht. Meine Tochter hat leider eine hartnäckige Allergie gegen jede Form von Hausarbeit, aber das hast du sicher längst bemerkt.«

Sie schmunzelte, als sie sah, wie ungeschickt er am Kühlschrank herumwischte. »Ich vermute, dass deine Exfrau …«

»Meine Frau, wir sind noch nicht geschieden.«

Und wieder horchte Marianne auf. »Ich wollte nur sagen, dass du in deinem alten Leben sicher keinen Finger im Haushalt krümmen musstest, oder liege ich da falsch?«

»Nein, das tust du nicht«, sagte er und seufzte. »Angie hat mich immer sehr verwöhnt, sie ist eine tolle Hausfrau und Mutter.«

»Aber keine tolle Ehefrau, oder warum hast du sie sonst mit meiner Tochter betrogen?« Marianne wollte ihn ein bisschen provozieren, und das gelang ihr auch, sie merkte es an der kleinen Zornesfalte, die sich zwischen seine Augenbrauen grub. »Hast du sie verführt oder war es umgekehrt?«

Marianne beschloss, seine abweisende Miene einfach zu ignorieren, sie wollte die Wahrheit wissen und nicht noch einmal die verdrehte Version ihrer Tochter hören. Denn die hatte nur gesagt: »Wir haben uns einfach ineinander verliebt, Mami, und dagegen ist nun mal kein Kraut gewachsen.«

Jochen überlegte, ob sie die Wahrheit verkraften würde. Sie war eine Löwenmutter, genau wie Angie. »Sie wollte mich, und ich war zu schwach, um mich gegen sie zu wehren«, gab er dann zu, während er sich angelegentlich mit der Säuberung der Kühlschranktür beschäftigte. »Sie hat mich einfach überwältigt«, fuhr er leiser fort, »du weißt ja, wie diese jungen Dinger sind. Gegen ihre Power sind wir machtlos.«

»Ja, das weiß ich«, sagte Marianne, »und für eine Affäre hätte ich auch durchaus Verständnis gehabt, ich selbst bin auch nie ein Kind von Traurigkeit gewesen.«

»Das kann ich mir vorstellen!« Er lachte sie an, fand sie sehr sympathisch.

»Aber warum hast du nicht wenigstens ein Kondom benutzt?«, fragte sie geradeheraus. Und während sie ihn ansah, fand sie es ein bisschen irritierend, dass sein Anblick ein leichtes Kribbeln bei ihr auslöste. Seinen zukünftigen Schwiegersohn attraktiv zu finden, fühlte sich irgendwie verkehrt an.

»Weil ich im Prinzip ein treuer Ehemann bin«, erwiderte er.

»Bereust du es?«

»Nimmst du es mir übel, wenn ich Ja sage?«, fragte er.

Marianne schüttelte den Kopf.

»Wo bleibt mein Kakao?«, rief Gesa, die wieder aufgewacht war und Stimmen in der Küche hörte.

»Deine Tochter ruft dich«, sagte Jochen.

Sie schüttelte den Kopf. »Nein, du bist jetzt für sie verantwortlich. Du ahnst ja gar nicht, wie glücklich mich das macht.«

Doch, er ahnte es.

*

»Hierher gucken«, riefen die Fotografen, »und bitte lächeln! Ja, so ist es gut!«

Blitzlichtgewitter. Menschengewühl. Hupende Autos, die sich einen Weg zum Parkplatz bahnten. Eltern mit ihren Kindern an der Hand, die an ihr vorbeidrängten.

»Ich bin einfach überwältigt«, sagte Angie strahlend und kniff Jan in den Oberarm. »Hättest du so was erwartet?«

Er schüttelte lächelnd den Kopf. »Es ist dein Erfolg«, sagte er, »du hattest die Idee.«

»Aber ohne dich hätte ich es nie geschafft, und mein *Paradies* wäre ein schöner Traum geblieben.«

Es waren Monate voller Blut, Schweiß und Tränen, in denen sie und ein zwanzigköpfiges Handwerkergeschwader das alte *Lu-*

kullus-Restaurant am Stadtpark zu einem bunten, fröhlichen Familienrestaurant umgebaut hatten. Zwanzig-Stunden-Tage waren die Norm, aber noch nie in ihrem Leben hatte sich Angie so lebendig gefühlt. Wenn der Wecker um sechs Uhr morgens klingelte, stand sie bereits unter der Dusche, trank schnell einen Kaffee, weckte Julius und ging um sieben aus dem Haus, ohne eine einzige Sekunde darüber nachzudenken, ob er auch frühstücken oder sich die Zähne putzen würde. Zum allerersten Mal in ihrem Leben dachte sie nur an sich. Und an ihre Aufgabe: ein Restaurant auf die Beine zu stellen mit leckerem Essen, zufriedenen Eltern und gut betreuten, glücklichen Kindern. Denn so etwas gab es bisher nicht. Sie würde die Erste sein.

Ihr Feuereifer steckte auch August und Jan an, die sie nach allen Kräften unterstützten, denn Probleme gab es reichlich. Die Räumlichkeiten hatten feuchte Wände, die Rohre waren noch aus altem Blei, und es gab in ganz Deutschland nur einen einzigen Glaser, der die trennende Glaswand in der erforderlichen Dicke herstellen konnte.

»Sie sind verrückt, Frau Winter.« Diese Worte hatte sie in den letzten Wochen oft vernommen. Und das abwertende »Das wird nie etwas« hörte sie schon gar nicht mehr.

Tja, und nun war doch etwas daraus geworden, und sie stand hier vor ihrem ersten *Paradies*, die Gäste strömten heran, die Lokalpresse war begeistert, alle waren stolz auf sie und wünschten ihr Glück. Ich habe nicht gewusst, dass man auch ohne Liebe so ausgefüllt und zufrieden sein kann, dachte Angie. Was für ein Kick!

»Ich glaube, es wird Zeit für die Begrüßungsworte«, sagte sie zu Jan. »Du oder ich?«

»Du natürlich«, sagte er grinsend und zog sie ins Restaurant, »es ist deine Feier. Und dein Sieg.«

»Es hat großen Spaß gemacht mit dir«, sagte Angie und sah ihn an. »Ich verdanke dir sehr viel.«

»Das musst du nicht«, wehrte er ab, »denn du hättest es auch allein geschafft.«

»Stimmt«, lachte sie und ging in den Laden, der wunderbar hell erleuchtet war.

»Wäre schön, wenn du auch kommst«, hatte Angie zu Jochen gesagt, »aber ich verstehe, wenn du dich in dem Rahmen nicht wohlfühlst. Ist ja schließlich nicht dein Werk.«

»Ich komme natürlich«, hatte er versprochen, und so sah er jetzt durch die Glasscheibe von außen, wie Angie lachend von Gast zu Gast ging, erblickte seinen Bruder, der nicht von ihrer Seite wich, und seinen Vater, der mit einer strahlenden Johanna Schwingel gerade eine Sektflasche entkorkte. Eine glückliche Familie. Seine Familie. Doch er gehörte nicht mehr dazu. Ein Scheißgefühl.

Und da sah sie ihn und winkte. Reiß dich zusammen, Jochen, sagte er sich, gönn ihr diesen Erfolg. Drinnen war es heiß und voll und laut. Jochen fühlte sich sehr fremd und sehr einsam. Was tat er hier? Angie brauchte seine Unterstützung nicht mehr, es ging ihr gut ohne ihn. Sehr gut. So gut, dass sie August gebeten hatte, bei der Auszahlung seines Anteils Großzügigkeit zu zeigen.

»Ich kann es mir leisten, nicht kleinlich zu sein«, hatte sie am Telefon gesagt. »Weißt du, wie gut sich das anfühlt?«

Er glaubte, fast so etwas wie Triumph in ihrer Stimme gehört zu haben, aber vielleicht hatte er sich das auch nur eingebildet. Und im Übrigen wäre dieser ja durchaus berechtigt. Denn die Trennung, das sah er jetzt, war das Beste, was ihr passieren konnte. Sonst wäre sie als seine Ehefrau zu Hause versauert und hätte ewig bereut, nicht mehr aus ihrem Leben gemacht zu haben.

»Schön, dass du gekommen bist.« Angie hatte sich einen Weg zu ihm gebahnt und hielt ihm ein gefülltes Sektglas hin. »Ich bin wahnsinnig aufgeregt und wahnsinnig glücklich.«

Sie lächelte ihn an, dann war sie wieder weg, nur ihr Duft blieb, Chanel N°5.

»Na, was sagst du, bist du stolz auf sie?« Auch Jan schien vor guter Laune geradezu zu platzen. »Gleich kommt ihre Rede, die dürfen wir nicht verpassen.« Er zog ihn durch die Menge, jemand klopfte ans Glas, und ein paar Gäste riefen: »Ruhe bitte, Ruhe!«

Und da stand sie, *seine* Angie, lächelnd, leuchtend, wunderschön. Nie hatte er sie mehr geliebt als in diesem Moment, dachte er traurig, nie war er stolzer auf sie.

»Liebe Gäste«, sagte Angie, »ich freue mich sehr, dass Sie so zahlreich gekommen sind, um mit mir die Einweihung dieses Restaurants zu feiern. Meine Rede habe ich leider vor lauter Aufregung vergessen. Also: Willkommen im *Paradies*!«

Der Jubel, der bei ihren Worten aufbrandete, war so gewaltig, dass Jochen die Gelegenheit nutzte, sich davonzuschleichen, ohne dass es viel Aufsehen erregte. Doch Angie sah es, während sie weiterredete. Und es tat ihr noch immer erstaunlich weh.

Nach ihrer kurzen Rede bahnte sich Nina einen Weg zu ihr durch die Menge. »Das war ja eine kurze Stippvisite«, sagte sie. »Eben ist dein Ex an mir vorbei zum Ausgang gerauscht. Tapfer, dass er sich hierhergetraut hat, findest du nicht?«

Angie nickte.

»Heulst du?«, fragte Nina erstaunt. »Das hat er nicht verdient.«

»Ach was«, wehrte Angie ab, »ich hab nur was im Auge.«

Nina seufzte. »Die Liebe dauert manchmal länger, als man denkt«, sagte sie.

Die beiden Frauen umarmten sich.

»Ich glaub, ich brauch mal wieder ein bisschen Spaß«, meinte Angie. »Ich hab zu viel gearbeitet in der letzten Zeit.«

Nina überlegte. »Da hab ich jemanden für dich. Ein ehemaliger Patient. Kein Mann fürs Leben, aber zum Üben. Sehr amüsant für einen Abend.«

»Gib mir seine Nummer«, sagte Angie.

*

Angie bemühte sich sehr, dass Zwicken und Zwacken in Schritt und Pofalte zu ignorieren, sie verfluchte den knappen Tanga, zu dem Nina sie überreden konnte, obwohl sie sich nach dem missratenen Klassentreffen doch geschworen hatte, nie wieder einen anzuziehen! Aber Nina hatte darauf bestanden. »Es ist wichtig, dass du dich sexy fühlst, und das tust du nicht in einer Unterhose, die dir bis zum Kinn reicht«, hatte sie gesagt und sie in den *Wäschetraum* geschleppt. Nach zwei Stunden war sie mit einem Hauch von Nichts beziehungsweise drei Bindfäden herausgekommen, die jetzt in der Bar des *Interconti* dafür sorgten, dass sie sich nicht annähernd attraktiv, sondern »untenrum« eingeengt fühlte. Auch der Push-up-BH, der ihre Brüste energisch nach oben schob, fühlte sich unter ihrer knappen, aber teuren Kaschmir-Jacke wie eine kleine, fiese Zwangsbandage an.

Angie war sicher, dass sie sich in Jeans und T-Shirt sehr viel freier und damit auch erotischer gefühlt hätte, aber natürlich konnte sie zum ersten Blind Date ihres neuen Singlelebens nicht im Mutti-Schlabberlook erscheinen, das war klar. Es war nur verdammt schwierig, sich in dem engen, tief ausgeschnittenen roten Kleid, das Nina ihr geliehen hatte, so elegant und lässig auf den Barhocker zu schwingen, dass man sie für eine Frau von Welt hielt und nicht für das, was sie im Augenblick leider war –

eine zutiefst verunsicherte, kürzlich betrogene Mittvierzigerin, die es noch einmal wissen wollte. Was sie jetzt brauchte, war ein Gegengift. Und das konnte in ihrer Situation nur männlich sein.

»Er heißt Horst Weber«, so hatte Nina ihn anmoderiert, »sieht aber gar nicht *horstig* aus. Er ist nett, witzig, und seit ich seinen Bandscheibenvorfall wegmassiert habe, ist er auch in seiner Bewegungsfähigkeit nicht mehr eingeschränkt. Falls Bedarf besteht ...« Und dabei hatten ihre Augen sehr ninamäßig gefunkelt.

Klingt nicht gerade aufregend, hatte Angie gedacht, sich dann aber überlegt, dass eine gedämpfte Optik für ihre allerersten Entspannungsübungen gar nicht so schlecht war. Dr. Glitsch kam dafür leider nicht mehr infrage, obwohl er nach ihrem Date vor ein paar Monaten in mehreren Anrufen signalisiert hatte, dass er »an weiteren Gesprächen durchaus interessiert« sei. Angie hatte widerstanden und hoffte nun, dass Julius trotzdem sein Abitur schaffen würde.

Sie hatte nach den ersten Stresswochen, in denen sie außer Milchkaffee und Zigaretten nur schwindsüchtige Essensmengen zu sich genommen hatte, erfreulich abgespeckt; ihre Schambehaarung sehen zu können, ohne dabei den Kopf zu verrenken, war eine völlig neue Erfahrung gewesen, die sie umso mehr genoss, als sie wusste, dass diese vorübergehend sein würde.

»Was darf es sein?«, fragte der Barkeeper und sah sie auffordernd an.

»Einen Cocktail, bitte«, sagte Angie. »Virgin, wenn es geht.«

»Warum denn Virgin?«, fragte der Barkeeper mit einem leichten Akzent, der auf Südliches oder Südöstliches hindeutete. »Eine Frau wie Sie sollte sich etwas Richtiges leisten. Einen Männer-, keinen Mädchendrink.«

Er zwinkerte ihr zu, sie lächelte zurück. »Immer Blickkontakt«, hatte Nina ihr eingeschärft, »schamhaft zur Seite gucken wirkt peinlich in unserem Alter. Du lächelst, und zwar so lange, bis der Mann wegguckt. Lachen ist schließlich das beste Facelift, merk dir das!«

»Okay, dann bringen Sie mir einen Banana Daiquiri«, schwenkte Angie um und verfluchte das allgemeine Rauchverbot, denn sehr gern hätte sie sich jetzt an einer Zigarette festgehalten. Wo dieser Horst wohl steckte? Sie wollte nicht zu spät zu Hause sein, Julius hustete und wollte früh ins Bett gehen. Besser, sie schaute nachher noch einmal nach ihm.

»Erwarten Sie jemanden?«, fragte der Barkeeper. »Einen Freund oder eine Freundin?«

»Ja, ich erwarte jemanden«, sagte Angie lächelnd, »und zwar weder noch. Es ist ein Mann, den ich noch nie zuvor gesehen habe. Ihr Daiquiri schmeckt übrigens köstlich. Machen Sie mir am besten gleich noch einen.«

Beim dritten Daiquiri tauchte er auf. Nina hatte sie angelogen. *Horstiger* konnte ein Mann nicht aussehen als Horst Weber. Doch dank der inzwischen drei Bananencocktails war die Welt ringsum ein freundlicher Ort, und so lächelte Angie völlig unverkrampft in die Richtung, aus der ein Mann mit schnellen Schritten auf sie zuging. Er sah aus wie ein in die Jahre gekommener Atze Schröder, mit dem einzigen Unterschied, dass das, was er auf dem Kopf trug, kein Haarteil, sondern Eigenwuchs war. Und grau.

»Guten Abend, bitte entschuldigen Sie die Verspätung, leider habe ich ein kleines Verdauungsproblem; ich war pünktlich da, aber es hat etwas länger auf der Herrentoilette gedauert«, begrüßte er sie mit ausgestreckter Hand.

»Kein Problem«, sagte Angie und lächelte ihn an. Sie wollte

ihre Befürchtung nicht weiter vertiefen, dass die Hand, die sie gerade ergriff, womöglich nicht gewaschen war. Männer waren kleine Ferkel, das kannte sie von Julius. Noch immer musste sie ihn jeden Morgen und jeden Abend ans Zähneputzen erinnern. Jochen war allerdings eine Ausnahme, er roch auch nach drei Stunden Tennis noch ziemlich lecker. Bloß jetzt nicht an Jochen denken, befahl sie sich, gib Horst eine Chance!

»Ich hoffe, es geht Ihnen wieder besser«, sagte Angie und hoffte, dass der Barkeeper zu beschäftigt war, um ihrer Konversation zu lauschen; es wäre ihr peinlich gewesen, wenn er Horst für etwas Ernstes in ihrem Leben gehalten hätte. Obwohl die Wahrheit ja genauso traurig war.

»Nein, das tut es leider nicht«, bedauerte Horst, der sich inzwischen einen Kamillentee mit etwas Honig bestellt hatte. »Der Darm ist leider mein Schwachpunkt. Immer wenn ich aufgeregt bin, streikt er. Peinlich, aber regelmäßig. Doch einen Schwachpunkt hat ja jeder. Welches ist denn Ihrer, wenn ich gleich so direkt fragen darf?«

Angie lächelte. »Mein Herz«, sagte sie, »mein Schwachpunkt ist mein Herz. Aber daran werde ich arbeiten.«

»Willkommen im Club der Invaliden«, sagte Horst, trank einen Schluck Kamillentee, verbrühte sich prompt und prustete die Ladung direkt auf Ninas teures rotes Kleid. »Entschuldigen Sie, ich bin heute Abend wirklich so was von ungeschickt, selbstverständlich komme ich für die Reinigungskosten auf …«

Mit unbewegter Miene warf ihm der Barkeeper eine Serviette über den Tresen, die jedoch auf den Boden flatterte, bevor Horst nach ihr greifen konnte. Er hob sie auf und begann, etwas tollpatschig auf Angies Kleid herumzutupfen.

»Lassen Sie«, sagte Angie und nahm ihm die Serviette aus der Hand. »Die Flecken sieht man ja gar nicht. Aber ich glaube, Sie sollten sich zur Entspannung einen Rum in den Tee kippen, am besten einen doppelten. Ich habe drei Cocktails getrunken, bevor Sie kamen, und den ersten hätte ich Ihnen vermutlich vor lauter Aufregung auch über die Hose gekippt.«

»Sie sehen so wahnsinnig patent aus«, sagte Horst. »Das hat mich richtig verschreckt.«

»Ich sehe nicht nur so aus, ich bin es auch«, meinte Angie und bestellte ihren vierten Daiquiri, war ja hauptsächlich Banane drin, sagte sie sich. Der Abend fing an, ihr richtig Spaß zu machen. Vermutlich gerade weil dieser Horst so absolut der Falsche war.

»Warum trifft sich eine so tolle Frau wie du mit einem so armseligen Würstchen wie mir?« Als Horst diese Frage mit einem Griff zur Rumflasche, die der Barkeeper gleich auf dem Tresen hatte stehen lassen, stellte, wusste sie kurz darauf mehr aus seinem Leben, als sie je zu erfahren gewünscht hatte. Zweimal geschieden, ein Kuckuckskind, für das er bis heute zahlte, und eine Mutter, die noch immer jeden Samstag für ihn vorkochte. Und natürlich war es eine hilfreiche Information, dass Horst nach ein paar Gläsern Rum und diversen Toilettenbesuchen seinen Zeigefinger unter Angies Nase hielt, als er die Größe seines Geschlechtsteils beschrieb. Sie hatte sich mit äquivalenten Beschreibungen ihrer eigenen Anatomie zurückhalten können. Und spätestens nach seinem Satz, dass er in höchster Erregung leider oft zu Blähungen neige, wusste Angie, dass sie den Rest der Nacht allein verbringen würde. Was sie insgeheim erleichterte. Ich bin noch nicht so weit, dachte sie, und wenn ich so weit wäre, dann bestimmt nicht mit einem Mann, der beim Orgasmus pupst. Unwillkürlich musste sie grinsen. Ihr erstes Blind Date würde auch ihr letztes sein, da war sie ganz sicher. Aber sie freute sich jetzt schon darauf, Nina die Ohren langzuziehen und ihr alles brühwarm zu berichten.

»Warum ich mich mit dir treffe, fragst du?« Es war ein herrliches Gefühl, wenn einem alles egal war, etwa so befreiend für die Seele wie ihr Kuscheljogginganzug für den Körper. »Weil ich nach ein paar lausigen Monaten endlich wieder Spaß haben will. Und den hab ich.«

»Mit mir?«, seine Stimme klang ungläubig. »Du hast Spaß mit mir?«

Sie nahm seine Hand und drückte sie. »Großen Spaß sogar«, sagte Angie. »Du bist ein Supertyp, Horst, eine ehrliche Haut, auch wenn du etwas für deinen empfindlichen Darm tun solltest. Kann dir denn dein Hausarzt nicht helfen?«

»Der sagt, das sei alles psychologisch bedingt«, meinte Horst. »Weil ich ein gestörtes Verhältnis zu meiner Männlichkeit habe. Was ja auch kein Wunder ist, bei meinem Lütten.«

»Eine Frau, die dich liebt, liebt auch deinen Lütten«, sagte Angie bestimmt. »Und jetzt ruf ich uns ein Taxi, bevor wir beide vom Barhocker fallen.«

»Keinen Kaffee mehr bei mir?«, fragte Horst hoffnungsvoll. »Ich mach auch keine Annäherungsversuche.«

Angie schüttelte den Kopf und drehte sich zum Barkeeper um, der andächtig die Gläser polierte, aber ganz sicher alles mitbekommen hatte. »Ein Taxi für den Herrn«, sagte sie, »und eins für mich.«

Horst hatte sich erhoben und stand nun schwankend vor ihr. »Ich brauch keins«, lallte er, »ich wohn hier gleich um die Ecke. Krieg ich 'n klein' Ditscher zum Abschied?«

Angie beugte sich vor und küsste ihn auf die Wange.

»Und jetzt Abmarsch«, sagte sie und schob ihn von sich. »Die Zeche geht auf mich. War ein schöner Abend mit dir.«

Angie sah ihm nach, als er zum Ausgang trottete.

»Noch einen Cognac und dann die Rechnung bitte«, sagte sie,

und das Lächeln, mit dem sie den Barkeeper bedachte, kam von Herzen.

»Ich heiße Johnny«, sagte er grinsend, als er den Schwenker vor sie hinstellte, »und ich habe gleich Feierabend.«

Ihre Blicke verhakten sich.

»Und ich heiße Angie«, sagte sie. »Dann gib mir noch einen doppelten Espresso, damit ich wieder wach werde.«

»Den brauchst du nicht«, sagte er, »dein Wachmacher steht vor dir.«

»Ist das ein Versprechen oder eine Drohung?« Ich kann ja noch flirten, dachte Angie und war sehr stolz auf sich.

»Ein Versprechen«, sagte Johnny lächelnd. »Kennst du übrigens den Text von Angie?«

Sie schüttelte den Kopf. »Nicht im Wortlaut.«

»Angie, you're beautiful«, sang er und seine tiefe, rauchige Stimme verursachte kleine, kitzelnde Schauer, die ihr über den Rücken liefen. *»But ain't it time we said good-bye? Angie, I still love you, remember all those nights we cried.«*

Angie seufzte. »Ich wusste gar nicht, dass die Stones so romantisch waren«, sagte sie.

Sie sahen sich an. Hast du Lust auf mich?, sagte sein Blick.

Lächelnd schüttelte sie den Kopf. »Das geht mir zu schnell«, meinte sie.

»Schade«, erwiderte er, »du siehst aus wie eine Frau, mit der es sehr viel Spaß macht.«

Als sie das Hotel verließ, war sie glücklich. Und der Mann, der ihr folgte, war entschlossen. Sie saß bereits im Taxi, als er die Tür aufriss und sich neben sie setzte.

»Was soll das werden?«, fragte sie überrascht.

»Das weißt du doch«, flüsterte er und küsste sie.

»Wer ist da?«, krächzte Nina ins Telefon, dessen lautes Klingeln sie aus tiefem Schlummer geweckt hatte.

»Ich wollte mich nur für den wunderbaren Abend bedanken, Frau Simon, den Sie mir so nett vermittelt haben«, sagte eine Männerstimme, die deutlich beschwipst klang und die sie vage zu kennen glaubte.

»Wer sind Sie?«, fragte sie barsch.

»Ich bin der Horst mit dem Bandscheibenvorfall, den Sie so erfolgreich behandelt haben. Sie hatten mir seinerzeit Ihre Privatnummer für Notf...«

»Ach so, Horst Weber, sagen Sie das doch gleich!« Nina war jetzt hellwach, hoffentlich hatte ihr Angie den kleinen Scherz, den sie sich mit ihr erlaubt hatte, nicht allzu sehr verübelt. Aber ihre Freundin sollte ihre eingerosteten Flirtmuskeln an einem ungefährlichen Exemplar ausprobieren und ein bisschen Spaß haben mit einem Mann, der ansonsten nicht weiter infrage kam.

»Wo sind Sie denn jetzt?«, fragte sie, froh darüber, dass er ihr grinsendes Gesicht nicht sehen konnte. »Bei Ihnen oder bei ihr?«

Sie hörte ein kleines, verlegenes Hüsteln. »Wir haben uns gerade sehr nett verabschiedet«, sagte er.

»Und«, fragte sie, »wie war es?«

»Es war schön, aber ich fürchte, dass Frau Winter andere Vorstellungen von Männern hat. Hätten Sie denn eventuell noch andere Freundinnen, die Sie mir vermitteln könnten? Ich bin nämlich jetzt richtig auf den Geschmack gekommen.«

Marianne vielleicht?, überlegte Nina. »Ich denke darüber nach, Herr Weber, und jetzt brauche ich meinen Schönheitsschlaf.« Sie legte auf und überlegte kurz, ob sie Angie anrufen sollte. Aber wie sie ihre Freundin kannte, schlief die bestimmt schon tief und fest.

Kapitel 22

Angie wachte auf und sah sofort, was sie angerichtet hatte. Neben ihr lag ein junger, nackter Mann, an dessen Vornamen sie sich nicht mehr erinnern konnte. O Gott, was hatte sie getan? Aber es fühlte sich irgendwie ... gut an. Wie kann sich etwas gut anfühlen, was falsch ist?, dachte sie und deckte ihn schnell zu. Hoffentlich rührte er sich nicht, jedenfalls so lange nicht, bis Julius in der Schule war. Ein Blick auf den Wecker ließ sie ruckartig hochfahren. Halb acht! Sie hatte verschlafen, zum ersten Mal seit langem. Blitzschnell zog sie sich ihr Nachthemd über, das sie zusammengeknüllt am Fußende ihres Bettes fand, und verließ auf leisen Sohlen ihr Schlafzimmer.

Als sie die Treppe hinunterging, konnte sie ein Kichern nicht unterdrücken. Diese Angst, erwischt zu werden, dieses beklemmende Gefühl, das ihr Herz zum Rasen brachte, hatte sie zuletzt als Teenager gehabt. Damals, als sie im Morgengrauen nach Hause gekommen war und die Haustür gaaanz behutsam aufgeschoben hatte, um das Glöckchen-Mobile, das ihre Mutter direkt dahinter angebracht hatte, nicht zu aktivieren. Was ihr nie gelungen war, denn jedes Mal ertönte ein lautes Gebimmel und daraufhin eine Stimme aus dem elterlichen Schlafzimmer: »Angela, bist du das?«

Mit einem Lächeln auf den Lippen betrat sie die Küche und stellte das Radio an. »*All this time*«, sang Maria Mena, sanft und schön, »*you have had it in you.*«

Stimmt, dachte Angie, während sie die Kaffeemaschine anwarf und vier Scheiben Toast in den Toaster schmiss, was immer es ist, ich hab es auch in mir! Auf jeden Fall an diesem wunderschönen Morgen ...

Viertel vor acht. Viel zu spät für die erste Stunde. Sie würde Julius eine Entschuldigung schreiben müssen. Ausnahmsweise mal keine ehrliche. »Mein Sohn kam leider zu spät, weil seine Mutter wegen eines überraschenden One-Night-Stands verschlafen hat«, dieses Statement wäre vermutlich nicht so günstig für seine schulische Kurzzeitprognose. Sie sah das enttäuschte Gesicht von Dr. Glitsch deutlich vor sich und hörte schon seine Stimme am Telefon: »Ich muss Sie um ein Gespräch bitten, Frau Winter.«

»Julius, aufstehen!« Erst vorsichtig, dann immer kräftiger klopfte Angie an seine Tür. Seit sie ihn kürzlich nackt vor dem Schrankspiegel erwischt hatte, als sie ohne anzuklopfen in sein Zimmer getreten war – ein Fauxpas, den er ihr lange nicht verziehen hatte –, verhielt sie sich diskret.

»Julius, ich hab leider verschlafen, bitte steh jetzt auf.«

Sie lauschte. Normalerweise hörte sie nach dem Klopfen ein verschlafenes: »Lass mich in Ruhe«, doch heute blieb alles still.

»Julius, ich komme jetzt rein«, rief sie. »JULIUS!«

Vorsichtig öffnete sie die Tür. Er lag im Bett, nur ein Haarbüschel war zu sehen, seine Decke hatte er bis über beide Ohren gezogen. Offensichtlich hatte er seine gesamten Kuscheltiere mit ins Bett benommen, denn neben ihm war eine große Ausbuchtung zu sehen. Mütterlich gerührt trat Angie an sein Bett, das sie ihm erst kürzlich bei IKEA in der gewünschten Breite von 1,40 Meter gekauft hatte. Ist doch viel zu breit für dein Zimmer, hatte sie zu bedenken gegeben. Egal, hatte er gesagt, ich brauch ein Bett auf Zuwachs.

»Schatz, es ist schon spät, bitte steh auf, ich fahr dich auch zur Schule!« Sie rüttelte ihn sanft. »Ich schreib dir auch eine Entschuldigung, dass du die ganze Nacht gekotzt hast. Los, raus jetzt!«

Keine Reaktion.

»Du wolltest es nicht anders«, rief Angie und riss ihm die Bettdecke weg. Und schrie auf. Denn darunter lag ihr Sohn, splitterfasernackt, und ein junges Mädchen, das sie noch nie zuvor gesehen hatte, ebenfalls barfuß bis zum Hals.

»Was is' los, Mama?« Julius sprang auf, das Mädchen zog die Decke hoch.

Angie besann sich auf ihre Manieren, wollte ganz coole Mutter sein und streckte ihr die Hand hin: »Guten Tag, ich bin Angie Winter, Julius' Mutter.«

»Ich bin Miro Mücke«, sagte das Mädchen und setzte sich auf, um Angie die Hand zu geben.

»*Du* bist Miro?«, rief Angie zutiefst beglückt und umarmte das überrascht dreinschauende Mädchen. »Wollt ihr beide noch kurz frühstücken, bevor ich euch gemeinsam zur Schule fahre?«, fragte sie. »Oder gehst du auf eine andere Schule, Miro?«

»Ich hab den Scheiß geschmissen«, sagte sie. »Im Moment chill ich nur, bis mir was einfällt.«

Angie behielt ihr freundliches Lächeln bei, bis es sich zurück in der Küche vor dem Kühlschrank langsam wieder auflöste. Ganz ruhig, Angie, redete sie sich gut zu, die gute Nachricht ist, dass er nicht schwul ist. Die schlechte ist, dass du vermutlich in der nächsten Zeit in sehr kurzen Abständen zu Dr. Glitsch gerufen wirst, weil die Noten deines Sohnes immer miserabler werden.

»Ich trinke meinen Orangensaft gern frisch gepresst.« Miro war in die Küche gekommen, das Lieblings-T-Shirt von Julius bedeckte ihre niedlichen Pobacken nur zur Hälfte, wie Angie mit einem kurzen Blick feststellte. »Ich kann auch gern helfen, wenn Sie möchten.«

»Nein danke, nicht nötig, setz dich einfach hin«, sagte Angie und griff zur Saftpresse. War es nicht schön, dass die neue Freundin ihres Sohnes sich so gesundheitsbewusst ernährte?

»Was darf es noch sein?«, fragte sie, als ein wohlbekannter, aber um diese Tageszeit eher ungewöhnlicher Duft in ihre Nase stieg.

»Ein Aschenbecher wär jetzt nicht schlecht«, sagte Miro und lächelte. »Mehr als eine Zigarette kann ich morgens nicht ab.«

Ein Aschenbecher, dachte Angie, na wunderbar. »Nimm die Untertasse«, sagte sie resigniert. »Wo darf ich dich denn gleich absetzen?«

»Am Hauptbahnhof«, sagte Miro und blies einen kunstvollen Rauchkringel in die Luft, »da hab ich noch was zu erledigen.«

»Freier suchen oder Drogen beschaffen?«, wäre Angie fast herausgerutscht, aber in diesem Augenblick kam Julius in die Küche.

»Gibt's noch Müsli?«, raunte er in Angies Richtung, um sich Sekunden später zu Miro auf die Küchenbank zu drücken. Kurze, schmatzende Kussgeräusche waren zu vernehmen.

Angie spürte, wie ihr etwas die Kehle hochstieg, das wie Galle schmeckte. Tapfer schluckte sie es herunter. Aber es störte sie einfach, dass Julius sie auf einmal total ignorierte. Ja, sie war eifersüchtig. Sie gönnte ihm ja jeden Spaß, auch den mit Miro, aber plötzlich unsichtbar zu sein, das kränkte und ärgerte sie.

»He, ihr beiden, ich bin auch noch da«, rief sie laut. »In zwei Minuten ist Abmarsch, wenn ihr dann nicht fertig seid, nehm ich euch nicht mit, und ihr könnt zu Fuß laufen.« Was, wie ihr sofort einfiel, angesichts einer schuleschwänzenden Freundin keine so gute Idee war.

»Nun stress doch nicht so rum«, sagte Julius, der, wie Angie natürlich sofort durchschaute, vor Miro nicht als Muttersöhnchen dastehen wollte.

»Ich stress nicht rum, ich bin in Eile, ich kann es mir nicht leis... Oh!«

Sie hatte die Schritte auf der Treppe nicht gehört, sie hatte den Mann dazu total vergessen; jetzt stand er hinter ihr, und sie fühlte sich von zwei starken Männerarmen fest umschlungen. Eine heiße Zunge kreiselte in ihrem Ohr, eine leise Stimme sang dazu flüsternd: *»Angie, you're beautiful.«*

Die Zeit blieb stehen, die Küchenuhr tickte laut. Es war zehn nach acht.

»Mama?«, fragte ihr Sohn.

»Guten Morgen, allerseits, ich bin Johnny. Und ich habe einen Bärenhunger. Gibt es Eier und Speck im Kühlschrank?«

»Deine Mutter hat noch Sex, cool«, sagte Miro anerkennend.

Und Angie lachte laut und hysterisch.

*

Sie hatte sich vor diesem Anruf gedrückt, aber jetzt war es höchste Zeit. »Komm vorbei, wenn du noch Sachen haben willst«, sagte sie. »Übermorgen sind die Möbelpacker da.«

Jochen wusste, dass Angie bereits seit Wochen mit einem Käufer verhandelte, trotzdem traf ihn ihre Durchsage wie eine Ohrfeige. Der Verkauf bedeutete den allerletzten Schritt weg von ihm.

»Warum ziehen *wir* denn nicht dort ein?«, hatte Gesa allen Ernstes gefragt. »Oder teilst du deine Frauen in erste und zweite Klasse ein?«

Er hatte nicht die Courage gehabt, ihr zu erklären, dass er für den Wiedererwerb seines eigenen Hauses inzwischen leider zu arm war. August hatte ihm durch seinen Anwalt mitteilen lassen, dass die Firma es sich im Moment nicht leisten konnte, ihm seinen Anteil auszuzahlen, und ihm eine erste Teilzahlung angeboten.

»Ich weiß, dass Angie die Sache gern großzügiger gehandhabt hätte, und hoffe sehr, dass du ihre Anständigkeit zu schätzen weißt, aber unsere Finanzen erlauben es derzeit leider nicht. Dein Vater«, hatte August handschriftlich unter den Anwaltsbrief geschrieben.

Sein neuer Job in der *Fetten Ecke* hatte Sechzehn-Stunden-Tage, weil seine Kundschaft, Arbeiter und Arbeitslose, besonders nachtaktiv war und der Hauptumsatz erst am Nachmittag begann.

Manchmal, wenn er in dem dunklen Hinterzimmer zwischen Bierkästen und Abfallsäcken seine Abrechnungen machte, dachte er voller Sehnsucht an sein schönes, sonniges Büro von früher. Zum Glück gelang es ihm meistens, sein altes und sein neues Leben nicht miteinander zu vergleichen. Es tat einfach zu weh.

Doch als er jetzt die Gartentür öffnete und auf »sein« Haus zuging, das Angie verkauft hatte, war der Kloß in seinem Hals so dick, dass ihm das Atmen schwerfiel.

»Komm rein«, rief Angie, die ihn durchs Küchenfenster gesehen hatte. »Alles, wo ein roter Sticker drauf ist, kannst du mitnehmen. Geh einfach mal durchs Haus und schau dich um.«

»Okay«, murmelte er und trat ein.

Überall standen volle und halb leere Kartons, die Angie sorgfältig mit »Küche«, »Julius« und »Schlafzimmer« beschriftet hatte. Auf den Fensterbrettern lagen zusammengerollte Vorhänge, auf dem Küchentisch, an dem er über zwanzig Jahre lang jeden Abend gesessen und sich Angies leckeres Essen hatte schmecken lassen, hatte sie ausgemusterte Küchengeräte ausgebreitet.

»Kannst du alle mitnehmen«, meinte Angie, als sie seinen Blick sah. »Vielleicht hat deine Freundin ja Lust auf selbst gemachte Pasta. Ich hab leider keine Zeit mehr dafür.«

Jochen schwieg und stieg die Treppe in den ersten Stock hoch.

»Das Bett kannst du übrigens auch haben«, rief sie ihm hinterher, »die Matratze ist ja noch wie neu.«

Er drehte sich um. Angie war ihm inzwischen nachgekommen, auf einen Stuhl gestiegen und schraubte eine Lampe ab. Wie fröhlich sie ist, dachte er, der Abschied scheint ihr leichtzufallen. Kein schöner Gedanke. Warum eigentlich? Sollte er nicht erleichtert sein, dass sie unter der Trennung nicht mehr zu leiden schien?

»Willst *du* das Bett nicht mitnehmen?«, fragte er.

»Nein«, lachte sie, »auf keinen Fall. Neues Leben, neues Bett, ist meine Devise. Wenn du es nicht willst, schenk ich es meiner Kosmetikerin. Die freut sich bestimmt.«

Jochen ging ins Schlafzimmer. Das Bett war bereits abgezogen. So kam er sich auch vor, nackt und schutzlos. Er legte sich auf die Matratze und schloss die Augen.

»Na, müde, mein Held?«

Er hatte Angie nicht hereinkommen hören. Sie saß auf der Bettkante und betrachtete ihn.

»Ich will das Bett nicht«, sagte er leise. »Irgendwie bin ich traurig.«

»Ich auch«, erwiderte sie, »aber nun ist es zu spät.«

»Zu spät«, murmelte er. »Für alles?«

»Ja«, sagte sie, »für alles.« Und dann beugte sie sich über ihn und drückte ganz sanft ihre Lippen auf seinen Mund. Und ein Stromstoß ging durch seinen ganzen Körper. Aber da war sie auch schon aufgesprungen und stand bereits wieder in der Tür.

»Dein Scheck fürs Haus liegt auf dem Küchentisch«, sagte sie. »Es ist nicht allzu viel, weil es ja hoch belastet war. Aber da es mir im Moment besser geht als dir, hab ich das Geld siebzig zu dreißig zu deinen Gunsten aufgeteilt. Okay?«

Am liebsten wäre er liegen geblieben, aber er hatte Verpflichtungen, und so stand er auf und ging hinunter.

»Du bist ein besserer Mensch als ich«, sagte er, als er zum Abschied vor ihr stand.

»Das stimmt«, erwiderte sie und lächelte. »Aber keine Sorge, den Rest deines Lebens wirst du mit einer Frau verbringen, bei der du dieses Problem nicht hast.«

Sie sah ihm nach, als er durch den Vorgarten auf die Straße zu seinem Auto ging. Ist es noch Liebe, die ich für ihn empfinde, fragte sie sich, oder nur noch alte Vertrautheit oder gar Mitleid? Doch warum hatte es sich dann so unerwartet aufregend angefühlt, als sie ihn vorhin geküsst hatte? Fast aufregender als zu Zeiten ihrer Ehe?

Ihr Handy klingelte.

»Brauchst du mich noch?« Das war Nina.

»Klar doch, immer«, sagte Angie.

»Bin in zehn Minuten da. Und ich bring 'ne Freundin mit, die grad Zeit hat.«

Eine Viertelstunde später hielt Ninas knallroter Flitzer vor dem Haus. Natürlich kannte sie die Frau, die jetzt vom Beifahrersitz aus dem Auto stieg.

»Hallo, Angie,« sagte Marianne, als Angie die Tür öffnete. »Ich würde dir sehr gern beim Umzug helfen.«

Angie sah sie an. Und dann blickte sie zu Nina und atmete tief durch. »Wie schön«, meinte sie, »dass man sich auf Frauen immer verlassen kann!«

Kapitel 23

Drei Wochen später

»Soll ich dich abholen?«, fragte Jochen. »Schließlich wohnst du ja nicht weit entfernt.«

»Danke, nein«, lehnte Angie höflich ab; sie fand ein gemeinsames Taxi auf dem Weg zum Notar irgendwie unpassend.

»Kommst du allein?«

»Was denn sonst?«, erwiderte sie. »Julius ist in der Schule, und mein neuer Lover weiß gar nicht, dass ich noch verheiratet bin.«

»Du hast dich also schon getröstet? Na, das ging ja schnell.«

»Du erwartest auf diese Frage doch sicher keine Antwort, oder?«, sagte Angie ärgerlich. Er musste ja nicht wissen, dass es keinen gab.

»'tschuldigung, wusste nicht, dass du da so empfindlich bist.«

»Der Termin ist um zehn Uhr. Sei bitte ausnahmsweise pünktlich.«

»Bist du okay, Angie? Du klingst so komisch.«

»Danke der Nachfrage, es geht mir fantastisch.«

Ja, es ging Angie fantastisch. Fantastisch beschissen! Die wunderbare Gelassenheit, die sie durch die letzten Monate getragen hatte, war auf einmal wie weggeblasen, sie fühlte sich gereizt und unglücklich. Und alt.

Vielleicht sollte ich Johnny doch mal wieder anrufen, dachte sie. Wie albern von mir, sich für einen One-Night-Stand zu schämen, der mir so gutgetan hat. »Eine emanzipierte Frau kann Sex und Liebe trennen«, sagte Nina immer. »Das Doppelpack ist wunderbar, aber auch die Einzelpackung kann sehr schön sein.«

Außerdem war Sex auch ohne Liebe ein gutes Verjüngungsmittel. Wofür sie optisch im Moment leider das beste Beispiel war. Ich kenn dich nicht, aber ich schmink dich trotzdem, hatte sie heute Morgen ihrem Spiegelbild zugeflüstert und zum Rouge gegriffen.

Der Notartermin, der ihre Finanzen vor der Scheidung regeln sollte, hatte so etwas ungut Endgültiges. Klar, auch ein Baby schaffte Tatsachen, aber die waren bislang unter Gesas weiten T-Shirts verborgen gewesen. Außerdem war sie, soweit es ging, jeglichen Treffen mit ihrer Nachfolgerin aus dem Weg gegangen. Aber nach dem Notartermin war sie keine Ehefrau mehr, sondern ein zukünftiger Single. Und zwar kein junger, der vor Ehrgeiz platzte, um die Welt hetzte und deshalb keine Zeit für die Liebe hatte, sondern eine Frau Mitte vierzig, die von ihrem Mann wegen einer Jüngeren verlassen worden war. Sie war ein trauriges Klischee. Und an diesem Morgen ein besonders trauriges.

Das Telefon klingelte.

»Soll ich mitkommen und Händchen halten?«, fragte Nina.

»Vielen Dank, leiste mir lieber Gesellschaft beim dreifachen Whisky hinterher«, sagte Angie. »Warum fühle ich mich eigentlich so scheiße? Es ging mir doch schon richtig gut.«

Nina lachte. »Das ist in der Medizin ganz genauso. Eine letzte Aufwallung negativer Kräfte, bis die Wunde dann endgültig verheilt.«

»Stimmt das«, Angie klang skeptisch, »oder sagst du das nur, um mich zu trösten?«

»Kannst du in jedem Medizinbuch nachlesen«, behauptete Nina. »Also, ich erlaube dir, heute noch bis zwölf Uhr nachts in Selbstmitleid, Zukunftsangst und Nostalgie zu versinken. Lass deine Kreditkarte glühen, iss eine halbe Schwarzwälder Kirschtorte, leg dich in ein Schaumbad und bedröhn dich mit Coldplay. Aber dann muss Schluss sein. Punkt Mitternacht bist du eine neue Frau. Und zwar eine, die weiß, was sie wert ist, die sich nichts mehr gefallen lässt und die sich auf den Rest ihres Lebens freut. Versprochen?«

»Versprochen«, sagte Angie.

»Und jetzt legst du den knalligsten Lippenstift auf, den du finden kannst, und zeigst deinem zukünftigen Exmann, was er sich für immer verscherzt hat.«

»Sie haben den Gewinn des Hauses bereits aufgeteilt und verzichten gegenseitig auf Unterhaltsansprüche, so einfach hab ich es selten.« Die Notarin lächelte sie an. »Habe ich auch nichts übersehen?«

Angie und Jochen schüttelten die Köpfe.

Wie harmonisch die beiden sind, staunte die Notarin, was für ein Jammer. »Ich wünsche Ihnen weiterhin viel Glück«, sagte sie. »Die Unterlagen gehen Ihnen dann mit getrennter Post zu.«

Getrennte Post, dachte Angie, wieder so ein neues Wort, an das ich mich gewöhnen muss. Sie warf ihrem Nicht-mehr-lange-Ehemann einen Blick zu. Zum Glück hatte er ihr den Gefallen getan, in optischer Tiefstform zu erscheinen. In den letzten Wochen schien er tatsächlich ein bisschen gealtert zu sein. Unter seinem dunkelgrauen Anzug spannte sich ein ansetzendes Bäuchlein, sein Hemd war zerknittert, sein Gesicht wirkte ungesund aufgedunsen. Ein Mann im Stress, das dampfte ihm aus jeder Pore, und keiner mehr, der von seiner Ehefrau liebevoll gepflegt wurde. War dies ein Trost? Ja, musste Angie zugeben, es war zumindest ein klitzekleiner.

Gemeinsam verließen sie als fast geschiedenes Paar das Notariatsgebäude. Sie schwiegen. Es gab keine Worte in dieser Situation. Wie zum Hohn glitzerte draußen ein wunderschöner Altweibersommertag.

»Wollen wir noch einen Kaffee trinken?«, fragte Jochen. »Du siehst übrigens richtig gut aus. Ich sage es ungern, aber unsere Trennung steht dir.«

»Ich kann dein Kompliment leider nicht erwidern«, sagte Angie, und sie meinte es nicht gehässig. »Du siehst ziemlich fertig aus.«

»Das bin ich auch«, erwiderte er. »Ich vermisse dich, Angie. Es klingt pervers, aber ich würde alles darum geben, wenn ich ...«

»Geht leider nicht«, unterbrach ihn Angie. »Aber falls es dich tröstet: Ich bin dir nicht mehr böse.«

»Weißt du nicht, dass das alles nur noch schlimmer macht?«, fragte er.

Sie sah ihn an, und für einen kurzen Augenblick traf sie der Schmerz über das, was sie für immer verloren hatten, wie ein böser, tiefer Stich ins Fleisch. Sie schloss die Augen. Als sie sie wieder öffnete, war der Augenblick vorbei.

»Keinen Kaffee mehr«, sagte sie leise und reichte ihm die Hand. »Ich wünsche dir viel Glück für dein neues Leben. Wir sehen uns dann beim Scheidungstermin.«

Er nahm ihre Hand, und sie sah in seinen Augen, dass er sie gern geküsst hätte. Ein Abschiedskuss, dachte sie plötzlich, der wird schließlich noch erlaubt sein! Schließlich hätten wir fast die Silberhochzeit erreicht. Also stellte sie sich auf Zehenspitzen und küsste ihn ganz leicht auf den Mund. Und er hielt sie fest und erwiderte ihren Kuss.

»Angie ...«, flüsterte er. »Mein Gott, was machen wir bloß?«

Und dann tat Angela Winter etwas Unvernünftiges. Sie fragte ihn: »Hast du doch noch Lust auf einen Kaffee in meiner neuen Wohnung?«

Drei Stunden später konnte sie auf den besten Sex ihres Lebens zurückblicken. Mit dem Mann, von dem sie fast geschieden war! Und auf den eine hochschwangere Frau wartete! Aber als sie irgendwann, erschöpft und erhitzt zwischen Zeit und Raum, tatsächlich einen Kaffee tranken, fühlte sie sich merkwürdigerweise überhaupt nicht schuldig. Im Gegenteil. Sie fühlte sich wie frisch gehäutet, wie eine Frau, die frei und unabhängig ist und ihr Leben selbst in die Hand nimmt. Und die sich eine Runde »Sex mit dem Ex« gönnt und dabei niemanden um Erlaubnis bittet.

»Ich glaube, es wird langsam Zeit für dich«, sagte sie, »sonst macht sich deine Legehenne noch Sorgen.«

Jochen seufzte tief.

»Sorry«, entschuldigte sie sich, »ich streiche diesen Begriff aus meinem Vokabular. Ist ja auch nicht leicht, eine Schwangerschaft für so eine junge Frau.«

»Du warst doch auch jung, als Julius kam«, sagte er. »Aber ich kann mich überhaupt nicht daran erinnern, dass du jemals gejammert hast. Noch nicht mal, als ich mich geweigert habe, bei der Geburt dabei zu sein.«

»Aber Gesa will dich dabeihaben, oder?«, fragte Angie und versuchte den kleinen Stich, der ihr bei dieser Vorstellung trotz allem durchs Herz fuhr, zu ignorieren.

»Ich befürchte es«, sagte Jochen, »und mir graut davor. Du weißt ja, dass ich kein Blut sehen kann. Hoffentlich werde ich ohnmächtig, dann krieg ich wenigstens nichts mit.«

Sein Handy klingelte eine Hip-Hop-Melodie.

Angie seufzte. Beethoven war ihr deutlich lieber gewesen. Ob er wusste, welche Sehnsucht sie trotz aller aufgebrachten Tapferkeit, trotz aller neuen Erfolge nach dem alten Jochen hatte? Mit dem sie gerade so wunderbaren Sex gehabt hatte? Das würde natürlich nie wieder vorkommen, da war sie sich sicher. Angie war keine Frau, die einer anderen den Mann wegnahm, selbst wenn es mal ihr eigener gewesen war. Aber Nina hatte ihr erlaubt, heute über die Stränge zu schlagen. Und noch war nicht Mitternacht.

Sie ging in den Flur, wo Jochen gerade sein Handy wieder einsteckte.

»Ich muss dann mal«, sagte er und wirkte unschlüssig. »Also ... dann ...«

Angie hasste Abschiede, und dieser Moment jetzt fühlte sich ganz genau danach an. Sie holte tief Luft und brachte ein Lächeln zustande, was ihr nicht leichtfiel. Wenn er endgültig gegangen war, würde es eine Tränenrunde geben, aber Angie nahm sich vor, diese kurz zu halten.

»Alles Gute«, sagte sie und hielt ihm die Haustür auf, »und grüß Gesa von mir.«

»Werd ich vermutlich nicht machen«, erwiderte er, und sein Grinsen wirkte so künstlich, dass es ihr wehtat. Angie hatte jetzt den starken Wunsch, die Dinge abzukürzen.

»Man sieht sich«, sagte sie und trat einen Schritt zurück.

»Ja, und grüß unseren Sohn.«

Angie nickte. Nun geh schon, dachte sie, ich will endlich heulen, verdammt! Kaum hatte er die Wohnung verlassen und war auf die Straße getreten, lag vor dem Sofa bereits das erste nasse Taschentuch.

Nach zehn Minuten schnäuzte sich Angie ausführlich und griff zum Telefon.

»Guten Tag, Angie Winter hier, ich wollte nur fragen, wer heute Abend an der Bar arbeitet. Herr Centino? Würden Sie mir bitte auch seinen Vornamen ... Johnny, ja, ich habe verstanden. Vielen Dank für die Auskunft.«

Sie legte auf und lächelte. Das neue Leben konnte beginnen.

»Wo warst du so lange?«, rief ihm Gesa vorwurfsvoll entgegen, als er die Wohnung betrat. »Ich finde es rücksichtslos von dir, dass du mich in meinem Zustand so lange allein lässt. Es hätte ja wer weiß was passieren können.«

Er beschloss, das Gefühl, das ihre Worte spontan bei ihm auslösten, nicht zuzulassen. Sie trug sein Kind unter ihrem Herzen, wie es so schön hieß, er war zur Rücksichtnahme verpflichtet. So setzte er sich zu ihr aufs Sofa und lächelte sie an. »Ich war mit Angie beim Notar«, sagte er, »schon vergessen?«

»Natürlich nicht«, meinte sie, »aber so ein Termin dauert doch nicht den halben Tag. Wart ihr danach noch essen, oder habt euch vielleicht ein Hotelzimmer genommen? Sex mit der Ex soll ja das Tollste sein.« Sie grinste, so absurd kam ihr diese Idee vor.

»Genau«, sagte Jochen, »deshalb bin ich jetzt auch so erschöpft, dass ich gern etwas zu essen hätte. Hast du zufällig gekocht?«

»In meinem Zustand?«, fragte Gesa ungläubig. »Spinnst du?«

»Einen Daiquiri, bitte«, sagte Angie und stellte fest, dass sie sich inzwischen an ihren neuen Tanga gewöhnt hatte. Auch der Push-up zwickte nicht mehr.

»Du hättest dich ja mal melden können.« Johnny schob ihr eine Schüssel mit geräucherten Mandeln hin. »Oder war ich für dich nur ein One-Night-Stand?«

»Vielleicht könnten wir ja auch noch einen draufsetzen«, meinte sie.

»Aller guten Dinge sind drei«, sagte Johnny und zwinkerte ihr zu.

Angie lächelte. Sie mochte ihn, sehr sogar, aber Liebe war kein Thema. Und das war gut so. Kein Mann fürs Leben mehr.

»Dürfte ich Sie zu einem Drink einladen?« Erstaunt drehte sie sich um und musterte den hochgewachsenen Mann im teuer geschnittenen Anzug, der sie so unverblümt angesprochen hatte.

»Darf ich mich vorstellen?«, fragte er, während er sich leicht verbeugte. »Ich bin Rami Al Sarad.«

»Und was führt Sie in unsere schöne Stadt, Herr Al Sarad?«, fragte Angie.

»Geschäfte«, meinte er, »Investitionsmöglichkeiten, potente Finanzpartner. Aber das sind keine Themen, womit ich eine so schöne Frau wie Sie langweilen möchte.«

»Oh, aber das sind im Moment meine Lieblingsthemen«, sagte Angie. »Wozu darf ich Sie einladen?«

»Sie mich?«

»Genau«, sagte Angie und lachte. »Sie haben es nämlich bei mir leider mit einer durch und durch emanzipierten Frau zu tun.«

»Klingt aufregend«, meinte Rami Al Sarad.

»Ist es auch«, sagte Angie Winter.

*

»Ich finde, auch weibliche Babys dürfen hellblau tragen, umgekehrt bin ich mir da allerdings nicht so sicher«, murmelte Marianne und wühlte bei H&M in dem Kleiderhaufen an einem großen Grabbeltisch. »Rosa bei Jungs könnte leicht das falsche Zeichen setzen, was meinst du?«

Gesa meinte gar nichts. Sie war nur genervt, weil sie Lust auf einen Caffè Latte hatte, der ihr aber von Dr. Tornow strengstens untersagt worden war, weil die Milchbakterien den Darm blähten und damit dem Baby schadeten. »Sie müssen schon ein paar Opfer bringen, wenn Sie Mutter werden wollen«, hatte sie gesagt, und Gesa war sicher, dass die Augen ihrer Gynäkologin dabei schadenfroh geblitzt hatten. »Nach dem Stillen können Sie dann wieder machen, was Sie wollen.«

»Gesa, guck mal!« Marianne hob einen quittegelben Strampler hoch. »Davon nehmen wir am besten gleich drei, die sind schön geschlechtsneutral. Was hast du denn?«

»Toll«, murmelte Gesa und bemühte sich um ein Lächeln. Wie sollte sie ihrer Mutter erklären, dass sie sich zwar einerseits darüber freute, sie so voller großmütterlichem Elan zu erleben, andererseits sie genau dieser aber nach der wochenlangen Funkstille auch furchtbar anstrengte.

Sie hasste die Veränderungen, die die Natur ihr in den letzten Monaten angetan hatte. Den enormen Bauch, den ihr Baby ganz offensichtlich als Bolzplatz umfunktioniert hatte, denn auf jeden Fall kickte und strampelte es ständig in ihr herum. Auch ihr Busen, von Größe A auf Doppel E angeschwollen, war ihr unheimlich geworden, groß und schwer lag er vor ihr und versperrte die Sicht nach unten. Was vielleicht auch besser war, denn ihre Beine hatten so viel Wasser eingelagert, dass Gesa sich nicht gewundert hätte, wenn ihr auch noch ein Rüssel gewachsen wäre, so elefantös sahen sie aus. Und müde war sie, sooo müde, ständig wollte sie schlafen. Allein schlafen! Zum Glück drängte Jochen sie nicht.

»Ich bezahle, schließlich ist es mein erstes Enkelkind«, sagte Marianne, während sie kurz an Angie denken musste. Sie hatten sich nach Angies Umzug in letzter Zeit ein paarmal zufällig im Fitnessstudio getroffen. Marianne hatte akzeptiert, dass Angie noch etwas Zeit brauchte, bis die Dinge wieder beim Alten wären.

»Wir reden über alles, nur nicht über Männer und Kinder«, hatte Angie bestimmt, und sie hatte geantwortet: »Soll mir recht sein.« Trotzdem schwebte Gesa noch immer wie eine dunkle Wolke über ihnen, die einstige Unbeschwertheit war weit in die

Ferne gerückt. »Freust du dich eigentlich auf dein erstes Enkelkind?« Angie hatte die Frage ganz beiläufig von ihrem Crosstrainer aus gestellt, aber Marianne ließ sich von dieser demonstrativen Nonchalance nicht täuschen.

Kurz hatte sie überlegt, ob sie einfach »Na ja, mal sehen« murmeln sollte, sich aber dann für die Wahrheit entschieden. Sie freue sich zu ihrer eigenen Überraschung tatsächlich riesig, hatte sie gesagt und hinzugefügt, dass sie hoffe, dieses unschuldige Würmchen würde ihre Freundschaft nicht noch mehr belasten. Zum Glück hatte Angie lächelnd den Kopf geschüttelt und das Thema gewechselt.

»Danke, Mami«, sagte Gesa und küsste Marianne auf die Wange. Für einen kurzen Moment hatte sie das Bedürfnis, sich in die mütterlich weichen Arme zu werfen und sie anzuflehen, wieder nach Hause kommen zu dürfen. Jetzt, wo sie selbst Mutter wurde, fühlte sie sich kindlicher denn je, wollte sie die lästige Bürde des Erwachsenseins am liebsten ganz weit von sich werfen.

Alles war so schnell gegangen, viel zu schnell. Es machte ihr Angst, dieses neue Leben in ihr, die drohende Verantwortung. Sie kam sich vor wie früher, wenn sie noch weiterspielen wollte und ihre Mutter sie anwies, sich nun endlich an die Schularbeiten zu machen.

Irgendwo in den Falten ihrer weiten Kleidung klingelte ihr Handy. Es dauerte, bis sie es in Händen hielt. Sie warf einen Blick auf das Display und lächelte.

»Willst du nicht rangehen?«, fragte Marianne, während sie bezahlte.

»Falsche Nummer«, murmelte Gesa und steckte das Handy weg. Erstaunlich, wie leicht ihr diese Lüge über die Lippen kam. Und wie es ihr gelang, nur innerlich zu grinsen, so dass selbst ihre scharfäugige Mutter nicht merkte, wie gut gelaunt sie auf einmal war. Aber es war genau der richtige Anruf zur absolut richtigen Zeit gewesen!

Zu Hause rief Gesa sofort zurück. »Ich bin's«, sagte sie, »was willst du noch?« Aber ihre Stimme klang trotz der abweisenden Worte sanft und freundlich.

»Hallo, meine Kleine. Wie blöd von mir, aber ich hatte tatsächlich Sehnsucht nach dir.«

»Hat dich deine Freundin in die Wüste geschickt?«

Er entschloss sich zur Wahrheit. »Ja, hat sie. Weil ich ihr zu unreif bin. Sie meint, mental passe ich besser zu dir.«

Gesa überlegte, ob das ein Kompliment oder eine Beleidigung war.

»Bist du noch immer das hübscheste Mädchen mit dem heißesten Körper Norddeutschlands?« Er lachte. »Sorry, ich korrigiere: Gesamtdeutschlands natürlich, was sage ich, Europas!«

Sie betrachtete ihren Bauch, auf dem sie eine große Schüssel Milchkaffee abgestellt hatte. Und dann ihre Beine, auf denen sich dicke blaue Adern wie auf einer Flusslandschaft ausbreiteten. Ihre Füße, von denen sie dank Babybauch nur die Spitzen ihrer schon lange nicht mehr lackierten Fußnägel erkennen konnte.

Ach, wie gut ihr dieses Gespräch tat! Und wie gut, dass er nicht weiß, dass ich ... ach, egal!

»Du ahnst gar nicht, wie heiß ich im Moment gerade bin«, sagte sie.

»Bist du allein?«, fragte er mit eifriger Stimme.

»Nein«, sagte sie, »das bin ich nicht. Und ich werde es auch nie wieder sein.«

Schweigen. Sie spürte, wie er versuchte, seine Enttäuschung in einen souveränen Ton zu packen.

»Dann komm ich wohl zu spät«, meinte er schließlich.

»Ich hab dich vermisst«, flüsterte sie und wusste plötzlich, dass es stimmte. »Ich melde mich wieder.«

»Ich hab dich auch vermisst«, sagte er, »und deswegen würde ich gern einiges wiedergutmachen. Wenn du es überhaupt noch willst.«

»Das klingt gut«, meinte sie und seufzte. »Bis bald.« Sie behielt noch eine Weile reglos den Hörer in der Hand und lächelte versonnen vor sich hin.

Das Leben sah auf einmal wieder sehr viel rosiger aus.

*

»Auf dich.« Jan sah ihr in die Augen und hob sein Glas.

»Auf *uns*«, korrigierte Angie. Ein sattes Pling ertönte, als ihre Gläser sich berührten. »Wie gefällt dir meine neue Idee?«

Er lächelte, einen Hauch skeptisch. »Du willst also ein neues Restaurant aufmachen, in dem nur arbeitslose Jugendliche arbeiten? Ganz schön mutig.«

»Findest du?«, fragte Angie. »Ich finde die Idee genial. Vom Staat bekomme ich Zuschüsse, den Jugendlichen gebe ich eine Perspektive, besser geht's doch gar nicht.«

»Wie soll das Restaurant denn heißen?« wollte er wissen.

Angie grinste. »*Null-Bock-Café*«, sagte sie. »Bist du dabei?«

»Klar bin ich dabei«, meinte er.

Angies Handy klingelte.

»Rami, sind Sie es?«, sagte sie erfreut. »Schön, von Ihnen zu hören. Haben Sie sich mein Angebot überlegt? Gut, ich melde mich wieder.«

»Dein arabischer Verehrer?«, fragte Jan. »Wie weit bist du mit ihm? Du weißt, dass August und Johanna diese Ökofinca kaufen wollen.«

»Rami bietet zwei Millionen für das Gesamtpaket«, sagte Angie, »also für unsere Bistros und das *Paradies*-Konzept.«

»Zwei Millionen? Ich bin beeindruckt. Wann unterschreibt er?«

»Wir akzeptieren erst bei vier Millionen«, sagte Angie. »Vorher verkaufen wir nicht. Findet August übrigens auch.«

Jan schüttelte den Kopf. »Unglaublich, wie du dich verändert hast, Angie.«

Sie lächelte. »Vielleicht solltest du das auch mal tun«, meinte sie. »Fühlt sich nämlich gut an, weißt du.«

»Wovon sprichst du?«

»Ich spreche von der Frau, mit der du schon längst glücklich wärst, wenn ihr beide nicht so schrecklich verbohrt wärt.«

»Du meinst ...?«

»Ja, genau«, sagte Angie. »Genau die.«

»Bist du sicher?«

»Ganz sicher.« Angie winkte dem Kellner. »Und nun geh ruhig, ich mach das schon.«

Als Jan Winter die Tür aufschloss, fiel ihm zum ersten Mal die Leere in seiner Wohnung auf. Keiner da, der sich freute, dass er heimkam. Der für ihn kochte, mit ihm lachte, sein Bett wärmte.

Angie hat Recht, dachte er und ging zum Telefon.

»Nina, bist du allein? Hast du Lust vorbeizukommen? Ich würde dich gern etwas fragen.«

Zehn Minuten später klingelte sie. Als er die Tür öffnete, sahen sie sich an. Und dann lächelte sie.

»Ja, ich will dich auch, du Hornochse«, sagte sie. »Immer schon. Zieh dich sofort aus, damit ich es dir beweisen kann.«

»Kannst du eigentlich kochen?«, fragte er drei Stunden später.

»Wenn das eine Bedingung ist«, flachste sie, »dann mach ich ab morgen einen Kochkurs.«

»Das würdest du tun?«

Sie holte tief Luft. »Ich würde dich sogar heiraten und dir treu sein, bis du in die Grube fällst. Und jetzt küss mich gefälligst, bevor ich es mir anders überlege.«

Da wusste er, dass sie die Richtige war.

*

»Legen Sie sich bitte in Ihr Bett, ich möchte eine Braunüle anlegen«, sagte die Hebamme, die wie Mrs. Danvers aus dem Hitchcock-Film *Rebecca* aussah, in strengem Tonfall zu Gesa. »Die junge Mutter kann sich dann zwischen einer Schmerzspritze oder einer PDA entscheiden.«

»Mir scheißegal«, sagte Gesa mit zusammengepressten Zähnen. »Ich will nur, dass die verdammten Schmerzen endlich aufhören.«

Tatort war ein Zweibettzimmer, weil Jochen vor kurzem die teure Zusatzversicherung hatte streichen lassen. Der Bettnachbarin stand eine Drillingsgeburt bevor; sie schien gelassen und drückte blitzschnell die Zigarettenkippe unter der Matratze aus. Es roch etwas brenzlig.

»Prostata, ihr Lieben«, sagte sie und hob sich einen Flachmann an den Mund. »Zum ersten Mal hier?«

Jochen und Gesa nickten eingeschüchtert.

»Wer will noch mal, wer hat noch nicht?«, rief sie und hielt ihnen den Schnaps hin.

Gierig griff Jochen danach und nahm drei Schlucke, die ihm im Hals brannten. Sofort fühlte er sich besser.

Gesa hatte inzwischen ihre Spritze bekommen, sie lächelten sich an.

»Freust du dich«, fragte sie und sah auf einmal sehr jung und sehr verletzlich aus, »oder wird dir alles zu viel?«

Jochen setzte sich aufs Bett und nahm ihre Hand, die kalt und feucht war. Zum ersten Mal seit langer Zeit waren seine Gefühle für sie ungetrübt, nahm er ihr nicht mehr übel, dass sie ihn verführt und damit aus seinem alten Leben geschubst hatte, auch wenn dieses sich damals so glanzlos angefühlt hatte und ihn jetzt in seiner Unerreichbarkeit so quälte. Es war nicht ihre, es war *seine* Schuld, er hätte es besser wissen müssen. Ich verzeihe dir, dachte er und erschrak. Ihr Gesicht war plötzlich puterrot.

»Ich muss pressen, Scheiße, ich muss pressen«, rief sie. »Ich hab tierische Schmerzen im Rücken, tu was, Jochen, sonst schrei ich das ganze Krankenhaus zusammen.«

»Babys tun nun mal leider scheißweh, und bei mir ist alles hoch drei!«, rief die Bettnachbarin und genehmigte sich noch ein Schlückchen; Jochen winkte ab, als sie die Flasche auffordernd hochhielt. Und dann ging alles rasend schnell.

»Der Muttermund ist bei acht«, rief die herbeigeeilte Hebamme, dann kamen zwei Krankenpfleger mit einer Trage, und Gesa wurde in den Kreißsaal geschoben. Jochen folgte ihr im Krankenhauskittel und mit blauem Plastik über den Schuhen. Ob Angie gelacht hätte, wenn sie ihn so sehen würde?

Die OP-Tür wurde hinter ihm geschlossen, grelle Lichter blitzten auf, jemand rief: »Wo ist der Wehentropf?«, daraufhin folgte Gesas Schrei: »Mein Unterleib explodiert!«

Sehr beklommen trat Jochen ans Kopfende, und da war es auch schon, das kleine Köpfchen, dann die Schultern, dann der Rest. Sein Baby!

»Es ist ein Junge«, rief die Hebamme und drückte ihm eine Zange in die Hand. »Schnell, schneiden Sie die Nabelschnur durch, einmal kräftig drücken.«

Er drückte, und sein Sohn, der noch ein krebsrotes, verschmiertes Bündel war – womit verschmiert, wollte sich Jochen lieber gar nicht erst vorstellen –, stieß einen verhaltenen Schrei aus, der an das Meckern eines kleines Zickleins erinnerte. Und dann hatte er ihn im Arm, und das überwältigende Gefühl und die Dankbarkeit waren unbeschreiblich.

»Ein strammes kleines Kerlchen ...«, hörte er aus weiter Ferne, immer weiter weg, bis die Stimme ganz verschwand ... Dann wurde ihm schwarz vor Augen.

Als er aufwachte, saß er auf einem Stuhl neben Gesas Bett, das Baby lag an ihrer Brust.

»Na, du Held«, sagte Gesa und lächelte, »ich hab die Schmerzen, und du wirst ohnmächtig.«

»Tut mir leid«, entschuldigte er sich. »Ein Held war ich übrigens nie.«

»Da hast du ausnahmsweise Recht«, sagte sie matt. »Wie findest du dein Kind? Sieht es dir oder mir ähnlich?«

Sein Sohn schien zu merken, dass über ihn gesprochen wurde, denn er öffnete die Augen und blinzelte seine Eltern an.

»Weder noch«, sagte Jochen verblüfft. »Unser Kind hat ja knallblaue Augen, die hat keiner von uns.«

Vom Nachbarbett hörten sie amüsiertes Lachen. »Na, ihr seid mir Eltern«, sagte die Frau. »Neugeborene Babys haben überhaupt keine Pigmente in den Augen. Deshalb nimmt ihre Regenbogenhaut auch keine Lichtstrahlen auf. Das Licht wird also zurückgeworfen und schimmert blau. Immer. So was weiß man doch.«

Jochen und Gesa lachten.

»Die Nase hat er von dir«, sagte Gesa, »und seine Haare hast *du* vermutlich bald.«

Jochen betrachtete den dünnen Flaum seines Sohnes, während er sich durchs Haar fuhr. Tja, dachte er, bald ein alter Mann, dein Papa.

Sein Handy klingelte.

»Hallo, Papa«, ertönte die inzwischen sehr tiefgelegte Stimme seines Erstgeborenen.

Jochen stand auf und ging ans Fenster. »Hallo, mein Großer!« Warum dämpfte er immer die Stimme, wenn er in Gesas Anwesenheit mit Julius sprach? »Kann ich dich später zurückrufen?«

»Wo steckst du denn?«

»Im Krankenhaus«, murmelte er.

»O Gott, bist du krank?«, rief Julius. »Was ist passiert, ein Unfall?«

»Gesa hat ihr Kind bekommen«, sagte er lauter und lächelte in Richtung Wochenbett. Wie aufs Stichwort spuckte sein Sohn Gesas Brustwarze aus und fing an zu schreien. »Das ist er übrigens, hörst du ihn? Soll ich dir ein Foto schicken, mein Handy hab ich dabei.«

»Danke, Papa, echt nicht nötig«, sagte Julius. »Muss ich jetzt herzlichen Glückwunsch sagen?«

»Musst du nicht«, sagte Jochen schnell. »Wir schicken euch dann eine Geburtsanzeige.«

Er beschloss, aus dieser Sache kein neues familiäres Drama zu machen. »Du, ich muss Schluss machen, Gesas Mutter ist gerade gekommen«, sagte er deshalb. »Besuch uns bald, dann kannst du deinen Bruder kennenlernen.«

»Meinen *Halbbruder*«, korrigierte Julius und legte auf.

»Du bist ohnmächtig geworden, höre ich?« Marianne schenkte ihm ein kurzes Grinsen, dann brach sie in großmütterliche Ekstase aus.

»Allgemeiner Freudentaumel, wie ich sehe? Das legt sich spätestens, wenn die ersten Koliken kommen«, kam es vom Nachbarbett. »Wollen wir anstoßen? Ich hab noch ’ne Buddel dabei.«

Jochen hatte plötzlich das ganz dringende Bedürfnis, allein zu sein.

»Ich bin gleich wieder da«, sagte er. »Soll ich euch was aus der Cafeteria mitbringen?«

»Einen Caffè Latte«, rief Gesa sehnsüchtig.

»Kommt nicht infrage«, erwiderte Marianne energisch. »Koffein ist schlecht für die Milchproduktion, bald schießt dir nämlich die Milch ein.«

Und schon war Jochen zur Tür raus. Er musste Angie anrufen, sie sollte es von ihm erfahren, dass er wieder Vater geworden war.

Sie lag gerade in der Badewanne, als ihr Handy griffbereit am Wannenrand klingelte.

»Ich bin wieder Vater geworden«, sagte er.

Sie brauchte ein paar Sekunden, um die Angie zu sein, die sie jetzt sein wollte. Ruhig, souverän, unverletzlich.

»Gratuliere«, sagte sie dann, »Junge oder Mädchen?«

*

Er saß auf der Besucherbank vor der Neugeborenenstation, als Angie ihn sah. Sie setzte sich neben ihn. Es fühlte sich unwirklich an.

»Was mache ich eigentlich hier?«, fragte sie. »Du wirst doch hoffentlich nicht erwarten, dass ich der jungen Mutter einen Besuch abstatte, oder?«

»Nein, natürlich nicht«, wehrte er ab und sah sie von der Seite an. »Hast du einen anderen Mann?«

»Warum fragst du?«

»Du siehst so zufrieden aus«, meinte er. »Muss ich mir etwa Sorgen machen?«

»Um mich nicht«, sagte sie und lachte. »Aber du hast meine Frage nicht beantwortet. Warum bin ich hergekommen?«

»Weil du seit über zwanzig Jahren bei allen wichtigen Ereignissen meines Lebens an meiner Seite warst«, sagte er und wusste, dass es die Wahrheit war. »Ich hatte einfach das Bedürfnis, diesen Moment mit dir zu teilen.«

»Kann es sein, dass es ich bei dir um einen akuten Anfall von männlichem Neugeborenenwahn handelt?«, wollte Angie wissen.

Er schwieg.

»Okay, dann erzähl mir mal, wie er aussieht, dein neuer Sohn.«

Sie wunderte sich ein bisschen, wie locker sie es sagen konnte. *Dein neuer Sohn.* Bis jetzt hatte es nur Julius gegeben, aber da war nun noch ein anderer.

»Sehr niedlich«, sagte Jochen. »Ich mache hübsche Kinder, das weißt du ja.«

Er meint es nicht so, dachte Angie, und er merkt nicht, wie taktlos er ist. Er ist ein Mann. Das entschuldigt vieles.

»Und wie geht's sonst so?« Sie verspürte keine Lust mehr auf Babygespräche. »Ich bin kürzlich mal an dem Laden, in dem du arbeitest, vorbeigefahren .... Tja ...«, sie überlegte, welche Worte sie wählen sollte, »da kann man sicher was draus machen.«

»Ich habe gekündigt«, sagte er. »Es ging einfach nicht mehr. Das verstehst du doch, oder?«

Sie sah ihn nur schweigend an.

»Guck nicht so, Angie«, sagte er, »ich such mir schon was Neues. Und im Moment leben wir von deinem eingelösten Scheck.« Er lächelte. »Du bist die beste Ex, die sich ein Mann nur wünschen kann.«

»Danke für das Kompliment«, antwortete sie. Was ist das mit uns, dachte sie, was sind wir jetzt? Alte Partner? Neue Freunde? Irgendwas dazwischen?

»Wir haben noch keinen Namen für das Kind«, meinte er und

sah sie abwartend an. »Wir wollten Julius ja damals Luca nennen, hättest du ein Problem damit, wenn …?«

»Ach was«, wehrte sie ab, »nenn ihn, wie du willst.«

»Er sah übrigens nach der Geburt fast dunkelblau aus, wir haben uns zu Tode erschrocken«, sagte er dann.

»Das ist völlig harmlos«, beruhigte sie ihn. »Das sind die Blutgefäße der Haut, die im Geburtskanal zusammengedrückt wurden. Hatte Julius übrigens auch. Nach den ersten Atemzügen wurde er rosa.«

Sie schwiegen.

»Wie wird Luca denn mit Nachnamen heißen?«, fragte sie schließlich. »Ihr seid ja noch nicht verheiratet.«

»Winter natürlich«, sagte Jochen, und Angie hörte seiner Stimme an, dass er jede andere Möglichkeit für ausgeschlossen hielt. »Er muss doch heißen wie sein älterer Bruder.«

»Hast du dir mal überlegt, was Julius dazu sagen könnte?«, fragte sie. »Immerhin ist Luca der Grund für unsere Trennung.«

»Machst du mir wieder Vorwürfe?«

»Nein«, sagte sie und seufzte, »diese Zeit ist längst vorbei.«

Ihr Handy klingelte. Genau im richtigen Moment, fand Angie.

»*Angie, Angie, you're beautiful*«, sang eine männliche Stimme. »Heute Abend? Bei dir oder bei mir?«

»Weder noch, ich ruf dich an«, sagte sie, weil sie nicht in Stimmung war, eine Verabredung mit Johnny zu treffen, und stand auf.

Auch Jochen hatte sich erhoben. Ich möchte nicht mit ihm tauschen, dachte Angie. Die vielen schlaflosen Nächte, in denen sie Julius schaukelnd durchs Haus getragen hatte, während Jochen selig schlummerte, waren ihr nach all den Jahren immer noch sehr präsent. Ob er bei Luca anders war? Vermutlich. Beim B-Wurf waren die Männer immer die besseren Väter als beim A-Wurf.

»Viel Glück, mein Schatz«, sagte sie und küsste ihn auf den Mund.

Es war ein trockener, unaufgeregter Kuss, ohne Erwartung. Und er fühlte sich richtig an. Ein bisschen traurig, aber richtig.

KAPITEL 24

Sechs Monate später

»Jochen, kannst du mir bitte mal einen Tee mit Honig bringen?«

Gesa lag auf dem Sofa, und mittlerweile gab es einen guten Grund, nicht selbst aufstehen zu müssen. Er war inzwischen auf siebzig Zentimeter angewachsen und lag friedlich saugend an ihrer Brust. Ein winziges, herzförmiges Muttermal zierte seinen Hals. Zu ihrem eigenen Erstaunen stillte Gesa ausgesprochen gern, es entspannte sie, wenn der kleine Luca, nachdem er sich bei ihr bedient hatte, wie ein vollgesogener kleiner Blutegel in ihren Armen einschlief.

Schlafen und Stillen war okay, dachte sie, nur der Rest dazwischen ist nervig. Diese »Vierundzwanzig-Stunden-Rundumversorgung«, diese hundertprozentige Abhängigkeit, damit konnte sie sich nicht anfreunden. Ich hab gar kein eigenes Leben mehr, dachte sie oft, ich bin ja nur noch das Säugetier. Die Falle war zugeschnappt. Und das viel zu früh.

Auch ihre Rolle als Dauerpartnerin war mittlerweile etwas ermüdend, besonders seit Jochen seinen Job gekündigt hatte und jetzt den ganzen Tag zu Hause war. Einerseits eine Erleichterung, weil sie so wenigstens mal vor die Haustür kam und in Ruhe mit ihren Freunden telefonieren konnte. Und mit ihrem Verflossenen; aber das sollte ihr Geheimnis bleiben. Andererseits war ihre kleine Wohnung einfach zu eng für drei. Überall lagen Windeln, Klamotten und Essensreste herum, die keiner wegräumte.

Wann fing endlich das Leben wieder an?

»Ich bin im Bad«, rief Jochen, »und es kann noch etwas dauern.«

Manno, dachte Gesa ungeduldig, was macht er da so lange? Alles dauerte bei ihm, für alles nahm er sich endlos Zeit. So auch für die Scheidung. Sie war sich inzwischen immer weniger sicher, ob sie ihn überhaupt noch heiraten wollte. Aber wenigstens fragen sollte er sie noch.

»Diese Dinge brauchen ihre Zeit«, sagte Jochen jedes Mal, wenn sie ihn auf das Thema ansprach. »Außerdem fände ich es geschmacklos Angie gegenüber, wenn wir direkt nach der Scheidung zum Standesamt gingen.«

Angie, Angie, ANGIE! Sie konnte diesen Namen nicht mehr hören! Jedes Mal, wenn Jochen ihn aussprach, glitzerte etwas in seinen Augen, das Gesa am liebsten mit Salzsäure weggeätzt hätte. So eine Scheißsehnsucht, gegen die sie machtlos war. Das Allerschlimmste – sie konnte ihn verstehen. Er hatte ein großes Haus mit Garten aufgegeben, um sich jetzt mit ihr eine Miniwohnung zu teilen. Er hatte einen tollen Job als Geschäftsführer gehabt, war gut bezahlt worden, und nun war er eine Nummer in der Arbeitslosenstatistik. Bei Angie war er der attraktive Alphamann gewesen, bei ihr mutierte er zum mittelalten Loser. Okay, sie war jünger und knackiger als Angie, aber inzwischen leider auch nicht mehr wesentlich ...

Im Gegenteil – während sie immer mehr zum Muttertier wurde, sah Angie immer besser aus. Kürzlich hatte sie beim mitternächtlichen Stillen eine Reportage über erfolgreiche und innovative Unternehmerinnen gesehen, und plötzlich lachte Angie in die Kamera; ein enges, schickes Karrierekostüm, aus dem sie, Gesa, vermutlich herausgeplatzt wäre, schmiegte sich um ihren schlanken Körper. Ihre Haare schimmerten, ihre Zähne blitzten, als sie sagte: »Das Geheimnis des Erfolges ist das Wollen. Verfolgen Sie Ihre Ziele und lassen Sie sich durch nichts entmutigen, dann erreichen Sie sie auch.« Sie sah sehr schick und sehr zufrieden mit sich aus, und Gesa hatte sich sehr unschick und sehr unzufrieden gefühlt.

Das Schlimmste an ihrer Situation war ja, dass sie sich bei niemandem darüber beschweren konnte. Weder ihre Mutter noch ihre alten Freundinnen hatten Lust auf ihr Klagelied: »Das Mutterdasein ist so anstrengend, ich will mein altes Leben zurück«. Marianne war so vernarrt in ihren Enkel, dass Gesa sich manchmal fast eifersüchtig fragte, ob sie als junge Mutter mit ihr auch so hysterisch gewesen war. Vermutlich nicht. Omi zu sein war ja auch viel einfacher, man kam, brachte bergeweise pädagogisch falsches Spielzeug mit, knutschte am Baby herum, und wenn es anfing zu schreien, gab man es der Mutter wieder zurück.

»Hier ist dein Tee.« Ganz schön fertig sieht er aus, stellte Gesa fast mitleidig fest, als Jochen den dampfenden Becher auf den Couchtisch stellte. »Es hat übrigens leider nicht geklappt mit dem Job in der Schulkantine.«

»Und wovon willst du uns ernähren, wenn der Scheck von Angie aufgebraucht ist?«, fragte Gesa. »Die Wohnung ist zu klein für uns, ich brauche dringend ein Auto und dein Sohn einen neuen Kinderwagen. Ich kann übrigens einen für dreihundert Euro kriegen, das ist ein Schnäppchen.«

Jochen seufzte. »Angie hat, glaub ich, noch die alte Kinderkarre von Julius«, sagte er, »die ist total in Ordnung. Ich hol sie morgen bei ihr ab.«

»Wenn du meinst.« Gesa war zu erschöpft, um sich aufzuregen. »Dann ist eben dein Sohn der Einzige, der in einem Vorkriegsmodell durch die Stadt gefahren wird.«

Sie schwiegen, bis es unter dem Sofakissen vibrierte.

»Hallo«, sagte Gesa. »Nein, du störst nicht.«

Sie sah Jochen an und lächelte. »Würdest du mir noch ein bisschen Honig holen, Schatz?«

Jochen ging in die Küche, nahm das Honigglas und lauschte. Eine lächerliche Figur, die er da machte, dachte er noch. Sie hatte ihre Stimme gedämpft, doch trotzdem konnte er sie gut verstehen.

»Morgen? Okay, und wo? Einverstanden, aber ich weiß nicht, ob ich den Kleinen wieder zu meiner Mutter bringen kann. Klar versuch ich es. Du kennst mich doch. Wenn ich etwas will, dann schaff ich es auch. Also bis morgen. Ja, ich dich auch.«

Sie betrügt mich, dachte Jochen. Ich bin ein gehörnter Ehebrecher. Kann man noch tiefer sinken? Seltsam, wie ruhig er blieb. Sollte er nicht wütend und eifersüchtig sein? Aber er fühlte weder Wut noch Eifersucht.

»Wer war das denn«, fragte er, als er wieder ins Wohnzimmer kam, »deine Mutter?«

»Ja, das war Mami.« Gesa lächelte und reichte ihm seinen Sohn. »Wir treffen uns morgen im Stadtpark.«

»Ich komm mit«, sagte er. »Ein bisschen frische Luft kann mir nicht schaden. Außerdem hab ich deine Mutter schon lange nicht mehr gesehen.«

Sein Handy klingelte. TATATATAAA. Er hatte es wieder auf Beethoven umgestellt.

»Auf Ihren Anruf hab ich gewartet«, rief er. »Haben Sie Zeit für ein Treffen? Wunderbar. Gleich morgen?«

Aus den Augenwinkeln sah er, wie Gesa versuchte, ihre Erleichterung zu kaschieren. Was ihr jedoch nicht gelang. Sie war noch zu jung für Psychospielchen, was er im Grunde sogar sehr charmant fand.

»Ich kann morgen leider doch nicht mitkommen«, sagte er anschließend zu ihr. »Ich hoffe, ihr amüsiert euch auch ohne mich.«

»Wir werden es versuchen«, sagte sie lächelnd und küsste ihn. »Mit wem bist du denn morgen verabredet?«

»Überraschung«, meinte er nur. »Gib mir mal meinen Sohn.«

Luca blinzelte ihn an.

Für dich hat sich der ganze Stress gelohnt, dachte Jochen und legte seinen Sohn vorsichtig über die Schulter.

»Na, hoffentlich eine gute«, nörgelte Gesa. »Schlechte haben wir schon genug gehabt.«

*

»Sie sind ein schwieriger Verhandlungspartner, Angie«, sagte Rami Al Sarad und hob den schmalen Kelch, in den Johnny gerade den teuersten Champagner, den seine Bar zu bieten hatte, gegossen hatte, »und die schönste Frau, mit der ich jemals Geschäfte gemacht habe.«

Der Barkeeper rollte die Augen, als er sah, wie sich Angies Wangen bei diesem Kompliment zart röteten.

»Und Sie sind die härteste Nuss, die ich je geknackt habe«, sagte Angie und zwinkerte unauffällig Johnny zu, was dieser etwas halbherzig erwiderte. Er war enttäuscht. Es hatte ein paar sehr schöne Nächte gegeben, die Angie aber nicht fortsetzen wollte.

Sie sei keine Frau, die Sex und Liebe auf Dauer trennen könne, hatte sie sich bei ihm entschuldigt. Außerdem sei er viel zu schade für den sexuellen Frustabbau zwischendurch. »Bleiben wir Freunde?«, hatte sie gefragt und ihm die Hand gereicht. Er hatte sie ergriffen, und seitdem waren sie Freunde, was ihr zugegebenermaßen leichter fiel als ihm.

»Ich hätte nie gedacht, dass mich eine Frau so über den Tisch ziehen kann«, sagte Rami Al Sarad lächelnd, während er auf seine brillantenbesetzte Rolex blickte. »Ich muss los, mein Privatflieger wartet.«

Mein Gott, was für ein Angeber, dachte Johnny etwas neidisch. Er hatte beobachten können, wie sich Angies Geschäftssinn im Laufe der letzten Monate immer mehr steigerte, denn Rami Al Sarad liebte diese Hotelbar für seine Meetings. Weil er dort geschickt seine Verhandlungspartner mit Hilfe von Alkohol unter Druck setzen konnte – wobei er selbst stets nur stilles Wasser trank –, was ihm nur bei Angie nicht gelang, die seinen Trick sofort durchschaute und fast immer Kamillentee orderte.

Hatte sie anfangs noch hauptsächlich zugehört, wurde sie von Treffen zu Treffen selbstbewusster. Hatte Zahlen und Fakten bereit, ließ sich nicht einschüchtern, nicht einwickeln, blieb charmant, aber stur. Bis sie alles erreicht hatte. Vier Millionen für die Bistros und das *Paradies*-Konzept. Keine schlechte Summe für eine Frau, die sich noch vor einem Jahr hauptsächlich damit beschäftigt hatte, ob die Wäsche gebügelt war und das Mittagessen rechtzeitig auf dem Tisch stand.

»Ich freue mich auf ein Wiedersehen!« Rami Al Sarad gab Küsschen rechts, Küsschen links, Angie lächelte und sagte, sie freue sich ebenfalls. Dann ging er und hinterließ eine kleine Wolke sehr teuren Herrenparfüms.

Angie und Johnny sahen ihm nach.

»Na, bist du stolz auf dich?«, fragte er.

Angie überlegte. War sie stolz? War sie glücklich?

Wenn Jochen mich nicht betrogen und verlassen hätte, säße

ich jetzt nicht hier, ging es ihr plötzlich durch den Kopf. Eigentlich müsste ich ihm dankbar sein.

»Ja, das bin ich«, sagte sie, »und jetzt schenk mir einen Champagner ein.«

*

Claus wartete am Eingang des Parks auf sie und sah genau so aus, wie Gesa es von einem Mann erwartete. Ein teurer, auf Figur geschnittener Mantel umschmiegte seine große Gestalt, in seinem vollen Haar leuchteten ein paar attraktive Silbersträhnchen; alles an ihm atmete Geld, Unabhängigkeit, Erfolg. Sie war froh, dass sie Luca vorher gestillt hatte und ihr die Milch nicht ausgerechnet jetzt durch die Bluse tropfte.

»Schön, dass du gekommen bist«, sagte er und küsste sie.

»Ja, ich freue mich auch«, meinte sie, dann schob sie ihn von sich und betrachtete ihn von Kopf bis Fuß. »Gut siehst du mal wieder aus ... was man von mir ja leider nicht behaupten kann.«

»Wovon sprichst du?« Er klang ehrlich erstaunt. »Du siehst fantastisch aus! Es gibt nichts an dir, was ich verbessern würde. Und du weißt, dass das aus meinem Mund ein großes Kompliment ist.«

»Du alter Schmeichler«, sagte sie und lachte. »Ich glaub dir kein Wort.«

Es war ihr drittes Treffen seit Lucas Geburt, und sie fühlte sich zum ersten Mal seit langer Zeit wieder wie die alte Gesa. Jung, wild, begehrenswert.

Sie hatten sich wiedergefunden, er hatte Fehler eingeräumt und sich dafür entschuldigt, dass er ihr damals eine Ältere vorgezogen hatte. Dass man eine schöne junge Frau wie sie nicht ungestraft alleinließ, war jetzt die Konsequenz, für die es im Moment nur eine äußerst schwierige Lösung gab.

»Hast du es ihm gesagt?«, fragte er.

»Ich hab es einfach nicht geschafft«, sagte sie und seufzte. »Schließlich hab ich den armen Kerl aus den Armen seiner Ehefrau gezerrt. Und ich war ja auch mal in ihn verliebt, da bin ich ihm einfach noch was schuldig.«

»Was denn?«, fragte er verständnislos. »Glaubst du etwa, er will dein Mitleid?«

Sie zuckte die Schultern.

»Ihr habt beide Schuld«, sagte er, »aber er ist älter als du und hätte klüger sein müssen.«

»*Ich* hab ihn aber angebaggert«, sagte Gesa und sah zu Boden. »Ich war so scharf auf ihn, da hatte er keine Chance.«

»Keine schmutzigen Details«, wehrte Claus energisch ab, »sonst werde ich noch eifersüchtig, und das macht frühe Falten, die kann ich mir als Ästhetischer Chirurg nicht leisten.«

Sie küssten sich. Luca schlief im Kinderwagen – Marianne hatte sich nicht überreden lassen –, doch die Sonne schien, und endlich war der Horizont wieder grenzenlos.

»Ich hab übrigens noch eine Überraschung für dich«, fuhr er fort, »und ich hoffe sehr, dass es eine gute ist.«

Gesa lächelte und setzte sich neben ihn auf die Parkbank. »Wunderbar«, sagte sie, »die letzte Überraschung war mein Positivbescheid für die Schwangerschaft; ich hoffe, deine ist eine Nummer kleiner.«

»Nein, das ist sie nicht«, sagte er. »Sie ist sogar eine Nummer größer.«

»Das klingt doch toll«, meinte sie gespannt. »Nun spuck's schon aus.«

»Man hat mir die Leitung einer Klinik in Mumbai angeboten«, sagte er und sah sie erwartungsvoll an, »viel Geld, viel Verantwortung. Du könntest, nach einer gewissen Einarbeitungszeit natürlich, meine Assistentin sein, Termine koordinieren, ein bisschen Pressearbeit, was halt so anfällt.«

»Super, super, SUPER!«, schrie sie spontan. Doch dann fiel ihr Luca ein. »Und wer kümmert sich um mein Kind?«

Er schwieg eine Weile. »In Indien gibt es jede Menge Personal«, sagte er schließlich, »das wäre nicht das Thema.«

»Was wäre denn dann das Thema?«, fragte sie, wobei sie ahnte, was jetzt kommen würde.

»Bist du eine gute Mutter?«, fragte er und sah sie sehr ernst an. »Bekommt dein Kind von dir all die Liebe, die es verdient?«

Eine ehrliche Frage verdiente eine ehrliche Antwort, fand Gesa. »Ich gebe mir Mühe«, sagte sie, »aber Jochen ist eindeutig der bessere Vater.«

»Du bist zu jung, um eine gute Mutter zu sein«, meinte Claus. »Dein Kind um jeden Preis behalten zu wollen, damit die Leute dich keine Rabenmutter nennen, wäre sehr egoistisch.«

»Ich weiß«, sagte sie, »aber ich lieb ihn doch auch.«

»Manchmal reicht Liebe nicht«, er nahm ihre Hand, »manchmal sind Reife und Verantwortungsbewusstsein wichtiger.«

Sie nickte. Sie wusste, dass er Recht hatte.

»Dann weißt du ja, was du tun musst.« Claus lächelte, griff in seinen Aktenkoffer und holte eine Flasche und zwei Gläser heraus.

»Prost«, sagte er und hob sein Glas, »auf ein neues Leben.«

»Prost«, sie hatte vergessen, wie gut Champagner schmeckte, »ich kann es kaum erwarten.«

»Ich bin sehr froh, dass wir wieder ein Paar sind«, sagte er. »Wir beide passen einfach perfekt zusammen.«

»Magst du eigentlich Kinder?«, fragte sie.

»Nein«, erwiderte er ehrlich, »und damit nichts passiert, habe ich mich vor einer Woche sterilisieren lassen.«

Er beugte sich vor und nahm ihr Gesicht in beide Hände.

»Verzeihst du mir?«, fragte er zärtlich.

Ein langer Kuss, der nicht aufhören wollte. Irgendwann öffnete sie die Augen. Und sah zum ersten Mal, dass er auf dem Hals einen kleinen, herzförmigen Leberfleck hatte.

»Natürlich verzeihe ich dir«, flüsterte sie. Und schloss schnell wieder die Augen.

*

»Ich bin begeistert.« Jochen war sichtlich angetan. »Ab wann ist es frei?«

»Ab gestern«, sagte der Makler. »Die Pächterin ist vor einem Monat gestorben, und ihr Mann hat es alleine nicht mehr geschafft. Aber die Geschäfte liefen gut, am Umsatz liegt es nicht, dass er aufgegeben hat.«

Jochen trat vor das Haus. Ein kleiner Weg schlängelte sich durch die Dünen direkt ans Meer. Der Himmel leuchtete gerade unverschämt blau, betupft mit kleinen Schäfchenwolken.

Ja, dachte Jochen, das ist es.

»Es gefällt mir sehr«, sagte er, »ich muss nur noch mit meiner ... äh, Frau darüber sprechen. Schließlich soll sie hier ja auch wohnen.«

»Für kleine Kinder ist die Gegend hier ein Paradies«, sagte der Makler, »aber aus dem Alter sind wir ja beide langsam raus, oder?«

Jochen zog es vor, vielsagend zu lächeln. »Ich melde mich bei Ihnen.«

»Sie werden es nicht bereuen«, erwiderte der Makler. »Ihre Vorgänger haben vierzig Jahre hier gewohnt und sind in diesem Haus sehr glücklich gewesen. Gutes Karma, wenn Sie so wollen.«

»Sag mal, spinnst du?« Gesa hielt Luca zum Bäuerchenmachen über die Schulter, während sie zart auf seinen Rücken klopfte. »Ich soll mit dir an den Arsch der Welt ziehen?« O, Gott, dachte sie panisch, wie komm ich bloß aus dieser Nummer wieder raus? Ich will ihm nicht wehtun, ich will nur weg.

Jochen seufzte tief. Der Unterschied, den er leider viel zu spät begriffen hatte, war, dass Angie ihm Kraft gab und Gesa ihn Kraft kostete. Bei Angie hatte er sich stark gefühlt, weil sie ihn auch schwach sein ließ, Gesa forderte permanente Stärke, die ihn immer schwächer machte – eine philosophische Betrachtung, die ihm jetzt allerdings auch nicht weiterhalf.

»Wenn schon, dann an den Arsch der Ostsee«, versuchte er zu scherzen. »Ich glaube einfach, dass uns ein Ortswechsel guttäte. Sozusagen ein Neuanfang, nur wir drei.«

Er hoffte, dass er zuversichtlicher klang, als er sich fühlte, aber ihm war klar, dass er alle Brücken hinter sich abbrechen musste, sonst hatten sie keine Chance. Wie zur Bestätigung gab Luca ein dickes, fettes Bäuerchen von sich.

»Wir müssen reden«, sagte Gesa.

»Das tun wir doch«, erwiderte Jochen und nahm ihr Luca ab, der ihn zahnlos anlächelte. Immer wieder überraschte ihn, wie bedingungslos er seinen kleinen Sohn liebte. Er ist alles wert gewesen, dachte er, auch wenn ich ohne ihn vermutlich viel glücklicher wäre.

»Na, du kleiner Scheißer«, sagte er und küsste den weichen Flaum auf seinem Kopf.

»Dann rede doch«, munterte er Gesa auf.

Gesa wusste, dass die nächsten Sätze die wichtigsten ihres Lebens sein würden. Dass sie eine Entscheidung treffen musste, die ihr Leben ändern würde. Und zwar nicht nur ihres. Auch das von zwei großen und einem klitzekleinen Mann. Ob Claus den herzförmigen Fleck an Lucas Hals gesehen hatte? Sie verdrängte den Gedanken.

»Ich höre«, wiederholte Jochen.

Sie sah ihn an, und in dem Moment Tacheles zu reden, fiel ihr unerwartet schwer.

»Ich wollte dir nur sagen, dass ich die Zeit mit uns nie bereuen werde«, fing sie an und stockte.

Er schwieg. Was sollte er auch sagen?

»Ich weiß, dass es dir anders geht«, fuhr sie fort.

»Es gehören immer zwei dazu«, meinte Jochen, »und für dich ist das Ganze ja auch nicht leicht. Aber wir beide werden uns schon zusammenraufen. Da bin ich ganz zuversichtlich.« Er sah, wie sich ihr Gesicht veränderte. Und plötzlich ahnte er, was sie ihm sagen wollte.

»Du willst mich verlassen.« Seine Stimme klang ruhig.

Sie holte tief Luft. »Ja«, sagte sie dann, »es funktioniert nicht mit uns, es war ein Fehler. Aber es ist noch nicht zu spät.«

Jochen blieb ganz still. Er fühlte Worte in sich hochsteigen, böse, verletzende Worte, Worte der Enttäuschung, aber er hatte ein Kind auf dem Arm, ein kleines, unschuldiges Baby. Sie würde ihn verlassen und seinen Sohn mitnehmen. Er spürte, wie eine eiskalte Faust sein Herz umschloss und mit aller Kraft zudrückte.

»Gibt es einen anderen?«, fragte er schließlich.

Sie suchte nach Worten und fand sie nicht. Es war nie Liebe, wusste sie auf einmal, es war immer nur eine kleine, kindische Verliebtheit. Zum ersten Mal in ihrem Leben spürte sie, wie sich Scham anfühlt. Tiefe, schwarze Scham.

»Gibt es einen anderen, verdammt?«, rief er lauter. »Sei wenigstens jetzt ehrlich!«

»Ja, den gibt es, er heißt Claus und ist dein Vorgänger«, sagte sie und senkte den Blick.

»Und warum hast du mir nie von ihm erzählt?« Er spürte einen weichen Kindermund an seinem Hals, etwas Babyspucke rann in seinen Kragen.

»Weil es eigentlich aus war«, meinte sie, »und weil ich mich in *dich* verliebt habe.«

War das die Wahrheit? Nein, denn die sah finsterer aus. So finster, dass Gesa sie fest in ihrem Herzen verschlossen hatte. Und dort würde sie auch bleiben. Keiner würde je erfahren, dass sie an zwei aufeinanderfolgenden Tagen mit zwei verschiedenen Männern ohne Kondome geschlafen hatte. Weil es sie, jung und dumm und völlig verantwortungslos, gereizt hatte, alles auf eine Karte zu setzen, mit hohem Einsatz zu spielen, von beiden Männern das Startgeld für ein neues Leben einzusammeln.

Ich bin ein sehr böses Mädchen gewesen, dachte Gesa, aber jetzt mach ich alles wieder gut.

»Und wie soll es nun weitergehen?«, fragte Jochen. »Was sind deine Pläne?«

»Claus hat gerade einen tollen Job in Mumbai angeboten bekommen. Als Chef einer Schönheitsklinik.«

»Schön für ihn«, sagte Jochen, »aber das ist ja erst die halbe Geschichte.«

Auf seiner Schulter hatte sich ein nasser Fleck ausgebreitet. Luca war eingeschlafen.

»Willst du etwa mit nach Mumbai?«, fragte er.

»Ja, ich würde gern mitgehen und dort mit ihm arbeiten«, sagte Gesa. »Es wäre eine Riesenchance für mich.«

Er musste Anlauf nehmen für seine nächste Frage.

»Und was ist mit Luca?«

Sie schwieg. Sie brauchte noch ein paar Minuten. Sie war noch nicht so weit. Es ist das Beste, sagte sie sich, für alle. Fang jetzt bloß nicht an zu heulen! Reiß dich zusammen!

Dann holte sie tief Luft. »Das kommt ganz auf dich an«, sagte sie und sah ihn an.

»Auf mich?«, rief er. »Ich bin natürlich dagegen! Was dachtest du denn?«

»Keine Angst, ich werde Luca nicht nach Indien mitnehmen«, sagte sie leise. »Er wird hierbleiben.«

»Du willst ihn zu deiner Mutter geben?«, fragte er fassungslos.

»Nein, er soll bei dir bleiben«, sagte sie. »Du bist schließlich sein Vater. Willst du ihn?«

Er musste nicht eine Sekunde überlegen. »Natürlich will ich ihn«, sagte er entschieden, »auch wenn das Ganze ein Wahnsinn ist. Wann soll es denn losgehen?«

»In zwei Wochen schon«, meinte Gesa. »Die Wohnung wirst du ja sicher behalten wollen, oder?«

»Nein«, sagte er, »ich habe andere Pläne.«

»Jochen«, sie wischte sich energisch die Augen, »etwas musst du mir versprechen.«

»Und das wäre?«, fragte er.

»Erzähl unserem Sohn später mal, dass wir uns geliebt haben«, sagte sie und lächelte unter Tränen. »Und kommt uns mal besuchen.«

»Versprochen«, erwiderte Jochen und reichte ihr ein Taschentuch. »Nur eins noch ... Ich danke dir für unseren Sohn, Gesa.«

»Gern geschehen«, flüsterte sie.

Kapitel 25

Drei Monate später

Angie schaute auf die Uhr. In zwei Stunden würde sie geschieden sein, in vier Stunden am Flughafen, sieben Stunden später in Dubai.

Ein sehr lukrativer Beratervertrag mit Rami Al Sarad für die neue Restaurantkette *Sana*, in der es nur Biokost geben würde, lag unterschriftsreif vor. Die Vorbereitungen liefen wie am Schnürchen, die Lieferverträge mit einem Ökohof aus Niederbayern waren bereits ausgearbeitet. Was würde Britta wohl sagen, wenn sie als Geschäftsfrau mal bei ihr in der Herzklinik auftauchen würde? Sie musste unwillkürlich schmunzeln.

»Ich habe ein schönes Hotel für Sie gebucht, sieben Sterne, das *Burj Al Arab*«, hatte Rami gesagt. »Ich hoffe, es gefällt Ihnen.«

Manchmal konnte Angie selbst kaum glauben, dass sie jetzt eine erfolgreiche Unternehmerin war.

»Ich bin stolz auf dich, Mama«, hatte Julius erst gestern zu ihr gesagt, als er kurz aus seinem Zimmer aufgetaucht war, um für sich und Miro eine Pizza in die Mikrowelle zu schieben, »und Papa ist voll der Loser.«

»Hör auf, ihn so zu nennen«, sagte Angie, und es tat ihr weh, dass ihr Sohn immer noch so unversöhnlich war. »An einer Trennung sind immer beide schuld.«

»Du bist unverbesserlich, Mama, aber dafür liebe ich dich!« Es hatte *pling* gemacht, die Pizza war fertig, und Julius balancierte das Tablett zum Küchentisch; das Thema schien für ihn erledigt zu sein.

Ihr Telefon läutete. Angie seufzte, als sie auf das Display schaute.

»Eigentlich bin ich gar nicht mehr da«, sagte sie statt einer Begrüßung.

»Hallo, Angie«, Jochen ließ sich nicht abwimmeln, »wir haben doch gleich eine Verabredung.«

»Ich weiß«, sagte sie und räusperte sich, »und ich wollte auch gerade losfahren. Kommst du allein?«

»Nein«, sagte er, »ich habe eine niedliche kleine Begleitung.«

»Wie schön für dich«, murmelte sie. »Ich werde allein kommen.«

»Hast du hinterher noch Zeit für einen Kaffee?«, fragte er.

»Höchstens vorher«, meinte sie. »Danach fliege ich nämlich direkt nach Dubai.«

»Ach ... Ich warte im *Petit Café* auf dich.« Klick, aufgelegt.

Es war ziemlich lächerlich, dass sich die Verabredung in dem Café mit Blick auf das Gerichtsgebäude fast wie ein Date anfühlte, fand Angie, aber aus ihr selbst unbegreiflichen Gründen griff sie, bevor sie eintrat, zum Lippenstift und zog sich die Lippen nach. Es war doch wirklich alles gesagt, alles durchlitten, alles vorbei; seit über einem Jahr wohnten sie nicht mehr zusammen, und als sie sich vor ein paar Wochen auf dem Elternabend in der Schule getroffen hatten, waren sie beide mustergültig zivilisiert miteinander umgegangen. Den doppelten Whisky zu Hause hatte sie sich aus gesundheitlichen Gründen genehmigt. Als Einschlafhilfe sozusagen.

Kaum stand sie im Café, sah sie ihn sofort. Er saß am Fenster, neben ihm die geliehene Kinderkarre, Gesa war nirgends zu sehen. Vermutlich war sie shoppen in Vorfreude auf die baldige Hochzeit. Jochen erhob sich, um sie zu begrüßen.

»Du hast dich ja richtig schick gemacht«, sagte Angie, sehr erleichtert darüber, dass sie es auch getan hatte. Das Letzte, was er aus dieser Ehe mitnahm, sollte schließlich ein schönes Erinnerungsbild von ihr sein. Das war das Mindeste, was sie für sich tun konnte.

»Nun ist es so weit«, sagte er. »Tun wir wirklich das Richtige, Angie?«

Sie lächelte. »Ja, das tun wir, und die Bestätigung dafür sitzt neben uns in der Kinderkarre und hat, wenn mich meine alte Mutternase nicht täuscht, gerade seine Windeln ...«

»Du hast Recht!«, rief er, und Angie sah mit Erstaunen, wie schnell und geübt er mit der einen Hand zur Ersatzwindel griff, während er mit dem anderen Arm seinen Sohn hochhob und in Richtung Männertoilette verschwand. Drei Minuten später war er mit einem nach Frühlingsrosen duftenden Luca wieder am Tisch zurück.

»Du bist ja ein richtiger Profi«, stellte Angie bewundernd fest. »Gesa hat dich offensichtlich gut angelernt.«

»Gesa ist in Indien«, sagte Jochen und schraubte geübt ein Glas Möhrenmus auf. Luca schmatzte vorfreudig, ein Anblick, der bei Angie ein ganz unerwartet sehnsüchtiges Ziehen im Herzen auslöste.

»Hausfrauenurlaub?«, fragte Angie, ihren Sarkasmus hatte sie fast im Griff.

»Nicht direkt«, meinte Jochen.

»Und indirekt?«, wollte Angie wissen. »Ein Workshop bei einem Guru?«

»Sie ist mit einem anderen Mann dort«, sagte Jochen und wischte den Breifleck weg, den ihm Luca gerade auf den Hemdsärmel gespuckt hatte. »Mit meinem Vorgänger.«

Angie sah ihn mit offenem Mund an.

»Wir haben uns friedlich getrennt«, sagte Jochen, »und ich erlaube dir ausdrücklich, ein bisschen schadenfroh zu sein.«

Angie wusste nicht, was sie sagen sollte. »Wenn du mal Hilfe brauchst«, meinte sie nun lächelnd, »ich hab das Windelwechseln nicht verlernt. Aber jetzt lassen wir uns erstmal scheiden.«

Dreißig Minuten später las die Richterin ihre Personalien vor. Dann legte sie die Papiere zur Seite. »Wir wären so weit, Herr und Frau Winter. Wenn Sie noch irgendetwas sagen möchten, jetzt ist die letzte Gelegenheit ...«

Sie sahen sich an. Und dann schüttelte Angie den Kopf.

Wieder zwei, die es nicht geschafft haben, dachte die Richterin, als sie aufstand und Jochen und Angie mit einer Handbewegung bat, sich ebenfalls zu erheben.

»Hiermit erkläre ich die Eheleute Angela und Jochen Winter als geschieden. Unterhaltszahlungen werden von beiden Parteien ausgeschlossen, jeder kommt für seinen Unterhalt selbst auf. Der Erlös des Hauses wurde bereits absprachegemäß aufgeteilt, weiteres gemeinsames Vermögen ist nicht vorhanden. Den Unterhalt für den gemeinsamen Sohn übernimmt die Ehefrau.« Sie legte die Urkunde ab und lächelte Angie wohlwollend zu, während sie Jochen nur mit einem kleinen, kühlen Seitenblick streifte.

Sie hatte den Kinderwagen im Flur gesehen und gewusst, warum auch diese Ehe gescheitert war und dass es nicht an der Ehefrau gelegen hatte. Er begeht gerade den Fehler seines Lebens, dachte sie, und es sieht so aus, als wenn er das auch ganz genau weiß.

Luca schlief friedlich, als Jochen und Angie als geschiedene Eheleute das Gerichtsgebäude verließen.

»Und jetzt?«, fragte Jochen.

»Jetzt fängt endlich der Rest unseres Lebens an«, sagte Angie. Und dann küsste sie ihren Exmann und stieg ins Taxi zum Flughafen.

Sechs Monate später

»Kommst du?«, hatte er gefragt.

»Das lass ich mir doch nicht entgehen«, hatte sie geantwortet, und nun suchte sie an diesem strahlenden Sommertag auf der Seepromenade von Warnemünde einen Parkplatz. Gefällt mir hier, dachte sie, als sie an dem Leuchtturm vorbei Richtung Hafen ging. Die Ostsee glitzerte, Barkassen mit Touristen legten ab, kleine, bunte, hutzelige Kapitänshäuschen säumten die Hafenpromenade. Und dann sah sie die Leuchtreklame – *Jochens Fischbude* – über einem kleinen Lokal ganz am Ende der Häuserreihe.

Vor dem Laden standen ein paar Tische, die alle besetzt waren. Die Tür war offen, sie trat ein. Der Gastraum war leer, aber aus der Küche hörte sie Stimmen.

»Knoblauch, Anchovis und Petersilie, wie oft soll ich dir das denn noch sagen?« Das war Jochens Stimme, sie trat näher.

»Für eine richtige *Puttanesca*«, rief sie in die Küche, »müssen aber auch noch Oliven rein.«

Jochen, der mit einem jungen Koch an einem großen Herd stand, drehte sich um.

»Angie«, rief er und strahlte, »schön, dass du da bist. Hast du Hunger mitgebracht?«

Luca saß in seinem Hochstuhl und zerkrümelte selbstvergessen einen Butterkeks.

»Luca liebt meine Küche«, meinte Jochen, »nachmittags habe ich allerdings einen Babysitter.«

Und dann saßen sie draußen in der Sonne und aßen *Spaghetti alla puttanesca,* während Luca den Parmesan von der Pasta lutschte.

»Schön bei dir«, sagte Angie und musterte ihren Exmann. Er hatte zugelegt, sein Haar dagegen wirkte etwas ausgedünnt. Noch immer sah er sehr gut aus, doch zum ersten Mal nicht besser als sie.

»Du siehst mich so komisch an«, meinte Jochen.

Sie lächelte. »Ich freu mich nur, euch beide mal wiederzusehen«, sagte sie. »Julius lässt dich übrigens grüßen.«

»Könntest du dir vorstellen, uns gelegentlich wieder zu besuchen?«, fragte er.

Sie nickte. »Das könnte ich«, sagte sie. »Hast du mal was von Gesa gehört?«, wollte sie wissen.

»Es geht ihr gut«, murmelte er. »Ihr Typ hat seinen Vertrag verlängert. Sie wollen in Indien bleiben.«

Angie hob Luca auf ihren Schoß. »Ich könnte mich an dich gewöhnen«, sagte sie.

Luca sah sie mit großen Kinderaugen an.

»An mich auch wieder?«, fragte Jochen.

»Vielleicht«, sagte Angie.